サナトリウム

サラ・ピアース
岡本由香子＝訳

角川文庫
22923

目次

サナトリウム 7
謝辞 467
訳者あとがき 471
解説 吉野仁 475

家族に捧《ささ》ぐ

生きることについて学ぶころには、人生が終わっている。

ミシェル・ド・モンテーニュ

制約されるのは嫌いではない。制約があるから安心できる。

ジョセフ・ディラン

プロローグ

二〇一五年一月

さびの浮いた手術用器具や割れたガラス容器が散乱する病棟に、シートが破れた車椅子が打ち捨てられている。壁に立てかけられたマットレスはたわみ、布地にはあちこちに黄色っぽい染みができている。

寒気を覚えたダニエル・ルメートルは、ブリーフケースを持つ手に力を込めた。人が出入りしなくなって久しい建物は、魂を抜かれて腐りかけている。タイル張りの廊下に反響する自分の足音を聞きながら、歩みを速める。

出口だけを見て歩けばいい。

そう思っても、埃《ほこり》をかぶった器具につい目がいく。それらの器具を使っていた人たち――夜もとまらない咳《せき》に苦しんでいた患者たちの姿を想像してしまう。

ときどき、かつて手術室だったところから薬品のにおいがただよってくる気がした。

廊下の途中で足をとめる。

右手の部屋で何かが動いたように思えたからだ。人影のようなものが見えたような……。うなじの毛が逆立つ。息を詰めて、薄暗い部屋に目を凝らした。床に大量の紙が散らばっている。ひしゃげた呼吸器具、骨組みが壊れたベッド。ベッドの脇からぼろぼろの拘束バンドが垂れている。

鳥肌が立った。だが建物のなかは静かで、動くものはない。ゆっくり息を吐いて、ふたたび歩きだす。

ただの妄想だ。疲れているだけだ。ここのところ、朝から晩まで働き詰めだったから。そう自分に言い聞かせる。

正面玄関にたどりついて、ノブをまわした。強い風に押されてドアが内側に勢いよく開く。表に出たとたん、雪まじりの風が吹きつけてきて視界を奪われた。とにかく建物から出られたことにほっと胸をなでおろす。

サナトリウムに来ると、いつも胸がざわざわする。もうじき豪華ホテルに生まれ変わる予定で、ダニエル自身、新しいホテルにとりつけるドアや窓、照明スイッチのデザイン画を手がけたのだが、それでもこの建物の過去を――ここが何に使われていたかを忘れることはできなかった。そもそも、外観からして不気味だ。直線的で無機質な屋根や壁。長く放置されていたせいで各部屋のバルコニーも、一階のテラスも朽ちかけている。窓はまだガラスがはまっているところもあるが、ほとんどは割れ、安い合板を打ちつけてある。

ヴヴェイにあるダニエルの自宅とは正反対だ。ダニエルの家はガラスを多用した現代的なデザインで、湖の眺望を最大限に生かす造りになっている。屋上テラスがあり、湖畔にプライベートの係留場もある。すべてダニエルが設計した。

自宅のことを考えると、自然に妻ジョーの顔が浮かんだ。仕事から帰ったばかりの妻が、頭のなかではまだ新商品の宣伝費用のことなどを考えながら、子どもたちを急《せ》かして宿題をやらせている。

キッチンで夕食の支度をする妻。リズムよく食材を刻む横顔に、赤褐色の髪が垂れている。つくっているのはきっと簡単なメニューだ。パスタとか、シンプルな魚料理や炒《いた》めものといったところだろう。自分も妻も家事はあまり得意ではない。

家族のことを考えているあいだは、気味の悪さが薄らいだ。降りしきる雪のなかを駐車場にとめた車へ急ぐ。この天候で家まで運転して帰れるだろうかと今さらながら不安になった。

天気がいいときでさえ、人里離れたサナトリウムまで車であがってくるのは容易ではない。わざわざそういう場所を選んで建てたのだから、当然といえば当然だ。結核患者に都会の空気はよくないし、健康な人たちは結核患者が近くに住むのをいやがる。つまり、施設までのアクセスは悪夢そのものなのだ。深いモミの森を切り開いてつくったヘアピンカーブをひたすらのぼらなければならない。今朝の時点でも、雪と氷で路面がほとんど見えなかったし、雪が白い矢のごとくフロントガラスに吹きつけて、数メートル先もよく見えなかった。

車まであと少しのところで何かにつまずいた。古ぼけたプラカードが雪に埋もれている。書きなぐられた赤い文字。

〝建設工事反対《ノン・オ・トラヴォー》!!〟

怒りを覚えてプラカードを踏みつける。先週、建設工事に反対する五十人以上のデモ隊が山にのぼってきて、工事反対を叫びながらプラカードをふりまわした。その様子がスマートフォンで撮影され、SNSで拡散された。

建設工事を阻むのはデモ隊だけではない。町の発展を願い、旅行者の外貨を期待していた住民たちまで、実際に工事が始まるとなったら手のひらを返した。

理由はわかっている。成功者は嫌われるのだ。

かつて父からそう聞かされたことがあるが、実際にそのとおりだった。はじめのうちはみな応援してくれた。シオンのショッピングモールも、シエールにあるローヌ川を見おろす集合住宅も賞賛を浴びた。だが、ダニエルは成功しすぎた。まだ三十三歳だが、建築家としての実績は飛ぶ鳥を落とす勢いだ。建築事務所はシオンとローザンヌとジュネーブにあり、近々、チューリッヒにも新しい事務所を開く予定でいる。成功しすぎるとやっかまれるのが世の常だ。

不動産開発業者のルカも同類だった。友人のなかでもつきあいが古いルカはまだ三十にもならないというのに、すでに三つの有名ホテルを所有している。

ふたりは成功したという理由で、嫌われた。風当たりをさらに強めたのがこのプロジェクトだ。ネットでたたかれ、事務所に嫌がらせのメールや手紙が届いた。プロジェクトに対する反感は、やがて個人攻撃になった。

最初に攻撃の対象になったのは、ダニエルだった。地元ブロガーの書きこみで、縁故採用という噂が広まった。続いてルカに矛先が向いた。噂のほとんどは無視できたが、ひとつだけ見過ごせないものがあった。

賄賂《わいろ》と腐敗の噂だ。

そういう噂が立っていることを知ったとき、ダニエルは自分でも認めたくないほど動揺した。ルカと話し合おうとしたが、適当にはぐらかされた。それがますます不安を煽《あお》った。

そもそもこのプロジェクトは出だしから問題ばかりだ。余計なことは考えず、自分のやるべきことに集中しようと努力してきた。ホテルが完成すれば噂も消えると、何度も自分に言い聞かせた。何より〈ル・ソメ〉が完成すれば、ダニエルの建築家としての地位は不動のものとなる。妥協しないルカと細部にこだわるダニエルがタッグを組んだことによって、これまでにない野心的な計画が生まれたからだ。自分にこれほど大きなプロジェクトが手がけられるとは思ってもみなかったほどに。

車の手前で足をとめる。フロントガラスに厚く雪が積もっていた。ワイパーをかける前に雪を落とさなくては。鍵《かぎ》を出そうとポケットに手を入れたところで、ふと気づいた。

前方タイヤの脇に輪っかのようなものが落ちている。

ダニエルはしゃがんでそれを拾った。銅製のきゃしゃなブレスレットだ。内側に数字が並んでいる。日付だろうか？

いずれにしても、今日、ここへやってきた誰かが落としたにちがいない。さもなければとっくに雪に埋もれていたはず。

そいつはぼくの車のそばで、いったい何をしていたんだ？

抗議活動をしていた人たちの憎々しげな表情が頭をよぎる。あのなかの誰かだろうか？

ゆっくりと息を吸い、ブレスレットをポケットに入れたとき、視界の隅で何かが動いた。駐車場を囲む塀のあたり。

あれは人影？

リモコン付きの鍵を握る手がじっとりと汗ばむ。急いでボタンを押してロックを解除したが、ドアから視線をあげたとき、全身が凍りついた。

さっきの人影がほんの一メートルほど先に立っていたからだ。塀のそばにいた人物が、どうしたらこれほど素早く移動できるというのか。

相手は黒い服を着ていた。顔もマスクのようなものでおおわれている。ガスマスクに似ているが、口の部分がフィルターではなく太いゴム製のホースになっていて、先端が鼻へつながっている。マスクの人物が右足から左足に体重を移すと、蛇腹状のホースが不気味に揺れた。

ぞっとした。暗い意識の底から這《は》い出してきたばけもののようだ。

脳が高速回転していろいろな可能性をはじきだす。何か納得のいく説明があるはずだ。考えろ、考えろ！　これは悪ふざけにちがいない。プロジェクトに反対する連中が自分を怖がらせようとしているのだ。

マスクの人物が一歩前に出た。確かな足取りだ。気味の悪いホースが迫ってきて、蛇腹の凹凸がはっきり見えた。続いて呼吸音が聞こえる。湿った音が一定の間隔で響く。

吸って、吐いて。吸って、吐いて。

恐怖に心臓が締めつけられる。

「ど、どういうつもりだ」ダニエルは声をあげた。強い口調になるように意識したものの、いかにも怯《おび》えた声になってしまった。腹に力を込めてさらに言う。「おまえは誰だ？　何が目的だ？」水滴が頬を伝った。それが体温で溶けた雪なのか、冷や汗なのかはわからない。

しっかりしろと自分に言い聞かせる。どこかのばかがプロジェクトの邪魔をしようとしているだけだ。こんなやつは無視して、さっさと車に乗れ。

そのとき、駐車場にとめられたもう一台の車に気づいた。日産、黒のピックアップトラック。あんな車、ここに来たときはなかった。

しっかりしろ。ダニエル、動け！

全身が凍りついたようで言うことをきかない。ダニエルはその場に立ちつくして、マスクの向こうから聞こえる奇妙な呼吸音を聞いていた。

音はさっきよりも大きく、速く、重苦しくなっている。

息を吸いこむ音に続いて、ひゅーひゅーと口笛のような高い音も聞こえる。

それが何度も繰り返される。

マスクの人物が近づいてきた。手に何かが握られている。あれはナイフ？　はっきり見えない。分厚いグローブに隠れている。

逃げろ、逃げろ！

渾身《こんしん》の力をふりしぼって、どうにか右足を前に踏みだした。一歩、二歩。恐怖で筋肉がこわばっているせいか、右足が地面を捉《とら》え損ねて、よろめいた。

なんとかバランスを取りもどしたときには、もう手遅れだった。手袋におおわれた手が口をふさぐ。かび臭いにおいが鼻をついた。マスクのゴムのにおいと溶けたプラスチックのようなにおいもした。もうひとつ、何か別のにおいが混じっている。

このにおいは、どこかでかいだような……。

記憶をさぐりあてる前に、何かが太ももに刺さった。鋭い痛みが走る。パニックを起こしかけたところで意識が薄れた。

そのまま、ダニエルは無の世界へ落ちていった。

プレスリリース　（情報解禁：二〇一八年三月五日の午前〇時）
〈ル・ソメ〉
オーツ・ドゥ・プリュマシット
クラン＝モンタナ　三九六三
ヴァレー州
スイス

スイスを代表するリゾート地、クラン＝モンタナに五つ星ホテルがオープン

アルプスの山岳リゾート、クラン＝モンタナを見おろす美しい高原に、スイスの不動産開発業者ルカ・カロンが手がけたホテル〈ル・ソメ〉があります。

構想から竣工《しゅんこう》まで八年という長い歳月を費やして、町の古いサナトリウムは贅沢《ぜいたく》なホテルに生まれ変わりました。

サナトリウム・ドゥ・プリュマシットは、十九世紀後半にカロンの曾祖父《そうそふ》ピエールが設立した、肺結核患者のための療養施設です。抗生物質の登場により肺結核が治療可能な病になる前は、世界的にその名を馳《は》せていました。

サナトリウムは革新的な設計でも注目を集め、ピエールの死後、一九四二年にスイス芸術賞を獲得しました。ガラスを多用した直線的なデザインで、装飾を限界まで排除した幾何学的な

形状をしています。当時の審査員からは〝非常に革新的なデザイン。療養所の機能を満たしつつ、屋内と屋外をなめらかにつないでいる〟と絶賛されました。

ルカ・カロン氏は、〝歴史ある建物に新たな命を吹きこむときが来ました。曾祖父の手がけた建物が刻んだ歴史に敬意を払いつつ、お客様が快適に過ごせるホテルに生まれ変わらせることができたと確信しています〟と自信をにじませます。

〈ヴァレー・ツーリズム〉のCEOフィリップ・フォルケン氏も、〝世界有数のウィンターリゾートが新たな輝きを獲得したのは疑いようもない〟と大いなる期待を示しました。

スイスの建築事務所〈ルメートルSA〉が設計を担当し、最先端のスパ施設やイベントセンターも備えた複合施設に仕上がっています。また〈ル・ソメ〉の改築にあたっては、地元の木材や石材を積極的に活用しました。

大自然の力強さを取り入れ、サナトリウムだった建物が新たな物語を紡ぎだします。

プレス用問い合わせ先：ローザンヌ〈ルマンPR〉

施設の概要およびホテルの予約のお問い合わせはこちらへお願いいたします：

www.lesommet.cransmontana.ch

1

二〇二〇年一月
一日目

ヴァレー州の谷間の町、シエールを出発したケーブルカーが、ほぼ垂直の急勾配《きゅうこうばい》をのぼっていく。

クラン＝モンタナまで全長約四キロの線路沿いには、雪をかぶった葡萄《ぶどう》畑が広がり、ヴォントーヌ、シェルミニヨン、モラン、ランドーニュ、ブリューシュといった小さな集落が点在する。ケーブルカーなら、谷底から九百メートルの高みまでわずか十二分という手軽さだ。

それでも地元住民の移動手段は車かバスなので、ふだんならケーブルカーが満員になるのは観光シーズンくらいのものだ。ただし今日は大雪で道路が渋滞していて、地元の人までケーブルカーに乗りこんでいた。

エリン・ワーナーは発車を待つ車両の隅で、次から次へと襲ってくる刺激に圧倒されていた。雪で濡《ぬ》れた床に積みあげられた荷物。強引に乗りこんでくる、やせた若者たち。しばらく家に閉じこもっていたので、十代の若者がどんなものかをすっかり忘れていた。自分勝手で、周囲の迷惑などお構いなしだ。

車内にはいろいろなにおいも充満している。湿った布のにおい、煙草と揚げもののにおい、そして柑橘《かんきつ》系アフターシェイブローションの安っぽいにおい。

誰かが咳《せ》きこむ。どこかで笑い声があがる。

今度は二十代と思われる男たちが乗りこんできた。大きな声で仲間としゃべっている。背中に重そうな〈ザ・ノース・フェイス〉のスポーツバッグを担いでいる。エリンの隣にいた家族連れが、男たちに押されて奥へ移動する。男たちがエリンの横に立った。むきだしの腕がこすれ、ビールくさい息が首筋にかかる。

エリンはパニック発作を起こしそうになった。心臓が壊れそうな速さで脈打ち、あばら骨を震わせる。

自分はいつまでこんなふうなんだろう。

パニック発作の原因となった事件からそろそろ一年が経とうとしているのに、回復の兆しは見られない。シーツが湿るほどの汗をかいて、夜中に目を覚ますこともしょっちゅうだ。首にまわされた手、じめじめした壁、圧迫感と閉塞感《へいそくかん》――ちょっとしたことが引き金となって、すべてが昨日のことのように生々しくよみがえってくる。

海水が――泡立つ水が口と鼻をおおう。

過去にのまれそうになって、エリンは必死に抵抗した。

大事なのは自分をコントロールすること。

気をまぎらわすために壁の落書きに目をやる。視線が、乱雑な文字の上を行ったり来たりする。

〝ミシェル二〇一〇〟

〝キスXXX〟

〝エレヌ&リック二〇一六〟

落書きを読みおわって視線をあげたところでぎくりとした。窓に映る自分が目に入ったからだ。やせている。痛々しいほどやせている。まるで抜け殻みたいだ。頬骨が異常に突きだしているし、ブルーグレーの目はつりあがってぎょろぎょろしている。白っぽいブロンドはぱさぱさで、上唇にかすかな傷あともある。

やせているのはトレーニングのせいもある。もともと体を鍛えるのは嫌いではなかったが、つらいことが重なってますますトレーニングにのめりこむようになった。暇さえあればジョギングやピラティスやウエイトトレーニングをした。猛烈な雨と風のなか、トーキーからエクセターの海岸沿いをサイクリングしたこともある。

やりすぎだとわかっていてもやめられなかった。それ以外の方法を知らなかったから。胸に巣くう闇を追いはらう方法がほかになかった。

汗がうなじをすべり落ちる。窓から目を引きはがし、隣にいるウィルに焦点を合わせた。なでつけても言うことを聞かないダークブロンドや、うっすら生えた無精ひげをじっと見つめる。

「ウィル、なんだか暑くて……」

ウィルが心配そうにこちらをのぞきこんだ。目尻《めじり》から放射状に広がる細かなしわや、額を横切る細い線に壮年期の顔が連想される。

「大丈夫かい？」

エリンは首をふった。目に涙がたまる。「だめみたい」

ウィルが声を落とした。「車内が混んでいるから？　それとも……」

ウィルが言いよどむ。アイザックのせいかと問いたかったのだ。久しぶりに弟のアイザックに会うと思うと、緊張するのはまちがいない。

「わからない」喉《のど》が締めつけられる。「今回のこと……やっぱりよせばよかったのかも。せめて部屋を予約してもらう前に、アイザックと電話で話せばよかったのかもしれない」

「今からだって遅くはないさ。いやなら引き返せばいい。ぼくの職場で問題が起きたとかなんとか言って」ウィルがにっこりして、人さし指で眼鏡のブリッジを押しあげた。「休暇の最短記録を樹立するのも悪くない」

ウィルの言葉に少しだけ気が楽になって、エリンは申し訳ない気持ちでほほえんだ。「ありがとう。いざとなったらそうさせてもらうかも」

つきあいはじめたころ、こんな会話をする日が来るとは想像もしていなかった。ウィルと出会ったころは、すべてがのぼり調子だったのだ。ビーチの近くにある、古いビクトリアン様式のフラットの最上階を手に入れたのもあのころだ。広くはないけれど天井が高くて、窓から海も見えた。

仕事も順調だった。念願だった警察官になって巡査部長まで昇進し、大きな事件を担当させてもらえるようになった。母の化学療法もうまくいっていた。サムを失った悲しみが完全に癒《い》えたわけではないけれど、前に進もうと努力していた。それなのに……。

出発時刻になって、分厚いガラスのはまった二枚の扉がぴたりと合わさった。軽い振動とともにケーブルカーが斜面をのぼりはじめる。みるみる駅が小さくなっていく。

エリンは目を閉じた。振動と騒音がまぶたの裏で増幅する。

目を開け、流れる景色を眺めようとした。雪をかぶった葡萄畑や山小屋《シャレー》、商店が後方へ流れていく。めまいがしてきた。

「ごめんなさい、やっぱり無理かも……」

「え？」ウィルがこちらを向く。表情はおだやかだが、ややいらだっているのが伝わってきた。

「降りたい」

ケーブルカーがトンネルに入る。急に車内が暗くなり、女性がきゃっと声をあげた。

エリンは自分の呼吸に意識を集中させた。例の感覚が迫ってくる。全身の血液がどろどろになったような、それでいて猛スピードで血管内をめぐっているような、なんともいえない気持ちの悪さに襲われる。

まずは呼吸を整えなければ。ゆっくり、と自分に言い聞かせる。四つ数えながら吸って、七つ数えながら吐いて。

だめだ。喉の筋肉がこわばって、呼吸がどんどん浅く、速くなる。

「エリン、吸入器は？」ウィルが急《せ》かす。「どこに入れた？」

あわててポケットをさぐって吸入器をとりだす。口にあててボタンを押した。喉の奥にガスがあたって気管に流れこむ。数分で呼吸は正常に戻った。

ほっとして目を閉じると、ふたりの姿が見えた。アイザックとサム、わたしの弟たち。いつもの場面が再生される。

弟たちはまだ幼くて、頬にそばかすが散っている。ふたりとも瞳《ひとみ》の色は青で、目と目の間隔が広い。だがアイザックのまなざしは冷ややかで、その目で見つめられるといつも落ち着かない気分になる。一方のサムはエネルギーにあふれたきらきらした瞳で周囲の人を魅了する。

急いでまぶたを開け、何度も瞬《まばた》きをした。最後に見たサムの目を思い出したくなかった。何も映っていない、光を失った瞳を。

窓の外の風景に神経を集中しようとしたが過去の亡霊は消えてくれない。

アイザックが笑いかけてくる。例の、見くだすような笑い方で、こちらへ両手を突きだす。その指先は血にまみれている。

エリンも手をのばすが、届かない。

あの子に手が届くことなどありはしない。

2

ケーブルカーの終点には、ホテルの小型バスが待機していた。光沢のあるダークグレーの車体で、スモークのかかった窓に雪がはりついている。

運転席ドアの左下に銀色で小さく〈ル・ソメ〉のロゴが入っていた。小文字で控えめ、センスのいい書体だ。

ここへ来ると決めて初めて、小さく心が弾む。ウィルの前では〝気どってる〟とか〝どうせ見かけ倒しだ〟などと興味のないふりをしていたものの、アイザックからホテルのパンフレットが届いたとき、本当は一ページ、一ページ、じっくり眺めた。厚みのある表紙に指を走らせてはうっとりした。

われながら度量が小さい。単純にはしゃいでいたウィルのほうが、人としてよほど信頼できる。ウィルはパンフレットをすみからすみまで読んだあと、インターネットでさらに詳しく調べていた。そしてラム肉とポテトのマドラスソース煮こみを食べながら、ホテルの内装について〝ジョセフ・ディランの影響を受けた〟とか〝建物の歴史を反映した新たなミニマリズムだ〟などと熱く語っていた。

ウィルは健全だ。物事のいい面に目を向けようとする。そんな彼を見ていると、すべて任せておけば安心だと思う。答えは彼が知っていると。

「ミス・ワーナー……ミスター・ライリー？」

背の高い、やせた男が近づいてきた。グレーのフリースジャケットに、小型バスのボディと同じ書体で銀色の刺繍《ししゅう》が入っている。

〈ル・ソメ〉

「そうです」ウィルがほほえむ。

男とウィルが同時にエリンのスーツケースに手をのばし、ぎこちない笑みを浮かべて顔を見合わせた。ウィルが手をひっこめる。

「ドライバーです。ホテルまでご案内します。どちらからいらっしゃったんですか？　道中はいかがでした？」運転手が愛想よく言いながら、スーツケースをひょいと持ちあげて小型バスのトランクへ入れた。

エリンは助けを求めるようにウィルを見た。世間話は苦手だ。

「ぼくらはイギリスのサウスデヴォンから来たんです。フライトが時間どおりで驚きましたよ。時計の国スイスでは格安航空会社でさえ時間を守るんだなと感心していたところです」ウィルはそう言ったあと、おどけた笑みを浮かべた。「失礼、こんな冗談は聞き飽きてますよね」

運転手が声をあげて笑った。

これもウィルの才能だ。初対面の人にもオープンで、少しの自虐を混ぜた会話でいとも簡単に相手の警戒を解く。ウィルにかかると誰もがリラックスし、笑顔になる。彼はなんの気負いもなくそれをやってのける。本人は意識すらしていないだろう。計算ではなく、心が自然とそういうふうに動くにちがいない。ひとつの事柄を、論理的に、扱いやすいようにすばやく分解する。リストをつくり、必要な情報を集める。電話を一本、二本かける。すると答えは見つかり、問題は解決される。

エリンにとっては単純な日々の雑事でさえ、悩んでいるうちにどんどん膨れ上がって手に負えなくなるというのに……。今回の旅行がいい例だ。人であふれ返った空港も、狭い機内も、乱気流も、エリンには苦手なことばかりだった。

出発前の荷造りさえ簡単にはいかなかった。天候や季節を考慮しつつ、一流ホテルの宿泊客として恥ずかしくない装いをしなければならない。足りないものを買いそろえようとしても、何を買えばいいかがわからなかった。結局、すべて新品を買いそろえたのだが、まるで他人の服を着ているような違和感がある。パンツのウエスト部分に指を入れ、ちくちくする値札を押しこむ。家で切ってくるのを忘れたのだ。

一方のウィルは、手あたりしだいにバッグに詰めて、十五分もかからずに旅行の支度を終えていた。それでも過不足なく準備ができている。足もとはきこんだハイキングブーツだし、パタゴニアの黒のパーカーもザ・ノース・フェイスのパンツもちょうどよく体になじんでいる。自分が彼の足を引っぱっているのはわかっていた。それでもウィルはそばにいてくれる。神経質なところも含めてわたしのすべてを受け入れてくれる。ふつうの人ならとっくに離れていっただろう。

運転手が、どうぞと言うように後部座席のスライドドアを開けた。よじ登るように車内に入って後部座席に目を走らせる。ケーブルカーで見かけた家族連れがいた。つやつやした髪の十代の女の子がふたり、真剣な顔つきでタブレットをのぞきこんでいる。母親は雑誌を手にしていた。父親は親指でスマートフォンの画面をスクロールしている。

エリンとウィルは、中央にあるふたり掛けの席に並んで座った。

「気分はどう？」ウィルが小声で尋ねる。

「平気」

実際、ケーブルカーに乗っていたときとくらべればだいぶましだった。革張りのシートは清潔そうだし、車内で大声を出す人もいない。他人の湿った体を押しつけられることもない。

やがて小型バスが動きだした。雪の上をがたがた揺れながら道路へ出る。

しばらく走ると分かれ道にさしかかった。運転手が右の道へハンドルを切る。降りしきる雪に対抗してワイパーが高速で動いている。

最初のカーブで運転手が大きくハンドルを切った。バスがほぼ一八〇度、方向転換をする。車体が大きくかしいで、エリンはとっさに身を硬くした。

道路の両側にはもう、雪も木々もない。バスは山の斜面にしがみつくようにして、細い上り坂を走っていた。深くえぐれた谷と車体のあいだには頼りないフェンスがあるだけだ。

隣にいるウィルも緊張しているようだ。彼が次にとる行動は予想がついた。不安をやわらげるために笑いを起こすのだ。

ウィルが低く口笛を吹いた。「いくら金を積まれても、夜にこの道を運転するのはごめんだな」

運転手が笑った。「ここを通るしかないんですよ。ホテルに通じる道はほかにないので」バックミラー越しにウィルを見て続ける。「ここを通るのがいやで宿泊をキャンセルする人もいるくらいです」

「本当に？」ウィルがエリンの脚に手を置く。

運転手がうなずいた。「ネット上にこの道についてのフォーラムがあるんです。きっかけは若い連中がユーチューブに投稿したことですよ。カメラを窓から突きだして撮影したものだから実際よりも恐ろしく見えてしまって……」運転手が言葉を切ってハンドルをつかむ手に力を込めた。「さあいちばんの難所です。ここさえ通りぬけられれば……」

前方を見たエリンの胃が急降下する。道幅がさらに狭くなって、いくら小型とはいえバスが通る幅があるとは思えなかった。路面は白っぽいグレーで、凍結して日の光を反射しているところもある。

太ももに置かれたウィルの手にも力がこもる。

エリンは意識して視線をあげ、雪をかぶった山稜《さんりょう》を見つめた。

緊張の場面は数分で終わった。道幅が広くなるにつれ、ウィルの手から力が抜ける。それからはっとしたようにスマートフォンをとりだし、窓の外の景色を撮影しはじめた。真剣な表情だ。

そういえば旅行前、最初にホテルが見える瞬間をカメラにおさめるのだとはりきっていた。これから撮影する写真は、イギリスに帰ってからウィルのノートパソコンに取りこまれるのだろう。加工ソフトで修整をかけて、アート好きの友人とシェアするつもりにちがいない。

「運転手さんはここで働きはじめてどのくらいになるんですか？」ウィルがスマートフォンをのぞきながら言った。

「一年ちょっとです」

「仕事は好きですか？」

「そうですね。こんなところはほかにはありませんからね。過去も含めて、あのホテルには人を引きつけるものがありますよ」

「ネットで読んだんだけど――」エリンは遠慮がちに言った。「たくさんの患者さんが亡くなった場所なんでしょう?」

「そういうことは考えないほうがいいですよ」運転手がエリンの発言を遮った。「深刻に考えすぎると神経がまいってしまうのでね。詳細を知ってしまうと……」運転手は肩をすくめた。

エリンは水のペットボトルをもてあそびながら、運転手の言葉を反芻《はんすう》した。

〝人を引きつけるものがある〟

パンフレットやホームページの写真が、まぶたの裏によみがえる。

〈ル・ソメ〉

もうすぐ見えてくる。

3

アデル・ブールは携帯電話をポケットに戻し、掃除機を押しながら三〇一号室に入った。

正式には三〇一号室ではない。〈ル・ソメ〉はふつうのホテルとはちがうからだ。アルプス地方によくあるシャレーふうの傾斜した大きな屋根もなければ、木材を多用したやぼったい内装もなし。階数と部屋の並びで決まる部屋番号すら排除する徹底ぶりだ。

〈ル・ソメ〉では数字の代わりに、各部屋の眺望からとった呼び名がある。たとえばアデルが今いる部屋は、窓から見える峰の名前で呼ばれている。

ベラ・トラ。

巨大な窓の向こうに、天を突く険しい山頂が見える。懐かしさが胸を焦がした。あの山に登った直後にガブリエルを妊娠したのだ。あれは二〇一四年の秋だった。

当時のことは今もよく覚えている。雲ひとつない空に太陽が輝いていて、わたしは縁が蛍光色のサングラスをかけていた。太ももにハーネスがこすれ、指先から灰色の岩のひんやりした感触が伝わってきた。頭上高くに見えるエステルの脚は小麦色に焼けて、人間離れした角度に曲がっていた。

翌年の八月に生まれた息子のガブリエルは、もう五歳になった。同じ大学で山登りをしていたステファンと、シャモニーで過ごした週末に妊娠した。彼とは真剣につきあっていたわけではなく、その場の流れでなんとなくベッドをともにしただけだ。ところが妊娠して、すべてが変わった。登山も、ハイキングもできなくなり、学位もあきらめることになった。

息子のことは心の底から愛しているけれど、ときどき自分を見失いそうになる。アデルの世界は一度壊れて、まったくちがうものに再構築された。

今、アデルの日常は、親としての責任、子どもを心配する気持ち、机の上に山積みの請求書、代わり映えのしないホテルの仕事からできている。毎日のように他人のシーツを交換し、テーブルやシンクを拭《ふ》き、掃除機をかける。

大きく息を吸ってしゃがみ、掃除機のプラグをコンセントに差す。それから立ちあがって、改めて室内を見まわした。汚れ具合からしてそんなに時間はかからないだろう。作業に必要な時間や労力を見積もるのは得意だ。客室清掃という肉体労働のなかで、論理的思考を要求される数少ないプロセスだった。

ミニマルに整えられた部屋。ベッドがあり、ローチェアがある。シックな色合いのカシミアの上掛け。左側の壁にかかっている子どもが描いたような渦巻き模様は、いわゆる抽象画というやつだ。

プロの目で、無駄のないしつらえをざっと観察する。

悪くない、と彼女は思う。

今日の客はきれい好きのようだ。シーツがほとんど乱れていないし、足もとにかかった上掛けも凝った畳み方を保っている。目についたのはサイドテーブルに置きっぱなしのカップふたつと、角の椅子にかかった黒いジャケットくらいだった。椅子に近づき、ジャケットの袖《そで》上部についたタグを見る。モンクレール。おそらく三千フランくらいするだろう。

それほど高価なジャケットを無造作に椅子にひっかけておくのは金持ちだけだ。そういう宿泊客は金のかかったインテリアにも無関心だった。彼らにとってはオーダーメイドの家具や大理石のバスルーム、美しい色合いの手織り絨毯《じゅうたん》などめずらしくもなんともないのだ。

清掃係として、アデルは毎日のように誰かの無神経さをつきつけられる。染みのついたシーツや、ラグにくっついた食べかすを片づけるのがアデルの仕事だ。先週など、便器に使用ずみのコンドームがはりついていた。思い出しただけでも胸が悪くなる。金持ちがみな上品というわけではない。

いやなイメージを頭から追い出してヘッドフォンをつける。掃除をするときはいつも音楽を聴くことにしている。ビートに合わせて体を動かしていれば余計なことを考えずにすむ。

お気に入りはクラシックロックやヘヴィメタルだ。ガンズ・アンド・ローゼズやスラッシュ、メタリカ。

プレイリストを選んでいる途中、手を止めた。窓の外がさっきよりも暗くなった気がしたからだ。空は、大雪の前兆といわれる鉛色をしていた。のっぺりとした不吉な色だ。雪はすでに降りはじめていて、ホテルの看板や正面に停まった車をのみこもうとしている。

小さな胸騒ぎがした。これ以上雪がひどくなったら家に帰れなくなるかもしれない。いつもなら息子の世話を頼んでいる人に時間を延長してもらうところだ。しかし今日から一週間、ガブリエルは父親であるステファンの家に行くことになっている。だからなんとしても時間までに帰りたかった。

ステファンが来る前に家に着いて、息子を抱きしめ、行ってらっしゃいを言いたい。ステファンの前では言葉が喉《のど》にはりついてうまく出てこなくなる。

これまでも息子が父親の家へ行くたびに、底知れない不安に襲われてきた。ガブリエルはもう戻ってこないんじゃないか、パパと暮らしたいと言いだすんじゃないか、そんなことばかり考えてしまう。

窓ガラスに映る自分は不安でいっぱいの表情をしていた。暗い色の髪を高い位置でポニーテールにまとめているせいか、こけた頰が目立つ。アーモンド形の目は疑いに細められている。

アデルは窓から視線をそらした。暗くゆがんだ顔つきが心のなかを映しているような気がした。

気を取り直してプレイリストを再生しようとしたとき、バルコニーの手すりに何かがひっかかっていることに気づいた。

なんだろう？　雪のなかで鈍く光っている。

好奇心に駆られて窓を開ける。凍るように冷たい風に運ばれて、雪片が部屋に吹きこんできた。手すりに近づいて、光るものを手にとる。

ブレスレットだ。材質は銅だろうか。関節炎をやわらげるためにつけるものに似ている。内側には小さな数字が彫ってあった。

おそらく宿泊客のものだろう。サイドテーブルの見やすいところにでも置いておけばいい。部屋に戻って窓を閉める。サイドテーブルにブレスレットを置き、もう一度、降りしきる雪を見た。バルコニーに吹きだまりができはじめている。

帰りが遅くなったら、ステファンはわたしを待たずにあの子を連れていってしまうだろう。そうなったらわたしは、しんと静まり返ったあの部屋で、ガブリエルが帰るまでひたすら孤独に耐えることになる。

4

「エリン、早く……」ウィルの声が強風にはためく旗の音にかき消された。

分厚い雪片が頬に落ちる。

エリンは言葉にならない不安を感じていた。ウィルがいるのに、そしてホテルが目の前にあるのに、雪山にたったひとりで残されたような心細さがあった。下界とは完全に切り離された立地のせいだろうか。

　谷底の町から車で来ようと思ったら、一時間半以上かかるだろう。雪がなければもう少し早く到着できるかもしれないが、ホテルの周囲は三六〇度、どちらを向いても木と雪とそびえる峰々しか見えない。

「エリン、早くおいで」ウィルがスーツケースを引きずりながらふり返った。スーツケースのキャスターが雪の上でごとごとはねる。

　エリンはうなずいて、バッグのストラップを握りしめた。この不安はなんだろう。町の喧騒《けんそう》から遠く離れているのに、ホテルの周囲だけ空気がざわついているように思えた。降りしきる雪とは無関係な、奇妙な不穏さがある。

　原因を特定しようとあたりを見まわしたが、ホテルへ続く道にも、その向こうの駐車場にも不審なものは見当たらなかった。

　人影すらない。同じバスに乗ってきた人たちはすでに建物のなかに入ったようだ。

　しばらく考えたあとで、不安の原因はホテルだと気づいた。巨大な白い建造物から異様な緊張感が放たれているのだ。

　アイザックが送ってきたパンフレットを見たときには気づかなかった。掲載されていた写真はどれも遠くから撮影したもので、雪をかぶった峰やモミの木といった美しい景色がホテルの異様さを薄めていた。

　しかし現物を目のあたりにすると、かつて、ここがなんのための施設だったかを思い知らされる。直線的でのっぺりとした外観とフラットルーフは、まさに病院だ。どこもかしこもガラス張りで、なかが丸見えなところも。

ホテルに向かって歩を進めながら、エリンは考えた。だからといって病院そのものともちがう。柱の彫刻や優美なバルコニー、地上階に設けられた木製のテラスは病院とはかけ離れている。

この対比が異様さを醸し出しているのかもしれない。病院らしさと優美さが混じり合うことなく対立しているからこそ、緊張感が生まれるのだ。

おそらく建築家は意図的にそうしたのだろう。歴史ある建物のアウトラインを生かしつつ、ディテールに装飾を施すことによって暗い過去を薄めようとした。

かつてここは、人々が病に苦しみ、亡くなる場所だった。

弟が婚約祝いにこのホテルを選んだ理由がようやくわかった気がした。

ここはあの子とよく似ている。

相反する要素の共存によって、本性を巧みに隠している。

5

「もう！」アデルはロッカーの鍵《かぎ》をがちゃがちゃとまわした。どうして開かないのだろう。急いでいるときにかぎってこうなる。

急にロッカールームのドアが開いて、冷たい空気が吹きこんできた。驚いたはずみで手から鍵が落ちる。

「びっくりさせてごめん」

声を聞いてほっとした。よく知っている声だ。スウェーデン人のマットはホテルのバーで働いている。このホテルでは外国人スタッフがめずらしくないのだ。ホワイトブロンドに淡いグリーンの瞳《ひとみ》を持つマットは自信家で、誰に対してもまっすぐに目を見て話す。

「大丈夫よ」アデルはしゃがんで鍵を拾った。「ちょっと急いでるだけ。今日から息子が父親の家へ行くの。見送りたいから早く帰らなきゃと思って」なんとかロッカーを開け、バッグとコートを出す。

「ついさっき、ケーブルカーが運行を停止したって言ってたけど……」マットが自分のロッカーに鍵を差しこみながら言った。「明日の朝まで動かないってさ」

アデルは舌打ちをして窓の外を見た。雪はいっそう激しく降っている。風がうなりをあげて建物に吹きつけていた。

「バスは?」

「まだ走ってるけど、混雑してるだろうな」

たぶん、そのとおりだ。唇を噛《か》んで腕時計を見る。一時間以内に町へおりなければいけないのに。

ともかくマットと別れて通用口から外に出た。あまりの強風に立ちどまって身震いする。顔や目に雪片がびしびしとぶつかってくる。たちまち寒さで頬が真っ赤になった。

スカーフを鼻の上まで引きあげて、ホテルの正面へ続く細い道を歩きはじめる。一歩踏みだすたびに足が雪のなかに沈んだ。たちまち薄いレザーブーツに水が染みてくる。ちゃんとしたスノーブーツをはいてくればよかった。これじゃあ五分もしないうちになかまでびしょびしょになってしまう。

吹きだまりをよけながら注意して進む。ポケットのなかで携帯が振動したので足をとめた。携帯を出すとステファンからのメールだった。

〝今、職場を出た。またあとで〟

職場。

苦い思いが込みあげる。ささいなことを妬《ねた》んでしまう自分がいやだ。

あのとき妊娠しなければ、なんて考えても意味がないことくらいわかっている。わかっていても、いい会社に就職し、キャリアを積んで、高い給料をもらって、旅行に行って……今とはぜんぜんちがう生活を送る自分を想像せずにはいられなかった。

他人を妬んでも虚《むな》しいだけ。でも妊娠して女である自分だけが割を食ったのは明らかな事実だ。ステファンは夢をあきらめなかったし、大学も辞めなかった。それどころか学部トップの成績で卒業し、そのままヴヴェイにある多国籍企業に就職して、今は商標管理部門にいる。会社でも評価が高く、出世街道まっしぐらのようだ。給料もあがったとか。

恋人のリーズも同じ会社に勤めていて、いい給料をもらっている。これ見よがしに高級なものを身に着けているわけではないが、いつも上品で、こぎれいにしていて、内側から自信がにじみでている。

そこまでは、まだ耐えられる。とるに足りない、つまらない嫉妬《しっと》だ。だが、ガブリエルはどうだろう？　あの子が両親の暮らしの格差に気づいたら——それを思うと冷静ではいられない。

母親である自分を見くだしたり、同情したりする日が来るかもしれない。アデルが息子に与えられるものは、ステファンが与えられるものより劣っている。

起きてもいない未来を心配しても不毛だということはわかっている。五歳のガブリエルは金銭になんの関心もない。あの子が好きなのは体をすり寄せて甘えること、寝る前に本を読んでもらうこと、ホイップクリームののったココア、砂場遊び、それにソリ遊びだ。

先週の旅行を思い出して、アデルは小さくほほえんだ。一緒にソリに乗って丘を滑りおりたら、勢いがつきすぎてフェンスに衝突した。ガブリエルは泣きだすどころか、アデルの上にひっくり返ってげらげらと笑っていた。

あたたかな思い出に不安がやわらぐ。地面に落ちた枝をよけながら、しっかりしなさいと自分に言い聞かせた。なんでも悪いほうに考えるのはやめないと。

そのとき、右足に重みを感じた。

枝か何かにひっかけたのだろうか？

下を見たアデルは、凍りついた。手袋をはめた手が足首をつかんでいたからだ。

ぐんとうしろへ引っぱられて、粉雪の上に顔面から倒れこんだ。

目や口に、冷たい雪の粒が入ってきた。

6

フロントを照らす白いペンダントライトを見て、エリンは絞首刑用のロープを連想した。ワイヤは長く、数メートルにわたって天井を這《は》っていて、中央部分でたるませてある。先端のライトはそのワイヤをひたすら複雑に絡めた内側におさまっている。かなり高価なものだろうし、自分のような凡人にはわからない芸術的なメッセージが込められているのだろうが、ホテルのフロントにふさわしいとは思えなかった。

客を歓迎する場所に置くには、陰気すぎる。

ただ、ほかのインテリアも雰囲気は似たり寄ったりだ。灰色の石材でできたフロントのカウンター、地味な色合いの革張りの椅子、細長い木製テーブル。暖炉の上に飾られた抽象画も暗い印象で、カンバスの中央に灰色と黒の渦が乱暴なタッチで描かれている。

「ねえ」ウィルの脇腹を軽く押す。「こういうのが建築家の夢なわけ？」

尋ねながらも、彼の答えは予想がついた。たとえば〝これこそ既成概念の枠を超えた空間の演出なんだ〟とか。建築家の好む言いまわしがわかるほどつきあいが長くなったということだ。建物について語るとき――煉瓦《れんが》やモルタルの魅力を表現するとき、ウィルはいつになく饒舌《じょうぜつ》になる。

「まったくすばらしいよ。もとのサナトリウムはまちがいなく二十世紀の建築界に大きな影響を与えた。知ってるかい？　モダニズム建築が初めて応用されたのはサナトリウムなんだよ」

ウィルはそこで言葉を切り、エリンの表情を観察した。「でも、きみは好きじゃないんだね？」

「正直、よくわからないわ。わたしには冷たい感じがする。病院っぽいというか。こんなに広い空間なのに家具がほとんどないでしょう。テーブルと椅子が少しだけ」

「意図的だよ」ウィルがわずかに口調を強めた。エリンがこの空間のよさを理解しないのが歯がゆいのだ。「白壁や木の質感、自然素材の多様。どれもサナトリウム時代の特徴なんだ。このホテルを担当した建築家はそれらを肯定しているんだよ」

「衛生的に見えるように？」ぬくもりや居心地のよさを意図的に排除するなんて理解しがたい。

「たしかに療養所だから衛生面も考慮しただろうけど、内装を白で統一することで内なる潔癖がもたらされると考えられていたんだ」ウィルが熱弁する。「当時は、建築が人の内面に及ぼす影響について実験が行われていた。建物自体に医療的役割が与えられていたんだよ。だから患者の回復を助けるよう細部まで考えてデザインされた」

「ガラスを多用する理由は何？　それがどう患者の回復を助けるの？」エリンは窓を指さした。

雪が巨大な窓に容赦なく打ちつけている。今にも室内に吹きこんできそうだ。建物のなかにいても荒々しい天候にさらされているようで、心許《こころもと》ない。暖炉に火が入っているのにうすら寒く感じた。

ウィルがエリンの視線をたどる。「太陽の光や大自然が癒《い》やしになると考えたのさ」

「ふうん」そのとき、ウィルの背後にあるものに目がとまった。小さなガラスの箱が天井からワイヤでぶらさがっている。

近づいてみると、ガラスのなかに銀色の小さなフラスコが入っていた。下にフランス語と英語で短い説明書きがある。

クラシュワール、痰壺《たんつぼ》：結核患者が感染拡大を防ぐために日常的に使用した。

ウィルに向かって手招きする。「これはさすがに変じゃない？　ホテルのエントランスに痰壺を飾るなんて。インスタレーションじゃあるまいし」

「むしろこの場所全体が巨大なインスタレーションなんだ」ウィルの手がエリンの腕にふれた。「やけにつっかかるけど、気に入らないのはホテルじゃないだろう？　きみは不安なんだ。弟さんと再会するのが」

エリンはうつむいて、ウィルのほうへ体を寄せた。かぎ慣れたアフターシェイブローションの香りに包まれる。バジルやタイムのぴりっとした香りと大地を思わせるスモーキーな香りが混じっている。

「四年も会っていないのよ、ウィル。今のあの子がどんなふうになっているか、想像もつかない」

「わかるよ」ウィルがエリンを抱きしめた。「あんまり考えすぎないほうがいい。過去は過去だ。きみはここに来た。それがすでに大きな前進じゃないか。過去と区切りをつけるときが来たんだよ」

ウィルは区切りがつけられるのだろう。彼にとっては毎日が新しいスタートだ。失敗を引きずることなく、真っ白なページに自分の理想を描くことができる。

初めて会ったとき、彼のそういうところに魅力を感じた。自分のまわりにはいなかったタイプだ。とても新鮮で、生き生きして見えた。ウィルは根っからの楽天家で、人生を楽しむ才能がある。ささいなことにも心を震わせる純粋さがある。

ウィルと出会った日、エリンはいつものようにトレーニングをしていた。退屈な書類仕事に追われてシフトを終え、気分転換に海岸沿いの小道を走ろうと思った。フラットのあるトーハンからブリックハムまで往復十キロちょっとのコースだ。

ストレッチをしようとビーチの遊歩道で足をとめたとき、ウィルに目が吸い寄せられた。風のない日で、彼の周囲だけもわもわと煙がたちのぼっていた。よく見るとウィルはひとりでバーベキューをしているのだった。魚、トウガラシ、鶏肉《とりにく》。クミンとコリアンダーの香りがただよってくる。

ウィルもこちらに気づき、声をかけてきた。

「走る前に肉でもどう？」

おどけた誘い文句にエリンが噴きだし、おしゃべりが始まった。

エリンはすぐに彼に魅了された。しごくまっとうなのにどこかふつうの人とはちがう。だいたい、いい肉が手に入ったからといって、ふつうの人は海辺でひとりバーベキューなんてしない。その型にはまらないところが楽しくて、話していると胸がどきどきした。

ウィルの髪は茶色がかったブロンドのくせっ毛だ。北欧っぽいデザインの黒縁眼鏡をかけて、V字模様のネイビーの半袖《はんそで》シャツはボタンが首元まできちんとかかっていた。

建築家だと聞いて、なんとなく合点がいった。ウィルは目をきらきらさせながら仕事の話をした。デザインディレクターをしていて、とくに複合施設とかウォーターフロントの再開発に興味があると。

そして海岸にあるレストラン兼住居の名前を出した。白い客船を模した建物はエリンも知っていたし、建築の賞をとったと聞いても驚かなかった。ウィルはピーナッツバターと美術館、サーフィンとコーラが好きだと言った。初対面の人と話すときのぎこちなさがまったくなかった。どうして話しやすいのだろうと考えて、彼が自分を飾ろうとしないからだという結論に至った。プライベートなことまで気楽に話してくれるので、こちらも自然と心を開いてしまう。そんなことはずいぶん久しぶりだった。

電話番号を教え合って別れた。ウィルはその夜も、次の夜も電話してきた。駆け引きのようなものは一切なく、相手の気持ちをさぐる必要もなかった。ウィルはエリンの仕事をおもしろがって、警察のことや、これまで経験してきた訓練についていろいろ質問してきた。

ウィルの目に映るエリンは、彼女自身が思っているよりもずいぶん魅力的なようだった。恋は盲目とはよく言ったものだが、誤解されてもいやな気持ちにはならなかった。むしろ彼が思い描いているような女性でありたいと願った。

ウィルに誘われるまま、次々と新しい経験をした。ギャラリーや美術館へ行ったり、エクセターの港の近くにある地下のワインバーをめぐったりした。アートや音楽について、そして人生について語り合った。ウィルに感化されてアート系の本を買い、部屋に飾るだけでなく実際に読んだ。週末の小旅行を計画するときも彼が行きたいところに自分も行きたいと思えた。

それまでエリンは、仕事が休みのときは夜遅くまでテレビを観たり、雑誌を読んだりするだけだった。空腹になったらカレーを食べ、パブで酒を飲んだ。そこから一八〇度、生活が変わったのだ。

だが、背のびは長続きしない。無理をしてもいずれ本性が顔を出す。内向的で、他人とペースを合わせるのが苦手で、腹の内をさらすくらいなら相手と距離を置くほうを選ぶ本来の自分が。

タイミングを同じくしてさまざまな問題が起こった。母の抗がん剤治療がうまくいかなくなった。職場で上司が交代し、難しい事件の担当になった。

私生活でも職場でもストレスが蓄積し、ついにエリンは笑えなくなった。自分の殻に閉じこもり、考えていることをほとんど口にしなくなった。もちろんウィルとの関係に影響しないわけがない。彼は変わってしまったエリンが不満だった。何を考えているのか理解できないようだった。

エリンが精神のバランスを保つために引いた境界線――ひとりで考える時間が必要だということや、たとえ恋人でもすべてを委《ゆだ》ねることはできないことを――ウィルはよしとしなかった。

もともとウィルには、子どもがぐらぐらした歯をわざといじるように、相手を刺激して許容範囲を試すところがあった。それがエリンの変化によってますます顕著になった。忙しい平日の夜にデートに誘われたり、貴重な休日を彼の友人たちと過ごさなければならなかったりした。互いの家に泊まる頻度も増えた。

ウィルは代償を得たかったのだろう。エリンが距離を置こうとしたからこそ、彼女の時間を侵略した。拘束や安定を求めた。ふたりの生活が混ざり合ってひとつになることを望んだ。

六カ月前、恐れていた瞬間がやってきた。お気に入りのタイレストランで、ウィルから一緒に住める場所をさがさないかと言われた。

つきあいだして二年になるんだから、そろそろいい時期じゃないか。

その返事を、なんのかんのと引きのばして今に至る。いつまでもうやむやにできないことはわかっている。決断しないといけない。残された時間は限られている。

「エリン……」

名前を呼ばれてふり返ったエリンは凍りついた。

アイザック。

弟のアイザックが立っていた。

7

アデルは恐怖に震えながら、足をばたばた動かして逃げようとした。

激しい動きに、足首をつかんでいた手が一瞬、ゆるむ。相手が小さく悪態をついた。謝罪の言葉はない。つまりアデルを転ばせたのは事故でもなければ不注意でもないのだ。

この雪のなか、通りかかった人を転ばせようと身をひそめていた？

なぜ？　なんのために？

無数の疑問が浮かんだが、考えている暇はなかった。逃げなければ。

手足をふんばって起きあがり、走りだす。ふり返ることはしなかった。走りながら周囲を見渡す。ホテルを背後にして、前方は真っ暗だった。

考えるのよ、アデル。頭を使いなさい。

方向転換してホテルに戻るという選択肢はない。自分を転ばせた犯人がいるし、奇跡的に横をすり抜けられたとしても、ドアを開けるには社員証がいる。バッグから社員証をとりだす前に追いつかれるのは目に見えていた。

森しかない。

森のなかは真っ暗だから、身を隠すには最適だ。そう考えて木立へ続く短い坂を全力で駆けのぼった。背後から足音と荒い息遣いが聞こえてくる。

土地勘があるだけ自分のほうが有利だ。夏場は休憩時間によく周辺を散策したので、暗くてもだいたいの方向がわかる。この道は木立のあいだを縫うようにのぼっていき、丘の横を流れる川を越えて続く。道は途中でいくつかの小道に分かれている。夏にマウンテンバイクを楽しむ人のために整備された道だ。そういう脇道に入ろう。追手をまくのだ。

考えているあいだも必死で手足を動かして坂を駆けのぼった。アドレナリンが全身をめぐる。一歩踏みだすたびにブーツが雪に沈むので、五分もしないうちに呼吸が苦しくなった。それでも追手をまくことには成功したようだ。もう足音は聞こえない。

さらに二十メートルほど坂をのぼってから左側のモミの木が密集しているあたりへ飛びこん

で、しゃがんだ。コートに包まれた背中を汗が伝う。息をひそめて様子をうかがう。

しばらくして雪を蹴《け》りあげながら走る足音が聞こえてきた。足音がペースをゆるめることなく通りすぎていく。完全に音が聞こえなくなるのを待って立ちあがり、木立を出た。そのまま道を横切って右手の小道へ入り、ふたたび走る。途中でうしろをふり返ったが、目に映るのはモミの木だけだった。森の木々はかなり密集している。

枝を払いながら慎重に進む。左手で何かが動いてはっと足をとめた。

雪が盛りあがった場所からマーモットが姿を現したときは心底ほっとした。マーモットが体を震わせて毛皮についた雪を落とし、動きを止めてアデルを見る。それから木々のあいだへ姿を消した。

安心したのも束の間、別の気配がした。

こもった咳《せき》。

かなり近い。

心臓が早鐘を打つ。

そうだ、小屋……ホテルの資材を入れる小屋が近くにある。今いる場所から斜面をくだったあたりのはずだ。あそこまで行ければ、隠れられる。鍵《かぎ》がかかっているかもしれないけれど……何もしないでいたら捕まる。

また音がした。呼吸音。

落ち着いて、と自分に言い聞かせる。小屋はすぐそこだ。

じりじりとあとずさりする。少し行ったところでとまって耳を澄ました。

静寂。

そっと息を吐き、腹を決めて斜面をくだりはじめる。木々のあいだに倉庫の輪郭をさがしたが、見つからなかった。どちらを向いても木と雪ばかりだ。小声で悪態をつく。自分が思っている小道とこの小道はちがうのかもしれない。涙でまぶたの裏がちくちくした。雪のせいだ。いつも目印にしているものを――岩や切り株や少し開けた場所を、雪がおおい隠している。こうなったら最初の道に戻るしかない。来たほうへ戻るのだ。

小枝が折れる音がして、アデルはふり返った。

すぐ近くに人が立っていた。顔のない人が。

絶望に涙が噴きだして視界がぼやける。あわてて目を瞬《しばたた》いた。これは夢だ、と目をこすりながら思う。きっと客室清掃の途中でベッドに横になって眠ってしまったのだ。

だが涙を拭《ぬぐ》っても景色は変わらなかった。顔がないと思ったのは、相手がマスクをかぶっているからだった。太い蛇腹ホースが口から鼻へつながっている。特殊なガスマスクだろうか……。

マスクは顔全体をおおうほど大きい。口や鼻はもちろん、目すら見えない。

マスクをした追手が距離を詰めてくる。走ろうにも膝《ひざ》に力が入らなかった。

もう逃げられない。そんな力は残っていない。

エリンは身を硬くした。判断を誤ったと思った。やっぱり来るんじゃなかった。

アイザックが一歩踏みだし、少したためらってから、意を決したようにエリンを自分のほうへ引き寄せる。

8

アイザックの髪がエリンの頬にかかった。記憶にあるよりも長い。カールした黒い巻き毛は、顎《あご》より下までのびていた。においも前とはちがう。煙草と、外国製の石けんの香りが混じっている。

エリンは唇を嚙《か》んで、目を閉じた。過去の場面がいっきにフラッシュバックする。白波の立つ海。海藻がたくさん入った赤いバケツのなかで、水がちゃぽちゃぽ音をたてている。頭上でけたたましいカモメの鳴き声がする。

アイザックが体を離して、こちらをのぞきこんだ。複雑な表情を浮かべている。懐かしがっているような、不安がっているような……。胸がちくりと痛んだ。離れていた時間が長すぎて、弟の気持ちを読むことができない。この世で唯一の肉親なのに、他人よりも遠い気がする。

アイザックが咳払いをして、目の端に手をやった。湿疹《しっしん》の出やすい体質で、涙袋の下をかくのが習慣になっているのだ。今でも湿疹に悩まされているのだろうか。子どものころは夏の暑さはもちろん、合成繊維やストレスも引き金になっていた。

「ホテルのバスから人が降りてくるのが見えたんだ。ロールは次のバスだろうと言ったんだが、いちおう確認しようと思って」

「予定よりも早いのに乗れたの」エリンは言葉を絞りだした。アイザックの背後に目をやる。

「ロールはどこ？」

「パーティーのことで上司に話があるとか言ってた。長くはかからないと思う」

アイザックがウィルに顔を向けた。

「ようやく会えてうれしいよ。楽しみにしていたんだ」ウィルの手をぎゅっと握って体を寄せ、左手を背中にまわして、二、三回、親しみを込めてたたいた。いかにも男同士のあいさつだが、マウンティングのようにも見える。自分から距離を詰めることで主導権を握ったとアピールしているのかもしれない。

一方のウィルはたいして気にする様子もなく、屈託のない笑みを返した。「こちらこそ会えてうれしい。それから、婚約おめでとう。人生の大きな一歩を――」

「おっと、それはこっちの台詞《せりふ》だ。暴れ馬を手なずけたんだから」

アイザックの発言にウィルが怪訝《けげん》そうな顔をする。「暴れ馬？」

「そうさ」アイザックがそう言いながらエリンのほうを顎で示す。「で、乗り心地はどうだい？」

一瞬、間があった。

さすがのウィルも顔をこわばらせる。

「姉貴はこだわりが強いだろう。鉄壁の守りを崩すなんてすごいな」アイザックが軽い口調で続ける。「誰にもできないと思ってた」

ウィルが、どういう反応をすればいいのか迷っているようなしぐさをする。

「あなただけには言われたくないわ！」エリンは思わず言い返した。腹立ちと恥ずかしさに首のうしろが熱くなる。

姉弟間の緊張を察したウィルが、気を遣って話題を変えた。「ところでアイザック、きみらはいつこっちへ来たんだい？」

「数日前だ。スキーを楽しもうと思っていたのにリフトが止まってまいったよ」アイザックが表の雪を手で示す。「おれが到着したときは、もうこんな天気だった」

アイザックはむかしからスキーが得意だった。大学院に入る前にフランスに滞在していたときも、スキー三昧《ざんまい》の日々を送っていた。合間合間にバイトをして滞在費用を稼いでいたらしい。

エリンは改めて弟を観察した。元気そうだし、ふだんから体を鍛えているのがわかる。むかしよりも頰の肉が落ちて目尻《めじり》にしわもあるが、青い瞳《ひとみ》は変わらず強い光を宿している。学生時代の友人が見たら、ちっとも変わらないと言うだろう。かすかに無精ひげが生えていて、カールした長髪は無造作になでつけられている。学生バンドのドラマーがそのまま年を重ねた感じだ。

「ほかの招待客はいつ到着するの？」

「二、三日以内には全員そろう」アイザックが体重を左足から右足に移した。「先に姉さんに会いたかったんだ。身内だけの前夜祭みたいなものがしたくて」

アイザックの手がのびて、エリンのペンダントにふれた。「今は姉さんが身に着けているんだな」

エリンは反射的に身を引き、シルバーのペンダントに手をやった。

エリンが何も言わないでいるとアイザックがあげた手でホテルの内装を示した。「ところで、どう？　このホテルは？」

エリンは返答に詰まった。また挑発しているのだろうか。ここがかつてサナトリウムだったことも、徹底したミニマリズムも、こちらの趣味に合わないことを承知で招待したにちがいない。

「とてもすてき。独創的ね」エリンは淡々と言い、顔にかかった髪を耳にかけた。アイザックよりも短い。母が亡くなったあと、ばっさり切ったのだ。

「ふーん。ウィルはどうだい？　建築家の意見を拝聴したいな」

得意分野の話題をふられてほっとした様子のウィルは、予想どおり――いやそれ以上の熱心さで賞賛の言葉を並べたてた。〝すっきりしていて、細部まで手が込んでいて、程よい抑制が利いている〟とか。

ウィルが話しているあいだ、エリンはさらに弟を観察した。

自分で質問しておきながら、アイザックは心ここにあらずといった態度だった。子どものころと同じで人の話を集中して聞けないようだ。さまよっていたアイザックの視線がエリンの視線とぶつかる。意味ありげな一瞥《いちべつ》。いろいろな意味が込められている。ウィルの話を退屈だと思っていて、それをエリンに気づかれているのもわかっている。さらに何も気づかずしゃべりつづけているウィルを見くだしている。〝つまらない男だ〟と。

数分後、ウィルがエリンを見た。「後学のために、アイザックからプロポーズの言葉を教えてもらわないと」

「ああ、そうね」エリンはさして感情のこもらない声で言った。「どんなふうにプロポーズ――」

「いい演出だったわよ」聞き覚えのある女性の声がした。「スキーブーツに指輪が入っていたの」

アイザックのうしろにロールが立っていた。笑顔で、頰が少し上気している。ロールはエリンを抱きしめたあと、うしろへさがってウィルにあいさつした。

ウィルの顔がほころんだのを、エリンは見逃さなかった。軽い嫉妬《しっと》を覚える。

ロールと会うのは子どものとき以来だ。大人になってからの写真も見たことがあるが、実物を目の前にするのと写真を見るのとでは印象がちがった。ロールのような女性の魅力は、写真に収まりきらないのだ。黒い瞳、まっすぐにそろった前髪とよく手入れされた濃い眉《まゆ》。大胆で、はっきりした顔立ちだ。

エリンの記憶にあるロールは、もっとやわらかで人懐っこい顔立ちをしていた。今は威厳と落ち着きが備わっている。

さらにロールは、エリンがぜったい選ばないような個性的な服を着ていた。あからさまにならないように気をつけながら値踏みする。ベストを重ね着したうえに、ライムグリーンの高そうなカーディガンを肩からかけ、ボトムスはハイウエストのグレーのジーンズだ。首元にグレーのスカーフをゆったりと巻き、手首には銀のブレスレットが光っている。

「急な話でごめんなさい」ロールが小さく肩をすくめた。「ばたばたと婚約したものだから」

招待状が届いたのはほんのひと月前だった。しかも招待状と言いつつ、封筒に入っていたのは蛍光色の付箋《ふせん》がついたパンフレットだけ。付箋には〝婚約しました&婚約パーティーを開きます。場所はここ〟とメモ書きがしてあり、ホテルの写真に向かって矢印が引いてあった。ひとまわり小さな字で〝宿泊費用はこっちで負担する。ロールがこのホテルで働いているんだ。連絡をくれ。おれの電話番号は変わっていないから。アイザック〟と書いてあった。

正直なところ、弟の婚約パーティーに招待されるとは思ってもみなかった。四年前にスイスに移住して以来、アイザックはめったに連絡を寄こさなかったからだ。メールが年に二、三通と、ごくたまに電話があったくらい。それもロールと一緒に住みはじめたとか、ローザンヌの大学で講師をしているとか、表面的な内容で、何カ月も連絡がないのが当たり前だった。

アイザックは母の葬儀にさえ帰国しなかった。電話で〝学生が問題を起こして仕事を休めない〟とかなんとか言い訳をして。結局、エリンがすべてを取り仕切ることになった。思い出すといまだに腹が立つ。弟に対しては、筋ばった肉をのみこめず、ずっと口のなかで持て余しているようなもどかしさがあった。

気づくとロールがもの問いたげにこちらを見ていた。「あなた、なんだか印象が……」そこまで言いかけて言い直す。「つまり、わたしが覚えているのは……」言い換えておきながら最後まで言わない。

「何？」エリンはとがった声で促した。「はっきり言ってよ」

ロールが薄い笑みを浮かべた。「怒らないで。何年も会っていなかったんだから変わっていて当然よね」

ウィルが鋭い目でエリンを見た。理由はわかっている。ロールと知り合いだということを彼に話していなかったからだ。

「再会を祝して、今夜、一緒に食事でもどうだい？」アイザックが言った。「もちろん疲れているなら明日にしてもいい」

「平気よ。一緒に食べましょう。何時にする？」エリンはつんけんした態度をとった自分を反省し、努めて明るい声を出した。

「七時ごろでいいかな」アイザックがロールを見る。「その前にホテルのなかを案内しようか。おれは――」

アイザックの発言を大きな音が遮った。冷たい風が室内に吹きこんでくる。

エリンは何事かと音のしたほうをふり返った。窓が、風に大きく揺れている。床にガラスの破片が散らばって、水たまりができていた。

窓のそばに飾ってあった大ぶりの白いユリが花瓶ごと落ちたようだ。強風で窓が開いて、その拍子に落ちたのだろう。

それがわかったあとも、エリンの動悸《どうき》はおさまらなかった。アドレナリンが体じゅうをめぐっている。両手が自然と握りこぶしになる。

ホテルのスタッフが走ってきて窓を閉め、宿泊客をガラスの破片から遠ざけた。エリンは意識して力を抜き、両手を開いた。

視線を落とすと、自分の手のひらにくっきりと爪あとが残っていた。

きれいな三日月形のあとだった。

9

天候はますます悪化していた。風に鞭打《むちう》たれた雪がものすごい勢いで窓にぶつかってくる。山では日常茶飯事なのか、ロールはほとんど気にする様子もなくホテル内の案内を始めた。無駄のないなめらかな動きで、エントランスからラウンジ兼バーへ、レストランから図書室へ移動していく。

どこもガラスだらけだ。壁は真っ白、ミニマルなデザインが続く。

「そしてこれが――」廊下の突きあたりにあるドアを開けながら、ロールが言った。「当ホテル自慢のスパよ」

ドアの向こうはスパの受付と待合いスペースになっていた。壁はグレーで、表面に黒っぽい筋が入っている。カウンターの上にはまたしても変わった形の照明がぶらさがっていた。複雑に絡んだワイヤに小さなライトがたくさんついている。

ロールが壁を指さした。「壁の仕上げはマルモリーノ漆喰《しっくい》といって、大理石を粉砕して石灰ペーストと混ぜたものなの。スエードみたいに光沢があるでしょう。光を捉《とら》えて一日のなかでもどんどん表情が変わるのよ。かつてサナトリウムでも同じような試みをしていたそうなの。患者さんたちがまぶしがらない程度にマットな質感を保ちながら、光も採り入れるための工夫ね」

受付スペースは広くて天井も高かった。湿度が高く、ミントとユーカリの香りが充満している。

コーナーに、さっき見たのと同じようなガラスの箱がぶらさがっていた。展示されているのは縁が盛りあがったヘルメットだ。真鍮《しんちゅう》製だろうか。エリンは説明書きを読もうとガラス箱に近づいた。

クリアスヘルメット：消防士のヘルメットを改良し、首の筋肉を鍛えるために使った。

アイザックがヘルメットに目をやる。「このホテルが持つ〝物語〟のひとつだ。共有スペースには必ずこの手の展示物があるんだ。サナトリウムの遺産だな」

エリンはうなずいたが、最初の展示物を見たときと同じ違和感を覚えた。

ロールがカウンターにいる女性に何か言い、こちらを向いた。「受付係のマーゴットよ。スパのなかはあとで彼女に案内してもらうといいわ。でも、屋内プールだけは先に見せるわね。このホテルの目玉だから」明るく、はきはきとした口調だ。副支配人として、日ごろから人の上に立つのに慣れているということが、話し方から伝わってきた。

ロールがホテルのスタッフとして働いているところを想像してみる。宿泊客の質問に答えたり、従業員に指示を出したりしているところを。同い年とは思えない。ロールのほうがずっと経験を積んでいるように見えた。大人で、責任感があって。そういえば、ロールはむかしから姉御肌だった。

出会ったのは八歳のときだ。当時のロールは背が低く、やせていて、ふたつに分けた髪をロープのように編んで背中に垂らしていた。ただ体つきは小柄でも、彼女にはリーダーの風格があった。同級生をまとめ、計画を立て、指示を出す子どもだった。新しい遊びを考えるのも、役割を与えるのもロールだ。〝あんたは人魚。あたしは海賊をやるから〟といった具合に。ほかの子どもたちは遊びに参加したい一心でロールに従った。

なぜみなが従ったのか、エリンにはわかっていた。ロールには〝誰の指示も受けない〟〝見くだしたら許さない〟というオーラがあるからだ。何より子どもながらに自分自身に満足しているようなところがあった。迷いがなく、地に足をつけて立っている感じがした。エリンはそれがうらやましかった。他人の意見を気にして、いつも〝ちょっとしゃべりすぎたかも？　こんなことを言ったらどんくさいと思われるんじゃない？〟などと考えている自分とは正反対だった。

だからといってロールを嫌いになることはなかった。むしろ親友だと思っていたし、お互いの信頼を裏切るようなことをするつもりはなかった。とくにエリンにとってロールは、初めての友だちで、アイザックいわく〝鉄壁の守りを崩した人〟だ。ロールだけは、エリンがみんなとちがっても笑わなかった。ありのままを受け入れてくれた。

それなのにおまえは恩を仇《あだ》で返したのだ。

頭のなかで声がする。

ロールはおまえを受け入れて友だちになってくれたのに、おまえは彼女を締めだした。

エリンがそんなことを考えているとも知らず、ロールが右手にある大きなドアを開けた。あとについて隣の空間に足を踏み入れたとたん、ホワイトアウトしたような錯覚に陥った。床から天井まであるガラスが四方を囲んでいるせいで、最初に目に入るのは吹きつける雪と灰色の空だ。それがプールの水面にも反射している。

よく見ると、ガラスの向こう側にもウッドデッキと屋外プールがいくつかあった。いちばん手前のプールからは、水蒸気がもうもうとたちのぼっている。

ウィルが口笛を吹く。「これはすごいな」

「眺望を最大限に活《い》かせるように増築されたの」ロールの声がプール内に響く。「総ガラス張りだから、天気がよければ自然光の下で三六〇度、山々の眺めを楽しめるわ」

「もとのサナトリウムも光を大事にしていたという話を、さっきエリンにしていたんだよ」ウィルが全体の構造を眺めながら言う。「太陽の光が患者の回復を助けると考えていたからだよね」

「よくご存じね」ロールがふり返った。「当時、肺結核の治療といえば第一に環境を整えることだった。新鮮な空気と日の光が何よりの薬だと思われていたの。紫外線に治療効果があると言われ、患者をバルコニーやテラスに出して、冬でも日光浴をさせたのよ」

エリンは目の前の光景に萎縮《いしゅく》していた。雪にも、輝く水面にも。

吹雪に生身をさらしているようでひどく無防備に感じる。こめかみに指をあててプールに背を向け、降りしきる雪を視界から締めだした。

「大丈夫かい？」ウィルが心配そうに言った。

「平気。ちょっとくらくらしただけ」

「高度のせいかもしれないわね。標高二千二百メートル以上あるから」ロールが言う。

「ちがうさ」アイザックがゆっくりと言った。「エリンはなじみのない場所に来るとたいてい気分が悪くなるんだ。子どものころからそうだった」

「やめて」エリンは言い返した。思ったよりもきつい口調になった。「そんなんじゃない。わたしはもう子どもじゃないんだから」

アイザックが両手をあげて降参の姿勢をとる。「むきになるなよ。おれはただ……」アイザックがしまいまで言わずに首をふる。

聞き分けの悪い子どもを前にしたときのような態度にむっとする。姉想いのふりをして、実際は優越感に浸りたいだけのくせに。

そういうところも変わっていない。どんな話題でも会話の流れを妨げるようなことを言って自分が中心になろうとする。たとえば家族で夕食を食べているとき、エリンが母に新しくできた友だちの話をすると、すぐにアイザックが〝それって転校してきた子だろ？　変わり者で、いつもひとりでいる子〟などといやなことを言うのだ。

ウィルがエリンの手をとって、ぎゅっと握った。「部屋で休もうか」

「そうね」エリンはほっとして、プールをちらりと見た。競泳用かと思うほど大きくて立派だ。

底も壁面もグレーの大理石タイルでおおわれている。黒っぽい筋が水のなかで炎のように揺らめいていた。

黒い水着を着た女性がひとり、黙々と泳いでいる。引き締まった体がプールの底に配された照明に浮かびあがる。手足が無駄のない動きで水を切る。本格的に水泳をしている人の泳ぎ方だ。

アイザックが眉《まゆ》をひそめた。「あれはセシルじゃないか?」

アイザックが示すほうを見て、ロールが身をこわばらせた。

「セシルって?」エリンは名前を繰り返した。

「セシル・カロンはホテルの支配人よ」ロールが答える。声が硬い。「オーナーの姉なの。毎日、プールで泳ぐのよ。水泳の全国大会に出たこともあるんですって」

「道理で上手なわけね」エリンは言いながら、美しいストロークに見とれた。

「あなたは? 今でも泳ぐの?」今度はロールが尋ねた。

エリンは言葉に詰まった。顔に血がのぼり、全身がかっと熱くなる。さまざまな感情が押寄せてきた。羞恥《しゅうち》、恐怖、そして焦り。

「いいえ」短く返事をして顔をそむけたあとで、気づいた。アイザックがロールに何も話していないことを。

サムが死んだあと、エリンが水に入れなくなったことも、すべてが変わってしまったことも、彼は何も話していないのだ。

10

待合いスペースに戻ると、いっきに緊張が解けた。大きく息を吐いて壁に寄りかかる。

わたしはいったい、どうしてしまったんだろう？　ささいなことでぴりぴりして。

思えば休職して以来、ずっとそうだった。心が過敏になっているのに、使われなさすぎている状態だ。

休職すると決めたのは自分なのに。

ふと、一週間前に上司から届いたメールの文面が思い浮かぶ。

〝現場に復帰するかどうか、今月末までに決断してください〟

まだ返信はしていない。どう返事をすればいいかわからなかったからだ。最後に上司と話したとき、上司がいつまでも立ち直れないエリンに落胆しているのが伝わってきた。

「巡査部長、たった一度つまずいたくらいで警察を辞めてしまうつもり？」

〝巡査部長〟

久しぶりに階級で呼ばれて胸がひりついた。上司の言うとおり、簡単にはあきらめられない。子どものころから警察官になりたいと思っていたし、念願かなってからも必死で努力した。どんな仕事も一生懸命やり、昇進試験の勉強をした。

そのすべてを無にする覚悟はできていない。

ロールが待合いスペースに出てきたので、あとについてスパから廊下に出た。廊下の先でふたりの男が熱心に話をしている。

ロールが歩調をゆるめ、アイザックと視線を合わせる。

「あの人は誰？」エリンは尋ねた。

「このホテルのオーナーのルカ・カロンとスタッフよ」ロールが乱れてもいない髪をなでつけた。その手が小刻みに震えている。

動揺しているようだ。でも、どうして？

「オーナーは出張中じゃなかったのか？」アイザックが低い声で言う。

ロールがうなずいた。「セシルと一緒にね。来週まで戻ってこないはずだったのに」

ウィルがサンディーブロンドでひげを蓄えた男を見た。「あれが噂のルカ・カロンか……」

ルカ・カロンは人目を引く男だった。離れたところからでも重要な人物だとわかる。背が高く、引き締まった体つきをしているが、目立つのはそのせいだけではない。足を開いた立ち方や、大きな手ぶり――あんなふうに空間を独占するのは一定の影響力と財力があり、自分はほかの人よりも価値があると確信している人間だけだ。

グレーのフリースと登山用のパンツに登山靴という気楽な装いも〝自分のようなＶＩＰは外見を繕う必要がない〟と宣言しているようだった。

「へえ、ルカを知っているのか？」アイザックがウィルに尋ねる。

「建築界では噂になっているからね……型破りなところが」ウィルがそこでためらう。「もし迷惑でなければ、いつか紹介してもらえるとうれしいな」

「ロールが調整してくれるよ。でも、おれだったら近づかないようにする」アイザックが軽い口調でつけくわえる。「あの男と建築家は、不幸を呼ぶ組み合わせのようだから」

「アイザックったら、こんなところでやめてよ」ロールが顔をしかめる。

「ダニエル・ルメートルのこと？」

アイザックが片眉をあげた。「なんだ、それも知ってたのか」

ウィルがにっこりした。「建築業界は狭いから。ルメートルの消息はまだわからないのかい？」

「ええ」ロールが答える。

「何があったの？」エリンはルカ・カロンを観察しながら尋ねた。

「ダニエル・ルメートルは建築家で、このホテルの主任設計士だった。ところが五年前、ホテルの着工を目前にして失踪《しっそう》したんだ。午前中にここへ来て、そのまま家に帰らなかったそうだ。車は駐車場に停めたままで、本人だけが忽然《こつぜん》と姿を消した」アイザックが指をぱちんと鳴らした。「足跡もない。何もない。かばんも見つかっていない。携帯電話もね……」

「割と大きなニュースになったのよ」ロールが続ける。「セシルとルカはダニエルと親しかったの。幼なじみだから。とくにルカがひどくショックを受けて、このホテルの建設もしばらく頓挫《とんざ》して……本来は二〇一七年にオープンするはずだったのに、一年遅れたわ」

「ダニエルに何があったか、誰も知らないのか？」ウィルが尋ねる。

「噂はある。どうも建築事務所の経営がうまくいっていなかったらしい」アイザックが肩をすくめた。「短期間に手を広げすぎて、借金まみれだったとか……」

「それで逃げた？」

「さもなきゃ――」

「アイザック、その辺にしておいて。ルカに聞こえてしまうわ」ロールが話題を変える。「さてと、館内のツアーはこれでだいたい終わりよ」

「ありがとう。わたし……」言いかけたエリンは、ロールの横にあるドアに目を奪われた。ホテル内のほかのインテリアとはまるで雰囲気がちがう。繊細な装飾で、モミの木や山々をモチーフにした飾り彫りが、ドアの縁を囲んでいる。

「その部屋は何？」

ロールが、首に巻いたスカーフを軽く引っぱった。「サナトリウム時代は診察室として使われていたんだけど、今は何にも使われていないわ。関係者以外、立ち入り禁止よ」

「空っぽなの？」

「そういうわけじゃないんだけど……」ロールがふたたびスカーフを引っぱり、形を整えた。

「倉庫みたいなものなの。サナトリウム時代に使われていた家具や医療器具なんかを収納しているわ。以前はそれらを展示して、宿泊客にホテルの歴史を紹介しようとしていたのよ」

「まだ完成していないの？」

「計画自体がなくなっちゃったの。興味があるなら……」ロールが口ごもった。言おうかどうか迷っているようだ。それから小さく肩をすくめて口を開いた。「興味があるならのぞいてみる？」

アイザックが難しい顔をする。「ロール、今じゃなくてもいいだろう。ふたりは着いたばっかりなんだし、荷解《にほど》きもしたいだろうし」

「ああ、そうね」ロールが素直に引きさがる。「じゃあ、また別の機会にしましょう」

「わたしは見たいわ。歴史に興味があるの」エリンは言った。興味があるのは本心だが、アイザックに対する対抗心もあった。弟の言うとおりにするのは癪《しゃく》にさわる。

ウィルが身体を硬くする。「エリン、さっきは気分が悪くなったんだし、まず部屋に行ってゆっくりしよう」

「だったらあなたは先に部屋へ行ってて。ロールと少しだけ見ていくから」

「でも……」ウィルが不満そうな顔をしたあと、うなずいた。「わかった。じゃあ、あとで」

去っていくふたりを、エリンはかすかな居心地の悪さとともに見送った。

「あの……無理を言うつもりはなかったのよ。わたしは……」

「大丈夫」ロールがにっこりする。「ただし散らかってるから覚悟して。邪魔なものをどんどん押しこんで……そのままになっているから」電子キーでドアを開ける。

「ほんとだ」なかをのぞいてエリンはつぶやいた。「すごいことになってる」

床にいくつもの山ができていた。薬品の瓶、旧式の車椅子、何に使うかよくわからないガラス製の器具などが雑然と積み重なっている。厚紙の箱やファイリングキャビネットなどの事務用品もまぎれていた。

「おもしろいでしょう」ロールがエリンを見てにやりとする。「この施設がかつてなんだったかがよくわかるわよね」

落ち着いた態度の向こうに、かつてのロールが――ごっこ遊びのリーダーだったロールが透けて見えた。

エリンはうなずき、視線を右の棚に移動させた。一冊のフォルダーを手にとる。紙の束がばらばらと床に散らばった。

「ああ、わたしが拾うから大丈夫よ」前に出ようとしたロールがつまずいて転びそうになる。とっさにエリンはロールの腕をつかんだ。

「大丈夫？」

「うん。つかまえてくれてありがとう」

「慣れてるから」エリンは笑みを浮かべたあと、ロールの怪訝《けげん》そうな表情に気づいて言葉を補った。「母の介護をしていたの。昨年はね、足腰が立たなくなって、つまずいてばかりいたのよ。〝絨毯《じゅうたん》の代わりに衝撃吸収マットを敷かなきゃだめね〟なんて、自分で言っていたくらい」最後のほうは声が震えた。涙があふれそうになって顔をそむける。悲しみはいつまで経っても薄まることがない。ずっと生々しいままだ。

ロールがじっとこちらを見ている。「ひとりで介護したの？」

「ええ。亡くなる前の数カ月はほとんどつきっきりだった。どっちにしろ休職中だったし……」たいしたことないというふうに肩をすくめる。「それにわたし自身が母の世話をしたかったの。母もわたしがそばにいるほうがうれしそうだったし」

「知らなかった」ロールが静かに言った。

エリンは肩をすくめた。「最期まで看《み》られてよかったと思ってる」

実際にやってみるまでは自分の手に負えるかどうかが不安だった。いらいらせずに世話ができるのか、常に自分よりも母を優先できるのか。でも、介護が始まったらそうすることが自然だった。

育ててもらった恩返しだ。日々の世話を繰り返すなかで自分自身も癒《い》やされた。警察の仕事とちがってある程度先が予測できるし、やりかけのまま次の仕事に進むうしろめたさもない。

「尊敬するわ」ロールがためらいがちに言った。声が少し上ずっている。「お母様のこと、お気の毒だったわね。とっても……すてきな方だった」

エリンは驚いて、瞬《まばた》きした。またむかしのロールが顔を出した。感受性が強くて、やさしい、いちばんの理解者。

返事をしようと口を開けたものの、言葉が喉《のど》にはりついて出てこなかった。ふたりの視線が絡み合う。エリンは目をそらした。

腰を落として、落ちた紙を拾い集める。そのときになって散乱しているのが写真だと気づいた。表のベランダに女性たちが横一列に並んでいる。やせて、目ばかりが大きい患者たちがそろってカメラを見つめていた。まるでこちらの目を直接のぞきこんでいるように。

ここの患者たちだ、とエリンは思った。改めてホテルの過去が迫ってきて、体が震える。彼女たちと自分を仕切るのは、ごく薄い時間の壁にすぎない。

そう思ったら、ケーブルカーや屋内プールにいたときと同じように呼吸がしにくくなった。息を吐いたあと、肺にうまく空気が入ってこない。息を吸おうとすればするほど苦しくなった。胸が波打ち、肺のなかが液体で満たされたかのように重く感じる。

パニックになったらだめ。支配されちゃだめ。ここではとくに。ロールの前では。

ロールがしゃがんでこちらの顔をのぞきこむ。「どうしたの？」

エリンはポケットに手を入れて吸入器をつかんだ。

「大丈夫」吸入器を口にあててボタンを押し、ガスを深く吸いこむ。気道が開き、空気が流れこんできた。二、三度呼吸してから顔をあげる。

「喘息《ぜんそく》なの。去年くらいからひどくなって。ここは標高が高いし、この部屋が埃《ほこり》っぽいせいかも」

ロールはまだ心配そうにこちらを見ている。

嘘だ。喘息なんかじゃない。以前にも標高の高いところに滞在したことがあるけれど、こんなふうにはならなかった。

問題はこの場所だ。この建物に原因がある。

この場がもつ何かに身体が反応していた。

それは生きて、呼吸をしている。建物のＤＮＡに刻みこまれている。壁や床にも。

11

「すっぽかされたんじゃないかな」レモンムースの残りをスプーンでかき回しながら、ウィルが言う。

エリンは聞こえないふりをして、チョコレートタルトをフォークでカットし、口に運んだ。タルト生地はほろほろしているしチョコレートの苦みもいい感じだ。でも質感が期待外れだった――ねっとりしすぎて好みではない。フォークを置いて、デザートの皿を横へと押しやる。

「エリン？」ウィルが彼女の顔をのぞきこむ。

エリンは、テーブルを見つめた。ふたりのあいだに置かれた、セラミックの受け皿にのったキャンドルは短くなり、ロウが溶けてふちから流れている。炎が天板の木目を美しく照らす。テーブルの上にはほかにも、飲みかけのワイングラス、水滴のついた水差し、パンのバスケットがのっている。ウィルはいつもパンのバスケットを食事の最後まで残したがるのだ。

「エリン？　聞いてるかい？」

「アイザックは七時ごろって言ったわよね？」

「言ったよ」ウィルが腕時計を見る。「もう九時だ……」

エリンは携帯電話をとりだした。不在着信もメールもない。

連絡もせずにすっぽかしてもいい相手だと思われているということか。腹が立つ一方で、弟の約束を鵜呑《うの》みにした自分が情けなかった。

アイザックは変わっていない。この先だって変わることはないだろう。期待したわたしがばかだった。

悔し涙が出そうになってウィルから顔をそむけ、レストランの内装に興味を引かれているふりをする。

レストランは混雑していて、空いているテーブルはほとんどなかった。周囲から楽しそうなおしゃべりが聞こえてくる。昼間はまぶしいと感じた白い壁も、暖炉の炎やキャンドルの光に照らされると印象がやわらぐ。だが、窓は相変わらず強い存在感を放っていた。

夜になっても、空間を支配しているのは窓だ。真っ暗な窓は役者のいない舞台のように見えた。底知れない闇に食事を楽しむ客の姿がぼんやりと映しだされている。

いやだな、とエリンは思った。自分が隙だらけだという事実を突きつけられているようだ。

ウィルがエリンの手の甲に指を滑らせ、ためらいがちに口を開いた。「……怒ってるんだろう？　期待したような再会にならなくて」

エリンは水差しをとって、自分のグラスに水を注いだ。「そうね。でも期待したわたしがばかだったとも思う。これがあの子のやり方なのよ。自分の優位を示したいだけ。今ごろ、待ちぼうけを食らわされたわたしを想像してにやにやしているんだわ」

「アイザックはともかく、ロールも来ないなんて……。そういえば彼女と知り合いだってことをどうして教えてくれなかったんだい？」

「それは……たいしたことじゃないと思って」エリンはキャンドルの先端で揺れる炎を見つめた。「知り合いといっても、子どものころの話だし」

ウィルが先を促すようにうなずく。

「母親同士が同級生だったの。ロールのお母さんは日本で英語の先生をしていて、そこで出会ったスイス人と結婚した。で、ロールが生まれたあと、家族でスイスに移住したんですって。イギリスへ里帰りすることはほとんどなかったから、わたしとロールも何度か会っただけ」

何度か会っただけとは、われながらよく言ったものだ。ロールたちは毎年八月になるとイギリスの実家に帰ってきた。荷物を置いた瞬間から、エリンとロールはどこへ行くのも一緒だった。海で泳いだり、カヤックをしたり、ビーチの近くの森でピクニックをしたりした。チーズをたっぷり挟んだバゲットや、大きなジンジャーケーキを分け合って食べた。

だから子どものころのエリンにとって、夏はロールの到着とともに始まり、ロールがスイスへ帰った瞬間に終わるものだった。離れているあいだもしょっちゅう手紙のやりとりをして、土曜日には必ず電話でおしゃべりをした。

本当のことをウィルに言いたくない理由はふたつあった。ひとつめはロールの思い出が末の弟のサムとセットになっているせいだ。ロールを思い出すと、サムを失う前の自分がよみがえる。今の自分との差を突きつけられる。

もうひとつは、ここに到着してからずっと考えまいとしてきた感情のせい。ロールに対しては、ずっとうしろめたい気持ちを抱いてきた。ふたりの友情を一方的に断ち切ったのは自分だから。

「きみがスイスへ会いに行くことはなかったの？」

エリンは首をふった。「母は行きたがったんだけど、金銭的に無理だった」

「でも、離れているあいだに連絡くらいはとっていただろう？」

「サムが死んで、すべてが変わってしまったのよ」

サムの死後、ロールから何通も手紙やメールが届いた。それでもエリンがそっけない返事しか返さないでいると、やがて連絡は途絶えた。そのほうが楽だった。連絡しないでいるほうが。サムを思い出してつらいのはもちろんだが、それ以上にロールを妬《ねた》ましく思ってしまう自分がいやだった。ロールの人生は何も変わっていない。ロールだけ、どんどん次へ進んでいく。

「ロールとアイザックは、どうしてつきあうようになったんだろう」

「アイザックはスイスへ来たあと、大学講師の仕事を見つけたの。ローザンヌ大学からシエールは近いし、ロールはシエールに住んでいたから。慣れない外国暮らしをいろいろ助けてもらったみたい。今になってみると、計算ずくだったんじゃないかって気もするけど。アイザックはわたしを怒らせるためにロールとつきあったんじゃないかって」

「そんな……あまり気にしないほうがいいよ。気にしはじめたらそれこそ彼の思うつぼだ」ウィルが背もたれに体を預けた。「せっかくの休暇なんだから楽しもう」

エリンは、レストランを見まわした。「わたしだってそうしたいけど、この建物……なんだか変じゃない？　気味が悪いわ」

「気味が悪い？」ウィルがほほえんだ。「きみは保守的だから、型破りなものを敬遠してしまうだけじゃないかな」

冗談めかした口ぶりだったが、半分本音だとエリンは思った。面と向かって指摘されたことはないが、これまでもウィルは何度か、エリンの許容範囲の狭さにいらだちを見せたことがある。

エリンは無理やり笑顔をつくった。「わたしほど進歩的な女もいないわよ」

「むかしはそうだった」ウィルが真面目な表情になる。「出会ったばかりのころは」

グラスをつかむエリンの手に力がこもった。「いろいろあったから」声が震える。「あなただって知ってるでしょう」

「もちろん知ってるさ。だからこそ、負けないでほしいんだ。ヘイラー事件も、お母さんのことも、サムのことも、アイザックのことも——きみは過去に囚《とら》われて今を生きていない。時間が解決してくれると思っていたけど、むしろきみの世界は狭まっていく一方だ」ウィルがエリンのほうへ身を乗りだした。「キャンプへ行こうって約束、ぼくはまだあきらめていないんだよ。テントも他のギアも用意した……」

「やめて」エリンは音をたてて椅子を引いた。胸が苦しい。また泣きだしてしまいそうだ。食事時のレストランで——ウィルの前で。

ウィルの発言が最終通告のように頭に響く。キャリアと同じように、彼にもまた永遠には待ってくれない。

エリンは立ちあがった。耐えられない——また大事なものを失うなんて。

「エリン、落ち着いて……」

「無理よ」背中から首にかけて熱くなってくる。「わたしはそんなに強くない」

12

アデルはその場に凍りついて、マスクの人物を凝視した。いきなり相手が飛びかかってきて雪の上に押し倒される。肩から首にかけて、鋭い痛みと衝撃が走った。

アデルは悲鳴をあげ、頭を抱えるようにした。

両目をぎゅっと閉じる。

目を開けちゃだめ。何が起こっても目をつぶっているのよ。

頭のなかで何度も繰り返す。相手が誰なのか、どうして追いかけてきたのかはわからない。でもあの気味の悪いマスクは……あれはわたしを怖がらせるための道具だ。あれを見たら体がすくんで動けなくなる。そうしたら二度とガブリエルに会えない。

父親から、恐怖が人の脳に与える影響について教えてもらったことを思い出す。恐怖に対して思考が停止するのは本能的な反応で、本人にもどうすることもできないそうだ。

たしか反応する脳の部位は……思い出せない。恐怖を察知すると、その部位が意識を支配して、全力で危険に対処するように肉体に指令を出すとか言っていた。

危険に対処するのはいいが、問題は、脳のほかの部位が機能しなくなること。論理的思考や判断を司《つかさど》る大脳皮質も働かなくなる。だから最適な行動を選択できなくなる。

また音がした。

ファスナーの音。何かがこすれる音。

何をするつもりだろう。

考えて！　考えて！　まだ時間はある。あのマスクを見なければ、逃げるチャンスはある。

だが手足の自由を奪われた瞬間、目をつぶったのはまちがいだったとわかった。論理的な判断など、とうのむかしにできなくなっていたのだ。目を閉じたことによってむしろ襲撃者を助ける結果になった。たとえわずかであっても逃げるチャンスを放棄してしまった。

寒さと疲れで皮膚の感覚が鈍っていたので、右の太ももに注射されたことに気づくのが一瞬、遅れた。

とがった針の先が皮膚を貫通して筋肉に刺さる。

鈍くて重い痛み。

足をばたつかせて悲鳴をあげた。勇気を出して目を開けたのに、何も見えない。世界が暗闇に包まれていく。

そして闇がすべてをのみこんだ。

13

「エリン、頼むから」ウィルが追いかけてきて、エリンの手をつかんだ。「席に戻ってくれ」

「無理よ」踵《かかと》に体重を移しながら、エリンはパニック発作の前兆を感じていた。

「エリン」ウィルが手に力を込めた。「深刻な話になるたびに逃げだすなら、つきあっている意味なんてないじゃないか。一緒に悩んだり考えたりするのがパートナーだろう」

エリンはウィルを見た。頬は紅潮しているが、眼鏡の奥の瞳《ひとみ》はやさしかった。

急に申し訳ない気持ちでいっぱいになる。ウィルは心配してくれているだけなのに。恋人同士が互いの問題を話し合うのはふつうのことだ。わたしもふつうになる努力をしなければ――ウィルのために。

エリンはうなずいて、彼のあとについて席に戻った。

腰をおろすと、ウィルが手をのばしてそっと腕にふれてきた。「きみの気持ちが知りたいんだ。今の状況をどう思っているのか」

エリンはためらった。また言い争いをしたくない。気づくと言葉があふれていた。「むかしと変わったことは自覚しているけど、わたしだって努力してないわけじゃない」

「たしかにきみは努力していたよ。でもお母さんが亡くなってからは家にこもりきりで、ジョギング以外は外に出ようともしなくなった。人にも会いたがらなくなった」ウィルはそこで言葉を切った。「おまけに最近になって、寝言でサムの名前を呼ぶことが増えた。弟さんの死は乗り越えたんだと思っていた。少しずつ立ち直っているんだと思っていたのに」

エリンは、ウィルの言葉に疑問を覚えた。立ち直る？　そんなことは不可能だ。サムを失った悲しみは全身の細胞に刻まれている。

この期におよんで母まで失った悲しみを、どうすれば乗り越えられるのか、エリンには見当もつかなかった。自分と深く結びついていた人の死を忘れるなんて、無理に決まっている。

ウィルは停滞しているわたしを見ていられないのだ。わずかでもいいから前進してほしいと思っている。いつかは乗り越えられるという兆しを見つけたがっている。

「不安なんだ。いつまでこんな状態が続くのか……」ウィルがこちらを見た。「きみの仕事だって……永遠には待ってくれない。わかっているんだろう？」

わかっている。でも復職する自信がない。

仕事で失敗して休職し、復帰のタイミングを計っているとき母を亡くした。どうしていいかわからずに足踏みしているうち、時間だけが過ぎていった。うつうつと日々を過ごすなかでサムのことを考える時間が増え、いつしかサムが亡くなった日に何があったのかをつきとめられれば、前に進めると考えるようになった。

サムの死に関して、答えを知っているのはアイザックだ。だから招待状が届いたとき、会いにいこうと思った。ただ、事実がわかってもわたしをとりまく現状が何も変わらなかったら？自分は一生このままなのかもしれない。喉《のど》に熱いものが込みあげてきて、エリンは小さくしゃくりあげた。

ウィルがエリンの手をぎゅっと握った。「ごめん、今する話じゃなかったね」もう一方の手をワイングラスにのばす。「きみはお母さんの遺品を整理したばかりだし、一日がかりでスイスまで移動して、そのうえ弟にディナーの約束をすっぽかされたんだから」

たしかにエリンは疲れていた。旅行前だというのに、一昨日も昨日も、夜遅くまで母の遺品を整理した。本も、服も、写真立てのなかの色あせた写真も、手にとるものすべてから思い出があふれた。たとえようもなく孤独で、世界のどこにもつながっていないような心地がした。

母が死んで半年以上経つのに、悲しみは少しも癒《い》えてくれない。

ワインを飲みほしたウィルが、声を落とした。「なんだかぼくもアイザックに腹が立ってきたよ。母親の看取《みと》りをきみに押しつけて、家や、役所の手続きや、私物の整理なんかを手伝いもしなかった挙げ句、こんなところまで呼びつけてパワーゲームを仕掛けるなんて」

「そうね」エリンは硬い声で言った。「今度こそちがう展開を期待していたんだけど」

「ちがう展開？」ウィルが片眉《かたまゆ》をあげる。

「だって向こうから誘ったのよ。自分で言いだしたんじゃない、一緒に夕食をとろうって」

「そうだね。ああ、でもまたやってる。アイザックの話はもうやめよう」ウィルが遮った。「これじゃあ相手の思うつぼだ。あれこれ意図をさぐって、分析してさ。それが彼の狙いなんだろう？　それより、今夜はふたりで楽しもうよ」ドリンクメニューを手にとる。「カクテルなんてどう？」

エリンはためらってからうなずいた。「そうね。せっかくの旅行なんだもの。楽しまなきゃ損だわ」

ウィルがにっこりして給仕係を呼ぶ。「これと――」メニューを指さす。「これを」

カクテルが運ばれてきたところで、ウィルが声をあげて笑った。「ミニマリストの精神がこんなところにまで貫かれているとは」

たしかに地味なカクテルだった。人工的な青やピンクでもなく、派手な飾りもない。ウィルのカクテルはほとんど透明だし、エリンのライチマティーニもほんのり赤い程度だ。ライチが丸ごとひとつ、グラスの縁に添えてある。

エリンはひと口すすった。ぴりっとした甘さが舌を刺激する。ウォッカが喉を焼いて胃へ落ちていった。強い酒だ。

「こっちも試してみるかい?」ウィルが自分のカクテルをそっと押した。ほほえんではいるが、表情にぎこちなさが残っている。

エリンはカクテルグラスのステムをつまんだ。ゆっくりと肩の力を抜く。ウィルの言うとおりだ。アイザックの思いどおりになってたまるものか。だいいち、ここへ来たのはあの子と仲直りをするためじゃない。

アイザックに、自分のしたことを認めさせるためだ。

14

ドアを押し開けて部屋に入ったウィルが、片手を突きだし、壁のスロットにキーカードを押しこもうとした。

狙いが外れて、プラスチックのカードがひしゃげる。

「わたしに貸して」エリンは笑いながらカードをとりあげ、細いスロットに差した。ぱっと頭上のライトがついて、部屋を照らす。室内のインテリアが目に飛びこんでくる。

反射的にエリンは身をこわばらせた。ほろ酔い気分が醒《さ》めていく。しつらえのすべてが神経にさわった。

この部屋の何がそんなにいやなのだろう。ふつうの客室と同じくベッドがあり、ソファーがあり、テーブルと椅子がある。しかし、ここには宿泊客にやすらぎを与えるものがひとつもない。たとえばクッションやカーテンや花瓶に入った花などといったものが排除されている。造りつけのベッドやワードローブは壁から突きだしていて、下に奇妙な空間があった。ローソファーは独立しているものの、壁にぴたりとくっついている。白いリネンのソファーカバーも壁の色と完全に同化していた。

ひょっとすると不快の原因は、自分自身にあるのかもしれない。〝なじみのない場所ではすぐに気分が悪くなる〟とアイザックにも言われたではないか。実は職場でも似たような評価をされたことがあった。〝変化にうまく対応できないところがキャリアに影響を与える可能性あり〟

「どうかした？」靴をぬいだウィルが、しまらない顔でこちらを見ている。目がとろんとして、まぶたが今にも閉じそうだ。彼がここまで酔うのもめずらしい。

ウィルが手にした携帯電話から着信音が響いた。大学時代の友人とやりとりをしているメッセンジャーアプリの着信音だ。ジョークをシェアするためだけにつくったグループで、エリンも見せてもらったことがあるが、書かれているのはたわいもないことばかりだった。書きこめるのはジョークとそれに対する短い反応だけで、社交辞令も世間話も禁止だそうだ。

画面を見たウィルが、にやりとして携帯を掲げる。「ほら」

エリンはやりとりを読んだ。〝時計でベルトをつくるなんて、時間の無駄《ウエスト・オブ・タイム》〟

思わず笑いがもれる。これまで見せてもらったジョークのほとんどは、なかなかおもしろかった。くだらないからこそ誰も傷つけないやりとり。初歩的なユーモア。まるでわたしとウィルの関係を映しているようだ。

エリンは自分の携帯を見た。「やっぱりアイザックから連絡はないわ。謝罪どころか言い訳ひとつないなんて」

ため息をつき、携帯をベッドに放ってこめかみを押さえる。頭蓋骨《ずがいこつ》の奥のほうが鈍く痛む。コップにミネラルウォーターを注いでごくごくと飲んだ。口のなかに残るカクテルの味を消したかった。アルコールの甘味は、喉の奥ですっぱく金属的な味に変わっている。

「どうでもいいじゃないか」

ウィルがエリンを引き寄せ、両手をヒップに滑らせる。「このホテルで初めての夜なんだ。ロマンチックに過ごそうよ」

「そうね」エリンはそう言いつつ、さりげなく体を離した。考えまいとすればするほど腹が立って仕方ない。

到着したその日の夕食に自分から誘っておいて待ちぼうけを食らわせるなんて。ふつうの人はそんなことをしない。どうしてわたしだけが我慢しなきゃならないの？　コミュニケーションを成立させたいなら、お互い歩み寄るべきでしょう。

ふらつく足で窓辺へ行き、ドアを開けてバルコニーへ出た。霜が手すりに乳白色の模様を描いている。

氷のように冷たい空気を吸いこむ。

もう一回。

アルコールの霧が晴れて、頭が冴《さ》え冴《ざ》えとする。

「ウィル、見てよ」部屋に向かって声をかける。

いつの間にか雪がやみ、雲が割れて夜空が顔をのぞかせている。ぼんやりと光る半月が、向かいにある山々の峰をやさしく照らしていた。

最初は、純粋に美しいと思えた。だが眺めているうち、山々がぎざぎざの刃《やいば》に見えてくる。いちばん高い峰の先端はかぎづめのように反りかえっていた。

失踪《しっそう》した建築家、ダニエル・ルメートルの話が思い出される。遺体も出てこなければ手がかりもなし。たしかにこんな大自然なら、人ひとりくらい跡形もなくのみこんでしまいそうだ。

「すごいな」背後からウィルの声がした。「でもあんまり外にいないほうがいいよ。そんな薄着じゃ風邪をひく。酔っぱらっているときは寒さを感じにくいって、どこかで読んだことがあるんだ。明日の朝、低体温症で死んでいるところを発見されたらしゃれにならない」ウィルはそこまで言ってから、バルコニーに置かれた木製の椅子を見て、顔を輝かせた。「ひょっとしてそのリクライニングチェアは……よく似ているぞ、かつてサナトリウムで使われていたものと」

「酔っていても建築オタクね」エリンは笑顔になったが、次の瞬間、はっとして唇に人さし指をあてた。下から物音が聞こえたからだ。雪を踏みしめる足音、ライターの金属音。音楽的な響きのフランス語。

バルコニーからのぞくと、外向きにはねた黒髪とスカーフが見えた。

エリンは息をのんだ。

ロール。

ロールがホテルのエントランスから出てきて、積もった雪の上を歩いてくる。あたたかそうな黒いダウンコートを着ているが、前のファスナーは閉めていない。首には昼間見たときと同じグレーのスカーフが巻かれ、先端がだらりと腰のあたりまで垂れていた。

ロールがバルコニーの真下あたりで立ちどまる。手にした煙草の先端から細く煙がたちのぼっていた。ロールは携帯電話を耳にあてて早口でしゃべっている。煙草を持つ手を動かすたびに先端が光の軌跡を生み、まるで蛍が飛んでいるように見えた。

エリンは気づかれないようにじっとしていた。

ロールが体の向きを変える。外灯の光に、顎《あご》の形やくっきりした鼻筋、眉のラインが際立った。

ロールは何やら興奮しているようだった。目を細め、口角をさげている。

フランス語はわからないが、ロールの感情は理解できた。怒りを含んだ声。数時間前のロールとは別人のようだ。

エリンは立ちすくんだまま、見つめていた。エリンの知らないロールがそこにいた。

15

二日目

さまざまな香りが鼻をくすぐる。焼きたてのパンに濃いコーヒー、食欲をそそるチーズの香り。

エリンはビュッフェテーブルを見渡した。つやつやしたクロワッサン、バゲット、塩をまぶした小ぶりなロールパンの入ったバスケットが並んでいる。給仕係が木製のトングでパン・オ・ショコラをうやうやしくつまんで、空のバスケットに並べていく。給仕係がさがると、ハムとサラミとスモークサーモンが盛られた皿や、ヨーグルトの入ったセラミックのボウルが視界に入った。

「理想的な朝食だな」ウィルがうれしそうに両手をこすり合わせる。

エリンは声をあげて笑った。「これならさすがのあなたも満足するわね」

ウィルの食欲は冗談のように旺盛《おうせい》なのだ。サーフィンのあとならLサイズのピザを二枚平らげ、さらにアイスクリームのファミリーサイズをぺろりと食べてしまう。とくに朝食は一日のうちでいちばん楽しみだと言っていた。

ウィルがにっこりしてエリンの腕を小突いた。「きみは何から食べる？」

「そんなにおなかが減っていないから」エリンはそう言ってオレンジジュースをコップに注いだ。途中で手もとが狂い、こぼれた液体がテーブルクロスに太陽みたいな丸い染みをつくる。

「いやだ、わたしったら」

「完璧《かんぺき》な二日酔いだな」ウィルがからかう。

エリンはこめかみの鈍い痛みを感じながら、弱々しく笑った。これだからアルコールは控えているのに、昨日はカクテルを四杯も飲んでしまった。楽しむつもりが、途中から現実を忘れるために飲んでいた。

気をつけないと……母のようになってしまう。サムが死んだあと、母は現実から逃げた。アルコールで悲しい記憶を遮断しようとした。めったに外出もしなくなり、ワイングラスを手に、ぼんやりと砂浜を見つめていることが多くなった。

父は真逆で、片時もじっとしていなかった。事故のあと、すぐにサムの部屋を空にして、家じゅうの新聞を捨てた。ニュースの時間になるとさっとテレビを消した。

サムが亡くなって数年後に父が家を出たのも、自然な流れだったのだと思う。父はウェールズで、新しい妻と子どもを持った。前に進むために究極の方法をとったのだ。ばっさりと過去を切り捨てた。

エリンは過去から逃げられなかった。父がやっきになって抹消した世界に、いつまでも囚《とら》われていた。海辺のキオスクにも、フィッシュ&チップスの店から大音量で流れるニュースにも、サムがいた。

〝先日、この町で水の事故がありました。亡くなったサム・ワーナーはまだ八歳でした。地元住民はいまなお、少年の早すぎる死を悼んでいます〟

暗い記憶をふりきるように、エリンは皿をとった。レストラン内を見まわす。「あのふたりは来てる？」

アイザックには会いたくない。すっぽかされた夕食や、バルコニーから見たロールの様子が思い出される。

ウィルがビュッフェテーブルから顔をあげてレストラン内を見た。「いや、いないな」サラミをフォークで刺して自分の皿にのせる。厚くカットされたソーセージは脂ぎっていて、小さな脂肪の塊がいくつも詰まっている。

見ているだけで胸焼けがした。

「パンを少し食べようかな」エリンはそう言って、ロールパンをひとつと、赤いジャムをひとすくい皿にとった。窓際のテーブルへ向かいながら、オレンジジュースを飲む。新鮮で濃厚なジュースだった。果肉の粒が舌に残る。

頭のなかの霧が少しずつ晴れてくる。空いた席について、ウィルを待つあいだ、窓の外に視線をやった。窓辺に雪が高く積もっている。青い空を背景にしているせいか、雪はこの世のものとは思えないほど白い。ここへ来て初めて、山々に歓迎されているような気がした。朝食のあとで散歩に行かないかとウィルに誘われたけれど、いい気分転換になるかもしれない。

皿に食べものを山盛りにしたウィルがテーブルへやってきた。

「ぼくのほうを見たまま聞いて。たった今、アイザックが入ってきた。ひとりだ」席について声を落とす。「こっちへ来るぞ」

エリンが視線をあげると、ウィルの言ったとおり、近づいてくるアイザックが目に入った。

「おはよう」平静を装って声をかける。次に言うことも考えていた。最初はあたりさわりのない話題から入ろう。

ところがアイザックの表情を見たとたん、用意していた言葉が消えた。

アイザックの髪はぼさぼさで、目が血走っている。

「ロールがいなくなったんだ」アイザックは吐きだすように言ったあと、ほかの客が聞いていなかったか、あたりを見まわした。

「なんですって？」エリンの鼓動が速まった。

「行方がわからない」アイザックが繰り返した。「何かあったにちがいない」

16

ジェレミー・ビセはスキーをはいて〈ル・ソメ〉の裏から森へ続く道を登っていた。木立のなかへ入った瞬間に視界が暗くなる。道の両脇にはびっしりと松が並んでいた。

これが夏なら、森の向こうにある氷河目当てにハイカーたちが行き来するのだが、冬の今は何もかもが雪に埋もれている。

上を向くと枝の向こうに空が見えた。昨日、吹雪をもたらした黒い雲はもうない。全体にかすみがかかった水色で、薄い雲が点在している。だが、この晴天は長続きしないだろう。来週にかけて天気予報は下り坂だ。

登りはじめてすぐに息があがったが、五分もすると調子よく進めるようになった。ポールとスキーを規則正しく動かすうち、なんともいえないおだやかさに包まれる。

冬場はいつも出勤前にスキーをはいて山へ行く。日の出前に目覚ましをセットして、クロスカントリーが楽しめるアミノナ方面へ向かう。

ジェレミーが習慣にしている唯一のアクティビティーといっていい。本来は同じことを繰り返すのがあまり好きではない。繰り返しは病院を連想させる。父親がそこで過ごした最期の日々を思い出す。病院では毎日、うんざりするほど同じことが繰り返された。回診の時間、薬の時間、消灯時間。

いやな記憶を頭の外へと押しやり、手足を動かすことに神経を集中する。だんだん呼吸が速くなる。太ももの筋肉が熱を帯びはじめた。

なかなか手強《てごわ》いのぼり坂だ。だが、手強いからこそいい。坂を登ることで感情を一定に保つ術《すべ》を身につけられる。昨日の夜も、夜中にぐっしょりと汗をかいて目を覚ました。私生活の悩み、仕事上のトラブル、別れた妻と養育権で争っていること。

かつて妻だった女性の顔が脳裏に浮かんだ。息子のセバスチャンを助手席に乗せてシートベルトをかける彼女の顔には、元夫に対する嫌悪がありありと浮かんでいた。

ジェレミーは意識的に頭を空にして、ペースをあげた。

ついに森を抜けた。

太陽の光が雪に乱反射する。さっきまで頭上をおおっていた枝葉の屋根はもうない。樹木限界線を越えたからだ。これより上に草木は生えない。自分と氷河を隔てているのは、石灰岩の壁だけだ。筋模様の入った灰色の壁面に、雪がこびりついている。

ジェレミーは足をとめ、自分の息遣いに耳を澄ました。短く息を吐くたび、顔の前に小さく白い雲ができる。防寒着の下を汗が伝う。呼吸が落ち着くのを待ちながら、遠くへ視線をやった。視界を遮るものがないので谷底まで一望できる。人工的な四角い形状は、高くのびたクレーンのアームが、区画整備された街並みを分断している。山の上の奔放な大自然とはまるで異質だ。

強い風が吹いてジャケットの裾《すそ》をはためかせた。身震いして天気予報を思い出す。吹雪になる前に山を降りなくては。

スキー板のクライミングスキンをすばやくはがす。クライミングスキンはスキー板の底に装着する滑りどめで、丘をのぼるときにつけるものだ。特殊な加工によって、つけているあいだは板がうしろ向きに滑らなくなる。くだるときは無用の長物だ。

はがしたスキンがくっつかないようにメッシュシートを挟んでたたみ、バッグに放りこんだ。ファスナーを閉めて出発しようとしたところで、動きをとめる。

音。足音か？

ふり返って周囲を見渡す。

誰もいない。生きものの気配もない。

ふたたび音。

さっきよりもこもった音だ。目を細めてもう一度ぐるりとあたりを見まわす。やはり誰もいない。息をとめて耳を澄ました。静かすぎて耳鳴りがする。

また聞こえた。

上のほうから聞こえたような気もする。

ジェレミーは岩壁の上へ視線をあげた。

心臓が早鐘を打つ。

山々が迫ってくるような錯覚に陥る。ここ何十年もなかったほどの積雪をたたえた峰や雪庇《せっぴ》は、もはやジェレミーの心を癒《い》やすどころか、悪意を秘めたばけものに思えた。

山から視線を引きはがす。疲れているだけだ。昨日は四時間しか眠っていない。だからくだらない妄想をするのだ。

しゃがんでブーツの紐《ひも》を締め直し、ビンディングをダウンヒルモードにする。左右の足を交互に出して、森と平行に走るトレイルに出た。

今いる斜面にはスキーのリフトがないので、積もった雪はまっさらのままだ。手つかずの銀世界が広がっている。

滑りはじめたとたん、アドレナリンが噴きだした。粉雪の雲を後方へ飛ばしながら快調に斜面をくだる。

なかほどまで来て速度を落とす。前方で何かが光ったからだ。雪が反射したのではない。もっと人工的な光だった。

金属片か何かか？　遠すぎてよくわからない。

ジェレミーは光るもののそばでスキーを止めた。

ブレスレット？　こんなところに？

ブロンズ色の金属がなめらかな曲線を描いている。銅製らしい。

ふと別のものが目に入った。あれは布だろうか。色あせた青い布。次の瞬間、息をのんだ。布の下側にボタンがついているのがわかったからだ。あの布は……服だ。

いやな予感を覚えながらスキー板を外し、深く積もった雪に膝《ひざ》まで埋もれるのも構わず布のほうへ近づいた。

ブレスレットの前で膝をつく。そっとつかんで引っぱってみたが、雪面にくっついていて動かない。雪と氷がセメントのようにブレスレットの下側を固めているのだ。手で雪をかいてブレスレットをできるだけ雪面から露出させる。左右に動かして引き抜こうと思った。

ところがひっぱってもブレスレットは抜けなかった。もっと雪をどけないとだめだ。手袋をとって、手でじかに雪をかく。

すぐに指先が真っ赤になって感覚が鈍くなった。リュックサックをおろしてポケットナイフをとりだす。ナイフを開いて雪につきたて、クリスタルのような氷の塊を取りのぞいた。

もう少しだ。

数センチ掘ったところで、ブレスレットと布地がさっきよりもよく見えるようになった。

ブレスレットをつかんで思い切り引っぱる。勢いあまってうしろにひっくり返ると同時に、ブレスレットと布が雪から抜けた。

その下についてきたものを、ジェレミーは茫然《ぼうぜん》と見つめた。

喉《のど》の奥に苦いものが込みあげる。彼は手にしていたナイフとブレスレットを放りだし、体を折って雪の上に何度も嘔吐《おうと》した。

17

「アイザック——」エリンは、奇妙な静寂を破って口を開いた。「変な冗談はもうやめて」

この手のいたずらは何度も経験している。アイザックは相手の反応をひきだすためなら手段を選ばない。

「冗談なものか」アイザックがエリンの目をまっすぐに見返す。「朝、起きたらロールがいなくなっていたんだ」顔色が悪く、目の下にうっすら紫色のくまができていた。

「プールかジムにでも行ったんじゃない？　これだけ大きなホテルだもの。行くところはたくさんあるでしょう」

「あちこちさがしたさ。でも誰もロールを見ていない。こんなふうに消えるなんて彼女らしくない」アイザックが乱暴に椅子を引いて腰をおろした。「おまけにこんなものが部屋のドア近くに落ちていた」ポケットから何かをとりだしてエリンのほうへ差しだす。

ネックレスだ。

ゴールドのチェーンに小さなLの文字がついている。

「フックが外れて落ちたんじゃない？」

「よく見てくれ。チェーンが途中で切れてるだろう。何かあったんだ」

「何かって何よ?」だんだん腹が立ってくる。アイザックと話すといつもこうだ。思わせぶりなことばかり言って結論を引きのばす。

「わからないけど……チェーンが切れたらふつう気づくだろう。気づいたなら拾ったはずだ。これは彼女が母親からもらったもので、すごく大事にしてた」アイザックの視線がエリンの喉もとに落ちる。「姉さんにとってはそのネックレスみたいなものさ」

エリンは思わず首元のチェーンに手をやった。サムが亡くなって数年後に母親がつくったものだ。チェーンはシルバーで、サムの星座である蟹《かに》座の爪がついている。母が亡くなったあとは肌身離さず身に着けてきた。

「そんなに大事なものを拾えないほど急いでいたのか、もしくは拾いたくても拾えなかったかいずれにしてもよくない展開だ」

「そんな——」

給仕係が近づいてきた。「コーヒーはいかがですか」

アイザックが視線をあげもせずにうなずく。「ブラックで」

「散歩にでも行ったんじゃないかな?」ウィルが口のなかの食べものを咀嚼《そしやく》しながら言った。

「天気がよくなったから」

「そりゃそうだけど……やっぱりメモすら残していかないなんて変だよ。何かあったんだ。おれにはわかる。ひと言もなしに消えるなんてロールらしくない」

弟の不安がエリンに伝染する。心臓が激しく脈打つ。アイザックが過剰に反応しているだけだ。朝起きたら姿が見えないからといって、どうして行方不明と決めつけるのか。ロールはこのホテルで働いている。どこで何をしていてもおかしくないのに。

ふと昨夜のことが頭をよぎる。ロールは雪のなかで、怒ったような口調で電話をしていた。

「あなたが最後にロールを見たのはいつ？」

「昨日の夜だ。あいつはベッドで本を読んでいた。十一時ごろ電気を消した」

「夜中に何か聞こえなかった？　争う音とか？」

ウィルが目を見開いてこちらを見る。エリンがアイザックの話に乗ったことに驚いているのだ。いや、ひょっとすると仕事モードのエリンを見たのが初めてだから戸惑っているのかもしれない。エリン自身、意外だった。休職して一年が経つのに、気づくと目撃者から事情聴取をするような口調になっていた。

「何も聞いてない」

給仕係がコーヒーサーバーをテーブルのまんなかに置いた。白い蒸気が濃くなったり薄くなったりしながら天井へのぼっていく。

「あのね、警察に勤めていると、こういう話はよく聞くの。親しい人がとつぜん姿を消してパニックを起こす人はけっこういる。連絡もせずにいなくなるような人じゃないってみんな言うわ。でも、たいていの場合は説明がつく。たとえば友だちがトラブルに巻きこまれて助けを求めてきたとか……」

「メモも残さずにか？　携帯すら持たずにいなくなったんだぞ」アイザックが鋭い声で言い返

す。「姉さんたちが到着したばかりで、今日の計画も立ててあったのに」

エリンの脳裏に、電話をしながら雪の上を歩きまわっていたロールの姿が浮かんだ。激しい手ぶりに合わせて、煙草の火が躍っていた。

「彼女が行きそうなところに心当たりはないの？」

アイザックの顔が曇った。「ない」そう言ってカップにコーヒーを注ぐ。黒い液体が縁からあふれた。

「携帯電話は部屋にあるのね？　財布は？」失踪《しっそう》事件でまず確認する事項だ。衝動的な行動か、それとも計画的なのか？

「携帯も財布の入ったバッグも部屋にあった」アイザックがナプキンをとってこぼれたコーヒーを拭《ふ》く。「服も化粧品もそのままなんだ。もし出ていくつもりなら、そういうものを持っていくだろう？」

「そうね……」エリンは慎重に言葉を選んだ。「でも、何も持たずに出ていくケースもあるのよ」どう言えばうまく伝わるだろう。「昨日の夜、彼女の様子に変わったところはなかった？」

「……ない」

アイザックの態度が微妙に変化する。何か隠していることがありそうだ。

「アイザック、お願い。正直に答えて」

アイザックのナプキンが、コーヒーを吸って濃い茶色に染まった。

「たいしたことじゃないんだ。昨日の夜はなんだかいらいらしているみたいだった。いつもより怒りっぽいっていうか……。そのときは姉さんと再会して神経が張りつめているんだと思ったけど、今になってみると、ほかに理由があったのかもしれない」アイザックが顔をしかめた。「夕食に行く準備をしていたら、あいつがシャワーから出てきて、わたしは行かないって言いだしたんだ。用ができたからって。おれはむっとして、食事の約束が先なんだからこっちを優先しろって言った」

「あなたはすっぽかすつもりじゃなかったということ？」おだやかな声で確認する。待ちぼうけを食らわせたことについて、アイザックはまだひと言も謝罪していない。

「もちろんだ」アイザックが目をこすった。「ひとりで行くって言えばよかったのかもしれないけど、おれはロールに来てほしかった。結局、口論になって、ロールはぜんぜん意見を曲げなくて……」

「彼女の用って具体的になんだったの？」

「それを言わないから余計に腹が立ったんだ。ホテルのことだとしか言わなくて」

「仕事ってこと？」

「ああ。ここのところロールは働き詰めだったから……」アイザックがコーヒーを飲みほして立ちあがる。「ロールの友人や家族に連絡してみる。姉さんの言うとおり、荷物を置いて出ていった可能性もあるから」

「その前に何か食べたほうがいいんじゃない？」

アイザックはすでに出口に向かっていた。

彼が声の届かない距離まで遠ざかるのを待って、ウィルが口を開いた。「結局、昨日の謝罪はなかったね」皿の上のサーモンを食べやすい大きさにカットしながら言う。軽い口調だが、アイザックの態度を不快に思っているのが伝わってきた。

エリンは無理に笑顔をつくった。「ごめんなさいね。ロールはきっとホテル内にいるわ。アイザックと喧嘩《けんか》して、どこか人目につかないところでコーヒーでも飲んでいるのよ」

「きみならそうするの？」ウィルはピンク色がかったサーモンをフォークにのせ、口に運んだ。「失踪を装ってぼくを罰する？」

「するわけないでしょう」

ウィルがほほえんだ。「そうだよね」サーモンをのみこんでから続ける。「それにしても、アイザックはずいぶん気が早いな。いなくなったといっても数時間だろう？」

「そうだけど、ちょっと気になるわ。ロールが昨日、外で電話していたじゃない。わたしたちの部屋の下で。姿が見えないこととあの電話とのあいだに、なんらかの関係があるのかも」

ウィルは何も言わなかった。

大げさだと思っているのかもしれない。たしかに事件や事故だと判断するだけの情報がない。これだから復職する自信が持てないのだ。結論に飛びつく悪い癖を直さないといけない。

「結局、アイザックにふりまわされてしまうね」ウィルが唇を噛《か》む。

「だって……ほかにどうしろって言うの？　あの子の言うことを無視しろと？」オレンジジュースのグラスを握る手に力がこもる。指先が白くなるほどに。

「そうじゃないけど、ぼくは今のところロールが失踪したとは思えない。あのふたりの喧嘩にきみが巻きこまれることはないよ」

エリンは黙っていた。視線をあげると、ちょうどアイザックがレストランを出るところだった。O脚ぎみの脚や、だるそうな歩き方はむかしのままだ。胸が締めつけられる。子どものころの記憶が次々とよみがえってきた。水面に浮きあがる泡のように、あとから、あとから。

空。流れる雲。黒い鳥が群れを成して飛んでいく。

血。アイザックとの記憶にはいつも血が登場する。

ウィルがエリンを見た。「自覚があるのかどうかわからないけど……アイザックを見るとき、きみはいつもそういう表情をするね」

「どんな表情?」自分の鼓動が耳にこだまする。

「怯《おび》えた顔さ」ウィルが皿を押しやった。「彼を見るとき、きみはいつも怯えた顔つきになる」

18

ジェレミーは、手の甲で口を拭《ぬぐ》ってふり返った。おぞましいものが飛びだしてきた雪面を見る。喉《のど》の奥にまだすっぱい味が残っている。

ブレスレットの下からのぞいたのは骨だった。不自然な角度に曲がった人の骨だ。

上体を起こして浅く息を吸う。額に玉の汗が噴きだしていた。

過去にも雪のなかから遺体が見つかったことはある。地球温暖化の影響でスイスでも氷河か後退しているからだ。

数年前には、七十五年以上も行方不明だった夫婦の遺体が、シャンドラン近くの氷河で発見された。夫婦は深いクレバスに落ちて亡くなっていたのだった。信じられないほど保存状態のよい遺体の写真がしばらく新聞やネットをにぎわした。ぼろぼろになった革バッグ、ワインボトル。黒いブーツの裏には、むかし流行《はや》った滑りどめの鋲《びょう》がびっしりと並んでいた。

ジェレミーはその写真を何度も見た。遺品からうかがい知るかつての暮らしぶりよりも、遺族が七十五年以上も苦しんできたという事実に心が震えた。子孫はようやく夫婦の死を悼むことができる。

目の前の骨に視線を戻す。ブレスレットの下に腕時計が見えた。ひと目で高価なものだとわかる。ゴールドの幅広ベルトに大きくて華やかな文字盤。ベゼル部分に小さなダイヤモンドが並んでいる。ベルトの内側に文字が彫ってあった。顔を近づけて目を細める。

ダニエル・ルメートル。

ぎょっとしてあとずさる。

行方不明になっていた建築家じゃないか！

すぐにポケットから携帯を出して一一七に発信した。額には、新たな汗が噴きだしていた。

19

「アイザック？」エリンは客室のドアをノックした。「ねえ、アイザック、わたしよ」

胸のあたりが蒸れて暑い。朝食のあと、外に出るのにアウトドア用のテクニカルメリノウールの服に着替えたからだ。

ドアが開いた。アイザックの顔はまだらに赤くなっている。

「ロールのことが心配で」エリンはためらいがちに言った。「来るのが遅くなってごめんなさい。食事のあとウィルが散歩をしたがったものだから……もちろん遠くには行けなかったけど……雪が深すぎて」無理に笑顔をつくる。

アイザックの顔つきがわずかに変化したが、どういう心の動きによるものなのかはわからなかった。

アイザックが踵《きびす》を返して部屋の奥へひっこむ。

「入ってもいい？」間の抜けた質問だが、そばにいてほしいのかいてほしくないのか判断がつかなかった。

「どうぞ」アイザックがそっけなく言う。

部屋に入ってすぐ、床に置いてあるハイキングブーツに目がとまった。ソールが濡《ぬ》れて、ところどころに雪がついている。

「あなたも外に出てたの？」

アイザックが窓の前を行ったり来たりしながら、早口で答える。「さっき戻ってきたばかりだ」

「外で何を？」

「ロールをさがしてたに決まってるだろう！」アイザックが声を荒らげる。「森へ行ったんだ。

どこかで足を滑らせた可能性もあるから。結局、見つからなかった。思いつくことはぜんぶやった。ホテルのなかはもちろん、敷地内もくまなくさがした。家族や友人、隣人にも電話した。だが誰も彼女を見ていないし、連絡も受けていない」

アイザックの憔悴《しょうすい》した様子に、エリンまで胸が苦しくなった。一方で、過剰とも思える心配ぶりが、芝居がかっているようにも思える。姿が見えないといってもまだ半日も経っていないのだ。

「これからどうするの？」

「さっき、警察に通報した」

先走りすぎではと思ったが、感情をなるべく表に出さないようにした。「ロールが失踪《しっそう》したと通報したの？」

アイザックがうなずいた。「でも無駄だった。現時点では何もできないと言われた。ハイキングとかスキーに出かけたまま連絡がつかなくなったとかならともかく、数時間、姿が見えないくらいでは緊急性が低いそうだ。もう少し様子を見てくれってさ」音をたてて息を吐く。「たしかにまだ数時間だけど、こんなにいやな予感がするのに。なんでもないならどうしてロールは電話してこないんだ？」

「わからないわ」エリンは部屋の奥へ進んだ。窓に視線をとられる。

アイザックの部屋は森に面していた。窓の外には雪を厚くかぶったモミの木立が山へ続いている。エリンは木々のあいだに目を凝らした。何もかもが白い雪でおおわれているのに、全体の印象は暗い。人を拒絶しているように見えた。

鼓動が速まる。嫌悪感がわきあがる。

大自然の光景にどうして否定的な感情を抱くのか、自分でも不思議だった。だが窓の外に広がる森を体じゅうの細胞が嫌悪している。

アイザックも窓の外を見た。「ロールはあの森を嫌っていた。悪いやつが身を隠すには絶好の場所だとか言って……。こちらから相手は見えないけど、相手からはばっちり見える。窓はでかいし、このホテルは煌々《こうこう》と照らされているからな」

「やめて」見つめれば見つめるほど不安になる。今、この瞬間にもモミの木が増殖していくようで気持ちが悪い。

「おい、大丈夫か？」

気づくとアイザックがのぞきこむようにこちらを見ていた。

「平気よ」

「もう喘息《ぜんそく》はよくなったんじゃ――」

「ええ」急いで返事をする。そして室内に視線を戻した。

客室のレイアウトはエリンの部屋と同じだが、アイザックの部屋のほうが少し広かった。壁にかかった絵はごちゃごちゃした印象だ。カーテンやクッションはやや白っぽいグレーで統一されている。

ひととおり見まわしてから、細部を観察する。ノートパソコン、テレビ、未開封の水のペットボトルが何本か。服や靴が床に散らばっている。あれはロールの靴だ。ネイビーのスニーカー、はきこまれたハイキングブーツ、スエードのローファー。

よく見ると、床に落ちているもののほとんどがロールのものだった。アクセサリーも出しっぱなしだし、クローゼットのドアには深緑のスカーフが無造作にかけてある。フェイスクリームのふたも開けっぱなしだ。

エリンは次にベッドを見た。こちらはアイザックの痕跡《こんせき》が目につく。シーツにしわが寄って、上掛けは丸まっていた。相変わらず寝相が悪いようだ。

片方のサイドテーブルに本が何冊も積みあげてある。フランス語の本だ。一冊は開いたまま伏せてあって、本の背が中央で折れていた。

アイザックの言うとおりだった。一時停止したアニメーションのように、何もかもがやりかけだ。こうしているあいだにもロールが朝食から戻ってきそうだった。何か思うところがあって出ていったようには見えない。

「ロールの携帯は？」

「携帯？」アイザックが眉間《みけん》にしわを寄せる。

「そうよ。何か手がかりが見つかるかもしれないでしょう」

「ああ、そうだな」アイザックが表情をゆるめる。その直前、またしても解読できない感情が顔をよぎった。

「ここにある」自分のポケットからロールの携帯を出し、暗証番号を入力してエリンのほうへ差しだす。「おれも見たけど、とくに気になるところはなかった」

エリンは携帯を受け取った。充電はほぼ百パーセント完了している。携帯電話会社はスイスコムだ。エリンの携帯がジュネーブ空港に到着したときから自動で接続している会社と同じだった。発着信履歴を確認する。最後に通話したのは昨日の昼で、相手はジョゼフという名前だ。どういうことだろう？　夜遅くにロールが携帯で話しているのを見たのに。あのときの履歴が残っていないのはおかしい。

アイザックが、肩越しに画面をのぞきこんだ。熱い息が首にかかってぞくりとする。「そのジョゼフっていうのは、ロールのいとこだ」

「履歴にある人で、知らない人はいる？」

「いや。あとはぜんぶ友人だ。メールもチェックしたけど、気になる内容のものはひとつもなかった」アイザックが一歩さがって頬を赤くする。「メールを勝手に読むなんてロールがいやがるだろうと思ったけど、こういう状況だから……」

「ノートパソコンは？」

「見たけど、何もない」アイザックが机の上のノートパソコンをとってくる。「携帯と同期されているんだ。メールもね。保存してある文書は仕事関連ばかりだった」

エリンはベッドの足もとに腰をかけてノートパソコンを開き、保存してあるファイルやインターネットの検索履歴をざっとチェックした。アイザックの言うとおり、仕事関連のものばかりで、とくに不審な点はなかった。

ノートパソコンを机の上に戻してバスルームへ向かう。アイザックがすぐうしろをついてきた。洗面台のまわりにコンパクトや乳液などの化粧品が散らばっている。使用ずみタオルが、タイルの上でぶかっこうなSの字を描いていた。洗面台の上の棚に白いキャンバス地のポーチがあって、口が開けっぱなしになっている。

ポーチの中身をさぐると、ピンク色のピンセット、脱毛ワックスシート、メイクブラシ、コンパクト、化粧下地、マスカラが入っていた。サイドポケットのファスナーを開ける。タンポンと抗ヒスタミン剤、そして鎮痛剤が出てきた。

化粧ポーチのファスナーを閉めながら、これは本格的にまずいかもしれないと感じた。自分の意思で出ていったとしたら、このポーチを置いていくはずがない。女性にとって化粧ポーチは安定剤のようなもの。毎日まとう鎧《よろい》の一部だ。

ふり返って口を開きかけたとき、鏡に映るアイザックが見えた。棚から何かをとってポケットに入れていた。

エリンが息をつめて見ていると、アイザックが何もなかったかのようにこちらを向いた。見られたことに気づいていない。

彼は何かを隠した。

恋人が行方不明で動揺しているはずのアイザックが、協力者である自分を欺こうとしている。

エリンは両手を握りこぶしにした。怒りが塊となって込みあげる。また騙《だま》されるところだった。幼いころからアイザックの巧みな演技に何度もふりまわされてきたではないか。人はそうそう変わらない。嘘をつく人はいつまでも嘘をつくし、騙す人は何度でも騙す。そういう癖はその人の核にすりこまれていて、本人にもどうすることもできないのだ。

子どものころ、アイザックは嘘つきだった。エリンのふたつ下で、サムのふたつ上だったアイザックは、まんなかという立ち位置が気に入らなかった。親の注目を浴びるために嘘をつき、姉や弟よりも優位に立つために嘘をついた。

サムが水泳大会で優勝して誇らしげに帰ってきたとき、アイザックは弟をほめたたえる両親をおもしろくなさそうに見ていた。二週間後、水泳のトロフィーの台座に深い溝ができた。落としたってああはならない。

アイザックはしらを切ったが、彼の仕業だと家族全員がわかっていた。アイザックならやりかねない。

「休暇中なのに仕事みたいなことをさせてすまない」アイザックが床に落ちたタオルを拾ってレールにかける。「姉さんが警察官だなんて、いまだに違和感があるけど」

「でしょうね」

「どうして警察官になったんだい？　子どものころはエンジニアになりたいって言っていたのに」

エリンはアイザックを見た。喉《のど》もとまで出かかった言葉をのみこむ。

〝警察官になった動機はあなたよ。アイザック。あなたがしたことのせい〟

いっそ口に出してしまえばよかったのかもしれない。

20

「今はどんな事件を担当しているの?」アイザックの声が思考に割りこんでくる。

嘘をつくのは簡単だが、エリンにはできなかった。すでに複雑化した関係を、これ以上ややこしくしたくない。「何も……休職中だから」そう言いながらベッドルームへ戻る。

「え? 休職?」アイザックがあとをついてきて、窓のそばで立ちどまった。

「ある事件の担当になって……大きな事件だったんだけど——」早口で説明する。首筋が熱くなった。「へまをしちゃって」

記憶が渦を巻いてよみがえる。顔面にかぶさってくる手。黒っぽい筋が入った岩肌。そして水。大量の水。

「何があったんだ?」

「事件のことは詳しく話せないのよ」

「いいじゃないか。ここはスイスなんだし。おれが誰に話すっていうんだ」

「まあ、そうだけど……。イギリスでは割と注目を集めた事件で、個人的にも、巡査部長に昇進して初めて担当する事件だから気合が入ってた。被害者は十五歳のふたりの少女。犯人は少女たちをボートに縛りつけて、プロペラを作動させたの」

悲惨な遺体を思い出して全身がこわばる。

「最初は手がかりがまるでなかった。ボートは盗難届が出ていたし、指紋も残っていなかった。

港の防犯カメラも古すぎてろくに映っていなかった。仕方なく、ネットや新聞で情報提供を募ることにした。少女たちの親を呼んで記者会見も開いたわ」そこで咳払《せきばら》いする。「一カ月して、捜査の糸口が見つかった。匿名のタレコミがあって、マーク・ヘイラーという男が捜査線上に浮上したの。ヘイラーには前科があった。麻薬の不法所持と暴行」

「いかにも犯人っぽいな」アイザックが目の端をかく。皮膚が赤く炎症している。

エリンはうなずいた。

「ヘイラーの自宅へ向かったところ、当人は警察が来ることを察知して元妻の家に逃げていた。そっちを訪ねたら、あの男が目の前で逃走して、海のほうへ消えた。わたしと同僚は二手に分かれて追いかけた。わたしが先にヘイラーを見つけて、無線で連絡しようとしたけど、岩場で電波状況が悪かった。わたしはとっさに無線器をしまってひとりで追いかけたの。ヘイラーは砂浜を越えて洞窟《どうくつ》へ逃げこんで、そこでやつを見失った。洞窟内を捜索して、なんの成果もないまま外へ出ようとしたら、満ち潮で出口がふさがっていて……。あなたも知ってのとおりわたしは水は苦手なんだけど、泳いで帰るしかないと覚悟を決めて水に入った。ところがヘイラーが海中で待ちかまえてて、岩で殴りかかってきた」反射的に唇の傷にふれる。「これはそのときの傷」

「気づいていたよ」

「殴られてひるんだわたしに、あの男がのしかかってきた。顔を水につけられて、息ができなくて……抵抗しなきゃと思ったけど、怖くて体が動かないの。情けないでしょう」ヒステリックな笑い声をあげる。「わたしが浮かんでこないから、死んだと思ったんでしょうね。ヘイラーはそのまま逃げた」

　水のなかにいたときのことは切れ切れにしか覚えていない。肺が焼けそうに苦しかった。早く楽になりたいと思った気がする。意識が途切れそうになったとき、サムのことを思い出した。弟の死の真相を知るまでは死ねない。その強い意志が生死を分けた。

「なんとか自力で水からあがって、同僚に連絡して、病院へ運ばれた。体調が戻るまで休暇をもらったんだけど、なかなか復帰できなくて……そのうち休職ということになって……今に至るというわけ。ほとんど無職みたいなものよ」

「警察に戻りたくないのか？」

「戻りたい気持ちはあるけど自信がないの。判断ミスをしたから。岩場でヘイラーを見つけたとき、本来なら単独行動をとらずに応援を呼ぶべきだった。ところが手柄を目の前に頭に血がのぼったわたしは、身勝手な行動に出た。その挙げ句に殺されそうになって、犯人を逃がした。自分だけはそんなへまはしないと思ったのに……」

　アイザックは目をそらさなかった。「知らなかったよ。つらかったんだな」

　エリンは弟の目を見返した。「知らなくて当然よ。ずっとまともに話してなかったものね」

「ああ」アイザックの声がかすれる。「一度、帰ろうと思ったんだ。母さんが……」

「がんになったとき？」ずばりと言う。

　アイザックがうつむいた。「戻らなきゃとは思ったんだけど、今さらどの面さげて会いに行けばいいのかわからなかった。波風を立てたくなかった」

「波風？」エリンは信じられない気持ちで弟をにらみつけた。

ぜんぜんわかっていない。母がどんな気持ちでいたか。息子の不在が、どれほど母の心を引き裂いたか。

「母さんはあなたに会いたがってた。電話やメールなんかじゃなくて、あなたの顔を見て、手にふれたかったのよ」怒りに体が震えだす。「お葬式にさえ来ないなんて、親不孝だと思わなかったの？　親戚《しんせき》や知人がどう思うか考えた？」

「またそれか。姉さんはいつも世間体ばっかり気に掛ける」アイザックがこわばった声で言い返す。

エリンはひるんだが、すぐに立ち直った。鋭い言葉を毒のダーツのように放って攻撃するのは、アイザックの得意技だ。「人のせいにしないで。今はあなたの話をしているのよ」

「仕事を休めなかったんだ。そう言ったじゃないか」

「ふん、くだらない言い訳だわ」

アイザックがまた目の端に手をやる。

「弁解もしないつもり？」

沈黙。

「いいだろう」アイザックが語気を荒らげる。「真実を知りたいか？　母さんが死んだときは自分をクソだと思ったよ。罪の意識にさいなまれた。帰れなかったことも、電話すらろくにしなかったことも後悔した」

　エリンの心がわずかに動いた。「帰ろうと思ったことがあったの？」

「当たり前だろう。ずっと考えてた。イギリスに戻って母さんの見舞いをしなきゃって。でもおれが顔を見せたら、母さんの病気が悪化する気がした。生きる気力を失ってしまうんじゃないかと思った」

「そんなもの、とっくに失っていたわ。サムが死んだときに」

　サムの名前を聞いたアイザックがひるむ。

　今なら尋ねられるかもしれない。〝サムのことも後悔してる？　今でもあの子のことを考える？〟

　わたしは考えている。毎日のように。ひょろりとした体をねじってカヤックから飛びこむサム。丘陵地帯に行ったとき、カイトで遊んでいたサム。あの子のカイトは青空を縦横無尽に飛んでいた。アイザックが癇癪《かんしゃく》を起こしたときは、わたしの手を強く握ってくれた。〝ぜったい離さないから〟と耳もとでささやいてくれたとき、あたたかな息が耳たぶにかかった。

「サムが死んだあと……母さんは立ち直れなかった。知ってるわよね。あの日、わたしたちがあの子を見つけて……」エリンは言いよどんだ。ずっと訊《き》けなかった問いが口からこぼれそうになる。

〝本当はあなたがやったんでしょう？　あなたが殺したんじゃないの？〟

　アイザックの目に動揺の色が浮かんだ。「今、その話はやめろ。姉さんが知りたいのは、母さんが危篤のときにおれが戻らなかった理由だろう」

エリンは迷った。本当に知りたいのはサムのことだ。今なら訊ける気がした。でも焦ってアイザックが心を閉ざしてしまったら？　とっかかりをなくしてしまう。

ようやくうなずく。「そうよ」

「持ち直すと思ったんだ」アイザックがうつむいた。「母さんは姉さんといるときのほうがおだやかでいられる。もともと姉さんのほうが母さんとうまくいっていただろう。おれがスイスに移住して、なかなか仕事も見つからなかったときはかなりストレスを感じていたみたいだし……」

母の反応を身勝手の理由にするなんていい加減にしろと言いかけたところで、大きな音が近づいてきた。窓の外に視線をやるとヘリコプターが見える。赤と白に塗られたボディに流れ星のマークが入っていた。

「あれは何？」リズミカルなプロペラの回転音がだんだん大きくなる。

「山岳救助隊《エア・ツェルマット》のヘリだ」アイザックの目が、森のほうへ飛んでいくヘリを追う。

「救助隊がこんなところで何をしているの？」目を細めてヘリを見る。プロペラの動きが速すぎてよく見えない。

「さあね。いつもは物資を運んでくるんだ。建築資材とか、雪崩防止の柵《さく》とか。ヘリで運ぶのがいちばん安くつくから」

エリンの目が別のものを捉《とら》えた。四輪駆動車が二台、くねくねした山道をホテルのほうへあがってくる。タイヤの後方に雪煙がたっていた。

先頭の車はルーフに赤色灯がついていて、あざやかな蛍光オレンジの筋がボンネットを照らしていた。ボディには白とオレンジのマークがついていて、黒字で〝警察《ポリス》〟と書かれている。

四輪駆動車がホテルの前で停車した。ドアが開いて警察官が降りてくる。ぜんぶで六人、いや七人いる。先頭の車から降りてきたふたり組は背中に〝警察《ポリス》〟の文字が入った青色のジャケットを着ていた。パンツはネイビーだ。後方の車から降りてきた人たちは作業服にジャンパー、さらにその上から袖《そで》なしのジャケットを着ている。

警察官たちはきびきびした動きで四輪駆動車の後方へまわり、トランクからさまざまな器材をとりだした。後部ドアに寄りかかって靴をぬぎ、スキーブーツにはきかえる。続いて黒いハーネスをつけた。ハーネスについたカラビナや滑車やスリングが体の動きに合わせて揺れる。

いやな予感がした。

「あの人たちは何？」

「治安介入部隊《グルプ・ダンテルヴァンスイヨン》だな」アイザックの声にも緊張が感じられた。「警察の特殊部隊だよ。人質事件とかテロ対応とかの訓練を受けている」

「そんな人たちが、ここで何をしているの？」

アイザックが顎《あご》をぴくぴくさせてヘリコプターに視線を戻す。ヘリは近くの山の上を低空飛行している。

「さあな」

ホテルの前にいる警察官たちがトランクから大きなリュックサックを出して背中に担いだ。ヘルメットをかぶってスキー板を出す。そして森へ続く道をきびきびと歩いていった。先頭の車から降りてきた制服の警察官が、グレーのフリースを着た男と話している。男が森を指さす。知っている顔だ、とエリンは思う。

「ルカ・カロンだ」アイザックがつぶやいた。

そうだ、ルカ・カロンだ。

何気なくうつむいたエリンは、絨毯《じゅうたん》についた染みに目を奪われた。

血!

専門知識がなければ気づかないくらい薄いが、職業柄、エリンは血痕《けっこん》を見慣れていた。

血しぶきが、ラグに小さなぎざぎざの円を描いていた。

21

アデルは震えていた。手足がかじかんで、感覚がほとんどない。

どのくらい眠っていたんだろう? 数時間? それともひと晩? 判断材料がないのでわからない。あたりは真っ暗だ。いや、ちがう。目のまわりに布のようなものが巻かれている。まぶたを開けようとすると粗い繊維がまつげにこすれた。

恐怖に声がもれそうになる。何かに押しつぶされそうな気がして、手足をめちゃくちゃにふりまわしたくなった。

落ち着いて、と自分に言い聞かせる。どういう状況なのか確かめないと。

ゆっくりと手を動かしてみる。指は動くが、手そのものを動かすことはできない。手首を背中で縛られているからだ。足首も縛られていた。

壁に寄りかかるようにして座らされている。

その調子、と自分をほめる。近くに助けてくれる人がいないなら——おそらくいないだろうが、自分でなんとかしなければならない。

次は息をひそめて耳を澄ました。水のしたたる規則的な音がする。ここはホテル内だろうか。そんなに遠くまで運ばれたとも思えない。

叫んでみたらどうだろう？　誰かの注意を引くことができるかもしれない。

そのとき舌先に金属をなめたような、なんとも言えない味がすることに気づいた。ちょっと塩からい。なんの味か、少し考えてわかった。

血だ。

舌で歯をさぐろうとしたがうまくいかなかった。何かが口に押しこまれている。さるぐつわ？　口の感覚が鈍くなっていてよくわからない。

脳が高速回転する。自分はここで殺されるにちがいないと思った。自力で逃げることはできない。動けないし、声をあげることもできない。誰も見つけてくれない。

冷静になろうと深呼吸する。あきらめちゃだめだ。なんとかして逃げないと。ガブリエルのために。

わたしは健康だし、毎日、清掃の仕事をしているから体力には自信がある。論理的に考えることさえできれば逃げる方法があるはずだ。

だんだん考えがまとまってくる。自分を襲った人物に心当たりはないが、とりあえず今は近くにいないようだ。今のうちにここがどこなのか、逃げるために使えるものがないか、つきとめなくてはいけない。

わたしがいなくなったことに、誰か気づいてくれるだろうか。

ガブリエルは一週間、父親のところだ。母親から電話がなくても二、三日なら不思議に思わないだろう。ステファンはアデルに息子との時間を邪魔されたくないと思っているから、連絡がないことをむしろ喜ぶはずだ。正直に言えば、アデルも息子がステファンといるときに電話をするのは苦手だった。背後に響くリーズの楽しそうな声を聞きたくないからだ。

職場の人も、わたしがいないからといってさがしはしない。プライベートのつきあいはないし、次のシフトは三日後だ。

足音が聞こえた。

犯人が戻ってきたのだ。においでわかる。薬品のようなつんとするにおい。病院でよくかぐ漂白剤や消毒液のにおい。

本能的に身をすくめる。足音が近づくにつれ、におい以外に何やら原始的な気配を感じた。暴力だけがもたらす高揚した空気のようなものが空間を満たす。

犯人はわたしを傷つけたいと思っている。

足音がとまり、代わりに重い呼吸音が響いた。犯人はすぐそばにいる。

恐怖が全身を支配する。動こうとしたが、手首にロープがこすれてひどく痛む。

顔に何かがふれたと思った次の瞬間、目隠しをむしりとられた。頰の皮膚がひりひりして、涙が出そうになった。

懐中電灯の光が、床や天井をランダムに照らす。

光はアデルの顔面も直撃した。まぶしさに目がくらんで瞬《まばた》きする。顔をおおいたいが手が動かない。

光はしばらくアデルの顔を照らしたあと、床へ移動した。

今だとばかりに視線をあげる。急に頭を動かしたせいか、くらくらした。焦点が合わず、よく見えない。わかるのは、不気味な輪郭だけだ——あのマスクの。

マスクの人物がしゃがむ。マスクで顔が隠れているうえにゆったりした服を着ているので、男か女かもわからない。

マスクの人物が懐中電灯を床に置き、持ってきたバッグの中身を引っかきまわす。

何をするつもりだろう。

沈黙のなか、アデルは待った。

奇妙な間ができる。映画を一時停止したみたいだ。アデルは腹を決めた。あいつが近づいてきたら体あたりして転ばせてやる。ちょっとでもいいからダメージを与えたい。一方的にやられるのはいやだ。

犯人がバッグから紙のようなものをとりだし、アデルの顔の前に突きだした。近すぎて何が書いてあるのかよくわからない。形と色が交差する。紙を持った手が少し離れたところで、ようやくそれが写真だと気づいた。

写真には男が写っていた。無残に切り刻まれた、血まみれの男が。

そのとき初めて、犯人がホテルの関係者を無差別に襲ったわけではないとわかった。最初から自分を狙っていたのだと。

これは復讐《ふくしゅう》だ。

グロテスクな写真に胃の中身が逆流する。吐きたかったが、さるぐつわをかまされたまま嘔《おう》吐《と》したら窒息するかもしれない。

息を吸っては吐くことに意識を集中させる。肺を空気でふくらませる。

反応してはいけない。怖がっていることを悟られたら相手の思うつぼだ。

ガブリエルのことを考えようとした。幸せな記憶でこの絶望的な状況をなかったことにしたかった。ごはんを食べているとき、小《ち》っちゃな足の指が丸まるところや、野菜スティックをつかむぷくぷくした手。緑がかったブルーの瞳《ひとみ》。

マスクが迫ってくる。

ガブリエルのイメージが消えた。

写真が床に落ちる。頭のうしろに手がまわり、髪のなかに指がさしこまれる。

口まわりの筋肉がふっとゆるんだ。

さるぐつわが外されたのだ。かすかな希望がわいた。逃がしてくれるのかもしれない。目的はさっきの写真を見せることで、犯人はわたしを怖がらせただけで満足したのかもしれない。

そのときアデルは見た。もうひとつのマスクを。ゴムの表面に浅い亀裂《きれつ》が入ったマスクが目の前にあった。

ものが二重に見えはじめたのだろうか。それとも犯人はふたり組だったということか。マスクが接近してくるにつれ、共犯者などいないことがわかった。

そのマスクはアデルのために用意されたものだった。

22

エリンの視線を追ったアイザックが、目を丸くした。「ぜんぜん気づかなかった……」

「気づかなかった？」エリンは感情のこもらない声で言った。「ラグに血がついているってことに？」

「ああ」アイザックがしゃがんで染みに顔を近づける。「そもそもこれは本当に血なのか？ただの汚れじゃ――」

「まちがいなく血よ」

「そうだとしても、ずっと前からついていたのかもしれない」アイザックの鼻の下に小さな汗の粒が噴きだす。

エリンは首をふった。「ちがうと思う。こういうホテルの清掃はきっちりしているもの。血がついたラグはクリーニングに出すか、交換するはずよ」

冷静に指摘しながら、内心はアイザックの反応にいらだっていた。何を言ってもそれらしい説明を返してくるのが逆に怪しい。

アイザックが立ちあがり、顔にかかった髪を払った。「つまりロールの血だっていうことか?」

「最近ついたものに見えるから、あなたのじゃなければ彼女のということになるでしょうね。ここに来てからけがをしなかった? 手を切ったとか……」

アイザックがはっとした顔をする。「そういえば、何日か前の夜にロールがむだ毛の処理をしていてすねを切ったんだ。けっこう深くて、血が止まらなくてさ。おれがフロントに行って絆創膏《ばんそうこう》をもらってきたんだけど、たぶんそのときにラグの上を歩いたんだろう」

エリンはアイザックの発言を吟味した。むだ毛の処理のときに肌を傷つけるのはよくあることだ。だが、それは事実なのだろうか。別の考えが頭に浮かんで、うるさく主張する。アイザックは前にもやった。またやるかもしれない。

心を静めたくて、客室の隅に置かれた花瓶に目をやる。頭のなかは疑いと怒りでいっぱいだ。感情をうまくコントロールできない。それこそ相手のペースに乗せられている証拠だ。アイザックにふりまわされている。かつての自分がそうだったように。

アイザックを理解しようとするのは……水中をのぞきこむことに似ていた。底が見えたと思った数秒後、水が揺らいですべてがぼやける。

アイザックの手が腕にふれた。

「エリン、どうかしたのか?」

すぐに反応できなかった。

「なんでもない」硬い笑みを浮かべてラグに視線を戻す。

やわらかな繊維に散った、さび色の点々に。


部屋に戻ったエリンは、閉めたドアに寄りかかって気持ちが落ち着くのを待った。

ウィルが残したメモが目に留まる。

〝泳ぎに行ってくる。よかったら見においで〟

靴をぬぎすてて窓辺へ行く。ほんの数時間前に見た青空は、今や灰色の雲におおわれていた。あたりは白一色だ。駐車場にとめられた車の上にも、ホテルの看板にも、外灯にも雪が積もっていた。

瞬きをすると、白のなかに赤が見える。

ラグについた血。小さな点々がまぶたに焼きついている。

血痕《けっこん》を見つける前、アイザックはバスルームで何かを隠した。あれはなんだったんだろう?ロールの失踪《しっそう》と関係があるのだろうか。

バルコニーへ続く両開きのドアを引き開ける。吹きこんでくる冷たい風を全身に受けながら頭のなかを整理する。

アイザックの説明は筋が通っていた。彼がポケットに入れたものだって、個人的に見られたくないだけで、ロールとは関係がないかもしれない。それでも隠したという事実は変わらない。ひとつ隠すなら、ほかに何を隠していてもおかしくない。

アイザックが疑わしく思えてくる。ここ数年の暮らしぶりは表面的なことしか知らないし、知っていることもアイザックが選別し、加工した断片的な情報にすぎない。

アイザックはエクセター大学でコンピュータ・サイエンスを専攻し、首席で卒業したあと、スキーのインストラクターになるために一年間休みをとってフランスへ行った。それからイギリスに戻り、翌年に大学院に入った。大学院を出てそのまま大学で働き、数年間教えてから二〇一六年にスイスへ移住した。

その先は？

たしかローザンヌ大学で教えていたはず……。

バッグからノートパソコンをとりだして机に置く。検索画面を開いてキーワードを入力した。

〝アイザック・ワーナー、スイス〟

検索結果が表示される。何件目かに興味を引く情報があった。クラン＝モンタナのスキースクールのスタッフ名簿にアイザックの名前が載っていたのだ。

そのページをクリックするとアイザックの顔写真が現れた。日焼けした肌に、いかにもインストラクターらしいサングラスをかけている。短い紹介文も添えられていた。〝パートタイムインストラクター、BASIレベル2、キッズと初心者クラスが得意〟

なるほど。パートタイムね。でも、スキーを教えながら大学で学生を指導できるのだろうか。

検索画面に戻って、今度は別の検索ワードを打ちこむ。〝アイザック・ワーナー、コンピュータ・サイエンス、ローザンヌ大学〟

顔にかかった髪を耳のうしろにかける。大学に関係する検索結果は見当たらない。

大学名をまちがえた？　いや、そんなはずはない。何度か聞いたからちゃんと覚えている。それならなぜ、検索結果がゼロなのだろう。

頭のなかで警報が鳴る。いやいや、決めつけてはいけない。結論に飛びついてはだめだ。

今度は素直に大学のホームページを開いた。何度かリンクをクリックして、ようやくコンピュータ・サイエンス学科のページにたどりつく。

スタッフの欄に名前と写真が並んでいる。

アイザックの写真はない。

もう一度集中して確認してみたが、やはりなかった。

パソコン画面から目をあげて携帯電話を手にとる。いやな予感がした。アイザックの嘘がひとつひとつはがれていく。弟に対する信頼が失われていく。

携帯に視線を落とす。

本人に黙って身元調査の電話をかけることにはさすがに抵抗はあった。確たる根拠もないのに弟のプライバシーを踏みにじっていいのだろうか。

良心が痛んだが、調べずにいられなかった。この結果しだいで、ラグについた血の話を信じてもいいかどうかがわかる。

アイザックが今も嘘つきなのかどうかが。

ローザンヌ大学の受付がコンピュータ・サイエンス学科につなぐあいだ、緊張で胃が痛んだ。受話器の向こうから安っぽいメロディーが流れてくる。ふいに音楽が途切れた。

「ボンジュール。マリアンヌ・パヴェ」

相手がフランス語だったうえに何を言うか決めていなかったので、焦った。

「もしもし、あの、レイチェル・マーシャルと申します。ミスター・アイザック・ワーナーの履歴書にそちらの学科が記載されていたのでお電話しました。どなたか彼の仕事ぶりについて話を聞かせていただけないかと――」

マリアンヌがフランス語なまりの英語で遮る。「ノン、ノン、それは不可能です」

妙な沈黙が落ちる。

「なぜでしょう？　履歴書にはそちらの学科が……」

ため息。「ミスター・ワーナーがどうしてうちの名前を挙げたかわかりません。彼は去年、解雇されているんです」

エリンは息をのんだ。「解雇？　失礼ですが、人ちがいではありませんか？　アイザック・ワーナーでまちがいありませんか？」

「そうです。彼は解雇されました」マリアンヌがきっぱりと言う。

「理由を教えていただけますか」胸がどきどきした。

重い沈黙が落ちる。

「同僚を脅迫したからです。申し訳ありませんが、これ以上はお伝えできかねます」

かちりという音がして、電話が切れた。

エリンは茫然《ぼうぜん》として、携帯電話を机に置いた。

次はどうすればいい？

アイザックのことをもう少し調べなければならない。ロールとの関係も。本人が本当のことを言わないのなら、周囲の人に教えてもらうまでだ。問題は誰に訊《き》けばいいかということ。アイザックとロールの両方を知っている人物でないといけない。

ロールと、スパの受付にいたマーゴットが笑いながら話していた場面を思い出す。ふたりはかなり親しそうだった。

ここそこかぎまわっていることがアイザックにばれたらひどい癇癪《かんしゃく》を起こすにちがいない。

目を閉じると、子どものころにアイザックがよく使っていた脅し文句が頭のなかに響いた。

〝考えずにしゃべるのは赤ん坊、きょうだいを売るのは裏切り者〟

頭がずきずき痛む。

〝今度、裏切ったら、おまえを殺す〟

23

「あら、お連れ様はプールにおられますよ」カウンターの向こうからマーゴットがほほえみかけてきた。顔の半分は大きなディスプレイの陰に隠れている。「さっきからプールを独占していらっしゃいます。スパのなかをご案内しましょうか」

「いいえ。あなたとおしゃべりしたくて来ただけだから」

マーゴットが驚いたように口を小さく開く。その表情がロールのしぐさを彷彿《ほうふつ》とさせた。ベリーショートにグレーのマニキュア、メイクは最低限しかしていない。さっと引いたアイライナー、口紅はダークでマットな色合いだ。小さな星飾りのついたシルバーのヘアピンで前髪をとめている。

なんだか自分がやぼったく思えてくる。

だが、よくよく観察してみると、マーゴットも完璧《かんぺき》とはいえない。爪を噛《か》む癖があるのかマニキュアがはげているところがあるし、唇のまわりの小じわに口紅がにじんでいる。さらに立つ位置を変えると、うしろの棚に食べかけのクロワッサンが置いてあるのが見えた。

「ロールのことですか？」

そう言うマーゴットの唇の端に小さなパンくずを発見する。

「今朝から姿が見えないとか聞きましたけど」マーゴットが黒いトップスの裾《すそ》を引っぱった。少し緊張しているようだ。食べかけのクロワッサンを急いで隠したことや身体の線を隠そうとしているところから、自分のことを理想よりも太めだと思っていることがわかる。今は座っているが、脚の長さからしてかなり背が高いようだ。

「そうなの」エリンは、どう切りだせばいいか迷った。ロールがいなくなってまだ数時間しか経っていないのに、アイザックとロールの関係をさぐるなんてやりすぎだ。いつの間にかアイザックのペースに巻きこまれていた。

だが、今さらひっこみがつかない。

「あれからロールはここへ来ていない？」

「昨日からということですよね？　来ていません」マーゴットの視線がドアへ移動する。ロールがひょっこり入ってくるのを期待しているかのように。「今朝、スパがオープンしてからずっとここにいるので、まちがいないです。ロールもどこかで仕事をしているのではないでしょうか」

「それが、ちがうの。アイザックがほかのスタッフに確認したけど、誰も姿を見ていないそうだから……」

「彼女、本当に行方不明なんですか？　何か、深刻な状況なんでしょうか」マーゴットの表情が曇る。耳もとで、シルバーのピアスが揺れた。チャームは矢印の形をしていて、矢の先が床に向いていた。

「まだわからない。でも、婚約のお祝いでホテルに滞在しているのに、いきなりいなくなるなんて彼女らしくないとアイザックが言うの」

「それはそうですね」マーゴットがうなずく。「ロールは、いたずらに周囲に心配をかけるような人じゃありません」

エリンはうなずいた。ここから先は、慎重に言葉を選ばないといけない。

「最近、ロールから何か聞いていない？　たとえば心配事があるとか……。急にいなくなる原因に心当たりはないかしら」笑顔をつくる。「アイザックに訊こうとしたんだけど……」

マーゴットが困ったようにうつむき、またトップスの裾を引っぱった。「あの、ごめんなさい。なんだか話しにくくて……」頬が赤くなる。「だってあなたの弟さんのことだから」

「気にしないで」エリンはおだやかな調子で続けた。「わたしは、ロールの無事を確認したいだけ」

「あのふたりのあいだには……何かあったと思います。ロールは――」マーゴットが唇を嚙む。「ここのところ少し……なんて言ったらいいか……彼との関係が息苦しいと感じていたみたいでした」

マーゴットの話し方には独特のリズムがあった。ドイツ語なまりというだけでなく、一語一語のあいだにほんの少し長い間が入る。

「婚約してから？」

「いいえ、その前からです」マーゴットが身をかがめて爪をいじる。グレーのマニキュアかすが机の上にぽろぽろ落ちた。

「うまくいっていないなら、どうして婚約したのかしら」

「婚約すればうまくいくと思ったんじゃないでしょうか。アイザックも安心して束縛をゆるめるだろうって」マーゴットがマニキュアのかすを手で払う。その手があたってバッグが床に落ち、中身が飛びだした。ヘアピンが数本、ネイルポリッシュ、本、封筒。

マーゴットがしゃがんで荷物を拾い集めた。

「婚約して、そのとおりになったのかしら？」

マーゴットは肩をすくめた。頬が紅潮している。「これはわたしじゃなく、ロール本人が言ってたことなんですけど、アイザックはこのごろ……攻撃的だって。人がちがったみたいだって」

「攻撃的？」エリンは動揺を声に表さないように努めた。

「それ以上のことは話してくれなかったんです。あの、こんな話をしたらふたりがうまくいってなかったみたいですけど、そういうことじゃないんです。ロールは心配していたんです。結婚とか婚約を控えた女性はみんな心配するでしょう？」マーゴットはためらってから、ふたたび口を開いた。「どこまで本気で言っていたかもよくわからないし」

エリンは、忍び寄る不吉な予感を抑えつけようとした。「ほかになにか、心配事があるとかは言ってなかった？　友人関係とか、家族のこととか」

「聞いていません」

「仕事は？　アイザックの話だと、ここのところずいぶん遅くまで働いていたみたいだけど」

マーゴットの顔を何かがよぎったが、一瞬のことだったので見まちがいかもしれない。

「忙しかったのは本当です。でも、プレッシャーになるような感じじゃなかったですよ。ロールはこの仕事が好きだし」

エリンはうなずいた。

「わたし、余計なことをしゃべりすぎたかもしれません」マーゴットが咳払《せきばら》いをした。「あのふたりには問題もあったけれど、気にするほどのことではないと思います」

それなら、なぜ話したの？　心のどこかでロールの失踪《しっそう》と関係があるかもしれないと思ったからではないの？

「そうよね」エリンは深く息を吸った。「もうひとつ……教えてもらえる？　さっき警察がホテルに来ていたのは、なぜ？」

「ああ、ロールとは関係ありませんよ」マーゴットが早口で否定する。「もしそれを心配しているなら」

「それなら、どうして警察が？」

マーゴットの頬が赤くなる。「わたしが口を挟むべきことではないので」

「教えて、お願い」

間が空いた。エリンは息を詰めた。

「発見されたからです、遺体が……」マーゴットが声を落とした。「森の向こうで、雪の下から遺体が出てきたそうです。このホテルを設計した建築家の可能性が高いとか。行方不明だったので」

ダニエル・ルメートルのことだ。安堵《あんど》が全身に広がった。ロールじゃなかった！

「彼のことは、昨日アイザックから聞いたわ。仕事上のトラブルを抱えて失踪したとか」

「ええ、それは噂のひとつでした」

「ほかにもあるの？」

「このあたりの人なら誰でも知っていることなので話しますね。このリゾートホテルの計画が持ちあがったとき、いろいろ揉《も》めたんです。なんて言ったらいいのかしら……みんないやがっていたんです。だから彼の失踪とそれが関係しているんじゃないかって言う人もいました」

「いやがっていたって、どうして？」

マーゴットが唇をすぼめる。「地元の人たちのなかには、ここをホテルにしてほしくない人たちもいました。デモをしたり、嘆願書を提出したり、いろいろしたみたいですよ。反対運動が活発だったので、なかなか工事が始まらなかったと聞きました」

「なぜ反対運動を？」

「よくある理由です」マーゴットは肩をすくめた。「ホテルのデザインがモダンすぎるとか、環境への影響とか、すでに宿泊施設はいくつもあるからとか……」だんだん声が小さくなる。「わたしが思うに、言いたくない本当の理由があったのかも」

「本当の理由？」

「ここに何も建ててほしくなかったんだと思います」マーゴットがささやくように言った。「何が建っても反対したんじゃないかしら。ホテル、公園、工場。どれもきっと、お気には召さなかったでしょう」

「どうして？」質問しつつも、答えは予想がついていた。この場所には人を遠ざけようとする力がある。聖域に足を踏み入れたようなうしろめたさを感じるのだ。

「それはこの場所が……不吉だと思われているからです。もとはサナトリウムだったし。まあ迷信みたいなものでしょうけど」マーゴットの表情が曇る。「ダニエルはそういう人たちの攻撃の的にされたんでしょう」

エリンは黙りこんだ。マーゴットは、ダニエルの死が事故ではないと思っているらしい。

「プロジェクトに参加したことで、誰かに命を狙われたと思っているの？」

「そうだとしても驚きません。仕事は好きだけれど、ときどき……ここにいてはいけないような感じがすることがあります」

「ここにいてはいけないって？」

「うまく言えませんけど、とにかく、いてはいけない場所という感じです」

エリンはあいまいにほほえんだ。ここがサナトリウムだったのは過去の話だし、マーゴットの話はすべて噂にすぎない。そもそもダニエル・ルメートルの死とロールの失踪が関係しているとも思えない。

それでも聞き流すことはできなかった。

マーゴットに礼を言って更衣室で靴をぬぎ、屋内プールへ行く。ウィルがひとりで泳いでいた。美しいフォームを見ながら考える。このタイミングでダニエルの遺体が見つかったことに、何か意味はあるのだろうか。

ロールの失踪とダニエルの発見。ふたつの出来事が同じ日に起きたことに、因縁めいたものを感じずにいられなかった。

たくましい腕が無駄のないストロークで水面を切る。ウィルはひたすらプールを往復していた。本人には水泳の腕前をひけらかす意図などない。単純に泳ぐことが好きで、楽しんでいる。

エリンは声をかけることもせず、規則的な動きを眺めた。プールの端まで来たウィルが、ターンして方向を変える。エリンはまぶしさに顔をそむけた。

天井のライトに照らされて、水面はよく研いだ刃《やいば》のようにぎらついていた。眩暈《めまい》がして、深く息を吸う。

感情をコントロールしないと。いつまでも過去に主導権を握られてはいけない。吸って、吐いて。息を止めないで。

「ウィル！」落ち着いてきたところで、プールの端へ向かって歩きながら声をかけた。

ウィルには聞こえなかったようだ。

「ウィル！」さっきよりも大きな声で呼ぶ。

ウィルのストロークが乱れ、泳ぐ速度が落ちた。そのままプールサイドに近づいて、腕の力だけで上体を水から出す。

「やあ、いつから見ていたんだい？」ウィルがにやりとする。「きみをのぞき魔《ヴォワイエー》と呼ぶ日が来るとはね」フランス語部分を強調して眉《まゆ》を上下させる。

「ちょっとくらい色っぽい視線を送るくらい、むしろ健全でしょ」エリンも冗談を返す。

「何かあったんだろう？　ぼくの華麗な泳ぎを見学に来たんじゃないってことは、その顔つきを見ればわかる」

「実は……アイザックのことなの」言いながら、エリンは親指の爪を噛《か》んだ。「さっき部屋へ行ったの」

ウィルが勢いをつけてプールサイドに座る。水滴がぼたぼたとタイルの上に垂れた。「当ててみようか？　ロールが戻ってきたんだろう？」

引き締まった腕や広い胸にも水の筋ができている。肩に小さなそばかすが散っていた。三十四歳になってさすがに少年っぽさはないが、衰えた感じはまったくない。肌に張りがあって、腹も平らだ。

「ちがうの」どこから説明すればいいだろう。「血痕《けっこん》を見つけたのよ。ふたりの部屋のラグに血がついていたの。最近ついたものだと思う」

ウィルが怪訝《けげん》そうな顔をする。白目の部分に細かな赤い筋が入っていた。「おいおい、きみはまさか彼が――」

「アイザックは――」努めて軽い口調を保つ。「ロールがむだ毛処理をしていて脚を切ったと言っていたわ」

「だったらそうなんだろう」

「でも、その前にバスルームを点検しているとき、アイザックがポケットに何か隠したの」

「隠す？」ウィルが眉をひそめる。眼鏡をかけていないと、虹彩《こうさい》の色がいつもよりもあざやかだ。

「わたしに見せたくないものだったんだと思う」

「そりゃあ見せたくないものくらいあるだろう。コンドームとかピルとかさ……」

「そうよね」

ウィルが手を組んで前に突きだす。単なるストレッチのようだが、つきあいの長いエリンには、いらだちをごまかそうとしているのがわかった。

ウィルには、エリンの疑念が理解できないのだ。ふたりの思考回路は真逆といっていい。

エリンはくよくよ考えるタイプだが、ウィルは行動を重んじる。ウィルの家族もそうだった。彼の妹から〝行動しろ、前へ進め〟が家訓だと聞いたことがある。

ウィルは次男で、兄と妹がいる。きょうだいも両親も明るく社交的で、悩んでいるところなど見たことがない。だからといって他人に弱みを見せたがらないというわけではないし、くさいものにはふたをする主義でもない。単に考え方が合理的なのだ。問題が起きたら徹底的に話し合い、意見が出尽くしたところで行動に移す。最善の対策を選んで実行あるのみ。過去はふり返らないし後悔もしない。

それができるのは家族全員が信頼し合っていて、なんでも話せる間柄だからだろう。毎週日曜にはランチをともにし、おしゃべりをしたり内輪の冗談で盛りあがったりする。ウィルはそういう家に生まれたことをありがたいと思っているだろうか。それとも家族なんだから当たり前と思っているだろうか。傍で見ているエリンにとってはひたすらうらやましかった。ウィルの家族には居心地の悪い沈黙も、秘密も、駆け引きもない。エリンの家族とは正反対といってよかった。

「あのさ――」ウィルが口を開く。「きみは難しく考えすぎなんじゃないかな。変だよ。ロールがいなくなってまだ半日だろう。さっきも言ったけど、アイザックが大げさに騒いでいるだけだ。ロールは戻ってくるし、こんなことで休暇を台無しに……」そこまで言ってウィルは口をつぐみ、エリンの反応をうかがった。どういえば正しくメッセージを伝えることができるだろうかと思案しているのだ。「とにかく休暇なんだからのんびりしよう。昨日の夜だってうまくやれたじゃないか」そう言ってほほえむ。

「でも、ほかにもあるの。さっき受付のマーゴットと話したんだけど、ロールとアイザックのあいだは完璧《かんぺき》にうまくいっていたわけでもないらしいのよ。ロールは婚約のことも悩んでたって」

ウィルが肩をすくめた。「みんな悩むさ。人生における大きな決断だからね」

「でもアイザックはわたしに嘘をついていたのよ。大学の仕事はとっくに首になっていたんだから。同僚にパワハラみたいなことをしたんですって。母の葬儀のときは仕事が忙しくて来られないと言っていたくせに」

「きみはそれを、どうやって知ったの?」ウィルが奇妙に落ち着いた声で尋ねる。

「それは……」エリンは言いよどんだ。正直に言ったら彼がどういう反応をするか、想像がついた。「ローザンヌ大学に電話をかけたから」

ウィルが落胆の表情を浮かべた。「エリン、日常のごたごたから離れて心を休めるためにスイスまで来たのに……これじゃあイギリスにいたときより悪いじゃないか」

「でも、ロールに万が一のことがあったらどうするの?」まったく理解してもらえないことが悔しくて、涙が出そうになる。

「いい加減にしてくれ」ウィルの声が一オクターブあがった。「ロールはほんの数時間、姿が見えないだけだろう」

「それだけじゃない。アイザックの部屋にいたときに警察が来たのよ」エリンはむきになってまくしたてた。「遺体が見つかったんですって。森の向こうで。マーゴットの話では、失踪《しっそう》していた建築家じゃないかって」

「ダニエル・ルメートルか？」

「そうよ」

「それがロールとどう関係するんだ？」ウィルが髪をかきあげた。水滴が顔を流れ落ちる。

「わからないけど、でも何かよくないことが起こっている気がするの。ロールは戻ってこないし、今ごろになって遺体が――」

「いいか、エリン。ロールが事件に巻きこまれたのだとしても、きみにはなんの責任もない」ウィルが噛んで含めるように言った。「なんとかしなきゃと思うのはわかるけど、きみはもう――」ウィルが言葉を切り、赤面する。

エリンは凍りついた。ウィルが言おうとしたフレーズが脳内に響く。

〝きみはもう刑事じゃないんだ〟

痛烈な一撃だった。そして事実でもある。自分はもう刑事ではないし、これは自分が担当する事件でもない。そもそも事件かどうかすらわからない。

それでも心は傷ついた。面と向かって言われたのは初めてだったから。

自分はもう刑事ではない。

ほかの人もそう思っているのだろうか。わたしはいったいどの時点で刑事であることをやめてしまったのだろう。三ヵ月のはずの休暇が半年になったとき? それとも九ヵ月になったとき?

仕事は自分を定義づけるものだった。サムが死んでから、警察官になることだけを考えてきた。真実を追い求める。答えを見つける。それができなくなったら、なんのために生きているのかわからない。

「アイザックは弟だから、助けてやりたいの」声が震える。

「そうだとしてもやりすぎだ。だいいちどうして彼を助けなきゃならない? きみが助けを必要としているとき、彼はどこにいた? きみのお母さんが臥《ふ》せっていたとき」ウィルの視線が突き刺さる。「正直、彼に嫉妬《しっと》するよ。きみはぼくたちふたりのことより、彼のほうが大事なようだからな」

「やめてよ。比べるものじゃないでしょう。アイザックは弟よ」

「それはわかってる」ウィルが静かに言った。「でも、最近のきみは何にも強い関心を示さなかった。ふたりの未来について話しているときですら、どうでもいいみたいだった」

「ふたりの未来?」エリンはとぼけた。だがウィルの言いたいことはよくわかっている。先月、ウィルが何冊も雑誌を抱えて帰ってきた。どれも建築関係の雑誌だった。雑誌をめくりながらお互いの好きなペンキの色や収納問題について話した。テラスハウスとフラットだったらどっちがいいかと尋ねられた。

「そうさ。一緒に住む話をしたじゃないか。つきあって二年半になるのに、ぼくらはまだ別々のフラットに住んでいる」ウィルが視線を落とした。「きみと一緒に暮らしたいんだ。毎日、顔を合わせて、日常のこまごました出来事を共有したい。ちゃんとした恋人のように」

「わたしだってそうしたいけど、簡単じゃないのよ。まだいろいろなことが中途半端で……」

「きみはむしろ、中途半端なままにしておきたいんじゃないのか？　こんなふうに言うと冷たいと思われるかもしれないけど、選ぶのはきみだ。その気になれば過去と決別することだってできるんだよ」

「わたしが今の状態を選んでいるというの？」震える声で言い返す。

「そうだ」ウィルがきっぱりと言った。「ぼくの父を思い出してくれ。黄斑変性症《おうはんへんせいしょう》になって、それまでと同じ生活ができなくなったけれど、立ちどまってなんていない。前に進むことを選んだからだ。病気のことを考えてくよくよするより、楽しめることを見つけようって。きみだって同じようにできる」

「みんながあなたの家族みたいに強いわけじゃないわ」硬い声で言い返す。「お父様のことはすごいと思うし尊敬してる。でも、あなたたちには支えてくれる家族がいる。困ったときに相談できる相手が、偏見なく悩みを聞いてくれる相手がいる。そういう基盤があるからこそリスクを冒すことができるのよ。人生を選択できる」

「そうかもしれない」ウィルの声にあきらめがにじんだ。「でも、きみにはぼくがいるじゃないか。ぼくとそういう家族になればいい。そのためにはまず、きみが壁を壊して、ぼくを心のなかに入れてくれなきゃ。どうしてアイザックのこととなるとむきになるのに、ぼくらのことは尻込《しりご》みするんだい」

言い返そうと口を開いたが、言葉が出てこなかった。ふたりのあいだに壁を築いているのが自分だという自覚はある。

「それはアイザックが……あの子が……」いっそすべてを打ち明けてしまいたかった。そうすればウィルも理解してくれるかもしれない。ふたりの将来を望んではいても、あの日の真実がわかるまで、先へ進むことができないのだと。

でも言えなかった。いつもそうだ。今度こそ言おうと思っても、最後の最後で怖《お》じ気づく。あと一歩を詰めるのがとてつもなく難しかった。すべてを打ち明ければ、自分だけでなく家族の恥もさらけだすことになる。

ウィルがこちらを見た。「このままホテルに滞在するのがいいかどうか、ちゃんと話し合ったほうがよさそうだ」

「イギリスへ帰るっていうこと?」小さなダーツが末梢《まっしょう》神経に次々と命中する。ここで帰ったら肝心なことはうやむやのまま、この先もずっと先へ進むことができなくなる。

ウィルがうなずいた。「ここへ来て何度もパニック発作を起こしかけていただろう。今のきみはイギリスにいるとき以上にぴりぴりして、自分を見失っている。これ以上、アイザックのそばにいるのは、きみのためによくないと思う」

反論したいのに言葉が出てこない。感情の浮き沈みが激しすぎて、脈絡のない考えばかりが浮かんでくる。

ウィルが唇を開きかけて、閉じた。彼はそれ以上何も言わず、両手をプールサイドについて、ゆっくりと水のなかに体を沈めた。

25

更衣室に靴をはきに戻ったときも、エリンの頭は混乱したままだった。ウィルの言葉がよみがえる。

〝自分を見失っている〟

久しぶりに警察官らしいことをして、むしろ見失っていた自分を見つけた気でいたのに。

泣きそうになりながら靴をはき、しゃがんでバッグをとった。立ちあがったところで動きを止める。誰もいないはずの更衣室で音がしたからだ。着替え用ブースのスウィングドアが開いて、閉まる音。

プールはウィルが独占しているとマーゴットは言った。

あのあと誰か来たのだろうか？

耳を澄ましてみたが、何も聞こえない。

スパの客がいるならなんらかの音がするはずだ。着替えをしたり、バッグにものを出し入れしたり、そういった音がまったくしないのは不自然だった。

そんなことを考えているとまたしてもスウィングドアが開く音がした。

息を凝らして待ったが、誰も現れない。

静かすぎて耳鳴りがしてきた。震えながら息を吐き、ゆっくりと更衣室を見まわす。

何ひとつ動きはない。しんとしている。

勇気を出して、着替え用ブースへ近づいた。

何をびくびくしているの。勝手に妄想をふくらませているだけで、きっとなんでもないわ。

自分に言い聞かせても緊張は解けなかった。

さっき、たしかにドアが開閉する音がした。あれは妄想なんかじゃない。

ブースの前をゆっくりと歩く。

よく見るとブース自体も変わった構造をしていた。スウィングドア同士が継ぎ目なく接していて、ノブさえついていない。

これはどうやって開けるのだろう。

試しに、いちばん近くのドアを軽く押してみた。かちりと音がしてドアが内側に開く。

なかをのぞくと、左側の壁に沿って細いベンチが設置してあった。座面がフラップ式になっていて、フラップをあげないとスウィングドアが開かない仕組みだ。フラップをおろすとふつうサイズのベンチになり、同時にスウィングドアがロックされる。

隣のブースものぞいてみる。

かちり。

誰もいない。

いちばん端のブースのドアを開け、なかに入った。背後でスウィングドアが勝手に閉まる。

誰かがここにいたのだとしたら、わたしには見えないところから外に出たっていうこと？

試しに奥の壁に手をあてて、そっと押してみた。

かちり。

開いた！

ドアの向こうは更衣室の反対側だった。両側から出入りできる造りになっているのだ。しかしそこにも人の気配はない。

ブースにいたはずの人はどこへ行ったのだろう？　スパの受付へ続くドアはずっと視界に入っていたけれど、人は通らなかった。となるとプールへ行ったのだろうか？

確認しないと気がすまない。はいたばかりの靴をぬいで、屋内プールに引き返した。ドアを開けて全体を見まわす。

ウィルがひとり、速いペースでプールを往復していた。

ほかには誰もいない。

しばらく茫然《ぼうぜん》と立ちつくす。

更衣室に誰かがいた。まちがいなく誰かがいて、消えた。

更衣室を通って受付に戻ると、マーゴットが顔をあげてほほえんだ。「お連れ様はまだ泳いでいるんですか？」

「ええ。あの調子だと世界記録を樹立する日も遠くないんじゃないかしら」努めて明るい声を出す。「あの、わたしが更衣室へ入ったあと、誰か来た？」

「いいえ。静かなものでしたよ。午前中はお天気がよかったから、みなさん外へ散策に出かけられたんじゃないでしょうか。また雪が降る予報なので、午後からは混むと思いますよ」

エリンはうなずいて、バッグのストラップを握りしめた。

更衣室で聞いた音は空耳だったと思いたい。空耳でなければ別の音を聞きちがえただけだと。だが心のなかでは確信していた。

誰かがブースのなかから、自分を見ていたのだと。

26

頭のなかを整理したくて、ホテルの裏口から外へ出た。上り坂を進めば森だ。

更衣室の出来事が頭から離れなかった。すべては想像の産物なのだろうか。わたしは自分を見失っているのだろうか。

わからない。

黙々と坂をのぼっているうち、少しずつ頭がすっきりしてきた。

運動すると心が静まる。サムのことも、ヘイラー事件のことも、アイザックや母の問題も、そうやってしのいできた。ただ、アルプスの雪は曲者《くせもの》だ。さらさらした新雪の下に圧縮された雪の層があって、一歩踏みだすたびに足が深く沈む。

森の手前で立ちどまり、呼吸を整える。空には鉛色の雲が垂れこめている。また降ってくるのはまちがいなさそうだ。

しばらく待っても鼓動はおさまらなかった。保温性のある防寒着に汗が染みていく。雪のせいだけでなく標高の高さも影響しているはずだ。山の酸素濃度に体が慣れていない。

なんとなく不安になってポケットの吸入器を握りしめる。マウスピースの角ばった縁が指先にあたった。気温の低さも呼吸がしにくい原因になる。エリンの住んでいるあたりはイギリスでもあたたかくて湿度が高い。運動していて息苦しくなることはあっても、いざとなったら吸入器があるし、オーバーペースにならないように気をつけてさえいれば問題はなかった。しかしここは寒いし空気が薄い。ホテルの近くとはいえ油断は禁物だ。

まぶたを閉じて一、二度深呼吸をした。心がゆるんだ瞬間、頭のなかにイメージが流れこんできた。

潮だまりを渡る風が水面にさざ波を立てる。

腕をつかむ手。

たちのぼる煙のように海面に広がる血。

フラッシュバックが始まったのはサムを亡くしたしばらくあとだ。以前は眠りに落ちるときか目を覚ましかけているときのどちらかで起こるだけで、現実との境界線を越えることはなかった。ところが最近は寝ているときに限らない。

過去が現実を侵食しはじめたのだろうか。怖くなって踵《きびす》を返し、ホテルを目指して足を速める。木の枝が雪の重みで大きくしなった。

踵が擦《こす》れて痛くなってきた。厚いソックスをはいてきたにも拘《かか》わらず、足を踏みだすたびにブーツのなかで足が泳ぐ。店の人がサイズが大きすぎるのではと忠告してくれたのに、耳を貸さなかった自分が悪い。

歩きながら周囲に目をやる。灰色の空がのこぎりのような稜線《りようせん》で区切られている。山肌に点在するシャレーがおもちゃのように小さく見える。

今いるところからは、ケーブルカーの終点からホテルへ続くあの崖《がけ》沿いの道は見えなかった。いちばん近い集落も尾根の陰になっている。スキー用リフトの鉄塔とワイヤが霧のなかへ吸いこまれていく。

〈ル・ソメ〉は左下にあって、雲間からの弱々しい日差しに巨大な窓が輝いていた。風上側には雪が高く吹きだまっている。

陸の孤島とはまさにこのホテルのためにあるような言葉だ。

ホテルを見ながら坂をくだるうち、ひとつの疑問が頭のなかにこだました。ロールが自分の意志でホテルを出ていったとして、どこへ行くというのか。昨日の夜はずいぶん雪が降っていたし、ホテルの周囲に建物はない。

この天候で山に登ったということもないだろう。アイザックの話では周囲には山小屋も避難所もない。森の向こうにあるのは山の峰と氷河だけで、今はどちらも濃い霧におおわれている。渦を巻きながら岩に絡みつく霧が生きものの触手のように見えて、ぞっとする。

山をくだってケーブルカーの終点の集落か、谷底へ——シエールの町へ向かった可能性はあるが、携帯電話も財布もバッグも部屋に残っていた。だいたいあの天候で夜道を運転するなんて、正気とは思えない。

歩いていくのは論外だし、タクシーだって通らない。

そもそもロールはどうして姿を消したのだろう？　彼女のプライベートをもう少し調べたほうがいいかもしれない。アイザックのプライベートをさぐったことを知って、ウィルはいい顔をしなかったけれど……。

手はじめに携帯電話をポケットから出してロールのSNSを調べる。名前で検索したらアカウントはすぐに見つかった。警察で学んだことのなかに〝人は自分の日常を偽る〟というセオリーがある。履歴書も日記も本当のことが書いてあるとはかぎらない。友人との会話やメールでさえ、本心とぴったり一致するわけではない。

なかでも嘘が多いのがSNSだ。〝仲間〟と楽しそうに食事する写真が投稿されていたからといって社交的な性格だと決めつけることはできないし、部屋のショットに賞をとった本がさりげなく写っていたからといって読書家ともかぎらない。実際は一ページで読むのをやめたかもしれない。

ただ、虚構も量が集まればそこから浮きあがってくる真実がある。こんな自分でありたいという願望の裏に、投稿者の妄想や不安が透けて見える。

インスタグラムから調べることにする。投稿された写真はウィルのものと傾向が似ていた。

閲覧者の目を意識して選ばれた気の利いた写真が、やや露出過多ぎみにアップロードされている。風景や建物もあるし、アイザックや友人と写った写真も多かった。カクテルバー。誰かの家で開かれた読書会。カメラに向かってふざけたポーズをとる友人たち。

写真にロールのコメントがついている。

〝がんばりすぎないことをがんばろう〟

何かの集まりで撮られた写真が多く、日常の生活が垣間《かいま》見《み》える写真はほとんどなかった。しぶしぶカメラに向かって笑顔をつくる家族の姿もない。無防備な部分は注意深く隠してあるという印象だ。明るく、創造的で、セルフコントロールの利いた自分を演出している。

そこからわかる真実は何か。

欠点を見せたがらないということは、完璧《かんぺき》でない自分を人に見せることが苦手ということだ。困っていても誰にも相談しないタイプ。本当は自分に自信のないタイプ。ロールはおそらく、素の自分を好きになってくれる人などいないと思っているのではないか。だから表面を繕う。

だが、それだけでは姿を消す理由にならない。

フェイスブックやツイッターもあるが、おそらく傾向は同じだろう。ロールの素顔が見たいなら、ネットよりも実生活を調べる必要があるということだ。ロールがもっともリラックスする場所はどこだろう。自分の見栄えを気にしないでいられるところ。

おそらく彼女のオフィスだ。

携帯をしまって、ふたたびホテルに向かって坂をくだりはじめる。一面の銀世界に目を奪われた。

ひょっとするとロールは、自分もこの景色の一部になりたいと思ったのかもしれない。どこまでも続く忘却の世界。無に溶けこみたいと思う気持ちはエリンにも理解できる気がした。

ラグに散った血痕《けっこん》が、目の前の白い世界とオーバーラップする。

さび色の小さな点々が冬空に光る星座のように思えた。

27

犯人に抱えられたアデルは、ベッドのようなものの上に仰向《あおむ》けに寝かされた。床よりもやわらかいがマットレスというわけでもない。

目を瞬《しばた》いても視界はぼやけたままで、色や形がにじんでいた。それでもしばらくすると焦点が合ってくる。

壁が見えた。ぼこぼこして、筋が入っていて、表面が水滴で濡《ぬ》れている。

見覚えのあるものはひとつもない。顔が火照ってきて、マスクをつけられたことを思い出した。分厚いゴムのせいで蒸れているのだ。マスクを外したかったが手が動かない。

顔を少し持ちあげただけでひどいめまいに襲われた。頭がぼんやりして、うまくものが考えられない。

めまいがおさまったところでゆっくりと顔を起こし、体を右に傾けた。マスクのチューブが動いて視界をふさぐ。Cの形にカーブした醜いチューブが目の前にある。

チューブの向こう側をのぞくために、首をもう少し右に傾けた。

ようやく自分の手が見えた。手首が紐《ひも》のようなもので縛られている。一メートルほど先にテーブルがあった。キャンプで使うような、金属製の折り畳みテーブルだ。

中央に小さな銀のトレイが置いてあり、トレイの上には外科手術用の器具らしきものが並んでいた。手術用メス、ナイフ、よく切れそうなはさみ。

恐怖が心臓をわしづかみにする。

気味の悪い音が聞こえて、全身にびっしり鳥肌が立った。ごぼごぼと水を吸いあげるような音に続いて、ひゅーと空気がもれるような音。それが定期的に繰り返される。

呼吸音だ。誰かの呼吸する音が空間全体に響いている。

反射的に音のしたほうへ視線が動いた。

マスクをかぶった人物が何かを手に持っている。携帯電話？　あれはわたしの電話だ！　くたびれたブルーのカバーでわかる。

犯人が画面を見ながらすばやく手を動かす。

数秒後に、シューという聞きなれた音がした。何が起こったのか理解するまでにしばらくかかった。

メールを送信したんだ。わたしの携帯から。

一瞬あとでまた音がする。メールの受信音。

さっきのメールに誰かが返信してきた。

そこではっとした。

犯人が成りすましメールを送ったにちがいない。誰もわたしをさがさないように。メールを受け取った人は、しばらくわたしの姿を見なくても心配しない。誰も助けに来てくれない。他人をあてにしても無駄なのだ。

アデルは声をあげた。分厚いマスクのせいで、こもって不明瞭《ふめいりょう》な音しか出ない。マスクの人物がふり返って、じっとこちらを見た。そのあと言った。「もう逃げられない」

驚きに体をつっぱらせる。

知っている声だったからだ。

口を開いたが声が出てこなかった。全身がどうしようもなく震えた。

〝もう逃げられない〟

あの日から、いつかしっぺ返しを食らう予感がしていた。なるべく見ないようにしてきたけれど、罪悪感は常にあった。血管のどこかで息をひそめている血栓のように。いつか壁からはがれて、宿主に決定的なダメージを与える血栓のように。

アデルはぐったりと力を抜いた。

気味の悪い呼吸音だけが響く。

懐中電灯の光が揺れた。犯人が腰を折り、床に置かれた小さな黒いバッグに手を入れた。出てきたのはシリンジだ。

腕にひきつるような痛みがあって、視界が暗くなった。完全に意識を失う前に、折り畳みテーブルが引きずられる音を聞いた。振動に合わせてトレイの上の器具がかちゃかちゃと音を立てた。

28

「ロールはまだ戻らないんですか？」支配人が緊迫した面持ちで書類を持つ手に力をこめた。黒いシャツに留められた名札には〝支配人　セシル・カロン〟と書いてある。昨日、プールにいた女性――ホテルのオーナーの姉だ。

たしかに目の前の女性はルカ・カロンと似ていた。長身で引き締まった体つき、サンディーブロンドの髪。ただし弟のほうが髪が長い。セシルの髪はエリンよりも短かった。すっきりしたショートヘアが頬骨を際立たせている。

意志の強そうな顔立ちをしている。メイクはしていないが、そもそもメイクの必要などないだろう。目鼻立ちがくっきりしている。

エリンはうなずいた。「そうなんです。アイザックのところにも連絡がありません。誰も彼女の居場所を知らないんです」

セシルの顔つきが暗くなった。「ご家族に確認したのかしら？」

「家族や友人はもちろん、近所の人にも確認したそうです。みなさん、ロールがこのホテルに滞在していると思っていました」エリンはそこで気づいた。「あの、本人が話したかどうかわかりませんが、ロールはわたしの弟のアイザックと婚約して、そのお祝いで――」

「うかがっています」セシルが書類を抱えたまま、フロントのカウンターから出てきた。「あなたのこともお聞きしました。イギリスで警察にお勤めだそうですね」

エリンは居心地が悪くなった。

「はい」そう答えた自分が恥ずかしくなる。今の自分に警察官を名乗る資格があるとは思えなかった。「それでロールのことですが、アイザックが警察に通報したそうです。警察はいちおう話を聞いてくれましたが、連絡がとれなくなってまだ数時間なので捜査はできないということでした。弟がすごく心配しているので、わたしも少し調べてみようかと思いまして」

セシルはうなずいて、フロント係に小声で指示を出してから、エリンに向き直った。「続きは事務室でうかがってもよろしいですか」

うなずいたエリンは、セシルのあとについてロビーを出た。彼女は歩くのが速く、遅れないようにするのがやっとだった。

きびきびとした足運びに合わせてパンツの裾《すそ》が少しあがる。よく鍛えられた脚にパンツの生地がはりついていた。〈ル・ソメ〉の制服はシンプルな黒シャツにスリムな仕立てのパンツなのだが、セシルの場合は広い肩幅や鍛えられた太ももの筋肉が生地を引っぱって、服のラインが崩れている。昨日、プールで黙々と泳いでいたセシルを思い出した。トレーニングウェアでいるときがいちばんくつろぐタイプなのかもしれない。

前を進んでいたセシルが右手のドアを開けた。ドアの先には短い廊下がのびていて、左手に事務室が並んでいる。セシルがいちばん奥のドアを開けてエリンをふり返った。

「どうぞ、お入りください」

セシルの英語に初めてアメリカなまりが混じった。留学したか、アメリカ英語のアクセントが染みつくほど長く現地で暮らしたことがあるのだろうか。

通されたオフィスも壁一面が窓だったが、雄大な山々は厚い雲におおわれていた。次から次へと落ちてくる大粒の雪を見ていると目がまわりそうだ。

セシルのデスクは窓の正面——部屋の中央に据えられていた。大きく息を吸ってオフィスのなかを見渡す。

デスクの上に二台のパソコンが隣り合わせに置いてあった。あとは書類の山と環境に配慮した繰り返し使えるコーヒーカップ。

写真立てがこちら向きに飾ってある。メダルをかけ、トロフィーを手にした女性がセシル本人であることはすぐにわかった。別の写真ではプールのなかでスイミングキャップを片手に握り、もう一方の手を拳《こぶし》にしてガッツポーズをしている。

セシルがエリンの視線に気づいた。「以前は水泳の選手だったんですよ」短く乾いた笑い声をあげる。「大むかしのことですけど」

無作法に眺め回した自分が恥ずかしくなった。「それが今では一流ホテルの支配人なんですね」

「ある年から、思ったように結果が出せなくなりまして」セシルがほほえむ。「勝負の世界は勝てば勝つほど競争が激しくなりますから」

つまりあの写真立ては破れた夢の名残か……。

写真を見るセシルの目がきらりと光ったような気がした。苦い挫折《ざせつ》を味わっても、写真を職場に飾っておきたいと思うほど大事な夢だったのだ。

エリンは話題を変えた。「それで、あなたもロールを見ていないんですね？」

「はい、昨日から。ラウンジでランチをとったところまでは確認しているんですが……」セシルの額にしわが寄った。「本当に誰にも連絡がないんですか？」

「ありません」

「朝早く、誰かがホテルまで迎えにきたとか？　弟さんの知らない相手が迎えにきたのかもしれませんよ」

「可能性はゼロではありませんが、メモも何もないんです。携帯も財布も服も……ぜんぶ部屋に置きっぱなしだし」

「自宅には帰っていないんですね」

「はい。大家さんに頼んで合い鍵《かぎ》で部屋のなかを確認してもらったところ、帰った形跡はなかったそうです」

「そうなると誰にも行き先を知られたくないと思っているのかもしれませんね。弟さんとの婚約を考え直したとか？　失礼、わたしもそういう経験があるので……」

エリンは思わずセシルの手を見た。婚約指輪も結婚指輪もはめていない。

セシルが肩をすくめた。「離婚したんです」陳腐な慰めの言葉を拒むような毅然《きぜん》とした響きがあった。

エリンは今三十二だが、ウィルとつきあう前はたいして親しくもない人から恋愛関係のお節介を焼かれることが何度もあったので、セシルの気持ちが想像できた。二十代後半になると世間は女性を分類したがる。そして妻でも母親でもない女性を憐《あわ》れみ、恐れる。どこにも分類できないからだ。

「たしかに――」エリンは会話をもとに戻した。「恋愛のもつれで失踪《しっそう》する人はめずらしくありません。自分の気持ちをまわりの人に説明するのが億劫《おっくう》で、黙って姿を消す人もいます」セシルのほうへ身を乗りだす。「最近、ロールに悩んでいるような様子はありませんでしたか？恋愛でも仕事でも、思いつめた様子はなかったですか？」

「さあ、どうでしょうか。仕事に関して言えば、ロールの働きぶりにはわたしもルカもたいへん満足しています。几帳面《きちょうめん》で、明るくて――」セシルがペンをもてあそぶ。「でも恋愛面に関してはわたしではお役に立てないと思います。ロールとはうまくやっていたつもりですが、あくまで上司と部下のつきあいでしたから。彼女はプライベートについて話題にしたがりませんでしたし、わたしもそうなので」

「ロールのデスクを調べてもいいですか？　何か手がかりが残っているかもしれません」エリンは努めて軽い口調を保った。

セシルの目が鋭くなる。

「仕事関連の資料を持ちだすことはしません。お時間の都合がつくようでしたら立ち会っていただいても構いません」

セシルが肩の力を抜き、右手のスモークガラスを押した。「わかりました。こちらです」

スモークガラスが小さな音をたてて外側に開く。

隣の部屋もセシルの部屋と同じレイアウトだが、広さは半分ほどだった。デスクの上にロールの名前が入ったプレートが置いてある。

セシルはスモークガラスの手前で立ちどまり、携帯をとりだして操作しはじめた。

エリンはまずデスクの上を確かめた。きちんと整理されている。ノートパソコン、鉛筆立て、電話。ライムグリーンの植木鉢に小さな多肉植物が植わっていた。携帯電話の充電器が端からぶらさがっている。

右の引き出しを引っぱってみる。鍵はかかっておらず、すんなりと開いた。たいしたものは入っていないようだ。プレゼンの資料、会議の議事録、青いフォルダーが一冊。書類にざっと目を通してから、最後に青いフォルダーを手にとった。折り畳まれた紙が何枚か入っている。ネットニュースを印刷したものだ。ヘッドラインはフランス語だった。〝デプレスィヨン《うつ病》〟右上にペーパークリップで名刺がとめてある。

〝アメリ・フランセ、精神療法、心理学、ローザンヌ通り二十四〟

セシルのほうをちらりと見る。電話中だ。

名刺をポケットにすべりこませて今度は左の引き出しを開けた。

紫色のフォルダーが一冊入っているだけだった。綴《と》じてあったのは先月までの携帯電話料金の請求書だ。一年分くらいある。名義はロールで、住所はホテルになっている。

「何か見つかりましたか?」セシルが顔をあげる。

「手がかりになるのかどうかわかりませんが……」エリンはためらった。「このホテルでは仕事用の携帯電話を支給しているんですか?」

「いいえ。仕事の電話を自分の携帯電話でかけた場合は経費精算しますが、ほとんど固定電話を使いますので」セシルがデスクの上の電話を示す。

だとしたらこれはロール個人の携帯の請求書ということになる。でもどうして職場のデスクに個人の携帯電話の請求書を入れたのだろう。請求書を眺めているとき、会社名が〈オレンジ〉となっていることに気づいた。アイザックが見せてくれたロールの携帯は〈スイスコム〉だったはず。

つまりロールは個人で携帯を二台契約しているということ?

先月の料金表を確認する。通話履歴に同じ番号が繰り返し登場していた。

メールも同じだ。アイザックのメールアドレスだろうか? 自分の携帯を出して確認する。ちがった。頻繁に連絡をとっていたのが誰であれ、アイザックではない。もっと言えば履歴のどこにもアイザックの番号やアドレスはなかった。請求書を凝視する。いやな予感がした。

請求書をオフィスのデスクにしまう理由。

それは親しい人に見られたくないからだ。

見られたくないということは、隠さなければならないものがあるということでもある。ロールはふたまたをかけていたのだろうか。アイザックがそれに気づいたとか?

昨日の夜、外で電話していたロールの様子がよみがえった。あのときもこの携帯を使って、この番号の相手と話していたのかもしれない。アイザックが見せてくれた携帯には該当する時間の発着信履歴がなかった。

自分の携帯が振動した。

ウィルからのインスタントメッセージだ。

〝どこ？　天候悪化のニュース、見た？　谷の反対側のホテルで避難が始まった〟

「まだかかりそうですか？」

はっとして携帯から視線をあげると、セシルがいらいらした表情でこちらを見ていた。そろそろ仕事に戻りたいのだろう。

「いいえ、終わりました」携帯電話料金の請求書が綴じられたフォルダーを指さす。「ロール個人の携帯の請求書なんですが、借りていってもいいでしょうか」

「もちろんです。ほかにもできることがあれば遠慮なく言ってください」言葉は親切だったが表情は微妙だった。ロールが心配なのではなく、エリンがホテルの客だから丁寧に接しているだけのような印象を受けた。

「本当に――」こちらの考えを読んだようにセシルが繰り返した。「なんでも言ってくださいね。ロールはこのホテルに欠かせない人ですから……」そこで言葉を切り、窓の外に目をやる。

セシルの視線の先には駐車場があった。さっき見た警察の車両が駐車場を出ていくところだ。タイヤで雪を蹴散《けち》らしながら、ぐんぐんスピードをあげていく。

セシルに視線を戻したところではっとする。眉間《みけん》に深いしわを寄せ、何か思い悩んでいるような顔つきをしていたからだ。

そういえばダニエル・ルメートルとカロン姉弟は幼なじみだとロールから聞いた。

悔やみの言葉をかけようとしてやめる。セシルはプライベートに踏みこまれるのを嫌うだろうと思った。

29

「精神科医？」

アイザックが緊迫した声を出す。幸い、ラウンジは混雑していたのでほかの宿泊客の会話や食器のぶつかる音にうまくまぎれて目立ちはしなかった。スピーカーから控えめの音量で流れているのは、昼時のラウンジにぴったりなコンテンポラリージャズだ。

空は暗く、大粒の雪が風に飛ばされてあらゆる方向へ散っていく。この天気では誰も外に出ようとは思わないだろう。

エリンはうなずいた。「ロールの机の引き出しに名刺が入っていたの」

「そういう話だからウィルを追いはらったのか」

エリンはむっとした。「追いはらってなんかない。ウィルはもうお昼をすませていたし、メールのチェックをしたいっていうから無理に連れてこなかっただけよ」

アイザックが音を立ててフォークを置き、皿を押しやる。チキンサラダはほとんど手つかずのままだ。ひげを剃《そ》っていないのがひと目でわかるし、服がしわだらけで、なんだかみすぼらしい。
　アイザックのうしろに大きな暖炉があった。水の入ったグラスのふちを指でなぞりながら、
暖炉の炎を見るともなく見る。勢いよく燃える炎が、グラス越しにゆがんで見えた。
「うつ病に関する情報も印刷してあったの」
　アイザックは目を見開いたあと、観念したように息を吐いた。
「そうか……」こちらの反応をうかがうようにして告白する。「実はロールには……前からう
つの気があったんだ。ここ数カ月はいつもより症状が重かった。バスルームに薬が……棚に置
いてあったんだけど、さっき姉さんが部屋に来たときは見られないようにしまった」
「あなたがポケットに何かを入れるのを見たわ」エリンはアイザックをまっすぐに見返した。
「どうして隠したの？」
「おれがロールなら知られたくないだろうと思った。あいつがひょっこり戻ってきたら、いや
がるだろうと……」首をふって床に視線を落とす。「婚約祝いは延期することにした。ほかの
連中にも来ないように連絡したよ。天気予報も最悪だし、そもそもロールがいないんじゃ、天
気がよくたって来てもらう意味がない」
「それでいいの？」
「ほかにどうしろって言うんだ？」アイザックの声に怒りがにじむ。
「怒らないでよ。ロールのうつはいつからなの？」

「何年も前から、ひどくなったり、よくなったりの繰り返しだった。コラリーが亡くなったあとからだな。父親は、ロールが十八のときに日本に戻っちまったし」

「コラリーが、亡くなった？」エリンは動揺した。面長で猫のように神秘的な目をした女性を思い浮かべる。あのエネルギーに満ちた太陽みたいな人がもうこの世にいないなんて信じられない。

「ジュネーブでひき逃げされたんだ。湖のそばで」

「そんなこと、ロールはひと言も……」どうして教えてくれなかったのだろう？　そう思う一方で、教えてもらえなくて当然だとも思った。一方的に友情を終わりにした自分に、大事な人の死を知らせる必要があるだろうか。

「ロールは気丈に振る舞っているけど、水面下でがむしゃらに水をかいてなんとか沈まないでいる水鳥と同じなんだ」

アイザックの語るロールは、エリンの知っているロールとまるで別人だ。「うつ病の資料のほかに……携帯の請求書もあったの。あなたが見せてくれた電話とはちがう回線の」

「ちがう回線だって？　そんなものがあったらおれが知らないはずがない」アイザックがきっぱりと言う。

「嘘じゃない。ロール本人が契約してた。住所はホテルになっていたけど」エリンはパンをとってふたたび皿に置いた。湯気のたつスープの表面には数滴のオイルが浮かんでいる。空腹のはずなのに、なぜか食欲がわかなかった。

「持っていたとしても、しょっちゅう使っていたわけじゃないだろう」

「電話もメールも頻繁にしていたわ。ここ数ヵ月のあいだに繰り返しかけている番号があるんだけど、あなたに心当たりはないかと思って。スイス国内の携帯番号だった」

アイザックが舌先で歯の裏をなぞった。動揺しているようだ。

「今、請求書を持っているのか？」

バッグに手を入れ、先月分の請求書を出す。アイザックの目が請求書の上をじれったいほどゆっくりと移動した。知らない番号のようだ。

「電話してみよう」そう言ってポケットから携帯をとりだす。前髪が額にかかって目の上に影を落とした。

「電話って、誰に？」

「ロールのもうひとつの携帯さ。いちばん上に番号が書いてあるじゃないか」

携帯を操作するアイザックを見ながら、エリンは不安と闘った。電話をするのはいいアイデアだが、これで簡単に居場所がわかるようなら失踪《しっそう》騒ぎになっていないような気もした。

祈るような気持ちで頭上に垂れさがった巨大なシャンデリアを見あげる。とがったガラス片が何百個もぶらさがったデザインで、ガラス片を支える紐《ひも》の長さはばらばらだ。ぱっと見は美しいが、ラウンジのような場所に使うには主張が強すぎる。

アイザックが携帯を耳から離した。「呼び出し音なしで留守番電話に切り替わった。応答メッセージはプリセットされたやつだ」そう言って請求書をわしづかみにする。「今度は何度もかけている番号を試す」

呼び出し音のあと、誰かが出た気配があった。

「もしもし?」アイザックがためらいがちに呼びかける。「もしもし?」さっきよりも語気を強めて繰り返したあと、眉《まゆ》をひそめて携帯をテーブルに置いた。電話を切られたらしい。アイザックの顔には、怒りよりも悲しみが強くにじんでいた。

婚約者に嘘をつかれ、その理由もわからないのだから無理もない。

同情しそうになって両手をぎゅっと握りしめる。

「くそ! 電話には出たくせにおれの声を聞いて切りやがった」

「もう一度かけてみれば?」

アイザックが憮然《ぶぜん》として携帯を手にとり、発信をタップする。「今度は呼び出し音も鳴らない」

「相手が電源を切ったのね。大丈夫よ。万が一のときは警察に調べてもらえばいいんだから。ロールのもうひとつの携帯も、携帯電話会社に連絡すれば過去六カ月の発着信記録がもらえるわ」

アイザックの指がこつこつと天板をたたく。こちらの言うことを聞いているのかどうかもわからない。

ブルネットの給仕係が隣のテーブルを拭《ふ》きはじめた。柑橘《かんきつ》系の漂白剤の香りがただよってくる。テーブルを拭きおわった給仕係がふりむいてほほえんだ。

「ほかに何かお持ちしましょうか?」

エリンが口を開きかけたところでアイザックが遮った。「いいや。どうせ何を頼んでもまずいから」

「なんてこと言うの！」エリンは給仕係に向かって申し訳なさそうに頭をさげた。

「なんだよ。事実を述べたまでだ」

給仕係がむっとして背筋をのばす。頬が紅潮していた。「お好みに合わなかったのでしたら別の料理をお持ちします。ご意見も厨房《ちゅうぼう》に伝えておきます」

「そんなことしなくていいのよ。本当にごめんなさい」エリンはアイザックをにらみつけた。

給仕係が去ったあと、エリンはしかめ面をした。「他人に八つ当たりしても仕方ないでしょう。ロールがいなくなったのはあの人のせいじゃないんだから」

アイザックはむかしから、気に入らないことがあると周囲にあたる。試験で満点をとったご褒美に父親から買ってもらったおもちゃをなくしたときもそうだった。金属製のロボットはアンテナを押すと、〝なんでしょうか、ご主人様！〟としゃべった。

それをなくしたとき、アイザックの怒りの矛先はサムに向いた。サムは部屋をめちゃくちゃにされた挙げ句、プレイモービルの海賊をとられた。

それから何週間も、サムはエリンのそばを離れようとしなかった。アイザックが怖かったのだろう。

沈黙が落ちる。アイザックが首のうしろをこすった。

「姉さんの言うとおりだな」ぽつりと言う。「でも不安なんだ。いやな予感がする。ロールが夜になっても戻らなかったら、もう一度警察に電話してみる」

「そのころまでには戻っているかもしれないしね」エリンは気休めを言った。「そうしたらぜんぶ笑い話になるわ」

アイザックが迷うような顔をしたあと、ポケットから写真の束をとりだした。「実は、こんなものを見つけたんだ」

エリンは写真を引き寄せた。どの写真も場面はちがうが、写っているのは同じ人物だ。

ルカ・カロン。

「このホテルのオーナーじゃない。こんな写真、どこで手に入れたの?」一枚、一枚、確認する。どこか不自然な写真だ。

アイザックのつま先が床をたたく。「ロールのスキーバッグの下に押しこまれていた」

ホテルに向かって歩くルカの写真。ルカは縁なし帽をかぶって携帯画面を見つめている。別の写真ではスタッフとラウンジの入口で話している。

テラスのデッキチェアに友人たちと座ってワインを飲んでいる写真もあった。

どの写真でもルカはカメラのほうを見ていない。撮影されていることに気づいていないようだ。

盗撮? ロールがルカを盗撮していたということ?

「おかしな写真だろう?」アイザックのつま先が床をたたくペースがさっきよりも速くなる。天板の裏に膝《ひざ》があたってがたがたと音がした。「どう見たってふつうじゃない。本人は撮影されていることを知らないように見える」

エリンは大きく息を吸った。「でも、これだけじゃ何もわからないわ。仕事で写真を撮らなければいけない理由があったのかもしれないし」言いながら尻《しり》の位置をずらす。われながら下手な推理だ。従業員が雇用主を盗撮する仕事などあるわけがない。

「理由ってどんな?」アイザックが噛《か》みつくように言い、何度も目をこする。

エリンはその手をつかんで顔から離し、両手で包んだ。反射的な動作だったが、アイザックが少しだけ肩の力を抜いた。

子どものころ、悪夢にうなされて目を覚ますたびにアイザックがなだめてくれたことを思い出す。そういうときのアイザックはとてもやさしかった。

サムも一時期、エリンよりひどく夢にうなされたことがある。姉弟でごっこ遊びが流行《はや》り、いちばん年下のサムはエリンの指示で兵士になったり騎士になったりした。ある日、エリンはサムに羊の役をやらせた。手づくりの白くてもこもこした羊の衣装を着せて〝キリストの降誕〟の場面を再現しようとした。

その夜からサムがうなされるようになった。首のない兵士や騎士や羊が、ベッドの足もとで踊りくるう夢を見るという。母は手づくりの衣装をサムの目につかないところにしまって、〝ごっこ遊びは当分しないように〟とエリンだけに聞こえる声で言った。あとになって、アイザックがサムに羊のコスチュームをネタに怖い話をしたことがわかった。

サム。

今は亡き弟を思うと胸が苦しくなって、アイザックの手を離した。

水の入ったグラスに手をのばしながら目を瞬《しばた》く。

アイザックの一部を見て彼という人間をわかったつもりになってはいけない。

30

部屋に帰ったとたんに強い疲労感に襲われて目をこすった。

ウィルは部屋にいなかった。

首の上のほうがずきずきする。頭痛の前兆だ。

炭酸水のボトルをとってキャップをひねる。ぷしゅっという音とともに底から細かな泡がたちのぼった。コップに注いで勢いよく飲む。頭を休めたいのに、アイザックに見せられた写真がまぶたの裏に焼きついていた。

あれはいったいどういう意味を持つのだろう。

窓辺に置かれた革椅子に腰をおろして携帯を出す。インターネットの検索欄にルカ・カロンの名前を打ちこんだ。ふと、上司からメールが届いていることに気づく。

〝エリン、返信がないので心配しています。急《せ》かしたくはないけれど、月末までに決断してもらわないといけません。電話のほうがよければいつでも電話してください〟

何度か文面を目で追ったあと、メールを閉じて検索画面に戻った。仕事のことは、ルカ・カロンについて調べてからまた考えよう。

検索結果がずらりと表示される。ウィキペディアにもルカ・カロンのページがあるし、ビジネスやホテル関係のウェブサイトにも数えきれないほどの記事がアップされている。スポーツ関連のウェブページにも名前があった。マラソンの完走記録やクロスカントリースキー大会の結果などだ。ルカ・カロンは見た目どおりスポーツ好きなようだ。

仕事に関する記事のヘッドラインをざっと流し読みする。

〝ブランドの裏側　ルカ・カロンを抜きにしてスイス観光業の今は語れない〟

〝帝国の誕生　ルカ・カロンが提案するミニマリズムが、ラグジュアリーホテルの地平線を変える〟

〝ホテルオーナーの新しいライフスタイル　トップに君臨しつづける秘訣《ひけつ》は毎日のヨガ〟

〝〈ル・ソメ〉シャレーの時代は終わった。新たなミニマリズムを分析〟

〝ルカ・カロンはなぜ過去にインスピレーションを求めるのか〟

最後の記事をクリックしてみる。一枚の写真が画面いっぱいに映しだされた。〈ル・ソメ〉のラウンジで、ルカが脚を組んで椅子に座っている。くつろいだ様子で、口元には自然な笑みを浮かべている。

ここでもやはり不動産開発業者というより登山やアウトドアの雑誌に出てくる人みたいだった。アウトドアブランドのグレーのジップアップに色あせたジーンズというくだけた服装で、たくましい胸板や肩のラインが服の上からでもはっきりわかる。無造作に顔にかかるサンディーブロンドとワイルドな顎《あご》ひげが俳優かモデルを思わせる。

エリンはもぞもぞと足を動かした。どこかちぐはぐな印象を受ける。ルカ・カロンのくつろいだ外見とこのホテルのミニマルな雰囲気は完全に食いちがっていた。記事のなかからルカの台詞を拾い読みする。

「歴史ある建物は改築のしがいがある。建物が訴えかけてくるんだ。まだ自分の物語は終わっていないって。なかでも〈ル・ソメ〉は特別だ。曾祖父《そうそふ》の手がけた建物だから思い入れが強かった。私が子どものころにはもう使われなくなっていたけれど、いつか自分の手でよみがえらせたいと思っていた」

記事はさらに続く。

〝ルカが初めて建物をつくったのは九歳のときだ。身近なものはなんでも材料にしたという。「レゴとか、棒切れとか、病院食まで材料にしたんだ。実のところ、幼いころに長期入院したことが、建物に興味を持つきっかけになった。あのころはやりたくてもできないことがたくさんあって、病気が治ったら毎日をとことん充実させると心に誓った」〟

病院？　なんの病気だろう？　さらに読んでいくと説明があった。

〝ルカには心房中隔欠損症《しんぼうちゅうかくけっそんしょう》という先天性心疾患があり、生まれつき心臓に穴が空いていた。手術で穴をふさぐことには成功したが、幼少期は入退院を繰り返した〟

ルカ・カロンのちぐはぐな印象の謎が少しだけ解けた気がした。スポーツに熱中するのは幼少期に病弱だったせいにちがいない。このホテルの内装も幼少期に過ごした病院の印象を反映したものだとしたら納得がいく。

ルカ・カロンという人間に興味がわいてきた。裕福な家に生まれた苦労知らずのお坊ちゃんというわけでもなかったのだ。ロールもルカの二面性に興味を持ったのだろうか。だが、そうだとしても隠し撮りまでする理由はわからない。

検索画面に戻って残りの検索結果に目を通す。最後のほうに英語のブログがヒットしていた。タイトルがなんとも挑発的だ。

〝スイスの不動産開発業者はどのように故郷を破壊したか〟

ブログを開いてみる。タイトルから予想したとおりの過激な内容だった。複数の不動産開発業者の名前が挙がっていて、ルカもそのひとりだ。いちばん下のコメント欄に目が吸い寄せられる。ルカ・カロンと〈ル・ソメ〉に対する批判的な意見が並んでいた。ホテルのデザインもルカの人格も容赦なくこきおろされている。

なんでも土足で踏みにじるタイプ。〝やりたいようにやる。邪魔するやつは容赦しない〟と顔に書いてある。

ダニエル・ルメートルの失踪《しっそう》についてコメントしている人もいた。縁故採用だの、本当はプロジェクトから降りようとしていただの、内容はゴシップレベルだ。

マーゴットが言っていた反対運動というのはこのことか。ツイッターを開いてルカとホテルの名前で検索をかける。すると何百ものツイートが表示され、そのほとんどが否定的な内容だった。

ドアがかちりと音をたてた。ウィルが帰ってきたのだ。

「何をしているんだい」ウィルが近づいてきて自分の携帯をテーブルに置く。

から」

「ルカ・カロンについて調べていたの。ロールが撮影した写真を、アイザックが見せてくれた
「写真？」

「ルカの写真よ。本人は撮られていたことを知らなかったみたい」

ウィルの眉間《みけん》にしわが寄った。「だとしてもきみが首をつっこむことじゃないだろう。夜になってもロールが戻らなかったら、もう一度警察に通報するようアイザックに助言したらいい。あとは警察に任せるんだ」

ウィルの言い方はいつになくきつかった。顔つきも冷たい。エリンのしつこさにうんざりしているみたいだった。

ウィルが遠くにいってしまったようで怖くなる。原因をつくったのは自分だ。そしてどうすれば彼を引きとめられるかもわかっていた。彼の望むとおり、ロールのことは警察に任せて、自分たちの将来について考えればいい。

でも、それでは自分自身を偽ることになる。

まだ将来なんて考えられない。サムに何があったかわかるまで、わたしの人生は一時停止したままだ。何もなかったかのように自分だけ幸せになるなんてできない。自分でもどうしようもないのだ。

エリンが無言でいると、ウィルがクローゼットからセーターを出して頭からかぶった。「ずっとプールで話したことについて考えていたんだ。やっぱり山をおりよう」

「でも――」

「できるだけ早いうちにチェックアウトしたほうがいい。アイザックとロールのことだけじゃない」ウィルが携帯をとってエリンの目の前に掲げた。「ひどい吹雪が近づいている。このままだとホテルに缶詰めになる」

エリンは画面を見た。

〝かつてないほど猛烈な嵐がアルプス地方に接近している。イタリアのリゾート地チェルヴィニアでは、強風でケーブルカーが煽《あお》られて制御不能となった。現在、全リフトの運行が停止されており、これから四十八時間のあいだに二メートル以上の積雪が予報されている〟

「でも、このまま帰るなんてできない。今は無理よ」

「できないんじゃなくて、帰りたくないいだけじゃないのか？」ウィルがベッドに座った。目を細め、さぐるようにこちらを見る。「ぼくよりも彼を選ぶのか？」

どきりとする。タイムリミットがやってきたようだ。今すぐここに来た本当の目的を言わなければ、ウィルとの関係が終わってしまう。

「本当に帰れないのよ」コップから手を離す。「わたしがここに来たのは……アイザックの婚約を祝うためじゃないから。あの子の口から真実を聞くためなの」

「真実？　いったいなんの真実だい？」

「サムのこと」声が震える。「……サムを殺したのはアイザックだと思う。だからロールのことも放っておけないの。アイザックは前にも人を殺したことがあるから」

31

「殺しただって？」ウィルが目を見開く。「弟さんは事故で亡くなったって言ってたじゃないか」

エリンはウィルの隣に腰をおろした。「たしかに警察はそう判断した。サムが自分で潮だまりに落ちて、岩で頭を打って溺《おぼ》れたって。それはわたしの記憶とも一致していた。でもしばらくあとになって、ちがう記憶がよみがえってきて……」

「きみはアイザックが殺すのを見たのか？」

「ちがうけど、事件のときに親や警察に話したことと、思い出したことのあいだに食いちがいがあるの」

サムが死んだ日の記憶は鮮明だった。大人の前で何度も話すうちに多少の修正が加わっただろうが、核となる部分はぶれていないと思っていた。

「詳しく話してくれ」

エリンはまぶたを閉じた。「あの日、わたしたちは潮だまりで遊んでいた」

七月で、じりじりと太陽が照りつけていた。サムの首筋は赤くなって、薄皮がむけているところもあった。アイザックはグレーのTシャツを着ていて、水しぶきがかかったところが模様のように濃くなっていた。

「三人で競争したの。誰がいちばんたくさん蟹《かに》を捕まえられるかって。ビーチの小屋の壁に記録表をはって」つま先をすり合わせる。「アイザックとサムはむきになってた。あのふたりはなんでも競争するから」

「ぼくも小さいころは常にきょうだいで争っていたよ」

「アイザックの場合は……勝つことに対する執着が異様だった。やっきになってサムを負かそうとするの。サムに嫉妬《しっと》していたのかもしれない。サムは明るい子で、母はよく〝わたしに似たのね〟って言ってた。姉弟のなかでいちばん素直で扱いやすいって」

サムと母は外見までよく似ていた。白い肌にブロンドで、猫っ毛で、髪が濡《ぬ》れると頭皮がうっすら透けて見えた。

「きみは扱いやすくなかったのかい？」ウィルが片方の眉《まゆ》をあげる。

「サムほどはね。末っ子はいちばん気立てがいいって言うでしょう。あれは本当だわ。サムはみんなを笑わせてくれた。喧嘩《けんか》の仲裁も得意だった。それでいてエネルギッシュで集中力もあった。机に向かって何時間でも同じことをしているのよ。レゴでも宿題でも読書でも、没頭するとまわりで何が起きても気にならないみたいだった。アイザックがちょっかいを出したときは別だけど。アイザックは子どものころから、どうすれば相手を怒らせることができるかを心得ていたから」

「想像がつくよ」

「母はあまり動じない人だったけど、アイザックのことではときどき神経質になっていたわ」

エリンは無意識に上掛けをつまんだ。「学校の成績はよかったけど、賢すぎるのが仇《あだ》になったのか、人を見くだすところがあった。相手を怒らせて反応を観察するというか」

「まさに今の彼だ。きみの反応を観察しているように見える」

エリンは押し黙った。

「アイザックは、お母さんがサムをいちばんかわいがっていることに気づいたんじゃないか。それがおもしろくなかったとか？」

「でも、アイザックには言ってないのよ。母のお気に入りがサムだなんて」

「そういうことは口に出さなくても……」ウィルは言いかけてやめ、肩をすくめた。「まあいいや。それで？　三人で蟹をとっていたんだよね」

「サムのほうがたくさんとっていて、アイザックはどんどん不機嫌になっていった。わたしは途中であきて、ふたりを残して別の潮だまりへ行ったの。五分もしないうちに怒鳴り声が聞こえた。サムたちのいるほうをふり返ったら、バケツがひっくり返っているのが見えたの」エリンは目を閉じた。「サムのバケツだった。蟹がどんどん逃げていって、サムが怒ってアイザックをたたいてた。あわてて戻って、喧嘩をやめさせようとした」

「きみが仲裁役になったわけだ」

「アイザックが謝って、問題なさそうだったから、わたしはまたひとりでその場を離れた。ふたりのことは放っておいても大丈夫だと思った」その判断が正しかったのかどうかわからない。これだけの年月が経っても、記憶はナイフのように鋭く胸をえぐる。「それから十五分か、二十分くらい経ったころだったと思う。アイザックの声がした。聞いたこともないような声……悲鳴だった。走って戻った」

あのときのことは今も生々しく覚えている。頭のなかでサイレンが鳴り響いているみたいで、必死に走っているのにちっとも進まない気がした。

「アイザックが潮だまりで、肩まで海水につかってた。その隣に――」喉《のど》が詰まる。「サムがいた。アイザックはサムを抱えて水から出そうとしてた。とりつかれたみたいに〝助けなきゃ、助けなきゃ！〟って叫んでた。でも、サムはもう息をしていなかった。顔を見ればわかった……」声が割れる。「わたしたちは必死だった。救命士が到着するまで、アイザックとふたりで思いつくかぎりのことをした。結局、サムは息を吹き返さなかった」

ウィルがエリンの手をとり、強く握る。「事故が起きたとき、アイザックはその場にいたのかい？」

「トイレに行きたくなって潮だまりを離れてたって言ってた。戻ってきたらサムが水のなかにいたって」

「まわりに大人はいなかったの？」

「潮だまりはビーチの端の、ひと気のないところにあったから。偶然、そっちへ歩いてきた人でもいなきゃ気づかないでしょうね」

ウィルが考えこむような顔をした。エリンの手の甲を親指でさすりながら尋ねる。「それで、どうしてアイザックがやったと思うんだい？」

「事件からしばらくして、フラッシュバックがあったから」

「フラッシュバックって、忘れていた記憶がよみがえってきたってこと？」

「そんな感じ。夢みたいにとぎれとぎれで、実際に見ているときはすごく鮮明なんだけど、終わったとたんにかすんでしまうの。次のフラッシュバックまで記憶の闇に沈んでしまう」

最初は何が起きたかわからなくて混乱した。大人になってセラピストに相談すると、フラッシュバックを見ることも、それを忘れることもめずらしくないと言われた。無意識に自分を守ろうとしているそうだ。

「具体的に覚えていることはないのかい？」

「ひとつだけあるのよ。頭から離れないイメージが。アイザックが岩の縁に立っていて、その手が……」言葉が喉につかえて出てこない。「血だらけなの」

ウィルが息をのむ。「でもアイザックは潮だまりにいたんだろう？　サムを水から引きあげようとしていた」

「そこがわたしにもわからないの」

「ぼく以外の誰かに相談しなかったのかい？　ご両親とか？」ウィルが体をひねってテーブルの上から水のボトルをとる。

「当時は父も母も……サムを失ってどん底だった。フラッシュバックのことを話したらアイザックまで失うようなものでしょう。そんなことはできなかった」

「アイザックにも打ち明けてないのか？」

「ええ。反応が目に見えるようだったから。怒りくるうか、むっつりと心を閉ざすかのどっちかね」

「なるほど」ウィルがボトルを開け、水を飲んだ。そのあいだも視線はエリンから離さなかった。瞬《まばた》きすらしない。

　エリンはうろたえた。「何？」

「きみは今まで、アイザックが人殺しだと思ってきたのか」

　エリンは押し黙った。そのとおりだというのに、言葉に出して認めるのが怖かった。

「だから怯《おび》えた表情をしていたんだね。どうしてもっと早く話してくれなかったんだい？」ウィルの口調はやさしかったが、寂しそうでもあった。「そんな大事なことを隠していたなんて……せめてここへ来る前に教えてくれればよかったのに」

　エリンは唇を嚙《か》んだ。「わたしみたいな女とはかかわりたくないと思われるんじゃないかと思うと怖かった。どう切りだせばいいかもわからなかったし。〝ねえ、うちの弟がもうひとりの弟を殺したと思うの。わたしはそれを見たかもしれない〟、なんて言えるわけない」

「アイザックのしたことで、きみに対する態度が変わることはないよ」

「あなたが好きだから、リスクを冒したくなかった」決してふたりの関係を軽んじていたわけじゃない。それをわかってほしかった。「あなたはいい人だし、ちゃんとした家庭でまっとうに育ってる。まあ、妹さんはかなり我が強いけど……」重たい空気をなんとかしたくてつけくわえる。

　ウィルが小さな笑みを浮かべた。「たしかに」

「うちはぜんぜんちがうの。サムが亡くなってからはとくに」

「きみはフラッシュバックのことを誰にも相談できずに苦しんできた。でも、どうして今になってアイザックと話そうと思ったんだい？」

「母が亡くなって傷つく人がいなくなったから。そして自分自身、サムのことをうやむやにしたままでは先へ進めないってわかったから」

「アイザックにフラッシュバックのことを話すつもりかい？」

「具体的にどう切りだすかは決めていないの。とにかく会って、母やサムのことを話そうと思って……」

ウィルが指の関節をこすった。「きみの言うとおり、アイザックがサムを手にかけたのだとしたら、ロールがいなくなったのも――」

エリンがうなずいた。言葉にする必要はなかった。「だから帰れないの。ロールをさがさなきゃいけない」

昨日、久しぶりに会ったロールの姿を思い返す。ロールは母の死を悼んでくれた。自分は彼女の母親が亡くなったことさえ知らなかったというのに。またしても罪悪感が込みあげる。わたしはロールに借りがある。

頭が痛くなってこめかみを押さえる。

「大丈夫かい？」ウィルが心配そうに顔をのぞきこんでくる。

「ちょっと疲れただけ。頭が痛くなりそう」

ウィルが自分の荷物のなかから小さなパッケージを出してきた。鎮痛剤だ。「それをのんだらスパに行ってジェットバスにでもつからないか。夕食までまだ一時間もあるし、体があたたまれば頭痛もおさまるかもしれない」

エリンは素直にうなずき、握りしめていた携帯電話をテーブルに置いた。

32

「エリン、早く」

「ちょっと待って」

薄い水着越しに冷たい風が肌を打つ。雪の舞うデッキに出たエリンは、あまりの寒さに足踏みをした。歩くところは除雪してあるものの、それ以外は雪が厚く積もっている。

日没の時間で、ふたつある屋外プールはライトで照らされていた。それでもたちのぼる水蒸気と横殴りの雪のせいで視界が悪く、水面はところどころしか見えない。

ウィルに手をとられてメインプールの横を通りすぎる。

「こっち、こっち」そう言うウィルの腕にも鳥肌が立っている。

ジェットバスは衝立《ついたて》で囲まれた一角にあった。木製の丸い浴槽からもうもうと湯気があがっている。

ウィルがステップをのぼって湯に足を入れ、こちらをふり返った。

「あったかくて気持ちがいいよ」

眼鏡をかけていないせいか瞳《ひとみ》の色がいつもよりも濃く見える。

エリンはジェットバスを見た。暗いイメージが浮かんでくる。洞窟《どうくつ》の壁に打ちつける水の音。影になった男の顔。

小さく首をふっていやな記憶を封じこめ、湯に入ってウィルの隣にしゃがんだ。肌がふれ合う。ウィルがエリンの腰に手をまわしてそっと自分のほうへ引き寄せた。

「大丈夫かい？」

エリンはうなずいた。冷えた体に湯が熱くて痛いほどだが、手足の緊張をほぐしてくれた。

「いい気持ち」ほっと息を吐いてウィルに身を預ける。

「よかった」ウィルが背中のボタンを押すと、低い作動音とともに水面が振動しはじめた。底からぼこぼこと細かな泡がわいて、背中や太ももを刺激する。「きみはもう少し肩の力を抜くことを覚えたほうがいい。休むのは悪いことじゃないんだよ」

エリンはどきりとして顔をあげた。ウィルのまなざしはどこまでもあたたかい。日焼けした肌に水滴がついている。自分は恵まれているのだと痛感した。ウィルのような人がそばにいて、やさしい言葉をかけてくれる。それを当たり前だと思ってはいけない。

「もっとこっちへおいでよ」ウィルがおどけた口調で言った。手を太ももに移動させながら唇を近づけてくる。

やさしいキスにうっとりしかけたところで、はっとわれに返った。風や水の音に混じって、足音が聞こえたのだ。唇を離してうしろをふり返る。夜の闇のなかで誰かが自分たちを監視している気がした。

ぞくぞくする感覚が背筋を這《は》いのぼる。人がデッキに出てきた様子はなく、話し声もしない。更衣室のときと同じだ。

「ねえ、足音がしなかった？」ウィルのほうに視線を戻す。

「いや、何も聞こえなかったよ」

そう言うウィルの声はさっきまでと打って変わってぎこちない。またかと思われているのだ。それ以上何も言えなくなった。じっと座って居心地の悪い沈黙に耐える。

ウィルのいらだちが伝わってきた。腕や肩の筋肉がこわばっている。せっかくのいい雰囲気をぶち壊した自分に腹が立った。

むかしからこうだ。悪気はないのに余計なことをして和やかな雰囲気を台無しにする。母にも言われたことがある。〝エリンはすごく楽しいと不安になるのよね。誰かのお誕生日会でも、転ぶとか、飲みものをこぼすとか、何かやらかしてくれるもの。いつだったかアイザックの誕生日に、ケーキを食べすぎて吐いたことがあったでしょう。ドレスをだめにしたのよね〟

ふいにウィルが立ちあがった。「頭が痛いのに誘ったぼくが悪かった。こんなことなら部屋で休んでいたほうがよかったね」こちらを見ようともせずに言う。「ぼくはほかのプールを試すよ。部屋に戻るなら送っていこう」

「ひとりで大丈夫」ささやくように言った。ウィルのよそよそしい態度に傷ついた。

ウィルがそれ以上何も言わずにジェットバスから出る。エリンもあとに従った。強い風が吹きつけて、あたたまった体がみるみる冷えていく。

室内に戻ろうとして立ちどまった。さっきは気づかなかったが、左手に小さなプールがあって、そのプールだけ水蒸気が出ていない。水面がライトを反射して黒っぽく光っていた。

プールサイドに近づいてみる。幅が一メートルほどしかなく、端に飛び込み台があった。飛びこみ専用のプールを見るのは久しぶりだった。ロールとロールの母親とコーンウォールに旅行したとき、ニューキー近郊の古ぼけたホテルに泊まったことがあるが、そのホテルに飛びこみ専用プールがあった。ロールと度胸比べをして、順番に飛びこんだのを懐かしく思い出す。

エリンは暗い水面をのぞきこんだ。かなり深そうだ。飛び込み台から見る水面はさらに小さいにちがいない。ちょっとでも角度をまちがえたらプールサイドに体をぶつけそうなほどに。それでも当時のエリンは飛んだ。もちろんロールの挑戦があったからだが、弱虫と思われるのはいやだった。あのときはまだサムも生きていた。人生がひっくり返る前だった。

立ち去ろうとしたところで背後に人の気配を感じた。ウィルが戻ってきてくれたのだ。

「わたしは度胸がなくて無理だけど、あなたなら飛びこめるんじゃない？」

返事がなかった。笑い声もしなければ腕に手をのばしてもこない。だが、誰かが背後にいることは呼吸音でわかる。

エリンは凍りついた。

ウィルじゃない。

ふり返って確かめようとしたとき、うしろから強く押された。

心臓がとまる。

体が前のめりになって水面が迫ってくる。足の指に力を入れてなんとか持ちこたえようとしたが、デッキは雪と氷でつるつるしていた。

胸をそらして手をふりまわし、なんでもいいからつかむものをさがす。その手が虚《むな》しく空を切った。

ほんの数秒の出来事だった。衝撃とともに氷が割れ、エリンは暗い水にのまれた。

33

しびれるほど冷たい水が全身を包む。肺がぎゅっと縮まった。耳が痛くなり、鼻もつんとする。

体がずぶずぶと沈んでいく。

飛びこみ用プールは二メートル以上の深さがある。水中は真っ暗で何も見えなかった。肺が焼けるようだ。

水をかいて！　浮きあがらなきゃ！

がむしゃらに手足を動かすとやがて沈む感覚がとまり、体がゆっくり浮上しはじめた。勢いよく水面に顔を出し、ぜいぜいと息をする。そのまま犬かきをしてプールサイドへ行き、金属の手すりにしがみついてステップに足をかけた。足に力が入らず何度も踏み外す。

自分をプールに突き落とした人物がまだ上にいる可能性が頭をかすめたが、デッキを見まわす余裕などなかった。とにかく水から出たかった。

前にも似たような経験をしたことがある。一年前、洞窟でヘイラーに殴られて溺《おぼ》れかけたときだ。あのときと同じ声が頭のなかに響き渡る。

水から出ろ！　水から出ろ！

ステップをのぼってプールサイドにあがる。

「ウィル！」考えるよりも先に叫んでいた。叫びながらよろよろとメインプールへ向かう。

メインプールは先ほどと同じで、水蒸気におおわれていた。「ウィル？　そこにいる？」

強い風が吹いて蒸気が流れる。プールで泳いでいた若いカップルがぎょっとした表情でこちらを見た。

ウィルはプールのいちばん端にいた。エリンを見て水からあがり、こちらへ歩いてくる。

「どうしたんだ？」

「誰かに背中を押されて、飛びこみ用プールに落ちたの。てっきりあなただと思って――」言葉が喉《のど》にひっかかる。「うしろから突きとばされたの」

ウィルが眉間《みけん》にしわを寄せる。「突きとばされた？　デッキは雪が積もって滑りやすいから、バランスを崩したんじゃないのか」

エリンは驚いて目を瞬《しばた》いた。そんなことを言われるとは思ってもみなかったからだ。わたしが嘘をついていると言いたいの？

「ちがう」泣きたいのを我慢して、硬い声で答える。「誰かに押されたの。わたしを怖がらせたかったんだと思う」

それが犯人の狙いなら大成功だ。水のなかで喩《たと》えようもない恐怖を味わった。今度こそ死ぬのだ。ひとりで、どこか暗いところへ沈んでいくのだと思った。

サムのように。

ウィルがこちらをじっと見つめる。口を開きかけてやめ、エリンの手をとった。「とにかく部屋に戻ろう。まずは着替えないと。ひどく震えているじゃないか」

エリンはしぶしぶうなずいた。ウィルが本当に言いたかった言葉をのみこんだことはわかっていた。

更衣室で乾いた服に着替え、受付でウィルと合流する。客室に戻ると、ウィルに促されるままベッドに横になった。ウィルが上掛けの上から毛布をかける。少し眠ろうとしたのに、頭に浮かんでくるのはさっき水のなかで感じた恐怖しかない。

ウィルが湯気のたつコーヒーを手に、マットレスに腰をおろした。「カフェインは入っていないよ。これ以上の刺激は必要ないと思ったからね。気分はどうだい？」

「ましになったわ」コーヒーをひと口飲む。熱いけれどおいしかった。「……あのまま溺れるって、本気で思った」声がかすれる。「洞窟《どうくつ》のことがよみがえって……」

ウィルがエリンの手を強く握る。

「ほかにもあるの」カップをぎゅっと握る。「お昼にあなたがプールで泳いでいたとき、更衣室で誰かに見られている感じがしたの。着替え用ブースのドアが開閉する音がしたからお客さんが入ってきたと思ったのに、誰もいなくて」

ウィルの表情が険しくなる。「きみをプールに落としたのと同じ人物？」

「たぶん……」

ウィルが黙りこむ。自分と同じで、アイザックの仕業ではないかと疑っているのだろうか。

「やっぱり明日、イギリスへ帰ろう」唐突にウィルが言った。「サムのことはよくわかった。きみがここにいたがる理由も理解したつもりだ。でも見られていたとか、突き落とされたなんて聞いたら心配でたまらない。ロールのことは気になるけど、ぼくにとってはきみのほうが大事だ」

エリンも頭では帰るべきだとわかっていた。ここに――アイザックのそばに留《とど》まったら、精神的にも肉体的にもダメージを被る。今の自分にはそれを跳ね返すだけの力がない。サムに何があったか知りたい気持ちは変わらないが、自分の身を守ることが第一だ。

「あなたは――」エリンはそこで言葉を切った。ドアのほうで小さな音がしたのだ。「ねえ、誰かがドアの下から何かを差しこんだみたい」

ウィルがドアに近づき、隙間から差しこまれた紙を拾った。開いて読みはじめる。

「何？」

「このホテルに避難指示が出たそうだ。宿泊客は全員、明日中に山をおりることになった」

三日目

午前十一時。第三便のバスが出発しようとしていた。避難用のバスはあと一本しかない。エリンはラウンジで、忙しそうに行き来するスタッフを眺めていた。宿泊客のスーツケースやバッグを運んだり、大声で指示を出したりしている。

宿泊客のほとんどはすでに山をおりていて、ラウンジには最後のバスを待つわずかな客が小さなグループをつくっていた。外の吹雪とスタッフの動きに圧倒されているようだ。

「ぼくらもそろそろ行かないと」ウィルが不安そうな表情をした。「これ以上は待てない」

「わかってる。でも最後にアイザックと話したいの」エリンはカップにコーヒーを注いでミルクを入れ、黒い液体に広がる白い渦を眺めた。

朝食をとっているのは自分たちが最後で、ラウンジは閑散としていた。ビュッフェテーブルに残っているのはバスケットに入ったクロワッサンと地元産のハムが数切れ、紅茶にコーヒー、半分ほどまで減ったジュースのピッチャーくらいだ。

「昨日よりもすごい雪だな」ウィルが窓から視線を外さずに言う。

エリンもウィルの視線を追った。窓ガラスに薄氷が張っているせいでぼんやりとしか見えないが、もうすぐ昼だというのに外は夜のように薄暗い。空は黒い雲におおわれている。駐車場も、その向こうに見える木々も白に染まり、積雪は一分単位で増えていくようだった。

雪の総攻撃を浴びているみたいだ。こんな天候であの山道をくだるなんて、想像するだけでもぞっとする。

コーヒーを飲んでいるといつの間にかエントランスが静かになっていた。さっきよりも人が減っている。第三便が出発したのだ。

「これ見なよ」ウィルが携帯を差しだす。「このホテルがニュースになってる」

エリンは記事にざっと目を通した。

雪崩によりスイスのホテルに避難指示

スイスの山岳地帯にある五つ星ホテルから二百人近い観光客と従業員が避難している。アルプス地方全域で大雪による被害が相次いでいるためだ。

標高二千二百メートルに位置する〈ル・ソメ〉周辺は、とりわけ雪崩の危険性が高い。そう語るのはシオンにあるヴァレー州警察本部のカトリーヌ・レオンだ。

「現在の雪崩リスクは五段階の五です。今後ますます吹雪が激しくなると予想されています。宿泊客のなかには雪の被害を軽視する人もいるため、市長がコミューンと連携して避難指示を出しました。雪崩のリスクは切迫しています」

避難は日曜の朝から開始され、五十人乗りのバスを使って宿泊客をクラン＝モンタナのほかのホテルに移す計画だ。

ホテルの支配人セシル・カロンは〝宿泊客は落ち着いて避難準備をしている〟と語った。

「ここにいたのか」

エリンは顔をあげた。

アイザックだ。

昨日よりさらにみすぼらしくなっている。髪はぺったりと頭皮にはりつき、左目の上の皮膚が真っ赤にはれて痛々しかった。

アイザックがテーブル脇の荷物を見た。「山をおりるんだな」感情の抜け落ちた声だった。

「そうするしかないでしょう。避難指示が出ているんだから」言いながらウィルと目を合わせる。

「おれはここに残る」アイザックがぶっきらぼうに言う。「さっきもう一度、警察に電話した。今日中に来てくれることになったから、ここで到着を待つ」

「この状況で警察が来られるのかい？　ホテルにいる全員に避難指示が出ているのに？」

「どっちにしてもおれが離れるわけにはいかない」アイザックは瞬《まばた》きもせずにエリンを見つめた。「この天候でロールが外にいたらどうなる？　けがをしていたら？　次に山へ人があがってくるのは何日もあとになる」

「だからといって、あなたひとりではどうしようもないでしょう。あとは警察に任せたほうがいいわ」

「この天候で警察が来られるのかと、今、ボーイフレンドが言ったばかりじゃないか」アイザックが乾いた笑い声をあげた。「だいいち来られたとしても、警察は危険を冒してまで捜索なんてしない。そこは姉さんがいちばんよくわかってるだろう。所詮《しょせん》は他人事《ひとごと》だもんな」

「二次災害を防ぐためよ。あなただって、この天気で外に出たら命の危険がある。雪がやんでから戻ってくればいいじゃない」それが気休めだということはエリンにもよくわかっていた。予報どおりに雪が降れば道路の除雪作業だけでも相当な日数がかかるだろう。ロールが外で動けずにいるとすれば、捜索が始まるころには手遅れになる。「だいいち、山をおりるといっても下の町で待機するだけでしょう」

「姉さんはあいつを見捨てるんだな」アイザックの表情がこわばる。「親父と一緒だ。自分の手に負えなくなったら逃げるんだ」

痛烈な言葉にエリンは顔をしかめた。

アイザックはそれ以上何も言わず、踵《きびす》を返して立ち去った。

エリンは乱暴に椅子を引いて立ちあがった。アイザックの言い方にも腹が立つが、何よりロールを見捨てて逃げだす自分に腹が立った。

ウィルが腕に手を置く。「アイザックもどうしていいかわからないんだ。そこを――」

ウィルの言葉は太い悲鳴に遮られた。

ふたたび悲鳴。そして叫び声。

ラウンジの窓の外に男が現れる。薄氷の張ったガラス越しでも、男が心底怯《おび》えているのがわかった。

35

エリンのカップが手から落ちて受け皿にぶつかる。コーヒーがこぼれて天板の上に薄黒い筋をつくった。

男はホテルのスタッフだった。グレーのダウンジャケットに〈ル・ソメ〉と縫い取りがしてある。男が強く窓をたたき、ガラスががたがたと振動した。黒っぽい髪を短く刈りあげた、彫りの深い顔立ちの男だ。

ドン、ドン。

男がガラスをたたく音にシンクロして、エリンの鼓動が速くなる。

ウィルが立ちあがって窓辺へ駆け寄った。エリンもすぐあとに続いた。

男の表情が鮮明に見えてくる。目を見開き、口元をゆがめて、尋常ではない様子だ。

「ラ・ピスィーヌ……」男が何か言ったが、風と分厚いガラスのせいで残りは聞こえなかった。

「ラ・ピスィーヌ！」男がさっきよりも大きな声で繰り返す。

ラ・ピスィーヌ、つまりプールだ。

「スタッフを呼んでくる」ウィルがしわがれ声で言い、ラウンジから出ていった。

エリンの体内をアドレナリンが駆けめぐった。窓の外の男を見たまま、テラスに出るドアのハンドルを求めて手さぐりする。手がハンドルにぶつかったので思い切り押しさげた。開かない。

もう一度、さっきよりも強く押す。

凍っていたドアが鈍い音をたてて開き、恐ろしく冷たい空気が顔をたたいた。粉雪が室内に吹きこんでくる。

男はがたがた震えながらエリンに訴えた。「ラ・ピスィーヌ……」正気を失った人のように同じ言葉を呪文《じゅもん》のように繰り返す。そしてスパの方向を指さす。

テラスに出て、男が指さすほうを見たが、何も見えなかった。スパはすぐ先にあるのだが緻《ち》密《みつ》な計算に基づいて配置されたフェンスや木々が目隠しになっている。

「失礼します。通してください」

背後からセシル・カロンの声がした。ふり返るとウィルを従えたセシルが近づいてきた。

「あとはわたしが対応しますので」防寒着を着たセシルが言った。落ち着いた声の裏に動揺がにじんでいる。

「アクセル、案内してちょうだい」セシルは歩きながらエリンをふり返った。「あなたはどうぞ、なかに戻っていてください」

エリンはその場に立ちつくして、遠ざかるアクセルとセシルを見送った。アクセルの足取りは危なっかしく、何度も氷で足を滑らせている。

「わたしも行かなきゃ」

「だめだ」ウィルが腕に手を置く。「何が起きたのかわからないんだから」

ウィルの声は耳には入ったものの、内容は頭に入らなかった。アクセルが見たものがロールと関係しているかもしれないと思うと、居ても立ってもいられない。

いったん室内に入って椅子に置いてあったバッグとコートを取る。コートを着てふたたびテラスに出た。セシルとアクセルがテラスの階段をおりてスパへ歩いていく。エリンもあとを追いかけた。分厚いフリースのコートを着ていても冷たい風が容赦なく嚙《か》みついてくる。テラスの端の階段は凍っていて、傾斜も急だった。手すりにしがみついてゆっくりとおりる。くだりきったところに木製のフェンスがあった。フェンスの向こうがスパだ。

アクセルが開けたゲートをくぐってスパに入る。プールからあがる水蒸気が、ねじれたり螺《ら》旋《せん》を描いたりしながら落下してくる雪と交わって消える。

エリンは歩く速度をあげた。足の下で木製の踏み板が振動する。

アクセルがせかせかと大きなプールをまわって一段低いところにある小さなプールで立ちどまった。

「イスィ」プールを指す。ここだ。

アクセルの陰になってよく見えなかったので、エリンは横へ移動した。頭上のライトがちかちかとまたたいて、プールが暗転を繰り返す。

急に強い風が吹いて水蒸気が流され、水面がはっきり見えた。三分の一ほどにカバーが引かれていて、その表面に雪が積もっている。

そのとき、エリンにも見えた。プールの底にうつぶせになった人の体が。ライトがぼんやりと白い光を放ち、水にたゆたう髪を照らしていた。

肩ぐらいの長さの黒っぽい髪。

女性だ。

胃の内容物が逆流する。頭のなかで声がこだました。

ロールなの？

数歩前に出て目を凝らす。

コートにもダークジーンズにも見覚えがある。

ロールだ！

36

「すぐに引きあげて蘇生《そせい》措置を」

自分が言ったのだと気づくまでに数秒かかった。抑制の利いた声だった。内心は目の前の光景を受け入れられずにもがいているというのに、他人が聞いたらまったく動揺していないように聞こえたかもしれない。

足を前に踏みだそうとして腕をつかまれる。

「あいつ……なのか？」絞りだすような声だった。

アイザック。

アイザックがエリンを押しのけて前に出る。「おれが助ける」

「アイザック、だめ——」

制止の声を無視して、アイザックがプールサイドに近づいた。頬がまだらに赤くなっている。

引きとめようとのばしたエリンの手は届かなかった。

アイザックがジャケットをぬぎ、靴を蹴《け》り飛ばして水に飛びこむ。

大きな音とともに水しぶきがあがった。

頭上のライトが点滅する。プール全体が明るくなったり、暗くなったりを繰り返す。

水蒸気の合間から、プールの底めがけて潜るアイザックの姿が見えた。光の屈折で体がのびたり縮んだりする。

アイザックが両腕でロールの体を抱え、水面めがけて浮上を始めた。

お願いだから生きていますように。お願い！　心のなかで祈る。

仰向《あおむ》けに浮きあがったアイザックは、そのまま横泳ぎでプールサイドへ向かった。長い髪が顔にはりついている。

「手伝うよ」背後からウィルの声が響く。

その瞬間まで、エリンはウィルがプールに来ていることにも気づいていなかった。

ウィルがプールサイドに膝《ひざ》をついて身を乗りだし、ロールの体をつかんで引きあげる。

ロールの顔が見えた瞬間、エリンは激しい嫌悪を覚えてあとずさりした。

顔にガスマスクのようなものをかぶせられていたからだ。

いや、あれはガスマスクじゃない。フィルターがあるべきところに分厚いゴムのチューブがのびて、鼻と口をつないでいる。

ウィルが手早くマスクのストラップを外し、ロールの体を横向きにする。グロテスクなマスクにひるむ様子はない。裏を返せば、ひるんでいる間がないほど緊迫した状況だということだ。

マスクがとれる。

下から現れた顔を、エリンは息を詰めて見た。白すぎるほど白い肌を水滴が流れる。

ロール……じゃない。

似たような髪型で、似たような骨格で、似たような服装をしているが、ロールではなかった。

ウィルが女性の額を押して顎《あご》をあげさせ、蘇生処置を始める。だが、手遅れなのは明らかだった。

緑色の瞳《ひとみ》は膜がかかったように曇っていて、虚空を見つめている。唇がわずかに開いていた。

エリンも女性の隣に膝をつき、首筋に手をあてて脈を調べた。何も感じない。

「ウィル」そっと声をかける。「すでに亡くなっているわ」

死亡してからそれほど時間は経過していないだろう。死後、二時間から六時間で硬直が始まることは警察で勉強した。目の前の女性の体はまだぐにゃりとしている。

水温が高いと死後硬直はさらに早まるので、この女性は死んでからせいぜい二時間ほどしか経過していないと思われる。

プールから出て茫然《ぼうぜん》としていたアイザックが、脱力したように遺体の横にしゃがんだ。

その反応を見て、アイザックが本気で遺体をロールだと思っていたことがわかった。あれが演技のはずがない。

ということは、アイザックは本当にロールの行方を知らないのだ。

遺体に注意を戻す。女性の手首は細いロープできつく縛られていた。

拘束されていたんだ。

そのあと別のことに気づく。左手の指が一本と右手が二本、根元から切り落とされている。残酷さに全身が震えた。

エリンの視線を追ったウィルが目を見開く。吐き気をこらえるように深呼吸してから、ウィルが言った。「アイザックを部屋に連れていくよ。濡《ぬ》れたままじゃ風邪をひく」

エリンが口を開くよりも早く、背後から声がした。

「アデル……清掃係のアデルです」セシルがそう言って目を伏せる。

気づくとセシルのうしろに四、五人のスタッフが集まってきた。ひとりはすすり泣いていて、残りは遺体を凝視しながらひそひそ話をしている。

エリンは焦った。

これはおそらく殺人事件だ。このプールは犯行現場だが、被害者を助けるためとはいえすでにだいぶ現場を荒らしてしまった。雪の上には無数の足跡がついているし、新しく積もった雪のせいで消えそうな足跡もある。

遺体に視線を戻す。女性の顔にも、服にも、外したマスクにも、雪が積もりはじめていた。

休職中とはいえ、警察官として放っておけない。

だが自分に何ができるというのか。

周囲の音が遠ざかり、心臓の音だけが耳に響く。今すぐここから逃げだして、すべて忘れてしまえたらどんなに楽だろう。ウィルの言うことを聞いて、さっさと山をおりておけばよかったのだ。

しかし、これが自分にとって最後のチャンスだということもわかっていた。この状況で警察官として行動しなかったら復職などありえない。

わたしは今、人生の岐路に立たされている。

意を決して口を開く。「わ、わたしは警察官です」

声が小さすぎたのか、誰もこちらに注意を払わない。

咳払《せきばら》いをして、さっきよりも大きな声で言った。「静かにしてください。わたしは警察官です！　みなさん、うしろへさがってください。ここで犯罪が起きた可能性があります。捜査のために現場を保存しないといけません。どうぞ、うしろへさがってください」

37

「警察には通報しました。すぐに来てくれるそうです」セシルが携帯をおろし、遺体に目をやって顔をしわくちゃにした。「もう一度、蘇生処置をしてみたほうがいいんじゃないかしら。もしかしたら……」

「手遅れです。誰も彼女を救うことはできません」エリンはきっぱりと言った。水から引きあげられた直後よりも死の印がはっきりと見てとれる。顎や首に硬直が始まっているし、肌は白を通り越して青みがかっている。

遺体の横にしゃがんで観察を始める。被害者のアデルはロールと同年代か、少し年下に見えた。黒いコートの前は開いていて、Tシャツはまくれあがり、贅肉《ぜいにく》のない腹部がのぞいている。死後硬直が始まったばかりということは、やはり水に入れられてそう時間は経っていないはずだ。

濡れた髪はもつれて、すでに凍りかけていた。その上に点々と雪が積もっている。口から白っぽい泡が出て、端で固まっていた。

エリンにはその意味するところがわかっていた。泡は、呼吸の際に口や鼻の粘液と空気と水が混ざってできたものだ。つまりアデルは、まだ息があるうちにプールに沈められたことになる。ただし、それだけで溺死《できし》と決めつけるわけにはいかない。

デッキの上に落ちたマスクに目をやる。ゴムの上に雪が積もりはじめているが、グロテスクな印象は少しも薄まらない。なんともおぞましい形状だ。

これはなんのためのものだろう。

エリンはむかしからマスクの類《たぐい》が苦手だった。ハロウィーンのマスクも手術用のマスクも、とにかく素顔が見えないのがいやなのだ。相手の本性まで見えなくなる。

「そのマスクは……」エリンの視線に気づいたセシルが言った。「見たことがあります。かつてここで使われていたものです。サナトリウム時代に、呼吸を助ける器具として」

エリンはうなずいた。そんなものを被害者にかぶせることにどういう意味があるのだろう。酔って悪ふざけが過ぎて、悲惨な結果を招いたのだろうか。それともセクシャルな意味でもあるのか。

アデルの手に視線を戻す。手首を縛られていることからして、殺される前からどこかに監禁されていた可能性が高い。血痕がないので、少なくとも指を切断したのはプールではない。指はつけ根から五ミリほど上で切断されていた。

被害者はどうしてプールの底に沈んでいたのだろう。沈められたときに息があったのなら、どうして誰も気づかなかったのだろう？

沈められるときにも抵抗したはずだし、手首を背中で縛られていたとはいえ、水を蹴《け》って浮きあがり、助けを求めることはできたのではないだろうか？

誰かが水中で彼女を押さえつけていたとか？

しかし被害者の体に争った痕跡《こんせき》はない。

そのとき、プールの底に黒っぽいものが沈んでいることに気づいた。アデルの遺体があった場所のすぐそばだ。胸のざわつきを覚えながら立ちあがり、懐中電灯でプールを照らす。

あれはサンドバッグ……？

エリンは息をのんだ。アデルはサンドバッグをつけて沈められたのだ。

だから水面に出て助けを呼ぶことができなかった。犯人はアデルを効率的かつ非常に残酷な方法で殺害した。

やはりこれは事故ではない。殺人事件だ。アデルは何者かに殺された。

腹の底から恐怖がわきあがる。

アデルの遺体を見ているだけで肉体的痛みに近いものを感じた。暴力的な死。もっと速やかに、苦しませずに殺す方法はいくらでもあったはず。ところが犯人は意図的に彼女を苦しめた。

改めてアデルの顔を見る。さっきは気づかなかったが強い恐怖が読みとれた。言葉では表現できないほどの恐怖を味わったにちがいない。

おそらく彼女はこれから自分の身に起こることがわかっていた。

サンドバッグの重みで水中にひっぱられ、マスクが水没して、目も鼻も口も水でおおわれる。きっとプールのなかでもがいて貴重な酸素を失っただろう。それから息をとめ、もう我慢できないというところで思わず口を開き、大量に水を飲んだのだ。酸素の代わりに水が肺を満たしていった。

アデルの顔から視線をそらし、筋道を立てて考えようとする。

犯人は誰？　動機は？

よほど強い殺意がなければこんな殺害方法は思いつかない。

頭のなかでこれまでに得られた情報を整理し、次にするべきことを考える。

誰と話せばいい？　どんな質問をすればいい？

そこでウィルの言葉を思い出す。これはわたしの事件じゃない。もうすぐ警察がやってくる。

背後で誰かが咳払いをした。

「すみませんがここに近づかないでください」反射的に注意する。「警察が来るまで現場を保存しなければならないので」

足音は構わず近づいてくる。

むっとしてふり返ったところで、相手がルカ・カロンだとわかった。ひどく険しい顔つきをしている。

近くで改めて見ると、ファッションモデルのようだ。長身で、肩幅が広く、アウトドア用の黒いジャケットがよく似合っている。だがマッチョではない。ジムでウエイトトレーニングをするよりも、外で体を動かすほうが好きなのだろう。ロッククライミングをする姿が容易に想像できる。

遺体を見おろすカロンの表情がますます険しくなった。顎《あご》ひげに雪がついている。近くで見るとセシルと面立ちが似ていた。

「失礼。オーナーのルカ・カロンだ」

差しだされた右手を、エリンは握った。硬くてごつごつした手だった。

「イギリスで警察官をしているエリン・ワーナーです」自己紹介をしたあとデッキを指さす。

「申し訳ないのですがここは歩かないでください。地元警察が来るまで、これ以上、現場を荒らしたくないのです」

グレーの瞳《ひとみ》がエリンをまっすぐに見つめた。「そのことであなたに話がある。警察は……来ない」切迫した声だった。「先ほど雪崩が起きて、ここへ通じる道路が通れなくなった。当分は誰ものぼってこられない」

「雪崩？」

「そう。ここから五百メートルほどくだったところだ。ドライバーに見にいかせたところ、道路上に五メートルほど雪が積もっていたということなので、除雪作業には数日かかると思われる」ルカが申し訳なさそうな顔をする。

「もっと早く除雪できないいんですか」

「この天候なのでね」ルカが渋い顔をする。

「除雪機を使えば」

「路上にたまっているのは雪だけじゃない。山肌の木や岩も一緒に押し流されている」ルカが言う。「雪崩が起きると、斜面をすべり落ちるときに雪がもまれ、非常に細かく粉砕される。それが土砂のまわりにくっついて、コンクリートみたいに硬く凍りつくんだ。そうなると除雪機は使えない。土砂が詰まって壊れてしまう」ルカがそこで咳払《せきばら》いをする。

「雪崩の起きた道路以外に町へおりる道はないんですか」

「残念ながら。ふだんならヘリを使うんだが、この天候では離陸もできない。風が強すぎる」

ルカの発言が頭のなかで渦を巻く。つまり……これから数日間は自分たちでなんとかするしかないのだ。

遺体に視線を戻す。絶望感にみぞおちがぎゅっと締めつけられた。

「あなたに力を貸してもらいたい。警察が到着するまでのあいだでいい」ルカが左足から右足へ体重を移動する。「宿泊客はほとんど山をおりたが、スタッフはまだ大勢残っている。私には彼らを守る義務がある」

ルカの口調には有無を言わせない響きがあった。他人を動かすのに慣れている証拠だ。ルカが実業家であることを思い出す。このホテルのオーナーとして、どうすればダメージを最小化できるのか冷静に計算しているにちがいない。そして目的を果たすには、エリンを利用するのが賢明だと判断したのだ。

「そんな……わたしには無理です。だいいちここは外国なので捜査権がありません」イギリスに帰っても捜査権などない。復職すら危ぶまれている落ちこぼれ警察官だ……。エリンは下唇を噛《か》んだ。見栄《みえ》を張ったことが悔やまれる。

「でも、捜査のやり方は知っているだろう。地元警察が到着するまでのあいだでいいから、頼む」ルカがふたたび遺体に目をやる。「あなたにしかできない仕事なんだ」

エリンはルカの立場になって考えてみた。所有するホテルでスタッフが死んだらパニックに陥って当然だ。しかも殺人事件の可能性が高い。結果がどうあれホテルの評判は台なしになるだろう。だからこそルカは自分のような外国人に頼んでいるのだ。ダメージを最小限に食いとめるために。

「正直……わたしの手に負えるかどうか……。スイスとイギリスの警察では規則もやり方もちがいますから」

「でも基本は同じなはず」ルカがたたみかける。

エリンの心は揺れた。「では地元警察の担当者と話をさせてください。彼らもわたしに手伝ってほしいと言うならできるだけのことをします」

ルカがうなずいた。「一一七に電話してもらえば最寄りの警察につながる」

エリンはバッグから携帯を出して一一七に発信した。すぐに応答がある。

「ボンジュール、ポリス。コマン・ヴザプレヴー？　グリューツィ、ポリツァエ、ヴィエ・イシュ・イエガ・ナーマ・ビッテ？」男性の声だ。

心臓が口から飛びだしそうになった。子どものころから外国語を話そうとすると極度に緊張する。「あの、わたし――」

「ああ、英語でどうぞ」男性が英語で返す。「どのようなご用件でしょうか」

「あの、エリン・ワーナーと言います。クラン＝モンタナのホテル〈ル・ソメ〉の宿泊客です。ホテルのオーナーからすでに通報があったと思うのですが、ここで起きた事件に関してわたしに手伝えることがあればと思いまして」

「手伝い？」男性がいぶかしげに聞き返す。

「わたしは警察官なんです。イギリス警察の。ミスター・カロンが所轄の刑事が到着するまで力を貸してほしいとおっしゃったので電話をしました。犯行現場が屋外なんです。こうしているあいだにも証拠が雪の下に埋もれていきます」

しばらく間があった。

「事情はわかりました。少々、お待ちください」

ルカが眉根《まゆね》を寄せてこちらを見つめている。「警察はなんて？」

エリンは携帯を耳から離した。「まだわかりません。担当者に話しにいったようです」

「マダム・ワーナー？　聞こえますか？」さっきの声が戻ってきた。

携帯を耳につける。「はい」

「あなたのご提案を上司に報告しました。対応を協議してから折り返し電話するとのことです。電話を切ってお待ちいただけますか」

エリンは了解して電話を切り、携帯をバッグに戻した。「折り返し電話があるそうです。電話を待つあいだにできることをしようと思います。このままでは雪が証拠を消してしまうので」

被害者が亡くなっているとはいえ初動が肝心なことに変わりはない。プールの周辺に犯人の服の繊維や髪の毛といった証拠があったとしても、じきに雪にのみこまれてわからなくなってしまう。関係者の記憶も、刻一刻と薄れていく。

「まずは現場をできるだけ犯行当時の状態のまま保存します」落ち着いて自信に満ちた話し方を心がけたものの、内心は焦っていた。絶望的な気分でプールを見まわす。想像しうるかぎり最悪の犯行現場だ。プールの水は常に動いているし、こうしているあいだにも風と雪が証拠を消していく。それでなくてもプールのまわりはすでにスタッフや宿泊客が踏み荒らしている。

「どうすればいい？」ルカが尋ねる。ルカの視線が死んでいる女性のほうへ移動した。その顔に、さっきまでとはちがう感情がよぎる。

羞恥心《しゅうちしん》？

知人の死はさまざまな感情を引き起こすものだから、何を感じても不自然ではないが……。

「ロープでプールのまわりを囲んで立ち入りを制限します。宿泊客の多くが山をおりたとはいえ、スタッフはまだ大勢いますから、視覚的にここに入ってはいけないのだとわかるようにするのです」話しながら頭のなかで捜査の手順をおさらいする。「それから現場の写真を撮ります。それがすんだらプール周辺をくまなく調べて証拠を集めます」そこで道具がないことに気づく。「このホテルに、ゴム手袋、密封できるビニール袋、それから消毒ずみピンセットはありませんか？」

「ぜんぶあると思う。直ちに用意させよう」ルカがスタッフ数人を手招きした。

「それからホテルに残っている全員の名簿が必要です。宿泊客もゲストも含めて」

「わかった。すぐに作成する」

エリンはバッグから携帯を出した。どこから撮影しよう。

もちろんアデルの遺体だ。

遺体の顔に薄く雪が積もっている。服は強風にはためいていた。撮影を始めようとしたところで、背後から弱々しい声がした。風にかき消されてしまいそうな小さな声だった。

「あの……」

39

声のほうを見ると、数メートル先に立っている女性スタッフが手をあげていた。指先が小刻みに震えている。

エリンはバッグをとり、プールサイドを大まわりしてスタッフに近づいた。せいぜい二十代前半といったところか。髪はひとつにまとめてうしろで縛っている。茶色の瞳が熱に浮かされたようにうるんでいた。

エリンが立ちどまると、スタッフが床を指さした。

ガラスの箱が、椅子の脚に隠れるように置かれている。

女性スタッフの表情を見れば、箱の中身が何であれ、いいものではないことがわかった。

「室内に戻ろうとして、気づいたんです」女性スタッフがかすれ声で言い、手で口をおおった。

エリンはバッグを少し離れたところへ置き、しゃがんでガラス箱を眺めた。ホテルに飾ってあるガラスの展示箱とよく似ている。一辺が五十センチの立方体だ。表面は雪におおわれていたが、一部だけ雪が払ってあった。おそらく女性スタッフがやったのだろう。

なかをのぞいて吐きそうになる。

指が――三本の指が底から生えるようにしておさまっていた。皮膚は灰色がかった白で、赤黒い血の筋がついている。

手で口を押さえる。

深呼吸しなさい！

自分に命じる。吐き気をこらえて上体をかがめ、注意深くガラスに積もった雪を払う。

指は、一本ずつ釘《くぎ》で固定してあった。それぞれの指に薄い銅製のブレスレットが巻かれている。こんなものをガラスの箱に入れるなんて正気の沙汰《さた》じゃない。被害者の体の一部を切りとって、さらしものにするなんて。

三本の指。三本のブレスレット。

頭を傾けて別の角度から見ると、ブレスレットの内側に何かが刻まれていた。数字だろうか？

さらに顔を近づける。小さな五つの数字が並んでいる。八七四九九……次のブレスレットは……八七五三四。

写真を撮りながら情報を整理する。犯人はアデルの指を切断し、ガラスの箱に入れてブレスレットを巻いた。事前に準備をしていなければできない犯行だ。つまり犯人は衝動でアデルを殺したわけではない。すべては綿密に計画され、実行された。最初からアデルを拘束し、指を切断し、サンドバッグをつけてプールに沈めるつもりだった。ひとつひとつが犯人の書いたシナリオの一部なのだ。凝った演出をすることで、発見者に何かを伝えようとしているように思える。

それほど計画性のある人物の犯行となると、プール周辺に犯人につながる証拠が残っている可能性もぐっと低くなる。

脇の下に汗がにじんだ。やはりわたしごときの手に負える事件ではなさそうだ。ここはイギリスではないし、これはわたしの知識や経験をはるかに上まわる凶悪事件だ。

改めて自分の未熟さを思い知らされた。呼吸が浅くなって視界がぼやける。ガラス箱のなかの指がどんどんふくらんで、根元から血が染みだしてくる。指の先からも血が噴きだして、ガラス箱の隅からもれ、地面に積もった雪を赤く染める。

血、血、血。

おびただしい量の血が雪を溶かして小さな川をつくり、靴の先まで迫ってきた。恐怖におののいてあとずさる。胸が苦しい。

ガラス箱から目をそらし、ポケットから吸入器を出してくわえた。ボタンを押す。もう一度。念のためにもう一度。

「大丈夫か？」

顔をあげるとルカ・カロンが見おろしていた。言葉とは裏腹に、あまり心配そうな表情はしていない。風に煽《あお》られてジャケットの裾《すそ》が波打つ。

「大丈夫です」エリンは吸入器をポケットに戻し、何度か深呼吸をした。

「言われたものを用意した」ルカが箱を差しだす。「手袋と密封袋だ。残りもじきに届く。今、スタッフが滅菌しているところだ」

「ありがとうございます」エリンは手袋と密封袋を手にとった。すぐ使う分を残してバッグに入れる。

ガラスの箱をちらりと見た。血だまりは消え、指は最初に見た太さに戻っていた。

それでもおぞましさは変わらない。

同じ人間に対してこれほどむごい仕打ちをする人物に常識や道理は通用しない。ふつうの思考で理解しようとしても無理だ。おそらく犯人は心に深い闇を抱えている。手でふれられそうなほど濃い闇を宿しているにちがいなかった。

40

数時間後、更衣室に入ってゴム手袋をぬぎ、冷えきった手を無心にこすり合わせた。指先は真っ赤だが、凍傷にはなっていないようだ。日ごろから強風に吹かれながら海岸沿いやダートムーアの丘陵地帯をジョギングしているので寒さには慣れているつもりだったが、ここの寒さはイギリスの比ではなかった。

腕時計に目を落とす。午後四時三十分。アデルの遺体を発見してから五時間以上が経過した。外は真っ暗で、天候は悪化する一方だ。雪が渦を巻いて全周から吹きつけてくるので、まるで遠心分離機のなかにいるみたいだった。

これがイギリスで起きた犯罪だったら、今ごろ捜査本部は大騒ぎだろう。同僚のレオンが眉《まゆ》をひそめ、小声で悪態をつくところが目に浮かぶ。

とりあえず自分にできることはやった。何百枚も写真を撮ったし、手がかりになりそうなものは残らず採取した。それでも量は決して多くない。誰がやったにせよ、犯人は非常に用心深い人物だ。

間に合わせの証拠品袋には、髪の毛が数本、空になったスティックシュガーの袋、煙草の吸い殻が入っていた。半分雪に埋もれていた青いビキニも拾ったが、手がかりになる可能性は極めて低い。

集めたものを整理しているときにポケットの携帯が振動した。とりだして発信者をチェックする。知らない番号だ。外国の番号だった。

「もしもし？」

「エリン・ワーナーと話したいのですが」男性の声がした。ドイツ語なまりのきびきびしたしゃべり方だ。

「本人です」

「どうも、ヴァレー州警察のウエリ・ベルンド警部です」そこで咳払《せきばら》いをする。「〈ル・ソメ〉で起きた事件についてお手伝いを申し出てくださったとか」

相手の階級と威厳に満ちた口調に気圧《けお》されて、すぐに返事ができなかった。いかにも経験豊富なベテランという印象を受ける。

「そ、そうです。よろしければ現場について詳しく説明いたします」

「ムッシュー・カロンからもひととおりの話は聞きましたが、プロの見立ては貴重です。ぜひお聞きしたい」

事実と観察結果を区別しながら、遺体発見からこれまでの経緯を説明する。ベルンド警部は最後まで黙って聞いてくれた。電話の向こうから、ゆっくりした呼吸音と、メモをとる音が小さく聞こえた。

休職しているあいだに状況説明が下手になったと痛感する。適切な用語が出てこないし、冗長な部分も多い。

エリンの話が終わっても、ベルンド警部はしばらく黙っていた。ペンが走る音やこもった話し声が聞こえる。

「なるほど、ありがとう」ようやくベルンド警部が抑制の利いた声で言った。「かなり異常な状況だね。すぐにでも現場へ行って現状を確認したいが、いかんせん、そこまで行く手段がない」

「聞いています」携帯を耳に押しあてて、更衣室のなかを歩きまわる。「ヘリも飛ばせないんですよね」

「クラン＝モンタナを管轄するシエールの警察とも相談したんだが、天候が回復するまではどうにもならないとのことだった」

「でも、わたしひとりではできることが限られます」更衣室の端まで来て踵《きびす》を返す。体が熱を帯びてきた。歩いているからではなく、ベルンド警部の発言で助けが来ないことが決定的になったからだ。

このホテルは本当の意味で陸の孤島になったのだ。

「もちろんそうだろうね。非常に特殊で前例のない状況なので、われわれも特別捜査班を編成して今後の対策を検討している。シエール警察の要員も、検察官も、治安介入部隊《グルプ・ダンテルヴァンスイヨン》の代表も参加しているんだ」

「わたしはどういう位置づけになりますか？」更衣室の外から風のうなりが聞こえ、雷鳴も響いた。

「言うまでもなく、イギリスの警察官であるあなたはスイス国内でなんの捜査権も持たない。しかし検察官は、あなたがこちらの指示に従って捜査してくれるのであれば、捜査本部の一員として歓迎すると言っている」ベルンドの声がやわらいだ。「まあ、この状況であなたの協力を拒絶したら、われわれは大馬鹿者だ。ひとつ確認したいんだが、ミスター・カロンはあなたが協力することに賛成しているんだね？」

「はい。むしろ彼のほうから手を貸してほしいと頼んできたのです。必要でしたら本人に確認をとっていただいても――」

「いや、それなら構わない。ホテルには避難指示が出ているが、現時点で何人くらいの人が残っているかわかるかな」

「ぜんぶで四十五人です。ミスター・カロンから名簿をいただきました」

「スタッフと宿泊客の内訳は？」

「スタッフが三十七人、宿泊客が八人。宿泊客の大部分は雪崩で道路が通行止めになる前に山をおりました。最後のバスでスタッフを含めた全員が山をおりるはずだったのですが、そのバスは雪崩で運行されなかったもので」

「四十五人ならなんとか掌握できそうだ。わかっているだろうが最優先すべきは残った人々の安全を確保することになる。パニックが起こらないよう、できるだけ全員を同じフロアに集めたほうがいい。単独行動は避け、常に居場所を確認できるようにしないといけない」

「わかりました」そこまではエリンも考えていた。

「次に、現場の状況や証拠品を撮影してこちらに送ってもらえると助かる。写真は、あとでお伝えする私のアカウントに送信してほしい。それからホテルにいる全員のフルネーム、生年月日、住所、今朝どこにいたのかをリストにしていただきたい」

「了解しました」どっと疲労感に襲われて、近くのベンチに腰をおろす。遺体が見つかってから今まで休みなく動いていたので、さすがに体力の限界だった。「第一発見者や目撃者から話を聞きますか?」

 やや間を置いて、ベルンドが言った。「ぜひお願いしたい。正式な事情聴取ではないので証拠能力はないが、関係者の記憶がはっきりしているうちに事実関係を確認することは非常に大切だから」

「わかりました」とにかく情報を集めなければ捜査の方向性も決まらない。所轄の刑事が来られない以上、わたしがやるしかないのだ。

ふとロールのことを思い出す。ロールの所在がわからないことも伝えておかなければ。

「あの、行方が分からないスタッフが一名います。ホテルで働いていますが婚約パーティーを開くために婚約者とともに客室に滞在していました。昨日、わたしの弟で婚約者のアイザックが警察に通報したのですが……」

「もちろん把握している」ベルンドがてきぱきと言う。「ロール・シュトレイルだね」

「そうです」

「ロールがいなくなったときの状況を知っていたら教えてほしい」

エリンは自分の知っていることを整理して伝えた。実際、ロールについてもわかっていることはほとんどない。バルコニーの下で電話しているのは見たが、その後の行動を知っているのはアイザックだけだ。

「ロールが、みずからの意志で出ていったという可能性はないだろうか」エリンの説明を聞いて、ベルンドが尋ねた。

「ないとは言えませんが、この天候ですから山をおりた可能性は低いと思います。荷物も部屋に置きっぱなしですし、自宅にも帰っていません」

「いちおう、クラン＝モンタナやシエールの駅の防犯カメラの映像を調べてみよう」ベルンドがすぐ近くにいる誰かに指示を出す。「暴力沙汰《ざた》に巻きこまれたとか、連れ去られた可能性を示唆するものはないんだね」

「ありません。でもアデルの遺体を見たら心配で……」

「心配するのは当然だ」ベルンドが息を吸う。「失踪《しっそう》の原因となりそうな事実に心当たりは？」

「決定的なものはないんですが、いくつか調べる価値のありそうな情報がありました。まず、彼女のオフィスのデスクから精神科医の名刺を見つけました。弟が言うには、ロールには数年前からうつの症状が出ていたそうです。名刺の精神科医に問い合わせれば、最近のロールの精神状態がわかるのではないかと思います」

「なるほど。ほかには？」

「ロールが二台目の携帯電話を所持していることがわかりました。仕事用ではありませんし、弟はそんなものがあったことさえ知りませんでした。ロールが姿を消した前夜、彼女はわたしの部屋のバルコニーの下で電話をしていました。フランス語だったので内容まではわかりませんが、かなり取り乱しているように聞こえました。怒っているようでした」

「その電話はどっちの携帯でかけたものなんだろう？」

「二台目の可能性はあります。本来の携帯は客室にありましたし、履歴も残っていませんでしたから」

「契約の詳細を送ってもらえれば携帯電話会社に問い合わせる。精神科医も調べてみよう。こちらのメールアドレスは――」

携帯をスピーカーモードにしてメールアドレスをメモする。

「ご協力に感謝する。あなたがそこにいてくれて本当によかった」ベルンドが言った。「状況に変化があればいつでも連絡してもらいたい。こちらも捜査状況や天候の情報などを随時、アップデートするので」

それからしばらく話して電話を切った。ひどく疲れていたが、ひと仕事終えたときの充実感があった。人の役に立ったと感じるのは久しぶりだ。

過去の気配に怯《おび》え、パニック発作を起こしそうになりながらも逃げずにやり遂げたのだ。恐怖に打ち勝った。

しかし高揚した気分は長続きしなかった。

アデルの悲惨な最期を見て、ますますロールの安否が気にかかる。犯人がロールを拉致したのだとしたら何をされるか……。

ロールの命は風前の灯《ともしび》なのかもしれない。

41

アデルの遺体を発見したアクセルはラウンジにいた。ほかのスタッフから離れたテーブルについて、ひとり、暗い空を見あげている。雪片が外灯に反射してちらちらと光っていた。テーブルにのったコーヒーに手をつけた様子はない。

アクセルの顔色は悪く、表情が乏しかった。周囲の出来事にまったく関心を払っていないようだ。ああいう表情は何度も見たことがある。強いショックを受けると、人はああいう顔になる。

近づいて、そっと腕にふれた。「アクセル?」

「ウィ?」アクセルが外を見たまま機械的に返事をする。辛抱強く待っていると、ようやくこちらを見てくれた。目が血走って、まぶたがはれぼったい。

「わたしはエリン・ワーナーといって――」

暗い空に閃光《せんこう》が走り、雷鳴がとどろく。

エリンは気をとりなおしてもう一度自己紹介をした。「エリン・ワーナーといいます。ここの宿泊客で、イギリスで警察官をしているの。ミスター・カロンに、現地の警察が到着するまでアデルの件を調べてもらえないかと頼まれました。フランス語は話せないので英語でもいいかしら?」

「大丈夫です」アクセルは膝《ひざ》の上で手を組んだ。

「では、アデルを発見する前に何をしていたか教えてもらえますか? 記憶が新しいうちに事実関係を確認しておきたいので。現地の警察が来たときに情報を共有できますから」

「わかりました。あの、どうぞ座ってください」アクセルが立って、隣の椅子を引く。

エリンは礼の代わりにうなずいて腰をおろした。バッグからノートを出す。「遺体を発見する少し前から始めましょう。ひどい雪でしたが、外で何をしていたんですか？」

アクセルも席に着いた。「あのときはプールのチェックをしようと外へ出ました」ふたたび窓の外に視線を戻す。「屋外プールにカバーをかけるんです。宿泊客の避難が一段落して、プールも閉鎖するように言われましたので」

エリンは励ますようにうなずいた。

「メインプールの点検を終えて、小さいほうのプールにカバーをかけようとしたとき、彼女に気づいたんです」アクセルの声が震えた。「カバーは電動で開閉します。ボタンを押して、三分の一くらい閉まったときでしょうか、強い風が吹いて水面をおおっていた水蒸気が消えて……」指先がぴくぴくと痙攣《けいれん》する。「最初は人だなんて思いませんでした。でも髪が、水に揺れているのが見えて……」

重苦しい沈黙が落ちる。

「気づいたら走りだしていました」アクセルが言葉を切り、両手で顔をおおう。「その場でプールに飛びこんで彼女を助けるべきだったのに。どうしてそうしなかったんだって、ずっと自問自答していたんです。あのとき飛びこんでいたらアデルはひょっとして……」

エリンはアクセルの腕に手を置いた。ほかのスタッフがこちらを見ているのに気づいたが、無視をする。「人は、いつも同じ反応をするわけじゃないんですよ」おだやかな声で言う。「それにあなたが遭遇したのは異常な状態ですから、正しい対処法なんてありません。そもそもあなたが飛びこんでいたとしても状況は変わらなかったでしょう。あなたが発見したとき、彼女はすでに亡くなっていたはずです」

アクセルの表情を見れば、こちらの言うことを信じていないのがわかった。彼はこの先ずっと、今日の記憶に縛られて生きるのだろう。一日に何度も思い出して自問するのだ。あのときこうしていれば。ああしていればと。

「彼女を発見したとき、プールのまわりに不審な人物はいなかった？」

「いませんでした。そんなにちゃんと見たわけじゃないからぜったいとは言えませんけど。プールへ行く前は、避難バスで宿泊客の案内を手伝っていました。雪のせいで荷物をバスに積むのもたいへんだったので」

「スパにも人はいなかった？　スタッフも、宿泊客も？」

「いませんでした。残っている宿泊客の数は限られていますし、スタッフはそれぞれの場所で避難の手伝いをしていました」

落胆を覚える。やはり犯行を目撃した者はいないようだ。おそらく犯人は避難指示が出たのを見計らって犯行に及んだのだろう。宿泊客が引きあげ、スタッフも手薄になって、人を殺すには完璧《かんぺき》なタイミングだった。

ノートをめくって新しいページを出す。「アデルのことはよく知っていたのかしら？」

「いえ、あいさつをする程度でした」アクセルが肩をすくめる。「ぼくは結婚していて子どもが三人いるので、勤務時間外に同僚と酒をのむ習慣がないんです」

「となると、アデルが最近、何かに悩んでいたとかいう話も知らない？」

「知りません。でも、そういうことだったら彼女に訊《き》くといいですよ」近くのテーブルにいるダークヘアの女性を指さす。「フェリーサは清掃係のチーフなんです。アデルの上司でもあります」

「ありがとう」エリンは立ちあがってバッグをとった。「また何か思いついたら教えてね。どんなささいなことでもいいから」

「そういえば……」アクセルが眉《まゆ》をひそめた。「ひとつあります。今回のこととは関係ないかもしれないけど、アデルが……口論しているのを見ました」

好奇心を刺激されて椅子に座り直す。「それは最近のこと？」

「先週です。ぼくはメインプールの清掃をしていました。アデルは建物の裏手にいて、そちらへ行ったときに言い争う声を聞いたんです。なんだか……えらく興奮した様子でした。ぼくが来たことにも気づかないみたいで」

「何について口論していたのかしら？」

「さあ、そこまではわかりません。すぐに清掃に戻りましたから」そう言って自嘲《じちょう》ぎみにほほえむ。「余計なことに首を突っこむなっていうのがモットーなんです」

エリンはわかるというようにうなずいた。「じゃあ、相手は誰だったかわかる？」

「はい、副支配人のロールでした。ロール・シュトレイルです」

42

点と点がつながった！

軽い興奮を覚えつつフェリーサのいるテーブルへ向かう。ロールとアデルは口論するほど近い関係だったのだ。

そのこととアデルが殺されたことは関係するだろうか。

頭を切りかえて声をかける。「フェリーサ、ちょっとお話を聞かせてもらえる？」

女性がふり返り、エリンが手にしたノートに視線を落とした。きゃしゃな女性だった。完璧な弧を描いた眉。複雑に編まれた黒髪。肌はオリーブ色だ。スペイン人か、はたまたポルトガル人といったところだろうか。

「アデルのことですか？」フェリーサが首をかしげる。

エリンはうなずいた。「今、時間は大丈夫かしら？」近くの空いたテーブルを指さす。

「もちろんです」フェリーサが水の入ったグラスを手にして席を立った。そしてエリンをちらりと見た。

ブローしていない髪は襟足が外にはねているし、化粧もしていない。こんな人に同僚の話をして大丈夫なのだろうかといぶかしんでいるのだろう。

フェリーサと向かい合って座ろうとしたとき、宿泊客のひとりが近づいてきた。三十代後半、ダークヘアをゆるくお団子にまとめ、小柄でめりはりのついた体つきをしている。女性の表情は硬かった。怒っているようにも見える。エリンは女性を見て首をかしげた。

女性がエリンのすぐ前で立ちどまる。パーソナルスペースを侵すほど近い。

「失礼ですが、あなたは警察の方でしょう?」強いなまりのある英語だった。イタリア語なまりだ。

「そうですが、何か――」

「みんな不安がっています」女性が責めるように言い、左手のテーブルをちらりとふり返った。「うちの親は高齢で、ふたりとも……」女性が言いよどみ、正しい単語をさがすように額にしわを寄せた。「異常な事態にうまく対応できません。状況がわからず怯《おび》えています。ちゃんと説明してもらえれば、少しは落ち着くと思うんですけど」

エリンはうなずき、咳払《せきばら》いをした。「おっしゃることはもっともです。ご安心ください。地元警察が捜査チームを起《た》ちあげて対応を話し合っています。わたしは――」ひとりでまくしたてているのに気づいて言葉を切る。

女性が顔をしかめた。やはり怒っているようだ。不安や恐怖が怒りに変わることはめずらしくないが、怒りをためこんだ人は予測のつかない行動に出ることがある。こういう状況では避けたい要素だ。

「ただ安心しろと言われても――」女性が両手をぎゅっと握った。声がヒステリックになる。「不安なのはわたしたちだけじゃありません。さっきあっちで聞いたんです」離れたテーブルを指さす。「警察は山にあがってこられないんじゃないかってスタッフの人たちが話していました」女性の頰はまだらに赤くなっていた。「ここで働いている人までそんなふうなのに、どうやって安心しろって言うんですか！」

激しい剣幕に驚いたエリンは、フェリーサと視線を合わせてから女性に向き直った。「わかりました。あとでみなさんを集めてきちんと説明します」落ち着いた声で言う。「地元警察から、ホテルに残っている人たちの安全確保を第一に考えてくれと言われました。宿泊客もスタッフも同じフロアにいたほうがいいということなので、のちほど宿泊客のみなさんは一階の部屋に移動していただこうと思っています。それからスタッフを廊下やラウンジなどに配置して、交代で警備にあたってもらいます」

「警備？」

「はい。客室の外の人の流れを監視してもらえば、ある程度、安心できるのではないかと」

女性は押し黙ってエリンの発言を反芻《はんすう》していたが、最後には肩の力を抜いてうなずいた。納得してくれたようだ。

「よろしくお願いします。わたしは両親に伝えます」両親が座っているテーブルを指さして言う。「何か変化があったらすぐに教えてください」

「わかりました」

女性が立ち去るのを見送ってからフェリーサに向き直る。「すみません。話の途中で」

「いいんです。みなさんが不安になるのは当然ですから」

エリンはテーブルの上にノートを開いた。「アデルの最近の様子を知りたいのです。彼女が殺された原因がわかるのではないかと思いまして」

フェリーサがグラスの水を飲んだ。「彼女は金曜のシフトを終えて帰宅したと思っていました。次のシフトは三日後でした」

「金曜はふつうに働いていたということですね」ノートにペンを走らせながら言う。雑で読みにくい字だが仕方ない。

「ええ。あの日は早く帰りたがっているようでした」

「理由はわかりますか？」尋ねながらも更衣室で感じた疲労感にふたたび襲われる。体がだるくて重い。泥のなかに首まで埋まっているみたいだ。

「息子さんが父親のところへ行く日だったので、間に合うように帰りたいって言っていました」

「アデルは離婚したんですか？」

フェリーサがうなずく。「詳しい話はわかりませんが、そもそも愛し合って結婚したというのでもなかったようです。若気の至りで子どもができたから夫婦になろうとしてうまくいかなかったという感じじゃないかと……」

「金曜のアデルの様子で、ほかに気づいたことはありませんでしたか？　元気がなかったとか」

「元気でしたよ。息子さんの出発に間に合わないんじゃないかとやきもきしてはいましたけど――」そこで言葉を切る。「彼女、家まで……帰れたんでしょうか」

「わかりません。あとで警察が調べると思いますが」

個人的には、家に帰れたとは思っていなかった。町で襲われたとしたら、この天候でわざわざホテルまで戻ってくる理由がわからない。おそらくシフトが終わったあとに拘束され、殺されるまでホテルの近くに監禁されていたのだろう。

フェリーサは関節が白くなるほどグラスをきつく握っていた。「いったい誰があんなむごいことを！　わたしにはわけがわかりません」

エリンはうなずきながらも質問を続けた。「アデルは何か問題を抱えていませんでしたか。個人的な問題でも、職場の問題でもいいのですが」

「アデルはスイス人ですから……」

エリンが首をかしげるのを見て、フェリーサが補う。「スイス人はなかなか本音を言わないんです。わたしがジュネーブに住んでいたときも、隣人のあいさつが〝こんにちは《ボンジュール》〟から〝元《サ・》気《ヴァ》？〟に変わるのに二年もかかったんですよ。とりわけアデルは他人と距離を置くところがありましたし」

「どんなふうに？」

「ほかの清掃係とは毛色がちがうんです。この仕事は外国人が多くて入れ替わりが激しく、アデルのようなスイス人が清掃係をしていること自体がめずらしいんです。仕事がいやだとかいうわけではなかったようですが、自分ならもっとやりがいのある仕事ができると思っていたんじゃないかしら。同僚と親しくすることはありませんでした。やることをやったら終わりという感じです」フェリーサがほほえんだ。「実際、賢い人だったので、こういう仕事に応募してくるなんて驚きでした」

「どうして応募したのかしら？」

「以前、尋ねたことがあるんですが、ほかに選択肢がなかったと言っていました。資格もないし、幼い子どもの面倒も見なきゃならないし」

エリンはうなずいた。「もうひとつ、ロール・シュトレイルのことなんですが、昨日から姿が見えないのはご存じですか」

「はい、聞いています」フェリーサはテーブルに肘《ひじ》をついた。「ひょっとしてアデルを殺した人が……」

「それはまだわかりません。でも、アデルとロールに何か共通点がないかと思いまして。ふたりは親しかったですか？」

「ええ」そう答えたフェリーサの顔つきが一瞬、変わった。何か知っているのだ。それをエリンに話すべきかどうか決めかねている。

「友人といってもいいですか？」さぐりを入れる。

フェリーサが音をたてて息を吐いた。「数カ月前までは友人だったと思います。よく一緒にいるのを見かけました。でも、最近はぱったりとそういうことがなくなりました。まあちょっとした仲たがいかなという程度に考えていました。数週間前、わたしがアデルと一緒にいたとき、ロールが無言で横を通りすぎたんです」眉《まゆ》をひそめる。「アデルのことは完全に無視していました。一方のアデルは……なんと言うか……怯えているように見えました」

「ロールに対して？」

「ええ」きっぱりと言う。「ロールは……割と気性が激しいんです。思いつめやすいというか。スタッフの会議でもぜんぜん笑いませんし、細かなことまで残らずメモをとって……」そこで声を落とす。「支配人のセシルとよく似ていますね。まあ、セシルには家族もパートナーもいないので、文字どおりすべてをこのホテルに注ぎこんでいます。過剰と思えるほどに」

エリンはうなずいた。

やはりロールとアデルのあいだに何かあったのだ。あとでセシルにも、ふたりの仲たがいに気づいていたかどうか尋ねてみよう。

それにしても第三者から話を聞くたびに、ロールのイメージがわずかにずれるのはどういうわけだろう。よく知っている相手がぜんぜん知らない他人に思えてくる。

どれがロールの真の姿なのだろう。

43

「誰も、何も見ていないということか？」ルカがフリースをぬぎ、椅子の背にかけた。まくりあげた袖《そで》の下から日に焼けて引き締まった腕がのぞく。右手首にはライムグリーンとブルーのミサンガが巻かれていた。

「スタッフは残らず宿泊客の避難を手伝っていましたし、宿泊客はエントランスかラウンジで乗車の順番を待っていました。全員……」エリンはためらった。〝アリバイ〟という言葉はまだ使いたくなかった。「現時点では全員の行動を確認できています」

　コーヒーに手をのばし、ごくりと飲む。熱くて苦い液体が喉《のど》を刺激した。カフェインがぼんやりした頭に活を入れてくれる。

「犯人は最高のタイミングを狙ったのね」セシルがくしゃくしゃのティッシュで鼻をこする。目が落ちくぼんで、だいぶ疲れている様子だ。

「そうですね。目撃者がいないことがわかったので、次は防犯カメラの映像を確認したいと思います。カメラはプールや更衣室にも設置されていますね？」

「もちろんです。大至急、警備担当者に準備させます」セシルがそこで言葉を切った。何か言いかけて、気が変わったように見えた。

　ルカが窓辺へ行く。「ほかに必要なものがあればなんでも言ってほしい。誰がやったにせよ、早く犯人を捕まえたい。アデルがあんな目に遭うなんて……」ルカの顎《あご》がぴくぴくと震えた。脇のあたりに汗染みができている。自分のホテルで殺人事件が起きたのだから強いストレスにさらされるのは当然だが、それだけではないような気がした。アデルと個人的に親しかったのだろうか。

　改めてオフィスのなかを見まわす。ルカのオフィスは彼という人間そのものだ。初めて見たときに感じた矛盾――やり手の実業家であると同時にアウトドア好きの青年でもあるという二面性がよく反映されている。

　全体の色調は抑えめで、壁は白。部屋の中央につやつやした木製の執務机が置かれている。

サイドボードにしゃれたデザインのコーヒーメーカーが設置され、本棚には登山やアルピニスト関係の本と、デザインや建築関係の本がきちんと分類されて並んでいた。

右手の壁には絵画が飾ってある。白い額縁に入っているのはルネサンス期の人体解剖図を思わせるエッチングで、心臓が写実的に描かれている。

そういえばルカは、子ども時代のまとまった期間を病院で過ごしたとネットで読んだ。それであいう絵を好むのだろうか。

セシルがコーヒーカップの縁を指でなぞる。「あの、アデルが亡くなった正確な時間はわかりましたか？　それがわかれば、犯人がまだここにいるのか、それともすでにバスで山をおりたのか、推測がつくと思うのですが」

「正確にはなんとも言えません」エリンは淡々と答えた。「検死解剖を待たなければ」

「でも、警察官ならだいたいはわかるでしょう？」セシルの声がヒステリックになる。

「セシル」ルカが咎《とが》めるように言い、セシルに近づいた。

「何？」セシルの声がさらに高くなった。「わたし、何かおかしいこと言った？」

ルカが姉を見て唇をぎゅっと結ぶ。感情をむきだしにするのをみっともないと感じているようだ。

「頼むから」腕に手を置く。「冷静になってくれ」

「どうすれば冷静でいられるというの？」セシルが言い返す。「うちのスタッフが殺されたのよ。犯人はまだホテル内にいて、次の犠牲者を物色しているかもしれないのに」

エリンは咳払《せきばら》いをした。「殺人犯がホテル内にいるのだとしても、別の誰かを傷つけたがっているとは限りません。アデルがどうして殺されたのかはまだわかりませんが、この手の犯行は被害者と親しい人間によってなされる場合が多いんです。恋人とか友人、家族などです。その場合、関係のない人が巻きこまれることはありません」

「でもロールは？」セシルがつま先で不規則に床をたたいた。「ロールはまだ見つかってないでしょう。アデルを殺した人に捕まっているんじゃないの？」

「ロールはまだ見つかっていないのか？」ルカが目を見開く。ショックを受けているようだ。初めて見る素の反応に、エリンは好奇心を刺激された。「ご存じなかったんですね。ロールとはどの程度のお知り合いですか」

ルカが椅子に腰をおろして、もぞもぞと尻《しり》の位置を直した。それから執務机の上の書類をさわる。自分を立て直そうとしているかのようだ。

何かありそうだ。

「ほかのスタッフと同じだ」ルカが答える。

「どうしてそんなことを訊《き》いたかというと、ロールの私物から、あなたの写真が見つかったからです」

「写真？」ルカが眉《まゆ》をあげる。緊張をほぐすためなのか、机の上のペンをとってくるくるとまわす。

「そうです。おそらくあなたの気づかないうちに撮影されたものだと思います」エリンはためらった。「どうしてロールがそんな写真を持っていたのか、心当たりはありませんか」

ルカはしばらく黙ったあと、観念したように顔をあげた。「実はロールと……一時期、肉体関係があった」

「つきあっていたってことですか？」鋭く息を吸う。捜査に個人的感情をまじえるのはご法度だが、やはりショックだった。恋愛感情があったなら隠し撮りをする動機もいろいろ考えられる。しかしよりによってルカとロールが……。

「つきあっていたとまでは言えない。お互いに真剣ではなかったので」

セシルが軽蔑《けいべつ》したように笑う。「スタッフに手を出すなんて経営者失格だわ」

エリンはセシルをちらりと見てからルカに視線を戻した。「それはいつごろのことですか？」

落ち着きなくペンをいじりながらルカが答えた。「ホテルがオープンしてすぐのことだから十八カ月ほど前だ。セシルの言うとおり、たいへん愚かなことをした。スタッフと関係を持つなんて経営者としていちばんやってはいけないことだ。でもそうなってしまった」しばらく沈黙する。「きっかけは……ホテルのイベントだった。いけないと思いつつ、しばらく関係を続けた。最後はこちらから関係を終わらせた。ロールはひどく怒って……」ペンがデスクに落ちて音をたてる。「でも、それで終わりだった。少なくとも私のほうは終わったと思っていた」

十八カ月前というと……頭のなかで計算する。アイザックとつきあいはじめたあとだから、浮気ということになる。

アイザックは気づいていたのだろうか。

「関係が終わったとき、ロールは怒っていたんですね？」

「しばらくあとでオフィスにやってきて、ひどくなじられた。利用されたとか、ありもしない期待を抱かせたと言われた」ルカが悔やむような表情を浮かべる。「スマートな終わり方ではなかったが、彼女にはホテルの仕事を続けてほしかった。優秀なスタッフなのでね。だから謝った。誤解させたとしたら申し訳なかったと」

「それで、彼女は納得したんですか？　そのあとは何か言ってきませんでしたか？」

「仕事のこと以外では接触しないようにしていた」ルカが大きく息を吐く。「そのことで……私とのことで彼女が姿を消したとは思わない。あれからだいぶ経っているし、彼女も見切りをつけて先へ進んだように見えた。あなたの弟さんと」

エリンは話題を変えた。「もうひとつ、ロールとアデルのことでおうかがいしたいことがあります。フェリーサの話では、ふたりは友人だったのに、最近、仲たがいしたそうです。ふたりのあいだに何があったか知りませんか？」

「さあ」

今度はセシルに尋ねる。「あなたはどうです？」

「何も……」

「ではふたりのこと以外で、このホテルで何か問題はありませんでしたか？　スタッフがもめたとか、苦情があったとか」

どちらも答えない。妙な沈黙が続く。

ルカがちらりとセシルのほうを見た。

この姉弟は何かを隠している。

44

「そういえば一件、気になっていることがある。数カ月前から、こういうものが届くようになった」ルカが執務机の引き出しを開けて一枚の紙をこちらへ滑らせる。「〝イル・フォ・ボン・メモワール・アプレ・コンナ・マンティ〟嘘つきは記憶力がいいという意味だ」読みあげるルカの声がわずかに震えていた。「くだらないいたずらだと思っていたが、こういうことがあると……」

「〝嘘つき〟というのが何を意味するかわかりますか？」エリンは紙を手にとった。大きなフォントで紙面いっぱいに印刷してある。これは脅迫文だ。それ以外の解釈はできない。口のなかが渇いてきて、つばをのむ。

「ホテルと関係しているんじゃないかと思う。建設に反対する連中がいて、デモもあった。最初は地元住民で、次は環境保全団体だった。こういう時代なので、小さな反対運動がオンラインで爆発的に広まったんだ。スイス国内だけでなく、フランスからも抗議がきた」

「今どきはお金をもらって反対運動に参加する人もいると聞きました」

「そうらしい。やがて個人攻撃が始まった」ルカが自分の手に視線を落とす。首筋が赤みを帯びていた。「もうホテルのことなどどうでもよくて、とにかくわれわれを困らせたいだけに思えた」

「こういった脅迫文はほかにも届いているんでしょうか」エリンは紙を見ながら尋ねた。印字の雰囲気からしてインクジェットプリンターを使ったようだ。そうなると送り主を特定するのは極めて難しい。これは地元警察に委《ゆだ》ねるしかない。

「あと一通しかとっていない」引き出しに手をのばし、別の紙をとりだす。「最初に届いたものは一回限りだと思って捨ててしまった。復讐《ふくしゅう》がどうのと書いてあったが、まあ、内容は似たり寄ったりだ」

エリンは新しいほうの紙を見た。

「〝ジャズ・ル・ナテュレール・イル・ルビヤン・オ・ガロ〟いくら追いはらっても自然はギャロップで戻ってくる」今度はセシルが訳した。

「どういうことでしょうか」

ルカが後頭部に手をやった。「山の自然を変えようとするなってことかな」

「なるほど。この紙は郵便で届いたのですか？」

「いや、直接、私のオフィスに届いた」背後のガラスに雪がぶつかって大きな音をたてる。一瞬、全員がそちらに気をとられた。

「抗議活動をしていた人たち以外で、こういうものを送ってきそうな人はいますか」

「いや」ルカが戸惑った表情で脅迫文を指さす。「これと今回の事件は関係しているだろうか？」

「今の段階ではなんとも言えませんね」エリンは考えながら言った。関係しているとしてもどこでつながるのだろう。

アデルの死と脅迫文。

「二通ともお借りしてもよろしいですか」

ルカがうなずく。耳にかけていた髪が垂れて顔にかかった。

エリンは脅迫文をバッグに入れて立ちあがった。「そうそう、最後にもうひとつお尋ねします。昨日、山で遺体が発見されたと聞きましたが」そこで言葉を切ってふたりの反応をうかがう。

「ああ」ルカの顔に緊張が走った。「ただ、現時点では誰の遺体かわからない。警察の話では亡くなってからだいぶ時間が経過しているそうだ」

「警察も遺体の身元をつかめていないんですか?」エリンは確認した。マーゴットからダニエル・ルメートルの遺体だと聞いたことは伏せておく。ルカがどこまでごまかそうとするかを確かめたかった。

しばらく沈黙したあと、ルカがためらいがちに口を開いて、また閉じた。それからうなずく。

「そのようだ」

マーゴットが知っていてルカが知らないなどということがあるだろうか。警察がオーナーであるルカに話さなかったはずがない。

となると、ルカは嘘をついていることになる。幼なじみで、仕事上でもパートナーだった相手、失踪《しっそう》したショックでホテルのオープンが遅れるほど親しい相手だったというのに。

ルカは何を隠したいのだろう。

ルカのオフィスを出てすぐ、携帯電話が鳴った。

「ベルンドだが、今、いいだろうか」

「どうぞ、ひとりです」エリンはエレベーターへ向かって歩きながら言った。「何か問題でもありましたか？」さぐるような口調になる。自分に自信がない証拠だ。

「送ってもらった名簿に載っている人たちを、ＲＩＰＴＯＬという警察のデータベースで調べた。とくに興味を引くような情報はなかった。あくまでヴァレー州内限定だが」

「州内限定？」エリンは混乱して尋ねた。

「ヴァレー州警察が把握している情報に照らして、そのホテルに危険人物がいるという事実はなかったということだ。スイスでは、個人データの取り扱いがあなたの国よりもずっと厳しいのでね。州警察がアクセスできるのはあくまで自分のカントンの情報なのだ」

「カントン？」また尋ね返す。電話を握る手が汗ばんだ。知らないルールに知らない単語のオンパレードだ。

「州のことだ。隣のカントンで、つまりヴォー州で前科があっても、ヴァレー州で罪を犯していなければデータベースに前科が残ることはない」ベルンドの背後で電話の音が聞こえた。「ほかのカントンの情報を請求することもできるが、容疑者に限られる。名簿に載っている全員をとりあえず調べるといったことはできない」

エレベーターの数メートル前で立ちどまる。「つまり、詳しく調べるためにはまず容疑者を絞らないといけないんですか？　それって矛盾してませんか？」

「さらに個人情報を請求する際は検事の承認が必要になるので、どんなに急いでも多少の時間がかかる」

エリンは大きなため息をついた。「ロールについてはどうですか？　駅の防犯カメラに映っていませんでしたか？　携帯の記録は？」焦燥感を声に出さないように気をつける。ロールがホテルの外にいてくれたらどんなにほっとするだろう。

「駅の防犯カメラは確認した。ロールの特徴と一致する人物が、失踪前後にバスやケーブルカーに乗り降りした記録はなかった。地元のタクシー会社にも確認したところ、一カ月以上、〈ル・ソメ〉から人を乗せたことはないとのことだった。携帯電話会社については問い合わせ中だ」

「精神科医は？」

「留守番電話だったが伝言を残したので、じきに連絡があるだろう」

「そうですか」できるだけ落ち着いた声を出そうとしたが、内心はおだやかでいられなかった。ロールの失踪に関しても、アデルの死に関しても、現時点ではなんの手がかりもないということだ。証拠もない。目撃者もいない。動機もわからない。暗闇を手さぐりで進んでいるようなものではないか。

電話を切ったあと、ウィルからのメッセージに気づいた。アイザックと一緒にラウンジで食事をとると書いてある。

虚空を見つめて考える。だんだん視界がぼやけて、ひとつの映像が浮かんできた。

アデル。

彼女の瞳《ひとみ》に残っていた恐怖が全身を支配する。

二度と浮きあがれないとわかっていて水に沈むときの絶望感は、いったいどれほどのものだろう。

45

「ロールと……ルカが？」アイザックの顔が曇る。

「ええ。十八ヵ月ほど前のことですって」エリンは椅子に座り直してフォークをとった。ポテトをひとかけら口に運ぶ。空腹のはずなのに食べる気力がわかない。またしても食欲はどこかへ消え失《う》せてしまった。

ラウンジを見まわす。わずかに残った宿泊客がテーブルを囲み、グラスを片手に話をしている。わざとらしいジェスチャーや大きすぎる笑い声が彼らの不安を表していた。非常事態が起きると、人は何も起きていないふりをして精神のバランスを保とうとする。これも警察で学んだことのひとつだ。

ラウンジの入口にはスタッフが配置されて異状がないか見張っている。本職の警備員も二十四時間体制でホテル内を巡回していた。

アイザックの表情がゆるむ。「ホテルがオープンした直後か。そのころおれたちは一時的に別れていたんだ。口喧嘩《くちげんか》がきっかけで、どっちも引かなくて……今思えばくだらないことだったけど……」ビールをごくごくと飲んで皿を脇へどかす。パスタは手つかずで、クリームソースが固まっていた。

アイザックは動揺している。婚約者が自分も知っている相手と寝ていたのだから無理もない。「そんなことがあったなんて知らなかったわ」そう言ってウィルと一瞬だけ目を合わせる。やはりロールとアイザックは順風満帆というわけではなかったのだ。ロールが失踪しなければ、一度、破局していたことは知らないままだっただろう。

つくづく自分は弟のことを何も知らないのだと思い知らされる。子どものころは、お気に入りのミニカーも、足の指のあいだについたあざの形も、ミルクにスプーン何杯のココアを入れるかも知っていたというのに。

あのときの距離感を保ったまま大人になっていたら、わたしたちの人生はまったくちがったものになっていたのではないだろうか。隣同士の家を買って、みんなでにぎやかに食事をして、子ども同士を遊ばせて——そんな未来を夢見たこともあった。

熱いものが込みあげてきて、何度か咳《せき》をする。水のグラスに手をのばした。

アイザックがまぶたをこする。湿疹《しっしん》は前に見たときよりも広がっていた。目頭から目尻《めじり》にかけて赤く、はれぼったい。「でも、本当に何度か寝ただけなのかな」

エリンは首をかしげた。「どういう意味？」

「だってあの写真はふつうじゃなかった」アイザックが指先でテーブルをたたく。「執着とか、恨みとか、そういうものがないとあんな写真は撮らないいんじゃないか？」

「なるほどね」ウィルがパンのバスケットを引き寄せ、シード入りのバゲットをひと切れとった。

「たとえば別れ際にもめたとか……」

エリンは咳払いした。「可能性はあるけど、推測で話を進めるのは危険よ」

「そうだよ、アイザック」ウィルがパンをちぎる。「人は悪いほうへ悪いほうへ考えがちだからね」

エリンはウィルに向かって感謝の笑みを投げた。

「あんな遺体を見たあとでロールの行方がわからないんだ。これ以上悪いことなんてないさ」アイザックの声がかすれる。「ロールの身に危険が迫っているにちがいない。おれたちがなんとかしないと、今この瞬間にもあいつは……」

重苦しい沈黙が落ちる。たしかに結論に飛びつくのはよくないが、最悪の事態を想定して準備することは大事だ。

「今夜も警察があがって来られなかったらどうする？　明日もだめだったら？　指をくわえて待っているわけにはいかないんだ。なんとしてもロールを見つけないと」アイザックが窓の外に目をやった。激しく降る雪が外灯に照らされている。

「アイザック、現時点でも精いっぱいのことをしているのよ。ヴァレー州警察とも連携してる。これ以上、何ができると言うの？」

「いなくなったのがウィルだったらどうする？　もっとがむしゃらにさがすんじゃないのか？」

目を細め、挑むようにこちらをにらむ。

エリンは目を瞬《しばた》いた。「ロールが犯罪に巻きこまれたという証拠はないのよ」

アイザックが信じられないという顔をした。「本気でそんなことを言ってるのか？　アデルのこととロールのことは関係がないと？　偶然のはずがないだろう。ふたりともここで働いていて、友人同士で……」

エリンは言葉に詰まった。正直なところ、ルカと話したことで、むしろふたつの事件は関連しているにちがいないと思うようになった。

「わたし……」

「なんだよ？」アイザックが目をぎらつかせてテーブルに身を乗りだす。「ほかにも何かあるんだろう？　おれに話していないことが」

ビールくさい息と酸っぱい汗のにおいに嫌悪感を覚える。アイザックの目つきは……尋常ではなかった。キレる寸前だ。子どものころ、手あたりしだいにものをつかんで投げつけたアイザックを彷彿《ほうふつ》とさせる。

アイザックが癇癪《かんしゃく》を起こすと母はいつも悲しそうな顔をした。息子に対してではなく、自分自身に失望しているのが伝わってきた。アイザックの気性が激しいのは自分のせいだとでも言うように。

母が死んで数カ月後、ロフトで埃《ほこり》をかぶった段ボール箱を見つけた。なかにはわかりやすく書かれた心理学の本や、切り抜きが入っていた。テーマは〝親のしつけが子どもの人格形成にどう影響するか〟と〝どうやって子どもの心を開くか〟だった。

あれを見たときの気持ちは言葉にならない。母はアイザックのことで自分を責めていた。子どもが道を誤ったとき、いい親ほど自分を責めるという。

アイザックに注意を戻す。「アデルの上司のフェリーサと話したの。アデルとロールは最近、喧嘩《けんか》をしたんですって。そのことについてロールから何か聞いてない？」

アイザックは首をふった。カールした髪が顔にかかる。「おれの知るかぎり、ふたりは今でも友だちだ」

アイザックも知らないとなると、仲たがいの原因は誰にもわからないかもしれない。

ふと、もう一度、ロールのノートパソコンを調べてみたらどうだろうと思いついた。最初に見たときは目を引く情報はないように思えたが、あのときはロールが本当に行方不明だとも思っていなかった。もっと細かく調べたら、何かわかるのではないだろうか。

「もう一度、ロールのパソコンを調べましょう」そう言ってアイザックを見る。「前に見落としていた何かに気づくかもしれない」

アイザックがうなずいて、立ちあがった。「とってくる」

アイザックが去ってから、ウィルがこちらを見た。「本当に手がかりが見つかると思っているのか？」

「わからないけど試してみる価値はあると思う。ＳＮＳも見直すつもりよ」

「そうか」ウィルが息を吐いた。「とりあえず今回のことで答えが出たね」

エリンは首をかしげた。「答えってなんの？」

「仕事のことさ。すっかりやる気じゃないか。迷っていたなんて嘘みたいだ」

「それは……こういう状況だし、手伝ってくれと頼まれたから」

「断ることだってできたはずだ。だいいち今のきみはここしばらくなかったほど活《い》き活《い》きしている」

ウィルの指摘どおり、自分のなかで何かが息を吹き返した感覚があった。上司からのメールを思い出す。返信もせずに放置しているメールを。

背もたれに背中を預けて深呼吸する。それから携帯を出し、ロールのインスタグラムを開いた。今回はロールとアデルの関係がわかるような投稿をさがす。かなり前の投稿までさかのぼってみても、仲たがいを裏づける写真は見つからなかった。二、三カ月前には一緒に写っている写真が投稿されている。バーで撮られた写真で、ロールがアデルの肩に手を置いている。二枚目は照明を落としたレストランで撮られた集合写真だ。

さらにスクロールしていくと、四カ月以上前のある写真が目に留まった。撮影されたのはこのホテルのラウンジだ。あの主張の強いシャンデリアは見まちがいようがない。ガラス片があちこちに光を投げている。

「これを見て」携帯をウィルのほうへ掲げる。

ロールが男性と一緒に写っていた。ロゼワインらしきものが入ったグラスを掲げるロールは頭をのけぞらせて笑っている。後方のテーブルに、顔を寄せ合う男女が写っていた。どちらも深刻な顔つきだ。

ピントが合っていなくても、ふたりが誰なのかは推測がついた。

アデルとルカだ。

46

ふたりの距離感やしぐさからして、単なる上司と部下の会話には見えない。

「アデルとルカは仕事以外でも関係があったということ……？」

背筋がぞくりとした。少なくともルカが言っていた以上の関係があるのはまちがいない。

ひょっとして、ロールとアデルの仲たがいの原因はルカかもしれない。

その意味するところが重くのしかかってくる。

「何かあったのか？」

ノートパソコンを持ってきたアイザックが、肩越しに携帯画面をのぞきこんだ。またしてもビールのにおいが鼻をつく。

「これを見つけたの」携帯をアイザックのほうへ向ける。「うしろのほうにルカとアデルが写ってるでしょう」

アイザックが隣に腰をおろし、エリンの携帯を奪って写真を拡大した。

「ずいぶん親しそうじゃないか」そう言って嘲《あざけ》るように笑う。「あの男はアデルとも寝ていたのか」

「写真だけでそこまでは断定できないけど……」冷静に返す。

アイザックが画面をスクロールしてほかの写真をチェックする。目がぎらついている。

エリンは思わず手をのばして携帯をとりあげた。「先にノートパソコンを調べましょう」

アイザックが口を開き、何かを言いかけてやめた。

エリンはノートパソコンを引き寄せた。今回はすべてのファイルを調べるつもりだ。まずはデスクトップに整列しているフォルダーから始める。

フォルダーはたくさんあった。どれも日付と名前が入っていて、〝福利厚生〟〝トレーニング〟〝出張〟といったファイル名から、ほとんどは仕事関係のものと推測できた。とにかく順番に開いて内容を確かめていく。

半分ほど調べおわったとき、漠然としたファイル名のフォルダーを見つけた。タイトルはwork.docだ。

クリックすると同じ名前のフォルダーが現れた。

それをクリックすると今度は複数のファイルが現れた。

どのファイルも暗号化されている。

胸がどきどきした。人に見られたくない情報が書かれているにちがいない。

「何か見つかったのかい？」ウィルがテーブルに身を乗りだす。

「暗号化されたファイルがあったの」

「中身を確認できるのか？」アイザックが画面をのぞきこむ。

「わたしには無理。でもできそうな人を知ってる。警察の同僚にそういうことを専門にしている人がいるから」

電子情報分析班のノアだ。いくつかの事件で一緒になったが、いつも事件解決に欠かせない活躍をしていた。最初に彼と会ったとき、エリンはまだ巡査だった。そして彼が電子情報分析班のチーフになり、エリンが巡査部長になって、例の事件でも一緒に組んだ。

「やってくれるかどうかわからないけど、とにかく頼んでみる」携帯をとってインスタントメッセージアプリを起《た》ちあげる。

〝暗号化されたファイルがあるんだけど、いつもの魔法をかけてくれない？　けっこう急いでいるんだけど〟

三つのドットが画面左下に現れる。ノアが文章を打ちこんでいる印だ。

〝それって正規の案件じゃないよな？〟

〝そうだけど、行方不明の人をさがすのに必要なの〟

しばらく応答がなかった。図々《ずうずう》しいと思われたかもしれない。何カ月も連絡せずに、今さらなんだと思われたのかも。

そう思ったとき、返信があった。

〝わかった。きみのことを信じる。それにしてもいったい何を始めたんだ？　おれたちを見捨てて、もっと楽しい職場を見つけたのか？〟

〝長い話なのよ。ファイルをあなたのアカウントに送っておくから、よろしく〟

ファイルを送信してアイザックに向き直る。「やってくれるって」

「よかった」

そのとき、アイザックの肩越しにセシルがこちらへ歩いてくるのが見えた。ショートヘアがいつになく乱れているし、まぶたがはればったい。

「お話の邪魔をしてごめんなさい。防犯カメラの映像が準備できたからご覧になりたいかと思って、お知らせにきたの」

エリンはアイザックを見た。「行ってきてもいい？」

アイザックが目を細めつつ、うなずく。「ああ」

エリンは立ちあがってウィルの手をぎゅっと握った。「あとでね」

ウィルはにこりとしたが、内心はエリンが事件に深入りするのが不安なようだった。ラウンジを見まわして、最後に開いたドアとそこに立っているスタッフを見る。

一方のエリンは、セシルのあとを追いながら胸の高鳴りを覚えていた。体の底から原始的な力がわいてくる。アドレナリンが体じゅうをめぐっている。こういう感覚は久しぶりだ。ヘイラー事件以来、ずっと控えでベンチにいた自分が、やっとフィールドの土を踏んだ感じがした。

今度こそ負けられない。これは自分との勝負だ。

「映像を見る前に――」セシルがデスクの上に置かれたタブレットからエリンに視線をあげた。「ルカのことで誤解がないようにお伝えしたいことがあるの。さっきルカが言ったこと――その、ロールのことで……」不出来な弟を恥じるように視線を落とす。

「誤解？」

「あの子の人柄について。すでにお気づきでしょうが、ルカとわたしはきょうだいです」

「苗字《みょうじ》が同じなのでご家族だろうとは思っていました」

「姉と弟です」にっこりしてデスクの横に置いてある椅子をエリンに勧める。「かばうように聞こえるかもしれませんが、ルカは女性をもてあそぶタイプではありません。ただ結婚に失敗して以来、女性と真剣につきあおうとしません。たぶん本気で恋愛をするのが怖いんです」

「怖いって、女性がですか？」

「相手に心を開くこと、弱みを見せることを恐れているんだと思います」セシルが唇を嚙《か》み、シャツの裾《すそ》をいじる。「あの子は子どものころ、病気で入退院を繰り返していたので、大人たち――とりわけ両親は、腫《は》れものにさわるように接していました。そのせいか元気になってからは、周囲に対して何かを証明しようという衝動にかられているように思います。仕事やスポーツに打ちこむのもそのせいです。前妻のエレヌが出ていったことで幼いころの劣等感がよみがえったのでしょう。女性とつきあっても長続きしなくなりました」

「別れが人を臆病《おくびょう》にするのはわかります」自分の経験を思い出す。失恋のたびに自分を無価値だと感じた。

「わたしも離婚してしばらくは立ち直れませんでした。思考が堂々巡りしてしまって、自分を責めてばかりいました」セシルが遠くを見るような目をした。「わたしにも将来の夢があったんです。子どもを持ち、家族をつくる夢が。でも、ひとつも実現しませんでした。それを受け入れられるようになるまで、かなり時間がかかりました」

「弟さんの場合、ダニエル・ルメートルがホテルのオープンを待たずして行方不明になったことも精神的にかなり影響したんじゃないですか？　幼なじみのようなものだと聞いていますが」

「……ご存じだったんですね。精神的にきつかったのはもちろんですが、物理的にも窮地に追いこまれました。資金繰りにも着工時期にも影響して、ホテルの開業が一年近く遅れたんです」セシルはそこで少しためらった。「ルカにとっては本当にショックな出来事でした。ダニエルとあの子は……とても親しかったので」

「あなたも親しかったのでは？」

「ルカほどではありません。もともと親同士が親しかったのです。ほとんど毎週、一緒にスキーをしていた時期もありました。年齢があがってからは食事会とかパーティーで顔を合わせました」セシルが複雑な表情を見せる。「ダニエルは、あくまでルカの友人という感じでした。あなたにも弟さんがいるなら、弟さんの友人との距離感がおわかりになるでしょう？」

　エリンはうなずいた。

　セシルがタブレットを手にとった。「こんなふうに勝手にプライベートを話したと知ったら、ルカが怒るでしょうね」

急にセシルを身近に感じた。個性的な弟に手こずっているところはもちろん、感情を表現するのが苦手で、言葉がうまく出てこないところなど、自分とよく似ている。

セシルはエリンの視線を避けるようにうつむいて、タブレットに手早くコードを入力した。

「当ホテルのセキュリティーシステムは最先端で、どんなデバイスからも防犯カメラの映像を再生できます」照明が反射して、タブレットの下側についた指紋が浮きあがった。「これがホームスクリーンです。好きなカメラを選んで時間を入力してください。音声もついています」

「ありがとうございます」エリンはテーブルに腕をついた。「どれか選んでやってみせてもらえますか？」

「とくに見たい場所はありますか」

「スパはどうでしょう？　屋外プールの映像が見たいです」

セシルが渋い顔をした。「あそこにもカメラはあるんですが、水蒸気とこの吹雪で、あまり鮮明に映っていないかもしれません」画面をスクロールして、映像をタップする。「ありました。これが現時点の映像です」

映像を見てがっかりする。画面全体が白くかすんで、プールのアウトラインがなんとなくわかる程度だ。どこか別の世界の映像みたいだった。

「すみません。これではほとんど役に立ちませんね」セシルが謝る。「でも、天候がここまで悪化する前ならもっとはっきり映っているかもしれません。いつの映像が見たいですか？」

「今朝の映像が見たいです。アクセルが遺体を発見するまでの映像が」

セシルがタブレットを操作する。「でしたら午前九時まで——」言いおわる前に画面が真っ暗になった。

「え？　どうして？」セシルがつぶやき、同じ操作を繰り返す。結果は同じだった。午後五時以降しか録画されていない。

エリンは眉《まゆ》をひそめた。「前日の映像はどうですか？　正常に映っていますか？」

セシルが前日の適当な時間を入力する。昼間は正常に録画できていたが、今度は午後五時以降の映像がなかった。前日の午後五時から今日の午後五時まで、二十四時間分の映像がすっぽりと抜けている。

セシルがタブレットから顔をあげた。「誰かが故意に消去したんだと思います」

「消去したのでなければ、そもそも防犯カメラを作動しないようにしたのかもしれませんね」

それも計画のうちだったにちがいない。

犯人は非常に頭のいい人物だ。こちらの一歩先を行っている。

エリンは窓の外を見ながら考えた。「不正に映像が消去されたら、システム全体に警告のようなものが出ないんですか？」

「出るはずなんですけど……」

「このシステムにアクセスできる人は誰ですか」

「警備主任とその下で働くスタッフ数人です」

その全員に今朝のアリバイがあることは、個別に話したからわかっている。内心うろたえつつも、エリンは言った。「別のカメラを試してみましょう。スパ入口の映像はありますか」

「廊下に設置したカメラで入口が見えると思います」セシルが緊張した様子で画面をスクロールする。「ありました」

スパの前の廊下が映っていた。つやつやしたコンクリートの床、まぶしいほどに白い壁。今度は自分で操作して時間を合わせようとした。だがさっきと同じように午後五時以前は画面が暗転した。

これでは使えない。茫然《ぼうぜん》と座っているうち、あることを思いついた。「昨日の昼ごろの映像を確認してもいいですか」

「どうぞ」

目あての映像は簡単に見つかった。昨日の自分が映っている。廊下をスパに向かって歩いてくる。

わたしはどのくらいの時間、スパにいただろう。マーゴットと話していたのは五分から十分。ウィルともそのくらいだろうか。

早送りしていくとスパを出ていく自分が映った。自分がスパにいるあいだ、ほかに出入りした人はいない。更衣室に人がいたのなら、別の出入り口を使ったことになる。

「スパには正面以外の出入り口があるんですか？　更衣室を抜ける道とか」

「あります。更衣室の裏のドアから整備室へ行くことができます。整備室内には発電機とかポンプが置いてあります。でもそこを使うのは整備担当のスタッフだけです。電子キーがないと通れないので」

「そのドアを映した映像もありますか」

セシルの視線が泳いだ。首筋から頬にかけて肌がほんのり紅潮する。「実は、ドアの向かいの屋根にカメラを設置してあります。スタッフも知らないカメラです。チューリッヒにある別のホテルで従業員が盗みを働いたことがあって、隠しカメラを増設したのです」

「そのカメラの映像を見せてください」道徳的なことをどうこう言うつもりはない。単純に映像を確認したいのだ。

「こちらのカメラは別システムにつながっていて、ごく限られた人しかアクセスできません」

セシルがタブレットを手にしてホームスクリーンを閉じ、別のアイコンをタップしてパスコードを入れた。それをエリンに差しだす。「どうぞ」

時刻の目途はついていた。さっきの映像で、ウィルと話が終わったのが十二時半ごろとわかったからだ。

時間を合わせて再生をタップする。しばらくは何も起こらなかった。カメラは更衣室のドアを映している。動いているのは横殴りに降る雪だけ。聞こえるのは風のうなりだけだ。

息を詰め、指先でこつこつとテーブルをたたく。

隣でセシルも熱心に画面を見つめていた。

まだ何も起きない。

エリンはため息をついた。あのとき更衣室に人がいたなら、このドアから出入りしたにちがいない。ひょっとして、わたしが更衣室に入る前からなかにいたのだろうか？

「あの——」口を開きかけて固まった。

画面の左下に人が映ったからだ。黒い防水生地のコートを着てフードをかぶった人物。暗い色合いのだぼっとしたパンツをはいている。

呼吸が浅くなった。やっぱり更衣室に誰かいたんだ。

この人物とわたしは更衣室でふたりきりだった。

コートを着た人物に目を凝らす。相手はカメラに気づいていないはずだった。ちらりともこちらを見ない。まっすぐに更衣室のドアに向かって歩いていく。

いったい誰？

この角度では顔がわからない。コートとだぼっとしたパンツが体の線を隠しているうえに、フードもかぶっているので性別さえ判別できない。

じっと画面を見つめる。コートの人物がリモコンタイプの鍵《かぎ》をドアに近づけた。ドアが開く。

こっちを向け！　エリンは心のなかで念じた。こっちを向け！

その声が届いたかのように、コートの人物がふり返った。誰かに見られていないか後方を確認する。

スクリーンを凝視するあまり、目がうるんできた。画面がぼやける。瞬《まばた》きしてみたが、そこに映る人物は変わらなかった。

エリンはすかさず映像を一時停止した。震える手で、その人物の顔のあたりを拡大する。解像度が高いので拡大してもぼやけなかった。毛穴まで見えそうだ。

血管を血が流れる音がどくどくと耳に響く。

フードに包まれた顔はエリンも知っている人物のそれだった。

48

「ロール！　これはロールだわ」エリンはセシルをふり返った。「昨日、スパの更衣室にいたとき、個室のスウィングドアが開閉する音を聞きました。それなのに誰も出てこなかったんです。ぜんぶの個室を開けてみても誰もいませんでした。その理由がようやくわかりました。ロールはこのドアから更衣室に出入りしたんだわ」

セシルの手が画面の上で所在なげに動く。「ロールがあなたを監視していたと言いたいんですか？　なんのために？」

「更衣室に防犯カメラがないので断定できませんが、裏口から更衣室に出入りする理由がほかにありません」胃がよじれる思いで数分先の映像を再生する。

予想どおり、更衣室からロールが出てきた。今度はちゃんと顔が見えた。ロールが生きていて、殺人犯に拘束されていないことを喜ぶ一方で、裏切られたという気持ちはぬぐえなかった。

どうしてロールはこんなことをしたんだろう？

ある可能性がひらめく。

「もうひとつ確認したいことがあります。昨日の夜、誰かに飛びこみ用のプールに突き落とされたんです」

　セシルの顔が曇った。「それもロールがやったと？」

「わかりません」画面に目を戻す。「飛びこみ専用プールの近くにカメラはありますか？」

「従業員は知らないカメラが左手のフェンスに設置してあります」セシルが映像を選んで再生する。

　メインプールは映っておらず、飛びこみ専用プールとデッキの一部が見えるアングルだった。水着姿の女性が体に腕を巻きつけてカメラの前を横切ったが、レンズに水滴がついていて顔立ちまではわからなかった。

　その後、しばらくはなんの動きもなかった。五、六人の男女が左手からやってきて、屋内プールのほうへ歩み去った。

　動きのないままさらに二分が経過した。

　ついに自分が映った。画面の左下のほうから現れてデッキへあがる。濡《ぬ》れた髪が矢印のように先細ってうなじにはりついていた。

　あのときの自分を別の自分が見ていると思うと、時間と空間がねじれたような不思議な感覚に陥った。水着姿の自分は無防備を絵に描いたように見える。頭のなかでは男勝りのつもりだったが、実際に見るとぜんぜん印象がちがう。

　映像のなかの自分がプールの横で立ちどまった。カメラの角度の関係で胴体から下だけが映っている。周囲には誰もいない。プールの近くを歩いている人さえいない。

いらいらして唇を噛《か》む。ぜったいに押された。気のせいだったはずがない。あれは――。

ふいに背後で動きがあった。

誰かの足が近づいてくる。

エリンは息をのんだ。無防備な自分に警告したかった。

〝逃げろ！　ふり返れ！　走れ！〟

実際は、突き落とされる自分をただ見ていることしかできなかった。

映像のなかで自分が前のめりにプールに倒れる。一瞬の出来事だったのに、客観的に見るとずいぶんゆっくりにも思えた。

水しぶきがあがったところでは反射的に目をつぶってしまった。

だが直後、背後にいた人物が見えた。胃のなかのものがいっきに逆流する。

ロールだ！

もう一度巻き戻して確認する。まちがえるわけにはいかない。

背中を押した人物が大写しになるところで映像をとめた。

首から下だが、その人物は更衣室のときとまったく同じ服装をしていた。更衣室のときほど鮮明ではないものの、ロールにちがいない。

セシルのほうをちらりと見る。机についた手がぶるぶると震えた。

「ロール……」唾液《だえき》がいつもよりねばつくように感じられる。「ロールがわたしをプールに突き落としたなんて」

人生には何度か、あと戻りできない決定的瞬間がある。まさに今がそうだった。突きつけられた事実はあまりにも強烈で、ほかのことなど考えられなかった。

信じられない。信じたくない。でも事実だ。

更衣室で、ロールはわたしを見ていた。そのあとわたしをプールに突き落とした。

それらが意味するところはひとつ――ロールは犠牲者どころか、アデル殺害にかかわっている可能性が高い。

それも犯人として。

49

エレベーターが小さく振動してとまり、ドアが左右に開いた。

エリンはふらつきながら廊下へ出た。ロールの姿が見当たらなくなってからいろいろな可能性を考えたが、まさかこんな展開は予想していなかった。ロールがホテル内にいて、拘束されている様子もなく、しかもこそこそ人を監視するような真似をした挙句にプールへ突き落とした張本人だったとは。

思考が同じところを堂々巡りする。

どうしてわたしを？　失踪を装って、アイザックを苦しめるのはなぜ？

認めたくはないが、ロールがアデル殺しにかかわっていると考えるのがいちばん自然だ。アデルともめていたという証言もある。精神的に不安定だったという話も聞いた。

少女時代のロールが思い出される。スキムボードを抱えて軽やかに砂浜を歩く姿。本に没頭すると下唇を突きだす癖。声をあげて岩場から海に飛びこむ思い切りのよさ。

わたしの知っているロールはぜったいに人を傷つけたりしない。だが……周囲の人から聞くロール像はかつてのロールとかけ離れていた。

万が一、ロールがアデル殺しを計画したとして、アイザックは何も気づかなかったのだろうか？　ロールの同僚や友人たちは？

そこで三年前に担当した事件を思い出す。四十代の女性が元夫の新しいパートナーを殺した事件だ。犠牲者の女性はナイフでめった刺しにされた。頭や胸や首に十七ヵ所も刺し傷があったのだ。庭にある息子用のプレイハウスの横で出血死しているところを隣人に発見された。

犯人の女性はエクセターの銀行で住宅ローンの担当をしていた。同僚も友人も口をそろえて〝もの静かな人ですよ。謙虚だし、親切です〟と言った。しかし電子情報分析班が犯人のノートパソコンを解析したところ、犯人が二年ほど前から殺人や証拠隠滅の方法について無数のウェブサイトを閲覧していたことがわかった。

この事件の恐ろしさは、周囲の人が犯人の邪悪な意図にまったく気づかなかったことにある。犯人と被害者は親しくつきあっていて、事件の数カ月前には一緒に休暇を過ごしていた。この世には、夕日を見ながら一緒にカクテルを楽しんだ相手をめった刺しにする人間もいるということだ。

自分たちもロールの正体を見誤ったのだろうか。

そんなことを考えながら部屋に戻りかけてはっとする。宿泊客の部屋を従業員が寝泊まりしている一階に移動したことを忘れて、エレベーターに乗ろうとしていたからだ。方向転換をして新しい部屋へ向かう。

まだ、ロールが犯人と決まったわけではない。プールに突き落とされたからといって、ロールがアデルの死にかかわっていたと決めつけることはできない。それでもロールが容疑者のひとりであるのは否定できない事実だった。殺人にかかわっていないなら、ほかにどんな理由があって身を隠すのだろう。

部屋に戻り、机についてノートを開く。頭のなかを整理するために、わかったことを書きだしてみることにした。

ロール
・うつを患っていた。ネットニュースの記事、精神科医の名刺。
・ルカと肉体関係があった。ルカの隠し撮りもしていた。
・二台目の携帯を持っていた。同じ番号に何度も発信している。
・失踪《しっそう》の前日、誰かと電話で激しくやりあっていた。
・アデルと口論しているところを同僚に目撃された。
・ルカに脅迫文を送りつけた可能性がある。

書いたことを読み直して、やはりロールは容疑者のひとりにちがいないと思った。不可解な行動が多すぎる。ただ、アデルをあんなふうに殺すほど強い動機は見当たらない。

アデルはかなり特殊な殺され方をした。奇妙なマスクをつけられ、指を切断されて、サンドバッグとともに水に沈められた。どれも過激で、単に相手を殺すという以上の悪意を感じる。また行き当たりばったりではできない犯行だ。アデルは何か深い因縁に基づいて殺されたと考えるのが妥当だろう。

深い因縁とはなんだろう？　ロールとアデルが口論しているのが目撃されているが、単なる意見の食いちがいくらいであんなむごい殺し方をするだろうか？

加えてダニエル・ルメートルの遺体のこともある。アデルとダニエル・ルメートルの死は関係しているのだろうか。もし関係しているとしたらどんなふうに？

携帯が鳴る。ポケットから出してみるとノアからだった。暗号化されたファイルの件にちがいない。

50

「至急とは言ったけど――」携帯を握る手が震える。「残業してくれとまでは頼んでいないのに」一時計を見ると二十時をまわっていた。時差があるのでイギリスでは二十一時過ぎだ。

「仕事中毒なんでね。知ってるだろう」

「あなた、ぜんぜん成長してないのね」

ノアが声をあげて笑った。深みのある、かすれた笑い声が懐かしかった。

またこんなふうにノアと軽口をたたけるなんて不思議な気分だ。休職中は同僚を遠ざけ、電話にも出なかった。心配してくれているのがわかっていながら切り捨てた。今さら頼みなど聞いてもらえなくても当然なのに。

「またきみの声が聞けてうれしいよ」

「同じく」今すぐイギリスに戻りたいと強く思った。いや、イギリスではなく慣れ親しんだ職場に復帰したい。やっぱりわたしは警察の仕事が好きだ。捜査本部の張りつめた空気や、仲間との絆《きずな》を忘れることなどできない。

「ほんとか？」ノアが尋ねる。「きみは退職したがっているって聞いたけど」軽い口調だったが、息遣いから、エリンの返事に神経を集中しているのがわかった。

「そんなに単純じゃないの」声が揺らぐ。「またみんなをがっかりさせたくないし」

「誰もがっかりなんてしていない。わかっているだろうがおれたちは味方だぞ。きみのせいで犯人を逃がしたなんて思っているやつはひとりもいない。きみはデカの本能に従って行動した。あの状況ならみんな同じことをする」

長い沈黙。

エリンは無意識のうちにつま先で床をたたいていた。携帯を握る手が震える。喉《のど》に何か詰まっているようで、声が出にくかった。「それは……わかってる」

「ならいい」ノアが話題を戻した。「それでファイルのことだが……主にメールのコピーや手紙をスキャンしたものだった。もうきみのアカウントに送ってある」

「暗号は難しいものじゃなかったのね」

「ああ、ごく初歩的なやつだ。鍵長《かぎちょう》が十六ビットだったからな。正直、おれ様ほどの専門家がやる仕事じゃ……」

エリンは笑った。「わかってるわ。ごめんなさい。急な頼みを聞いてくれてありがとう」

「いつものことさ。きみは要求が多いからな」

「今度お礼をする」

「帰ってきたらカレーでもおごってくれ」

「約束よ」別れの言葉を言いながらノートパソコンを開く。

ファイルは届いていた。ひとつ目はワードファイルで、フランス語と英語で書かれていた。見出しはフランス語。

〝デプレスィヨン・サイコティク〟

このくらいのフランス語ならわかる。精神病性うつ病だ。英語の文章に目を走らせる。

〝精神病性うつ病について　重度のうつ病で、うつに加えて妄想や幻覚の症状がある〟

エリンは記事の内容を反芻《はんすう》した。これはロール自身のことだろうか。うつだったというが、妄想や幻覚を見るほどひどかったということ？　自分の精神状態が不安で調べていたのだろうか？

次のファイルもワードだった。最初のページにはフランス語の文章が綴《つづ》られていたが、エリンはすぐに気づいた。ルカに届いた匿名の手紙と同じ内容だと。動揺して画面から目を落とす。

やはりあの手紙を送っていたのはロールだったのか。

その可能性を考えなかったわけではないが、証拠を目の当たりにするとやはりショックだった。これでロールがルカ・カロンに対してよからぬ執着を持っていたことが証明されたわけだ。

画面に目を戻し、次のファイルをクリックする。

これもワードファイルで、数ページにわたってメールのコピーがのっていた。ロールとクレアという女性のあいだで交わされたメールだ。メールアドレスは書かれておらず、ただ内容だけがコピーされていた。

〝ロール
頼まれていた記事を添付します。情報源がわたしであることはくれぐれも内密に。
クレア〟

腐敗の上に立つホテル
サナトリウム・ドゥ・プリュマシットを豪華ホテルに変えるための大規模なリノベーション工事が始まった。
サナトリウムを設立した人物のひ孫であるルカ・カロンは、このプロジェクトに巨額の資金を注ぎこんでいる。八年に及ぶ準備期間を経て、今まさに、カンファレンスセンターと七千平方メートルのスパを備えたリゾートホテルが誕生しようとしているのである。

だがプロジェクトは多くの問題を抱えている。国立公園内にあるため、当初の計画は環境団体から猛反発を受けた。スイスでは国立公園内に娯楽施設を建設する際、法律で定められた厳しい基準をクリアしなければならない。今回のホテル建設をアルプスの美しい自然を破壊する行為だと主張する人は少なくない。

オンライン上でも抗議活動が起こり、二万人分以上の電子署名が集まった。さらに複数の環境団体が現地で抗議活動を行った。

地元の医師、ピエール・デュレンは当初から計画に反対だった。「完成予想図を見ましたがまったく景観にそぐわない建物です。あのファサードはモダンすぎる。サナトリウム本来の外観をまったく無視しています」

さらに注目すべきは宿泊客の安全にかかわる問題だ。二〇一三年、山岳ガイドのシュテファン・シュミットは自治政府に対して、ホテルに通じる主要道路は雪崩の危険が高い区域のすぐ下にあると警告した。

現地を調べたローザンヌ大学の地質学教授も、ホテルに続く道路がベラ・ルイ山に積もった雪が流れこむルート上にあると指摘している。

数々の懸念にも拘《かか》わらずホテルの建設許可がおりたことから、賄賂《わいろ》の疑惑も生まれた。ルカ・カロンが大金を投じてホテルの拡張に必要な特例許可を手に入れたのではないかと訴える団体もあったものの、証拠不十分で訴えは退けられた。

ある地元住民は〝あのプロジェクトは汚職のにおいがぷんぷんする〟と鼻をつまんだ。

エリンはじっと画面を見つめた。〝クレア〟という人物がジャーナリストなのはまちがいない。わからないのは、どうしてロールはこんなものをほしがったのかということだ。情報源を明かさないようにしてほしいとクレアが書いていることからしても、おそらくこの記事がどこかに掲載されることはなかったのだろう。ボツになった記事を手に入れてわざわざ暗号化した理由はなんだろう？

椅子の上で身じろぎしながら次のメールを開く。

〝ロール

追加のファイルとリサーチ資料です。情報源は明かしませんが信ぴょう性は保証します。

クレア〟

最初のファイルは現地で行われた抗議活動の取材記録だった。次のファイルは地元議会から手に入れた資料だ。フランス語は得意ではないが、計画に対する反対意見の一覧のようだった。意味がわからない。ロールはこうした情報を集めて何をしようとしていたのだろう。

ルカが受け取った手紙のことを思い出す。あの手紙の内容はこの情報を指していたのだろうか。ホテル建設の裏で賄賂や腐敗があったという話は初耳だが、記事を読んだかぎりただの言いがかりとも思えなかった。しかしそういった噂があるのなら、ルカについてネット検索したときヒットしなかったのはどうしてだろう。

ひょっとして、英語のウェブサイトでヒットしないだけなのか。フランス語のサイトならちがうかもしれない。

検索欄に〝ル・ソメ〟〝コリュプスィヨン〟と入力してみる。

何もヒットしなかった。ただのひとつもなしだ。それはそれで不自然ではないだろうか。誰かが意図してこの手の記事を握りつぶしたとも考えられる。

しかしこれでロールとホテルを――ロールとルカ・カロンをつなぐものがまたひとつ増えた。これはアデルの死と関係するだろうか。

どちらにしても、今のところロールが最有力容疑者だ。ベルンドに伝えなければならない。

51

「ロール・シュトレイル？」ベルンドが繰り返す。「行方不明の副支配人？」

「そうです」ノートの端を指先ではじく。よりによって自分がロールの名前を容疑者として挙げることになろうとは……。

「ちょっと待ってくれ。スピーカーにして捜査本部の全員に聞こえるようにする」

ピッという電子音がして、さっきまでは聞こえなかったざわめきが届いた。

「聞こえるか？」ベルンドが尋ねる。

「聞こえます」深呼吸をしてから椅子の背に体重を預ける。どんなに胸が痛くても、真実を追求するために正しいと思ったことをやるしかない。

「ロール・シュトレイルに関して、とくに調べてほしいことがあれば教えてほしい」スピーカーを意識しているのか、ベルンドがさっきよりもゆっくり、一語、一語をはっきりと発音する。

捜査本部のホワイトボードにロールの顔写真がはられるところを想像すると、うしろめたさに胸が苦しくなった。咳払《せきばら》いをひとつして口を開く。「過去に、ロールがアデルやホテルに恨みを持つような出来事がなかったかどうかが知りたいです」

「わかった。そういえば精神科医については調べがついた」書類をめくる音がした。「ロールは名刺の精神科医の患者ではなかった。過去にその病院を訪れた記録もない」

エリンは首をひねった。だとしたら、どうしてあんな名刺を引き出しに入れていたのか。ノートパソコンの記事は？　もちろん土壇場で別の精神科医にかかったのかもしれないし、名刺の精神科医に電話をしようと思って、実行できていなかったのかもしれない。

「そうですか。ほかの精神科の通院歴がないかも確認をお願いします。念のために前科も調べてください」

電話の向こうで低いささやき声がした。

「エリン、検事のユーゴ・タパレルだ。ロール・シュトレイルの個人情報にアクセスするには、当該人物が容疑者だと考えるに足る証拠が必要なんだが」

いかにもやり手検事といった、きびきびした話し方だった。

「どうして彼女を疑うのか具体的に説明していただきたい。情報をもとにこちらで検討する」

エリンはしどろもどろになりながら説明した。外国の警察官が——それも一年近く休職している警察官が、でしゃばりすぎなのではないかと気が引けた。

話しおわると沈黙が落ちた。最初に口を開いたのはベルンドだった。

「もう一度確認させてほしい。暗号化されたファイルの内容を確認して、ロールがルカ・カロン脅迫に関与しているのではないかと考えるようになった。ロールと〈ル・ソメ〉建設の闇を暴こうとしたジャーナリストとのやりとりも見つかった」

「はい。それで——」

検事が割って入る。「きみは誰の指示でロール・シュトレイルのノートパソコンを調べたんだね？　うちの者がそんな指示を出すはずがないが……」

検事の言いたいことは明らかだ。エリンは何も言えなかった。検事が敵に思えてくる。ルールが大事なのはわかるが、そんなことを言っていては犯罪捜査などできない。どうして物事をややこしくしようとするのだろう。

ベルンドが助け舟を出した。「あなたが見つけたファイルをこちらに送ってもらえるだろうか。こちらでも調べてみよう」

「わかりました。ありがとうございます」エリンは硬い声で言って電話を切り、グラスに入った水を勢いよく飲んだ。やはり捜査の手伝いなど引き受けなければよかった。しかもこれからスイス警察よりも手強《てごわ》い相手と話さなければならない。

アイザックだ。ロールについてわかったことをアイザックに伝えないと。彼女が容疑者になったことを。

疲労で目がひりひりする。いっとき椅子に体を預けて目を閉じた。吹き荒れる風が容赦なく外壁をたたきつけているのが音でわかる。

風の音を縫って別の声が聞こえた。

アイザックの声。

「助けなきゃ！　助けなきゃ！」

悲鳴のような声。耳をふさぎたくなるような声。

水の音がする。ばしゃばしゃと水をかきわける音。

まぶたの裏にサムが見えた。潮だまりの水が、サムのTシャツの端をつかむ。

水がシャツの端をつかんで、サムを死の淵《ふち》へひっぱりこもうとしているように見えた。

52

はっとしてまぶたを開ける。誰かがドアをノックしていた。いつの間にか眠っていたようだ。携帯を見るとベルンドと電話をしてから三十分以上も経過している。

ふたたびノックの音。さっきよりも大きく、性急な音だ。

ウィルだろうか？　いや、ウィルが自分の部屋のドアをノックするはずがない。鍵《かぎ》を持っているのだから。

ドアを開けるとマーゴットが立っていた。ボートネックのゆったりした白いトップスに黒っぽいジーンズをはいている。マーゴットは人目を気にするように肩を丸め、前かがみで立っていた。

どうやら身長がコンプレックスのようだ。学校でからかわれた経験でもあるのだろうか。心ない男子に〝大女〟などと呼ばれていたのかもしれない。

「何かあったんですか？」

「ロールから連絡がなかったか、確かめたかったんです」マーゴットの前髪は、星飾りのついたピンでぴっちりと留められている。

観察に夢中になって返事をしないでいると、マーゴットが青い顔をしてあとずさった。

「ひょっとして……」ヒステリックな声で言う。「ロールは死んでしまったんですか？　そうなんでしょう？」

「え？　いえ、ちがうわ」エリンは懸命に言葉をさがした。寝ぼけていて、どこまで話していいのかとっさに判断できない。「ロールはまだ行方不明で、新しい情報は入っていないんです」

マーゴットが胸に手をあてる。「ああ、てっきり……」声がかすれる。「よかったです。でも、こんなに長いこと帰ってこないなんて、やっぱりおかしいですよね」

「よかったらなかへどうぞ」ドアを大きく開けて部屋に招き入れる。「廊下で話すような話題でもないから」

マーゴットがためらいがちに部屋に入ってきた。顔色が悪く、緊張しているようだ。携帯の待ち受け画面をチェックして、ポケットにしまう。

沈黙が落ちた。

エリンは深く息を吸って窓の外を見た。まだ雪が降っている。ガラスの縁にへばりついた雪が、もうすぐ枠の上まで到達しそうだ。

ふり返るとマーゴットがこちらを見ていた。「あの、さっきは早とちりしてすみませんでした」

「いいのよ。不安だと結論を急いでしまうものだから」

マーゴットがポケットからしまったばかりの携帯をとりだす。

気まずい沈黙。

マーゴットは携帯を机に置いたかと思うと、今度はマニキュアを削りだした。グレーのかすが床に散る。なんだか様子が変だ。ロールを心配しているだけじゃなく、何か伝えたいことがあるのではないだろうか。

「マーゴット、どうかしたの?」

間があったあと、マーゴットがうなずいた。「あの、昨日話したとき、黙っていたことがあるんです」

「なんのこと?」

「ロールとアイザックのことなんですけど……アデルがあんなことになって、あなたに知らせておいたほうがいいとは思ったんですけど、その、立場上、話しにくかったんです」マーゴットの視線が背後の壁に移動し、ふたたびエリンに戻った。

「立場上？」

「上司のことなので。ルカ・カロンです。あの人とロールはつきあっていました。ちょっと前ですけど」

「知っているわ。ルカから聞いたから」

マーゴットが目を見開く。「じゃあ、最近、関係が復活したとも言っていましたか？」

「え？　別れてからは避けているようなことを言っていたけど？　何度か寝ただけだし、そのころアイザックとロールは喧嘩《けんか》別れをしていたから浮気でもないと」そう言ってマーゴットを見る。

「数週間前に、スパの前の廊下でふたりが一緒にいるところを見たんです。ロールとわたしはランチを一緒にする約束をしていて、だからわたし、スパのドアを開けて彼女を待っていました」

「それで？」

「ロールが無言でルカの前を通りすぎようとしたら、ルカが彼女の腕をつかんだんです」マーゴットが机に寄りかかる。口の端がぴくぴくと痙攣《けいれん》していた。「ロールは……なんだか青い顔をしていました。逃げようとしたのに、ルカが手を離さなかったんです」

「そのあとどうなったの？」

「そのまま数分話して、ルカが立ち去りました」

エリンは驚きを顔に出さないように努力した。そんなことがあったなんて、ルカはひと言も言っていなかった。

「ロールはそのあとスパへ来た？」

「ええ。でも、ルカと話していたことにはふれませんでした。それでわたし、ふたりがよりを戻したのかもしれないと思ったんです。アイザックと婚約しているから、ほかの人には内緒にしたいのかなって」

「ルカと話していたときは怯《おび》えていたんでしょう？　あなたと会ったときはどうだった？　不安そうだった？」

「いえ、とくに変わりありませんでした」マーゴットが唇を嚙《か》んだ。「あのときちゃんとロールに訊《き》いておけばよかった」

「最初につきあったときは話してくれたんでしょう？」

「ええ。でも最初のときはロールがフリーだったので、内緒にすることもなかったんだと思います。ルカと寝たって聞いて、失恋でやけを起こしたのかなとも思いました。でもルカに別れを切りだされてロールがすごく動揺していたから、彼女の気持ちがよくわからなくなって……」マーゴットは眉間《みけん》にしわを寄せたあと、たいしたことがないと自分を納得させるように肩をすくめた。「でも、それがふつうなのかもしれませんね。もういらないって捨てられて、気分が悪くならないはずありません。誰だって怒るはずです」

「ロールは捨てられたという表現を使ったの？」息を詰めて答えを待つ。マーゴットの話からいやな想像が浮かんだからだ。

「はい。〝ルカに捨てられた〟って、はっきり言っていました。ロールはセックス以上のものを期待していたみたいでした。わかるでしょう？」

エリンはうなずいた。今の話でルカに対する疑念がさらに深まった。あの人は嘘つきだ。森の向こうで見つかった遺体が幼なじみのダニエル・ルメートルであることを隠そうとした。アデルと親密な写真を撮られていたのに、雇用主と従業員以上のつきあいはないというふりをした。おまけにロールとは破局以来、個人的な話はしていないと断言したではないか。

どうして彼は嘘ばかりつくのか。

それは隠したいことがあるからだ。

53

アイザックとウィルはラウンジの窓際にある小さなテーブルに向かい合って座っていた。ふたりのあいだに会話はない。ウィルは携帯画面に視線を落としていて、アイザックは窓の向こうの暗闇をぼんやりと見つめている。

エリンは椅子を引いてふたりのあいだに座った。悪い知らせを伝えるのは子どものころから大の苦手だ。衝撃をやわらげようとしてしどろもどろになり、却《かえ》って相手を怒らせたり、余計に悲しませたりしてしまう。

ウィルが顔をあげた。表情が険しい。「どこへ行っていたんだい？　もう九時半じゃないか」

「部屋で電話をしていたの」

「部屋に戻ってもいないからきみをさがしにラウンジに来たんだよ。そこでアイザックに会った」ウィルがエリンのほうへ体を寄せて声を落とす。「彼をひとりにしないほうがいいと思って、そのままここにいたんだ」

「ありがとう。きっとすれちがいになったのね。セシルと防犯カメラの映像を確認したあと、部屋に戻ったところでノアから電話がかかってきたの。暗号化されたファイルを解読して送信したって」

「もう？」アイザックがこちらを向く。

「ええ」エリンは言葉を選びながら、防犯カメラの映像にロールが映っていたことを伝えた。それからファイルの中身について話す。説明するあいだ、アイザックは瞬《まばた》きもせずにこちらを見つめていた。

　重苦しい沈黙。

　緊迫した空気に耐えられなくなってラウンジを見渡す。食事をしている宿泊客がひと組と、トランプをしているスタッフがいた。

　急にアイザックが動いた。テーブルに肘《ひじ》をついてエリンのほうへ身を乗りだす。「疲れすぎて頭がどうかしたんじゃないのか？　本気でロールが事件にかかわっていると思っているのか？」

　エリンはむっとした。「とにかくロールは殺人犯に拘束されているわけじゃない。防犯カメラの映像から、ずっとホテル内にいることがわかった。だとしたらどうしてあなたに連絡してこないの？　大丈夫だから心配するなって」

アイザックが身をこわばらせる。「わからない。でも、何か理由があるはずだ。そうだろう?」

アイザックの息遣いを聞きながら、エリンは精神病性うつ病の問題をどう切りだすか考えた。

「ロールには以前からうつの症状があったと言ったわね。彼女、症状について話した?」

「ときどきはね」アイザックの表情は硬かった。警戒しているのだ。

「ロールのノートパソコンにあったファイルのなかに……精神病性うつ病に関する記事があったの。重度のうつ症状で、精神疾患の症状が出るっていう内容だったわ。幻覚を見たり、妄想を抱いたりするんですって」

アイザックの頬がまだらに赤くなる。

「知ってた?」

「いや。そんなことはひと言も聞いていない」

慰めようと腕にふれた瞬間、アイザックが身を引いた。

「ロールは知られたくなかったのかもしれない。あなたの反応が不安だったのかもしれないでしょう」

「知られたくない? おれたちは婚約したんだぞ」アイザックが拳《こぶし》を握りしめる。「それにあいつが幻覚を見ていたとしたら、一緒にいるおれが気づかないはずがない」

「隠しきれなくなって姿を消したってことはないかしら。精神病性うつ病になると現実とのつながりを失ってしまうんですって。まわりの状況を正しく判断できなくなって、まちがったことを信じこむこともあるのよ」

アイザックが目を細くした。「そんな話をしておれを惑わせるな。ロールがアデルの死にかかわっているなんて、本気で言っているのか？　姉さんはあいつの友だちじゃないのか？」

痛いところを突かれて頬がかっと熱くなる。「たしかなことはまだわからない。でも――」

「ロールの身に危険が迫っているかもしれない。おれたちが力を合わせて彼女をさがさなきゃいけないってときに、おかしな言いがかりをつけないでくれ。ロールは殺しなんかにかかわってない。おれにはわかるんだ」うつむいて両手の指を合わせる。「アデルの死に方を思い出してみろよ。ロールにあんなむごい真似ができると思うか？」そう言って唇を噛む。「あいつはそんな女じゃない」

ウィルが心配そうにこちらを見ながら、テーブルの下でエリンの足を小突いた。これ以上、アイザックを刺激するなと言いたいのだろう。しかしここでやめるわけにはいかない。ロールが事件にかかわっているなら、誰よりもまず、アイザックにそれを認めてもらわなくては捜査が進まない。

「誰もロールが犯人だなんて言ってない。でも、あらゆる可能性に備えておかなきゃ。現に、ロールはいろんなことを隠していたのよ」

アイザックが首をふった。「隠し事のないやつなんていない」アイザックがこちらを見た。「姉さんだってそうだろう。あいつを批判できるのか？　ルカとセシルに長期休職中だって言ってないだろう？」

エリンは反論しようと口を開いたが、言葉が出てこなかった。休職中であることを伏せているのは事実だ。理由を訊かれても簡単には説明できない。いくつもの要因が絡み合っている。少なくともあのふたりの前で、ベルンドたちの前で、認めることができなかった。今の自分は刑事をやめたも同然だということを。この先、二度と職場に戻れないかもしれないことを。自分に対しても認められずにいるのだ。

アイザックが勝ち誇ったようにこちらを見た。「わかるだろう？　隠しているからって悪いことをしているわけじゃない」

エリンのなかでこらえていたものが音をたてて崩れた。テーブルの上で手を組み、宣言する。

「わかったわ。ふたりに休職中だと伝える。いい気になってひとりで犯人を追いかけて、殺されそうになった挙げ句に犯人を取り逃がしたショックから立ち直れないへぼ警察官ですって言う。それでいいんでしょう？」

「そういうことじゃない！　話したくなければ話さなくたっていいんだ。おれが言いたいのは、完璧《かんぺき》な人間なんていないってことさ。誰だって隠したいことがある。おれにも、姉さんにも。ロールはたぶん何かに首を突っこんで身動きがとれなくなったんだ。だからってあいつは人を殺したりしない」

「それはわかるけど――」

「わかるけどなんだよ？」アイザックが大きな音をたてて椅子を引いた。「姉さんは何ひとつわかってない。母さんと一緒だ。生きていれば白か黒か判別がつかないものもある。なんにでも正しい答えがあるわけじゃない。きれいごとだけじゃ片づかないこともあるんだよ」

にじんだ。

「わたしはきれいごとなんて言ってない！」爆発しそうな感情を必死で抑える。脇の下に汗が
「姉さんはいつだって上から目線だ。今だっておれやロールのことを見くだしてるんだろう」

アイザックはそこでウィルに向き直った。「あんただって気づいてないとは言わせないぞ」

エリンは愕然《がくぜん》とした。ロールをさがしてくれと頼んだのは自分のくせに、きれいごとだの上から目線だなどと非難される覚えはない。

「いつかはっきり言わなきゃと思ってた。どうして長いことおれが家に連絡しなかったと思う？　一方的に批判されるのにうんざりしたからさ。なんでも正しくなきゃ気がすまない。みんなをルールに従わせようとする。姉さんのそういうところがいやで家を出た。母さんに会いにいかなかったのも同じ理由だ」

「もうやめて」

「本当のことさ。ロールをさがしていたはずなのに、姉さんの手にかかるといつの間にかぜんぜんちがう筋書きになっちまう」アイザックの目がぎらりと光った。「正直言うと、姉さんがここに着いた夜にはわかっていたんだ。婚約祝いの楽しい集いになんてならないって。姉さんにとってはおれの幸せより自分の存在をアピールするほうが大事だからな」

「そんなことない」

「あるさ。いつだって自分はおれらとはちがうって態度だ」

「嘘よ」

「姉さんはロールが心配なんじゃない。救世主になってみんなに感謝されたいんだ。子どものころからぜんぜん変わらない」

ウィルが勢いよく立ちあがり、アイザックの腕をつかんだ。「そのあたりでやめたほうがいい。みんな疲れて気が立っているんだ」歯を食いしばって言う。

アイザックがウィルの手をふりはらった。「こういうことはちゃんと教えてやらなきゃだめだ」

エリンの全身がかっと熱くなった。腹の底から怒りがわきあがる。

いったい何様のつもりだろう？

そもそも自分が今のようになったのは、サムの事件があったからだ。

もとを正せばアイザックのせいなのだ。

「あなたが何を言おうと、大事なのは真実を見つけることよ。それができなきゃ人は前へ進めない。サムのことがいい例だわ。わたしは今でもあの日のことばかり考えている。堂々巡りばかりで先へ進めない。それはサムの死に対する答えが見つからないから。何が起きたのかがあいまいなままだからよ」

今度はアイザックが言葉を失う番だった。口を開いて、また閉じる。

「さっきまで饒舌《じょうぜつ》だったくせに。サムのことになると話したくないの？」

アイザックはじっと床を見つめている。

「なんとか言いなさいよ。これまでずっとその話題を避けてきたけど、わたしは答えが知りたいの」

「エリン、もうやめるんだ」ウィルがエリンの手に自分の手を重ねた。

アイザックがのろのろと視線をあげた。目が虚《うつ》ろなのはサムに対する罪悪感のせいだろうか。

「おれは部屋に帰る。こんなときにサムの話はしたくない」エリンと視線を合わせずに言う。

「逃げているのはどっちよ」ラウンジを出る弟の背中に向かってエリンは言い放った。

アイザックの姿が見えなくなり、ウィルとふたりきりになる。ウィルはなんとも言えない顔つきでこちらを見つめていた。

「部屋に戻ろうか。今日は休もう。きみは疲れているんだ」

「疲れてなんて――」

「ぼくには疲れているように見える。でなきゃ弟に向かってあんなこと……」ウィルが力なく首をふる。

「あんなことって何よ？　わたしはまちがってない」

ウィルの指がテーブルをこつこつとたたく。「正しいとかそういうことじゃなくて、今、切りださなくてもいいだろう。アイザックはロールのことでショックを受けているんだぞ」

エリンは周囲を見まわした。宿泊客はいつの間にかいなくなっていた。スタッフはまだカードをやっている。

窓の外は変わらず吹雪だ。何もかもが過剰で頭が爆発しそうだった。

「でもアイザックにわからせなきゃ。ロールが犯人の可能性もあるって」

そう言いながらも、ウィルの指摘が正しいことはわかっていた。アイザックの目を現実に向けさせることが目的だったのに、完全に拒絶されてしまった。言い方が直接的すぎたせいだ。ロールが殺人に関与した証拠があるわけでもないのに。

頭のなかに意地の悪い声が響く。

〟わざと挑発したんじゃない？　アイザックに恥をかかせたかったのよ。サムのことであの子を罰したかったんでしょう〟

「よりによってこんなときにサムの話を持ちだすなんて」

「いけなかった？」

「当たり前だ」ウィルの顎《あご》がぴくぴくと痙攣《けいれん》する。「きみがそんなふうだと、アイザックが言ったことにも一理あるんじゃないかと思えてくるよ」

「一理あるってどの部分が？」エリンはショックを隠して無理に笑った。「あの子、言いたい放題だったじゃない」水のボトルを引き寄せてグラスに水を満たす。

「正しい答えに執着するってところ、救世主になろうとするってところだよ。きみはスイスの警察官じゃない。捜査する義務はないんだ。親しい人の気持ちを踏みにじってまで真相を追求してなんになる？　自分の能力を証明しようとやっきになっているだけじゃないのか？」

「証明？　誰に対して証明するっていうの？」

「自分自身に対してさ」

エリンは瞬《まばた》きもせずにウィルを見つめた。心臓の音がうるさい。口に含んでいた水をやっとの思いで飲みこんだ。「そんなふうに思っていたの？」

「事実だろう。真実のためならぼくを含めて周囲の人間の気持ちなんてお構いなしだ」ウィルの顔つきはどんどん険しくなっていく。「いいかい、アデルのことも、ロールのことも、きみにはなんの責任もない。スイス警察が対処すべき問題なんだ。捜査に協力するのはいいが、ふりまわされるほうの身にもなってくれ」

エリンは何も言えなかった。

おそらくウィルの指摘は正しいのだろう。だが、ここまで調べてきて、捜査を投げだすことなどできない。

サムが死んでからずっと何かをさがしていた。ゴールをさがして走りつづけてきた。それなのに走れば走るほど、ゴールから遠ざかっていくように思えるのはなぜだろう。

54

四日目

鋭い電子音で眠りの世界から引きずりだされる。薄目を開けて真っ暗な室内を見まわすと、ベッドサイドの携帯電話が緑の光を放っていた。

大きなデジタル数字が午前六時二分を告げている。携帯をつかもうとのばした手が、狙いを外して空を切った。

甲高い音に顔をしかめながらもう一度手をのばす。頭が重い。寝不足のせいだ。ベッドに入ったのは午前三時をまわってからだったし、寝ているあいだも脳は覚醒《かくせい》状態で、ロールについてわかったことや、アイザックやウィルに言われたことがぐるぐると頭をめぐっていた。目をこすりながら着信履歴を確認する。知らない番号からメールが届いていた。ぼうっとしたままメールを開く。

〝説明したいの。九時にペントハウスまで来て。専用のエレベーターがあるから誰にも見られずにすむ。ほかの人は連れてこないで。わたしから連絡があったことはアイザックにも内緒にしてね。ごめんなさい。ロール〟

ロールからだ！

ベッドの上にがばりと起きあがる。この番号はロールのふたつ目の携帯だろうか。体をひねってバッグを引き寄せ、携帯の請求書をひっぱりだす。送られてきたメールの番号と見くらべると――。

やっぱり！　ロールの二台目の携帯電話でまちがいない。

アイザックが電話したときは電源が切られていたというのに、また電源を入れたのだろうか。

もう一度、一文、一文を嚙《か》みしめながらメールを読む。

〝説明したい〟ということは、ロールが説明しなければならない何かをしたということだ。最後の〝ごめんなさい〟は、それが謝罪すべき類《たぐい》の行為という意味だろうか。

指先が冷たくなる。やはりロールは大なり小なりアデル殺害に関与しているのだ。犯人なのか共犯なのかはわからないが、それを説明したいと言っているにちがいない。

ベッドに仰向《あおむ》けになって考えようとしたがなかなか集中できなかった。寝不足のせいで脳の回転が鈍っているようだ。

　重い体を引きずってベッドを出る。

　選択肢はふたつしかないように思えた。セシルとルカに相談して、一緒にロールに会いにいくか、誰にも気づかれないようにひとりで会いにいくか。

　セシルやルカに相談したら、ロールが怯《おび》えて姿を見せてくれないかもしれない。はたまた追いつめられて無謀な行動に出るかもしれない。さらに〝説明したい〟というロールの気持ちが本物だとしたら、誰かを連れていくこと自体、彼女の信頼を裏切ることになる。面と向かってあなたのことは信じられないと言うのと同じだからだ。もしロールが幻覚に悩まされていて自分が不当に扱われたと感じていたとしたら、その考えを肯定してしまうかもしれない。

　一方で、このメール自体が罠《わな》だという可能性もある。考えたくはないけれど、ロールはわたしを騙《だま》そうとしているかもしれない。事実、二日前はプールに突き落とされた。

　ただ、わたしを傷つける意図があったならとっくに実行していただろうとも思った。更衣室でも飛びこみ専用プールでも、チャンスはいくらでもあった。

　ふたつのシナリオのあいだで迷いながら窓の前を行ったり来たりする。表では風が雪をさらっていたずらにまき散らしていた。テラスにいくつも吹きだまりができている。

　ウィルを起こしたほうがいいのではないか。少なくとも彼の意見を訊《き》くべきでは？

　だが昨日の会話の流れからして、彼の反応は想像がついた。放っておけ。現地の警察に任せろと言われるだろう。

窓の外に積もった雪を目でなぞるうち、サムが亡くなったあとでロールから届いた手紙の数々を思い出した。

ロールは毎週のように手紙をくれた。手紙の冒頭にサムに対する悔やみの言葉やエリンを心配する気持ちが綴《つづ》られ、そのあと楽しい話題に移る。学校で起きたあれこれ、男の子のこと、母親のコラリーのこと。エリンの気持ちを明るくしよう、どうにかして友情を守ろうという気持ちにあふれた内容だった。

だが、エリンは返事を出さなかった。ロールのことがうらやましくてたまらなかったからだ。自分はこんなに苦しいのに、ロールが以前と変わらない生活を送っていることに腹が立った。

涙が出そうになって瞬きをする。

ひとりでロールに会いにいこう。彼女を信じるべきだ。

今度はわたしが手を差しのべる番だ。

55

午前八時四十五分。入口にはめこまれたガラスプレートの文字を読む。〝スュイット・プレンヌ・モルテ〟ここでまちがいないはずだ。ホテルのウェブサイトで調べたところ、ペントハウスはひとつしかなかった。

ガラスのドア越しになかをのぞくと、ドアの向こうは短い廊下になっていて、奥の左側にエレベーターがあるようだ。ロールがメールに書いていたとおりだった。ペントハウスには専用のエレベーターがあるのだ。

ドアノブに手をかけたとき、ポケットに入れた携帯が振動した。バイブにしてきてよかったと思いながら携帯をとりだす。

ロールだろうか？

いや、ちがう。ベルンドからメールだ。

〝RIPTOLで調べたところ、ヴォー州でロール・シュトレイルに関する新たな情報が見つかった。詳細を伝えられるよう許可を申請中〟

これだけではどんな情報なのか見当がつかない。電話で確認したほうがいいだろうか。しかし時計は八時四十八分を示している。ロールとの約束の時間が迫っているのであとまわしにすることにした。

ポケットに携帯を戻してドアを開けた。あたりはしんとしている。

エレベーターに向かって歩きだした。

ペントハウスの廊下は、このホテル内でガラスを多用していない数少ない場所だ。壁はクリーム色の大理石で、ピンク色がかった筋が血管のようにうねっている。ガラスとちがって安心感があるが、圧迫感もあった。なんだか息苦しい。薄いセーターを一枚着ているだけなのに、肩甲骨のあいだを汗が伝う。

廊下の途中まできて、大理石の壁に小さな絵がかかっていることに気づいた。

黒い額縁に入ったスケッチで、黒い線がぐちゃぐちゃに絡んでいる。ぱっと見では何が描かれているのか理解できなかったが、しばらく見つめているうちに線が形を成してきた。反射的にあとずさる。

これは人だ。

口に手をやる。正確には人体の一部が描かれていた。顔、足、そして腕。

ばらばらの人体。

静寂がさっきよりも不気味に感じられる。自分自身の呼吸音や足音がやけに大きく聞こえた。

こんなところで誰かに出くわしたらなんと言い訳すればいいのだろう。廊下にも防犯カメラが設置してあるにちがいない。断りもなくエレベーターに乗るところをルカやセシルに見られたら、どう釈明する？

廊下の突きあたりに大きな鏡がはめこまれていて、そちらへ歩いていく自分の姿が映っていた。ぺたんとした髪、だぼだぼのジーンズ。セーターの襟ぐりに沿ってサムのペンダントが垂れている。天井の光が、上唇に残る薄い傷を目立たせていた。

ペントハウス直通のエレベーターまであと一メートルというとき、ふと鏡に動くものが映った。

びくりとして立ちどまる。ふり返っても誰もいない。ライトの当たる角度で自分の影が別の人のように見えたのだろうか。

ひとりで来たことを後悔したものの、誰かを呼んでくる時間的猶予はない。

エレベーターの前まで来て深呼吸した。ここで怖《お》じ気づくわけにはいかない。あと少しで答えがわかるのだから。

エレベーターがとまってドアが開くと、そこはもうペントハウスのなかだった。リビングがあり、暖炉があり、巨大な窓がある。

時計を見ると八時五十分だ。約束の時間まであと十分ある。

ロールはもう来ているのだろうか。

室内を見渡しても人の気配はない。エリンが誰も連れてきていないと納得するまで、姿を隠しているつもりかもしれない。

部屋の奥へ進むにつれ、豪華な内装に圧倒された。南向きの壁一面がガラス張りで、そこから見える外の世界は穢《けが》れない白に染めあげられている。

ソファーの横にバッグを置いて部屋のなかを歩きまわった。万が一の場合に備えて間取りを頭に入れておいたほうがいいと思ったのだ。リビングとダイニングのあいだに壁はないが、ダイニングのほうが一段さがったところにある。ダイニングの右奥に小さなキッチンがあり、その向かいに食事をとるスペースがあった。ダイニングから右へさらに廊下がのびてベッドルームへ続いている。

リビングには暖炉があり、ローテーブルを囲んで三つの大きなソファーが置かれていた。内装に合わせて特注したものにちがいない。

ダイニングの中央にはどっしりしたオークのテーブルがあり、右側の壁に巨大な絵画がかかっていた。またしても人体の一部をスケッチしたもので、あざやかな青から黒のグラデーションで切断された手足が描かれていた。

絵画以外に装飾品らしいものはなく、リゾートホテルの部屋としては殺風景といってもいいくらいだ。あざやかな色調のカーテンや敷物も、金メッキの装飾品も、花を生けた巨大な花瓶もない。リネン類は地味な色合いでそろえられていた。

ただ、細部の仕上げを見れば内装に金がかかっていることはわかる。壁は大理石だし、テーブルもソファーもいかにも上等な造りだ。床には白いシープスキンの敷物が敷かれている。

小さな声で呼びかけてみた。「ロール？」

じっと耳を澄ましたが、返事はない。部屋のなかはしんとしている。

ただ待っているのも芸がないので右手の廊下を進んでみた。最初に入った部屋は図書室兼ゲームルームのようだった。その向かいは小部屋で、収納庫として使われているようだ。

ひとつひとつ部屋をのぞいてみても、やはり人の気配はなかった。どこもかしこも磨きあげられて、塵《ちり》ひとつ落ちていない。

寝室と思われるいちばん奥の部屋に向かって歩きながら、汗で服が背中にはりつくのがわかった。

やはりあのメールは罠だったのだろうか。ロールには最初から説明するつもりなどなかったのかもしれない。

用心しながらいちばん手前のベッドルームに入る。おそらくここが主寝室だ。片方の壁につけて大きなベッドが置いてあった。テラスにはプライベートプールと浴槽がある。誰もいない。

ほかの三つのベッドルームにも誰もいないことを確認してからリビングに戻った。緊張で体ががちがちだ。

もう一度時計を見る。八時五十七分。あと三分が永遠に思えた。

そのときどこからか音が聞こえた。何かを引きずるような音だった。

うしろをふり返る。窓に自分が映っている。ペントハウスのなかにいるのは自分だけだというのに、更衣室のときと同じで誰かに見られている感じがした。

どきどきしながらふたたび室内を見渡す。

やっぱり誰もいない。自分の鼓動と呼吸音だけがやけに大きく響く。ふたたび時計を見る。あと二分。なかなか時間が進まない。

また音がした。

今度はなんの音かわかる。エレベーターのモーター音だ。しばらくしてエレベーターがとまる。

鼓動が速くなる。無意識に腹の前で腕を組んだ。

落ち着いて。深呼吸して。パニックを起こさないで。

エレベーターのドアが開いた。ところが誰も降りてこない。

エレベーターのたてる低い作動音がするだけだ。

眉《まゆ》をひそめて一歩前に出る。そのときエレベーターの奥にうずくまっている人物が見えた。

56

エリンはその場にへたりこみそうになった。

壁に寄りかかっているのはロールだ。

そしてロールは死んでいた。

〝ロール〟と〝死〟という単語が頭のなかを転げまわる。目の前にある光景を脳が拒絶している。

エレベーターがきしむような音をたてた。ドアが開いたり閉まったりを繰り返す。その無機質な動きによって、むごい光景がいっそうむごたらしく見えた。まるでエレベーターそのものがロールを襲って、二枚の歯で嚙《か》み砕こうとしているみたいだった。

ロールはエレベーターの左隅の壁に寄りかかって、両足を前に投げだしていた。頭が不自然な角度に垂れている。顔にかぶさった黒髪の隙間から、例のグロテスクなゴムマスクが見えた。

アデルがつけられていたのと同じ、黒いマスクだ。そのせいで顔は見えない。だが今度こそロールにまちがいなかった。髪型やほっそりした体つきからもわかるが、何よりこのあいだ見たのと同じパンプスをはいている。グレーのTシャツの前にべったりと血がついていて、とくに首の下の出血がひどかった。

おそるおそる近づいてみるとマスクの顎《あご》の下あたりに深い傷が見えた。おそらく背後から頭を持ちあげられて、左から右へ刃を入れられたのだ。

ロールは喉《のど》を裂かれていた。獲物をさばくように躊躇《ちゅうちょ》なく。

さらに一歩前に出て、傷口に目を凝らす。右より左のほうが深い。犯人は耳の下からいったん下へ切りつけて、首の中央を一直線に裂いている。

ということは右利きの可能性が高い。

おそらく頸動脈《けいどうみゃく》と頸静脈を損傷して、おびただしい量の出血だったはずだ。それでも即死ではなかっただろう。首を切られたあと、自分はこのまま出血死するのだと理解する程度の時間はあったにちがいない。命が体から流れでていくのを感じたはず。

強く息を吸う。喉の奥に苦いものが込みあげた。

どうしたらこんな残酷なことができるんだろう。

震える手をのばしてロールの首にふれ、脈を確かめた。死んでいるのはわかっていても、そうせずにいられなかった。やはり脈はない。肌は冷えきっていた。死んでからしばらく経過しているが、死後硬直は始まっていない。

そのとき、ある可能性に思い当たって全身から血の気が引いた。ロールを殺した人物がまだペントハウス内に潜んでいるかもしれない。

ゆっくりと部屋をふり返った。人の気配はなかった。大きく息を吐き、次にすべきことを考える。

冷静さをとりもどすために、まずエレベーターの横に置かれた木製の椅子に焦点を合わせた。

背板のカーブや木目といった特徴をひとつひとつ目でたどりながら意識して深く呼吸する。呼吸を落ち着かせて、そこから気持ちをコントロールしようと思った。

しばらくすると呼吸が落ち着いてきた。改めて遺体に向き直る。

いくら警察官とはいえ、幼なじみの遺体を冷静に観察するのは難しい。心が彼女の死を否定している。これは夢だ。妄想が暴走して幻覚を見ているだけなんだと叫んでいる。

まぶたを閉じて、現実逃避してもロールは生き返らないと自分に言い聞かせる。無残に奪われた命こそが現実だ。ロールの無念を晴らすためにも、遺体のくれる手がかりを残らず拾い集めなければいけない。それが、今の自分にできる唯一のことだ。

エレベーターのドアが開いたり、閉まったりを繰り返す。その音が神経を逆なでするので、まずは何か重いものでドアの動きをとめることにした。

部屋のなかを見渡したところでさっきの木製の椅子に目が留まる。椅子を手にとって重さを確かめた。これくらいなら用が足りるだろう。エレベーターの左側ドアの前に椅子を置く。がちゃんと音がして、ドアが開いた状態でとまった。

ロールの遺体の横に引き返してしゃがむ。まずは手に注目した。

アデルと同じで指が切断されている。右手の人さし指がなかった。左手は遺体を動かさないと見えないのであとにする。

指の切断面からして、アデルのときよりも鋭い刃物——プライヤーとか剪定《せんてい》ばさみのようなもので切断されたようだと分析する。傷口から血が流れて手の甲まで垂れている。

視線をあげ、血で変色したシャツを見た。この傷ならもっと出血したはずだ。エレベーターのなかを見まわしても、血がついているのは遺体周辺の壁だけで、ほかはまったく汚れていなかった。床はきれいだし、天井や壁に血が飛び散った形跡もない。となるとロールは別の場所で殺されたと考えるのが妥当だ。

ロールは殺されたあと、ここへ運ばれた。エリンがペントハウスに入ったすぐあとで、誰かが遺体をエレベーターに乗せたのだ。

おそらく犯人は一階でエレベーターの上昇ボタンを押したあと、遺体を残してエレベーターを降りたのだろう。

立ちあがろうとしたときめまいがした。気分が悪くなったわけではなく、自分の愚かさにあきれたのだ。ロールが犯人だなんて、的外れもいいところだった。わたしをプールに突き落としたのも、ひょっとすると彼女なりの警告だったのかもしれない。そもそも今朝のメールは、犯人が打ったのかもしれない。

携帯をポケットから出してインスタントメッセージ画面を開く。ウィルに一報しなければ。

〝ペントハウスでロールを発見。見つけたときには……〟

そこで手がとまる。

深呼吸して続きを入力する。〝手遅れでした〟

送信を押してエレベーターから出た。

そのとき何かが靴にあたった。バランスを崩して壁に手をつく。床を見るとガラス箱が置いてある。

心臓がぎゅっと縮んだ。箱に収められているもののせいではない。さっき椅子を運んだときはガラス箱などなかったからだ。

エレベーターのドアをとめるために椅子を置いたとき、ここには何も置いてなかった。それが意味するところはひとつしかない。自分がロールの遺体を調べているあいだに、犯人が置いたのだ。一メートルも離れていないところに犯人が立っていたことになる。

エレベーターは使えないのにどうやって……。

奇妙な音がした。口笛のような甲高い音と、ごぼごぼと液体を吸いこむような音。

音のほうを見ると人が立っていた。

顔が見えないので誰なのかわからない。

顔は、例の黒いマスクにおおわれていた。

57

涙で視界がぼやける。恐ろしくて動くことさえできなかった。

きっと幻覚だ。ロールの遺体を見つけたショックで、ありもしないものを見ているにちがいない。

だが不気味な呼吸音が現実を突きつけてくる。

動くことも声を発することもできず、ただ脳だけが高速回転していた。次の展開が頭に浮かぶ。ロールもアデルもむごたらしい殺され方をした。自分も同じ運命をたどるのだろうか。

妄想が暴走して理論的に考えられない。逃げなければと思っても、金縛りにあったみたいに体の自由が利かなかった。

マスクが近づいてくる。

次の瞬間、生存本能が全開になっていっきに硬直が解けた。考えるより先に右足を蹴《け》りあげる。

抵抗もせずにやられるものか。最後まで戦ってやる。

だがマスクの人物のほうが身軽で、力が強かった。体をつかまれてうしろ向きにされ、右手を背中にねじりあげられる。反対の手で口をふさがれて、のけぞるような体勢に持ちこまれた。顔のすぐそばにあのマスクがある。ゴムの表面に無数の小さな傷があり、細かな白い筋が入っている。

ここで死ぬのだと覚悟した。これまで一度だけ、同じ思いをしたことがある。洞窟《どうくつ》でヘイラーと対面したとき、今とまったく同じ気持ちになった。あれ以来、好きな仕事ができなくなり、人生が停止した。

今度は人生どころか命も奪われるかもしれない。

だんだん腹が立ってきた。暴力で他人をねじ伏せることをなんとも思わない犯罪者に対して激しい怒りがわきあがる。それが引き金となって体に残っていた力が目を覚ました。

エリンは床に踵《かかと》をふんばって前傾姿勢になり、左足を引きあげて犯人の太ももをうしろ蹴り出した。

一瞬、犯人の手がゆるむ。

同時にどこかからがたんという音がした。

あれはペントハウスの入口のドアが開く音だ！

ウィルだろうか？

物音に驚いた犯人がエリンを突きとばした。

前に倒れて頭を床に強くぶつける。あまりの衝撃にまぶたの裏に星が散り、意識が遠のいた。

そのまま頭をつかまれて、床に頬を押しつけられる。汗のにおいと石けんのにおい、それともうひとつ、どこかでかいだにおいがした。

頬を何かがかすめる。ざらざらして、冷たい質感。

あのマスクだ。

パニックを起こしたエリンはマスクを払おうともがいた。

また大きな音がした。誰かが自分の名前を呼んでいる。

やっぱりウィルだ。

犯人が動きをとめる。頭を押さえていた手が外れた。

横を向くと顔から一メートルもないところにあのガラス箱があった。照明を反射してブレスレットが光っている。

体のどこにもプレッシャーを感じなかったので、ゆっくり顔を動かしてペントハウスのなかを見まわした。

マスクの人物はいない。

遠ざかっていく足音が聞こえた。

犯人は逃げたのだ。

うめきながら上体を起こした。頭と背中が痛い。耳もがんがんする。

涙が頰を伝った。泣いている場合ではないのに。そもそも自分の甘さが招いた結果だというのに。

わたしの推理はどこでまちがったのだろう。てっきりロールが犯人だと思っていた。

この事件の発端はルカをめぐる痴情のもつれなどではない。

もっと大きくて深い何かがある。それを解き明かすことができなければ、間もなく次の殺人が起こるだろう。

58

「本当に痛くないかい？」ウィルがエリンの手をとって全身を眺めまわす。額に汗が光っていた。

「平気よ。何かされる前に犯人が逃げたから。あなたの足音が聞こえたんだと思う」そう言いながらも、エリンの目はペントハウスのなかを休みなく見まわしていた。逃走する足音を聞いたし、今はウィルが手を握ってくれているというのに安心できないのだ。

巨大な窓に打ちつける雪や眺望を遮る霧にも不安をかきたてられる。

ウィルの不安そうな表情に気づいて、安心させるように手を握り返した。自分以外のぬくもりをこれほどありがたく思ったことはない。ウィルが来てくれなかったらどうなっていたことか。

「少し休めば大丈夫」そう言ってソファーに横になり、目を閉じて動悸《どうき》がおさまるのを待つ。

まぶたの裏にさっきの光景がよみがえった。顔のすぐ横にあったマスク。口から鼻に走る不気味なホース。恐怖に負けそうになって歯を食いしばる。ロールのためにも必ず犯人を捕まえないといけない。

「これを飲んで」ウィルが水のボトルを差しだし、人さし指で眼鏡を直した。

エリンは震える手でボトルを口に運んだ。飲み口が歯にあたってかちかちと音をたてる。目がエレベーターに引き寄せられる。

ロールはさっきと同じ姿で息絶えていた。

ロールは死んでしまった。これは現実なのだ。

少女時代の活発なロールが思い出される。きゃしゃな腕、砂を蹴る細い脚。コラリーが髪に編みこんだ色とりどりのビーズ。

まぶたの裏がちくちくして新たな涙が頬を伝った。

「我慢しなくていいんだよ。泣きたいなら泣けばいい」ウィルがエリンの髪をなでる。

「ロールが死んだなんて信じられないの。それだけ」小さな声で言う。涙が次から次へとあふれた。

ウィルが下唇を強く噛《か》んだ。「エリン、どうしてひとりで来たんだ？　昨日、ああいう話をしたばかりだし、危険だということくらいわかっていただろう」

恥ずかしさに頰が熱くなるのを感じながら、水のボトルのふちを親指でなぞる。「ロールのメールに誰も連れてこないでとあったから。彼女に釈明のチャンスをあげたかった。メールの言葉に嘘はないと思ってしまった」

ぎこちない沈黙。

エリンはもうひと口、水を飲んだ。

ウィルが落ち着きなく足を動かす。「ロールに悪意があるとは思わなかったのか？」

「可能性は頭をよぎったけど、ロールがわたしを傷つけるつもりなら、とっくにそうしていただろうと思って」

ウィルの表情は硬かった。両手は膝《ひざ》の上で握られている。

「本当にごめんなさい」ウィルのほうへ体を寄せて軽くキスをする。「言い訳しても仕方ないわね。わたしは危険なことをした。反省してる」

ウィルはためらったのち、キスを返してくれた。体を引いてエリンの頰に手をはわせ、小さくほほえむ。「きみが過ちを認めるなんて、これが初めてじゃないかな」声がかすれる。「きみのメッセージを読むのが遅れていたらと思うと恐ろしくて……」

ウィルの言葉にはっとする。

そういえばあのとき、どうしてメッセージを送る暇《いとま》があったのだろう。犯人はこちらの不意を衝《つ》こうとしたはず。誰かに連絡する時間を与えるなんておかしい。

タイミングを誤るような何かが起きたのだろうか。たとえばペントハウスに入る途中で邪魔が入ったとか？

「そういえば、あなたはどうやってここへ来たの？　エレベーターはとまっていたでしょう」

「いったん外に出て、近くにいたスタッフにエレベーター以外でペントハウスにあがる方法はないかと尋ねたんだ。そうしたら階段があると教えてくれた。廊下の先の小部屋に出るんだよ。小部屋の奥に階段室があるんだ」

「犯人もそこから部屋に入ったんだわ」そうつぶやいて水のボトルをテーブルに置く。「ロールをエレベーターに乗せたあと、階段をのぼってきたのよ」

それに予想よりも時間がかかったということだ。

階段にたどりつくまで、またはのぼっている最中に足どめされたのかもしれない。そこで計画変更を余儀なくされた。そしてわたしにインスタントメッセージを送る猶予を与えてしまった。

ひとつミスを犯したということは、ほかにもミスがあるかもしれない。

エレベーターに目をやる。ロールの遺体をもう一度、すみずみまで調べてみよう。

ウィルがエリンの視線をたどってエレベーターのほうへ顔を向けた。ロールの遺体を見て顔を歪《ゆが》める。

「エリン」低い声で警告するように言う。「何をしようとしているのかしらないが、やめておくんだ。明日にも警察が来るかもしれない。あとは警察に任せればいい」ウィルがこちらを見る。「それに、アイザックに伝えるほうが先だろう」そこでふたたび遺体に目をやる。「最悪の知らせになるな」

エリンは迷った。ウィルの言うことはもっともだが、いつ来られるかもわからないベルンドたちに丸投げするわけにはいかなかった。ロールが犯人につながる手がかりを残してくれたかもしれない。

犯人に襲われてひとつ確信した。それは自分が犯人にとって邪魔な存在だということ。理由はおそらく、殺人のシナリオがまだ終わっていないからだ。

59

遺体のそばにしゃがんで、いろいろな角度から撮影する。シャッターを切るたびに新たな発見があった。

途中で何度も深呼吸をして、プロ意識を呼び戻さなければならなかった。レンズ越しに観察できるのがせめてもの救いだ。わずかでも遺体と距離が保てるような気がする。

首の傷は重点的に撮影して特徴を記録した。傷の深さに改めてショックを受ける。同じ人間の首を切り裂くなんて、犯人はいったいどういう神経の持ち主だろう。まるで処刑だ。

続いて腕から手を撮影する。アデルの遺体と同じく抵抗した形跡はなかった。切り傷やすり傷はもちろん、あざのひとつもない。首以外はきれいなものだ。

おそらく犯人はロールにも鎮静剤を使ったのだ。力ずくで拘束したなら腕にあざくらいはできる。

携帯を置いてバッグに手をのばす。ノートを出して気づいたことを片端から書き留めた。前かがみになるとぶつけた頭がずきんと痛む。

痛みに続いて目の奥がちかちかしてきた。まぶしいのではなく、切れ切れのイメージが浮かんできたのだ。イメージ同士が溶けあって、透き通った明るい光に吸いこまれていく。

フラッシュバック？　こんなときに？

瞬《まばた》きをして現実にあるものに焦点を合わせようとしたが、うまくいかなかった。とめどなくイメージがあふれる。

あの日のアイザックの表情。

太陽がちりちりと首の肌を焦がす感触。

蟹《かに》とりのタモが海面をただよっている。

深呼吸をしてウィルにもらった水のボトルに手をのばし、ごくごくと飲んだ。すぐにイメージは薄れたが、喪失感は消えなかった。いつだって大切なものが指のあいだからこぼれ落ちていくのをただ見ていることしかできない。サムも、ロールも。

「アデルと同じ手口なのか」

ウィルが背後にやってくる。眉間《みけん》にしわが寄っていた。ウィルはしばらくロールの遺体を見つめたあとで、耐えがたいというように視線をそらした。

「正確にはちがうわ。アデルはおそらく溺死《できし》だけれど、これは……」咳《せき》をする。首を切られてる。指も切断されているが、その切断面もアデルのものとは少しちがった。アデルの傷のほうがきれいだった。

切断面のちがいにどんな意味があるのかはわからない。

殺人者は焦っていたのかもしれない。もしくは興奮していたのかもしれない。

アデルとロールの遺体には共通点も多かった。ゴムマスクや指の切断、ガラスの展示箱、そしてブレスレットもアデルのときと同じだ。どれも命を奪う行為とは直接関係していないが、それゆえに象徴的な意味を持つと考えられる。犯人は何かを伝えようとしている。

でも何を？

ひとつひとつの要素を抜きだして考えてみる。まずはあのマスクだ。マスクは二通りの使われ方をした。犯人だけがつけるなら顔を隠すための道具だが、犠牲者にもつけるとなると別の意味合いを帯びてくる。

次に指の切断だが、これにも意味があるはずだ。考えられる理由はいくつかあるものの、今の段階ではどれも推測でしかない。

ガラス箱だけは目的がはっきりしていた。ホテル内に展示してある淡壺《たんつぼ》やヘルメットと同様、切断した指を展示するために使われたのだ。

問題はなぜ指を展示したのか。

ロールが加害者ではなく被害者だったことで、これまでの推理は根本から崩れた。根気よく組み立ててきたパズルをばらばらにして、また一から組み立て直さなければならない。

ポケットのなかの電話が鳴った。発信者を確認する。

ベルンドだ。通話ボタンをタップする。

「さっき送ったメールにも書いたとおり、ロール・シュトレイルに関して新たな情報がわかった」

「教えてください」容疑者としてロールの名前を挙げたのが自分であることを念押しされた気がして、今さらながら恥ずかしさに打ちのめされた。

ロールはもういない。そのことをベルンドに伝えなければならない。

「ロールは過去に……英語ではなんと言うんだろう？　〝同居人〟？」

「はい、わかります」小さな声で答える。

「同居人と口論になって、相手をガラスドアに押しつけたことがある。はずみでガラスが割れ、同居人が軽傷を負った。それを隣人が警察に通報して、そのときの記録がデータベースに残っていた。同居人はロールに対する訴えをとりさげたので裁判にはならなかった」

「あの――」

言いかけたエリンをベルンドが遮った。「携帯電話についてもわかった。使用履歴を調べたところ、メインの携帯電話の履歴にはとくに変わったところはない。家族や友人、ボーイフレンドと連絡しているだけだ。しかしサブの携帯はプリペイドの番号にのみ発信していた。プリペイドなので相手の特定はできないが……」

「そうですか。可能でしたらわたしにも記録を見せてください」

ロールのことを言わなければ。声に出して。さあ、早く！

「あとでデータを送ろう」

「あの、こちらもお知らせしなければならないことがあります」咳払《せきばら》いをして次の言葉を押しだす。「ロールは……死にました。第一発見者はわたしです」

ベルンドが鋭く息を吸う。「え？　死んだというのはいったい……」

「殺されたのです」すぐそばの遺体を見ないようにしながら説明する。「同一人物の犯行だと思います。遺体の特徴がアデルのときと似ているので。わたしもその人物に襲われました」

「なんだって！」ベルンドが切迫した声で言う。「けがは？　今は安全な場所にいるんだろうね？」

「大丈夫です。途中で人が来て、犯人は逃げていきました」

「油断は禁物だ。犯人がどこかに潜んでいる可能性もある」ベルンドがたたみかける。

「逃げていく足音を聞きました」そう言いながらウィルをふり返り、彼の手に自分の手をすべりこませる。「それに、今は隣に人がいるので心配ありません」

「けがはないんだね？」

「ありません」

ベルンドが深く息を吐いた。「よかった」少し間をおいてから口を開く。「詳しい状況を説明してもらいたい」

エリンの話をベルンドは黙って聞いていた。

「あなたを襲った犯人が誰かはわからないんだね」

「はい」一瞬、目を閉じる。「アデルにかぶせられていたのと同じマスクをしていたので顔は見えませんでした。力が強いのはまちがいありません。わたしも一般の女性よりは体力があるつもりですが簡単に押し倒されたので……」声が震える。「すみません。あっという間の出来事で……」

「とにかく無事でよかった。また何か思い出したら教えてほしい」

電話の向こうから書類をめくる音やささやき声が聞こえた。

「前にも言ったとおり、最優先事項はあなたと、スタッフやゲストの安全を守ることだ。犯行現場の写真を撮りおえたらほかの人たちがいるところへ戻って待機すること」

「わかりました。まだ警察は来られないんですか?」すがるように言う。「ひとりでやれることには限界がありますし、犯人はまだ人を殺すつもりなのではないかと思うんです。犯行を重ねるうえでわたしが邪魔だから襲ったのではないかと――」

「なるほど、そうかもしれないな」ベルンドが口を挟む。「しかし吹雪はひどくなる一方なんだ。正直、いつそちらへ行けるかまったく見通しが立っていない。もう一度、捜査本部内で検討して、結論が出たらすぐに連絡する」

「わかりました」携帯を握りしめる。本当は少しも納得していなかった。

別れを告げるとき、ベルンドの声にこれまでにない張りつめた響きを感じた。落ち着いた口調を装っていても、抑えきれない恐怖が声ににじんでいる。スイス警察のベテラン刑事でも経験したことのない凶悪事件ということだろう。

ますます不安になる。ホテルに残っている全員が殺されるまで警察は来ないような気さえしてきた。

いやな想像を押しやるために携帯をカメラモードにして、撮影を再開する。

集中しよう。被害者はロールなんだから。

さっきは傷に重点を置いたので、今度は服に染みた血液を中心に撮影した。シャツからジーンズへ向けて連写する。ジーンズの染みはシャツよりも薄かった。ポケットの周辺だけ濃くなっている。

そこではっとした。ジーンズのポケットがかすかにふくらんでいることに気づいたのだ。ライターでも入っているのだろうか。

バッグから手袋を出してはめる。そしてロールの右側に移動して、ゆっくりとポケットに手を入れた。

「ウィル？」

ウィルがふり返る。「こんなものが出てきたわ」

「ライターかい？」

「そうみたいだけど」ひっくり返す。最後の夜、外で煙草を吸いながら電話をしていたロールを思い出す。ほんの数日後に死が待っているとは思ってもみなかっただろう。

ウィルが目を細めた。「ライターにしては大きいな。むかしのライターには大きいものもあるけど、これとは形がぜんぜんちがう。こんなライターは見たことがないぞ」そう言って眉《まゆ》をひそめる。「火をつけてみて」

言われたとおり着火レバーを押してみた。上部の金属が外れ、空洞が現れる。

「USBメモリだ！」空洞から出てきたものを見て、ウィルが叫んだ。

エリンの手が震えた。ロールからの遺言を見つけたような心持ちがした。犯人はこれに気づかなかったのだろう。気づいていたら残していくはずがない。

ひょっとするとこれが原因でペントハウスにあがってくるのが遅れたのかもしれない。ロールの遺体をエレベーターに乗せたあとで、USBメモリを回収しなかったことに気づいたとしたら？　慌てて戻ったがエレベーターはすでに上昇していた。

どちらにしてもミスはミスだ。おかげでこちらは重要な手がかりを手に入れた。

60

「殺されて……間もないということ？」セシルの声がかすれる。視線はロールの遺体に釘《くぎ》づけだった。

「はい。殺されたのは今朝早くだと思います。検視が専門ではないので断定はできませんが、遺体の状態からそのくらいの時間帯ではないかと推測されます」

セシルの目に涙があふれた。ポケットからティッシュを出して目もとをぬぐう。「アデルがあんなことになって、また犠牲者が出るかもしれないと覚悟していたつもりだけど、実際に起こってしまうと……」

エリンは彼女の手に自分の手を重ねた。

「犯人が誰か、まったく見当がつかないの？」

「残念ですが……」ソファーの上で尻《しり》の位置をずらす。唯一の手がかりはあのＵＳＢメモリだが、中身を確認するまでルカやセシルにも伏せておくつもりだった。誰のアリバイも確認していない現時点では、全員が容疑者だ。

ルカはキッチンで電話をしていた。携帯を耳にあてて何やら話しこんでいる。髪はうしろでゆるくひとつにまとめてあった。初めて彼の顔を——表情をはっきり見た気がした。ただ、顔が見えても何を考えているのかはよくわからない。ホテルのトップとして、意識して感情を表に出さないようにしているのかもしれない。

エリンの視線を感じたかのように、ルカがこちらを見た。視線が合ったのにうなずくこともほほえむこともせず、携帯に向かって話しつづけている。

セシルが自分の体に腕をまわして抱きしめるようにした。「いずれにしても、ここにいる誰かの仕業なんでしょう」張りつめた声だった。「急いで調べてもらえますか？　宿泊客も含めて、今朝どこにいたのかを確認してください」

「もちろんそうします」エリンはうなずいた。「おふたりも、どこで何をしていたのかお教えくださいね」

セシルは、エリンが何を言っているのかわからないという顔をしたあと、こわばった声で言った。「そうですよね。わたしたちも疑われて当然ですね。ちなみにわたしは今朝、自分の部屋にひとりでいました」

「わかりました。それからペントハウスの下の廊下にカメラは設置してありますか？」

「それが……」セシルが言葉を濁した。「設置してあったんですがシステム障害が起きて……」

「カメラが故障したんですか？」

「いいえ、システム全体がダウンしたのです。昨日の夜のことです。業者に連絡して遠隔操作で直してもらおうとしたのですが、ソフトウェアに問題があるとかで復旧できませんでした」

セシルの顔がひきつる。「昨日は単なる不具合だと思っていたんですが、こうなった今は……」

その先は言わなくてもわかる。犯人が故意にシステムをダウンさせたにちがいない。防犯カメラがなければ犯人がロールをエレベーターへ乗せたところを見ることはできない。

口を開きかけたとき、ルカが大股《おおまた》で近づいてきた。真剣な顔つきでエリンのほうへ携帯を差しだす。

「警察だ……あなたと話がしたいそうだ」

携帯を受け取って耳にあてる。「エリン・ワーナーです」

ベルンドの声が聞こえてきた。「本部で検討した結果、残念ながら今日もそちらへ捜査員を向かわせることはできないという結論になった。たった今、治安介入部隊にパイロットから連絡があったんだ。METARは――」

「METAR?」

「現在から数時間先までの気象予報だ。視程が五十メートル以下で、平均風速は六十ノット、最大で八十ノット以上が予想されている」

待っていましたとばかりに風がうなりをあげて窓をたたいた。建物ごと押し倒しかねない勢いだ。

「誰も、来られないんですか」

「残念ながら」ベルンドが悔しそうに認めた。「規則なのでどうしようもない。今の天候では離陸どころか、機体が破損しないようにハンガーに格納しないといけないくらいなんだ。谷も相当に荒れているのでね」

「道路はどうですか?」

「雪崩が起きた付近はいまだに通行どめだ。人海戦術で除雪作業を続けているものの、あと数日はかかるとのことだった」

「何かほかに方法はないんですか?」あきらめきれずに食いさがる。強いストレスにさらされていて、相手の立場を思いやる余裕もなかった。

少し間があってベルンドが答えた。「治安介入部隊は高度な訓練を受けているんだが、高山に特化した資格は保持していない。ただ、明日の予報は悪くないので、予報どおりなら明日にはヘリが飛ぶ」

「明日……」それまでは自力でなんとかするしかないのだ。〝おまえには荷が重すぎる〟と頭のなかで声がする。

「本当に任せっぱなしで申し訳ない」ベルンドが少したためらってから低い声で言った。「第二の犠牲者が出た以上、全員が同じ場所にいることがますます重要になってくる。こうなったら例外は認められない」

「そうですね」声が震える。本当は泣きたかった。復職できるかどうか自分を試すなんてのん気なことを考えていた罰が当たったのだろうか。

「新たな情報があればまた電話する」ベルンドが咳払《せきばら》いをする。

別れの言葉を聞きながら、エリンの視線はふたたびエレベーターへ、ロールへ引き寄せられていた。

助けは来ない。少なくとも今日のところはひとりでなんとかするしかない。誰も来られないということは、誰も出ていくことができないということでもある。明日まで、こんな残酷なことをする犯人と一緒に過ごすのだ。

二〇一一年にノルウェーで起きたテロ事件のことが頭をよぎる。右派のアンネシュ・ブレイビクが、毎年恒例のサマーキャンプでウトヤ島を訪れていた十代の青年たちを銃撃した事件だ。キャンプ専用の島だったために警察の到着が遅れ、六十九人が犠牲となった。

ウトヤ島と同じように孤立したホテルで、犯人はいったい何人を手にかけるつもりだろう。

「ちょっと来てもらいたい」

ルカの声ではっと顔をあげる。ルカはエレベーターの脇に置かれたガラス箱の前にしゃがんでいた。

エリンは急いでそちらへ行った。「素手でさわらないでくださいね」

「ここ、ブレスレットに……何か書いてある。かすかだけど数字みたいな……」ルカが頭をかたむける。「やっぱり数字だ。アデルのときと同じだろうか」

エリンは膝《ひざ》をついた。

「ほら、これ」ルカが左のブレスレットを指さす。

エリンにも数字が見えた。

五つの数字が彫ってある。薄いのでよく見ないと気づかなかっただろう。

エリンはじっと数字を見つめた。

「なんの数字だろう」ルカが首をかしげる。

「わかりませんが、重要な手がかりだと思います」

ブレスレットは二本ある。数字を写真に撮ってアデルの指に巻かれていた三本のブレスレットと比べてみないといけない。

携帯を出して写真を撮ろうとしたとき、視界の端で、ルカとセシルが目を合わせ、小さくうなずくのを目撃した。

ルカは驚くほど険しい顔をしていた。

61

ウィルが小部屋のドアを開ける。

エリンは最後にもう一度、ロールの遺体に目をやった。

ルカとセシルが帰ったあと、改めて犯行現場をくまなく調べて証拠を集めた。誰かが動かさないようにエレベーターの電源も落とした。充分に時間をかけて作業をしたつもりだが、現場を去るのは不安だった。ロールをひとりにしたくないという気持ちもある。

ウィルが言ったとおり、小部屋の奥にもうひとつドアがあって階段室につながっていた。階段室のドアが閉まると同時にうしろめたさが襲ってくる。二度もロールを失望させた。彼女を助けられなかったし、信じてもやれなかった。もっと必死になってさがしていればあるいは……。

気をとりなおして階段に向き直る。そこでウィルの表情に気づいた。「どうかしたの？」

「ルカとセシルのことを考えていたんだ」ウィルは声を落とした。「なんだか様子がおかしかったなと思って」

「どんなふうに？」

「うまく説明できないんだが、どこかぎくしゃくしているっていうか……」ウィルが手すりをつかんで最初の段をおりる。「姉弟で一緒に仕事をするっていうのはそういうものなのかもしれないいな」

エリンは途中からウィルの話を聞いていなかった。下のほうから話し声が響いてきたからだ。

ひそひそ話のつもりだろうが、階段室のコンクリート壁に声が反響して上まではっきり聞こえる。

手すりから身を乗りだすと、うす暗い階段室のいちばん下で、ルカとセシルが話しているのが見えた。二十分以上前にペントハウスを出ていったのに、ずっとここにいたのだろうか。

ウィルをふり返って人さし指を唇にあてる。それからルカたちに気づかれないように手すりを離れて壁に背中をつけた。

フランス語だ。言い争っているような声だが、スピードが速すぎてまったく理解できない。

ウィルを肘《ひじ》でつつく。「わたしよりフランス語が得意よね？　なんて言ってるかわかる？」

「正確にはわからないけど――」ウィルがささやき返す。「でもセシルが〝話さなきゃだめだ〟と言ってるよ」ロールに起きたことは……偶然じゃないって」

エリンは目を見開いた。「それでルカはなんて？」

「セシルの提案が不満みたいだ……〝確かなことは何もわからないだろう〟って」

やはりあのふたりは何かを隠しているのだ。

息を殺して続きを待つ。

「ヴ・ドゥベ・リュイ・ディール」

「ノン、ノン。ジュ・ネ・リヤン・ア・フェール、セシル。ネ・パ・ウヴリエ・ジュ・ネ・スィ・パ・ラン・デ・エキップ・イスィ。ジュ・スィ・ル・シェフ、ヴォートル・パトロン」

ルカの口調はこれまでになく攻撃的で、支配的だった。

問いかけるようにウィルを見る。

「セシルが〝話さなきゃだめ〟と繰り返して、ルカは怒っている。〝ボスは自分だ〟と言って……」

壁から離れてもう一度手すりから顔をのぞかせる。ルカがセシルの腕をつかんでいる。怒りのこもった短いやりとりがさらに続く。

沈黙。そのあとかつかつと足音が遠ざかっていった。

ウィルが怪訝《けげん》そうにこちらを見た。「セシルが最後に〝あなたが言わないならわたしが言う〟って言ってた」

「何を言うの？」

「そこまでは言ってなかった」ウィルが音をたてて ため息をつく。「どういう意味だと思う？」

「わからない」部屋に戻ってから考えてみよう。

その前に、いちばん気の重い仕事が待っている。アイザックにロールのことを話さなくてはならない。

「アイザックにはわたしひとりで話す。いいでしょう」ウィルを見あげる。

「わかった」ウィルがうなずく。「ぼくは先に部屋に戻るよ」

ふたりそろって階段をおりる。最後の段をおりたとき、うっすらと何かの香りがした。どこかでかいだことがあるにおいだと思ったが、なんの香りかわかる前に消えてしまった。

「でも、昨日はあいつが犯人だって……」アイザックが愕然《がくぜん》とした表情でこちらを見あげる。顔のむくみがひどく、目が二本の切れ込みのように見えた。まぶたの湿疹《しっしん》も悪化して、皮膚の表面がじくじくしている。

「わたしがまちがってたの」エリンはベッドの上にぬぎすてられた服をどけて、アイザックの隣に座った。婚約者を失った悲しみはどんな言葉でも癒《い》やすことなどできない。

アイザックがエリンの顔をのぞきこむ。額に薄く汗の膜ができている。

「防犯カメラの映像は？　あいつが姉さんをプールに突き落としたんだろう？」

「そうだけど……」目の前に垂れてきた前髪を払う。皮膚が汗でべたついていた。この部屋はどうしてこんなに暑いんだろう？

「ロールはわたしを怖がらせて手を引かせようとしていたのかもしれないわ。危険だから」

アイザックの顔がくしゃくしゃになった。「あいつは姉さんを助けようとしたのか？　それなのに姉さんはあいつを容疑者だと言ったのか？　あいつがアデルを殺したと？」手にしたティッシュを握りしめる。「あいつは姉さんと再会するのを楽しみにしていたんだ。一方的に連絡を断たれて傷つかなかったはずがないのに、まだ姉さんのことを友だちだと思ってた」

エリンは体を引いた。罪悪感が胸を貫く。自分はロールの友情に応《こた》えられなかった。「あのときはサムの死がショックでうまく考えられなかったの」玉の汗が背中を伝う。

暖炉に赤とオレンジの炎が躍っていることに初めて気づいた。空調で充分あたたかいのに、どうしてわざわざ火を熾《おこ》したんだろう？

「そんなのは言い訳にならない」アイザックが追い打ちをかけた。「姉さんはロールを見捨てたんだ。母さんがコラリーを見捨てたように」

「見捨ててなんてないわ。わたしの日常は……あの日を境にとまってしまったのよ。ママだって、ほとんど誰ともつきあわなくなったし、何にも興味を持たなくなった」

「母さんは自分のことしか考えていなかった」アイザックの手のなかでティッシュがぼろぼろになる。「自分の悲しみでいっぱいだった。世界一不幸なのは自分だと思ってたし、まわりがどうなろうと知ったこっちゃなかった」アイザックがエリンをにらむ。母親のことを言いながら同時にエリンを責めているのだ。

耐えられなくなって、エリンは窓の外へ視線をそらした。たしかにあのときはサムを失った悲しみにのまれて、ほかのことを考える余裕などなかった。スイッチを切るように周囲を締めだした。

アイザックが肩を上下させる。「ロール、ロール！　どんなに恐ろしかっただろう。ぜんぶおれの責任だ。もっとちゃんと見ていてやらなきゃいけなかった」がっくりと肩を落とし、両手に顔をうずめる。

打ちひしがれた弟の姿に、エリンの胸は痛んだ。肩に手をのばしかけて、途中でとめる。何を言っても、何をしても、今のアイザックには届かないだろう。愛する人を失ったとき、人は現実を否定し、憤る。そのあとで圧倒的な悲しみがやってくる。悲しみは時間の経過とともに深くなり、まるで爆弾が連続投下されたように残された人の心を破壊する。毎日のように新たな悲しみが炸裂《さくれつ》し、心の休まるときなどない。

「アイザック、あなたにはどうすることもできなかった。誰がやったにせよ、犯人は常にわたしたちの一歩先を行っているのよ」

アイザックは顔をあげない。姉の声など聞こえないのだろう。窓の外の雪を眺め、手の甲で目にたまった涙をぬぐう。白目に血管の筋が浮いていた。

エリンは途方に暮れた。しばらくひとりにしておいたほうがいいのかもしれない。アイザックには現実を受けとめる時間が必要だ。

「ねえ、わたしは行くわ」立ちあがる。「ロールが残したＵＳＢメモリの中身を調べたいの。あとで様子を見にくるから」

返事はなかった。

出口へ向かう途中、暖炉に目がとまった。炎に包まれて、何かが身をくねらせている。エリンは反射的にそちらへ顔を近づけた。薪《まき》とはちがう。もっと薄い何か。

「何を燃やしたの？」エリンは炎を指さした。

「え？」アイザックが顔をあげる。

「暖炉で紙みたいなものを燃やしたでしょう」紙の表面には文字ではなく影が見えた。人の影のような……。

写真？

「ただのレシートだ」アイザックはエリンのほうを見ようともせず、早口で言った。

肩をすくめてドアノブに手をのばしたとき、炎がいっそう大きくなった。オレンジがかった紫の炎があがる。レシートがくるりと丸まって炎に消えた。

廊下に出てドアを閉める瞬間、なぜか血塗られた手をこちらへのばすアイザックのイメージが頭に浮かんだ。

63

部屋に戻ってもウィルの姿はなかった。仕事をすると言っていたのにどこへいったのだろう。携帯を見るとインスタントメッセージが入っている。

〝食事に行く〟

こんな状況だというのに思わず笑みがもれた。ウィルは頻繁に食べないとすぐエネルギー切れを起こす。仕事中はとくにそうで、エリンのフラットに泊まりに来たときもよく夜食をつくってやった。スクランブルエッグとかポリッジのときもあったし、チーズとビスケットのときもあった。

〝部屋に戻りました。あとでね〟

バッグから手袋を出してはめる。それからロールのポケットから見つけたUSBメモリを密封袋から出した。USBメモリをパソコンに差しこむと、すぐにウィンドウが立ちあがる。

〝ディスクFを開きます〟

ウィンドウにずらりとファイルが現れる。ぜんぶで三十個ほどあるだろう。ファイル名はすべて同じで、アンダーバーに続く数字だけがちがう。

最初のファイルを開いた。スキャンされた文書だ。紙の端がかすかに黄色くなっている。文字はパソコンではなくタイプライターで打たれたもののようだ。

いちばん上の単語に目が吸い寄せられる。ゴッタードルフ・クリニック、その左に一九二三年とある。

続いて表があった。

〝ナーメン〟〝ゲブッダトゥム〟〝クランケングシヒテ〟

最初のふたつはエリンにも理解できた。氏名と生年月日だ。だが三つ目は知らない単語だった。ググルで意味を調べる。

〝診察歴〟

なんとなく予想はついていたが、この文書はカルテらしい。

だが見出しをのぞいて、枠内がすべて黒で塗りつぶされている。

別のファイルを試したが同じだった。肝心の中身がわからない。

どのファイルを開いても同じだ。だんだんいらいらしてくる。これだけのファイルがあるのになんの情報も得られないかもしれない。誰のカルテなのか、何が書かれているのかわからないのでは意味がない。

そのとき、右上に書かれた文字が目にとまった。

〝ＩＤナンバー〟

横に数字が入力されている。これは塗りつぶされていない。すぐに気づかなかったのが不思議なくらいだ。

遺体に残されていたブレスレットと同じ、五桁《けた》の数字。

ロールの指と一緒に残っていたブレスレットの番号は携帯にメモしたのですぐに確認した。一致しない。

はじかれたように立ちあがってバッグからノートをひっぱりだす。逸《はや》る心を抑えながらページをめくり、アデルの指と一緒にガラス箱に入っていたブレスレットの番号をさがした。

八七五三四！

一致した数字をじっと見つめる。このカルテとあのブレスレットはリンクしている。ということは、このクリニックと殺人はなんらかの関係があるということか。

ネットの検索欄にクリニックの名前を入力する。検索結果に病院のホームページがヒットした。

リンクの上に表示された宣伝文句はドイツ語だ。

〝ディ・クリニック・ゴッタードルフ・ビシャフタイト・シッヒ・ミット・デア・ディアグノーザ、ベハンドロン・ウント・エファーション・シヒアートルシャー・エアカーロンガン〟

ドイツ語などほとんどしゃべれないエリンでも、それが精神科病院だということくらいはわかった。

この病院はどこにあるんだろう。

コンタクトと書かれたタブをクリックする。住所はベルリンだ。

ホームページに戻って、説明文をグーグルトランスレートで翻訳した。

〝当クリニックは患者様ひとりひとりの症状を分析し、それぞれのニーズに合った治療方法をご提案いたします。一八七二年に設立して以来、精神疾患に特化したクリニックとして発展してまいりました〟

むかしも今も精神科病院だったということだ。

わからないのは、どうしてロールがドイツの精神科病院のカルテを持っていたのかということ。

ロールが死んでしまった以上、病院に直接尋ねるしかない。ウェブページの下の連絡先を確認して携帯をとった。五回呼び出し音が鳴って女性が応える。

「グーテン・ターグ、ゴッタードルフ・クリニック」

またしても外国語だ。フランス語もドイツ語も学校で勉強したので少しだけなら読むことはできるが、しゃべるとなると自己紹介程度しかできない。

「すみません、英語でもいいですか？」

「もちろんです」女性が英語に切りかえた。「どのような御用件でしょう」

「わたしはエリン・ワーナーといいまして、イギリスの警察官です。ある事件の捜査をしていてそちらのクリニックのカルテらしいファイルを見つけました。一九二〇年代のものです。カルテについてお話をお聞きしたいのですが」

長い沈黙。

「申し訳ありませんがカルテの情報を勝手に開示することはできません。ご存じだと思いますが医師には守秘義務がありますので」

それは予想していた。

「承知しています。カルテの内容ではなく、どんな情報が記載されているのかだけでも教えていただくことはできないでしょうか。こちらで見つかったカルテは枠内が塗りつぶされているのです」

「少々、お待ちください」書類をめくる音や低い会話が聞こえた。

「お待たせしました」女性が言う。「項目をお教えするのは問題ないとのことですのでお答えします。カルテには最初の異常行動と最初の診断、他の病院で受けた治療を記録します。また当院に来られてからの投薬、治療、それに対する患者様の反応を記録します」

エリンは息を吐いた。「こちらで見つかったファイルは一九二〇年代のものなのですが、紙カルテとして保管されているのでしょうか？　それとも電子カルテになっていますか？」

「両方あります。紙カルテはすべて電子カルテにしましたが、保管してあります」

もうひと押しできそうだ。

「こちらのカルテには患者の識別番号らしきものが記載してあるのですが、そちらに同じカルテが残っているか確認していただくことはできますか」期待を声に出さないように注意する。

「内容について教えていただく必要はありません。このカルテが本当にそちらのクリニックのものなのかを確認したいのです」

少し間を置いて、女性が言った。「わかりました。番号を教えてください」

ファイルをクリックして番号を読む。「LL八七五三四」

「少々お待ちください。調べてみます」

キーボードをたたく音がした。

それから息をのむ音。

エリンも息を詰めた。何かあったにちがいない。

数秒の間があって、女性が言った。「教えていただいた番号のカルテはたしかに存在するのですが……カルテそのものは見つかりません」

64

「カルテがない？」

「はい。何かの手ちがいだと思いますが……」女性が咳払《せきばら》いをする。「申し訳ありません。これ以上のお手伝いはできません」

電話がぶつりと切れた。

ずいぶん慌てた様子だった。カルテの紛失は病院としてあるまじきことなのだろう。携帯を握りしめる。おそらくロールのUSBメモリに入っているのはドイツの病院から持ちだしたカルテをスキャンしたものだ。

どうしてロールがそんなファイルを持っていたのだろう。

わからないことが多すぎて頭が痛くなってきた。そもそも捜査の方向性が正しいかどうかすら定かではない。

誰かに相談したかった。ふっとベルンドが頭に浮かんだが、彼に相談したら、あの検事に勝手な行動を咎《とが》められるだろう。

ベルンドといえば、ロールの携帯電話の使用記録を送ってくれたはずだ。

携帯をチェックすると、約束どおりファイルが届いていた。さっそくロールが日常遣いをしていたほうの携帯の履歴を開く。アイザック、妹、従弟《いとこ》、それと数人の友人の番号が交互に登場するだけ。失踪《しっそう》前に目を引くような変化は見られない。

続いて二台目の使用履歴を開く。ベルンドが指摘したとおり、同じ番号に何度も電話していた。失踪前日の夜の通話らしき履歴もある。バルコニーで立ち聞きした電話だ。だが、相手が誰かわからないのでは、それ以上どうしようもない。

ファイルを閉じてノートを引き寄せる。アデルが殺されたときにスタッフや宿泊客のアリバイを記したページを開いた。何か見落としがないだろうか。かなり高い確率で、言葉を交わしたうちの誰かが犯人だ。

メモを読み直してわかったのは、全員のアリバイがはっきりしていることだけだった。ただのひとりも疑わしい人がいない。

仕方なく、これまでにわかったことを書きだしてみる。

・同じホテルで働くふたりの若い女性が殺された。

被害者一、アデル・ブール
・清掃係、シングルマザー
・友人や家族、元恋人とのトラブルはなく、現在は交際中の相手もなし（はっきりした動機のある人物はいない）
・職場のトラブルなし、ただし最近、ロールと仲たがいをした（アクセルが口論を目撃した。フェリーサもふたりのあいだがぎくしゃくしていたと証言）

被害者二、ロール・シュトレイル
・副支配人、婚約したばかり
・失踪前日、携帯電話で口論をしていた（おそらくプリペイド携帯の相手）
・二台目の携帯電話を所持、プリペイドの番号に繰り返し電話
・過去にルカと肉体関係があった。彼に匿名で手紙を送り、隠し撮りをした。最近、ルカと関係が復活した可能性あり（マーゴットの情報）
・〈ル・ソメ〉建設をめぐる不正や賄賂《わいろ》について執筆したジャーナリストとメールのやりとり

・アデルと口論

最後に犯行の手口についてまとめる。
・ふたりとも殺される前に鎮静剤を打たれた可能性
・殺害方法が異なるものの（溺死《できし》／首をナイフで裂く）、遺体に残された印は共通

ペンをくわえてノートを見つめる。〝遺体に残された印〟という言葉がひっかかった。今度は〝印〟について調べてみよう。

すべての犯罪に印があるわけではない。印がある以上、そこにはなんらかの意味があるはずだ。人を殺すのに印は必要ない。印を残さなくても殺人は成立するのだから。犯人は精神的欲求を満たすために印を残す。印は犯人の指紋のようなもの。それは心の深い所からわきあがる衝動に突き動かされた行為であり、犠牲者に対して抱く妄想を反映したものだ。

では、今回の印は何を示唆しているのだろう。

四つの印
・ガラスの展示箱
・指の切断（展示箱に入れる）
・切断した指にブレスレットを巻く

・犠牲者の顔にマスクをつける（犯人も同じマスクをかぶる）。同じマスクがサナトリウム時代に肺結核の治療法として使われた

四つの項目を見つめて考えをめぐらせるうち、あることに思い当たった。

これまで自分は見当ちがいのところに重点を置いていたのかもしれない。ホテル内の人間関係に注目するあまり、遺体が示すことを軽視していた。

ふたつの殺人事件に含まれるサナトリウムの要素だ。マスクや展示箱はサナトリウムに関係している。

どうしてもっと早く気づかなかったのかと、自分を蹴《け》り飛ばしてやりたかった。アデルとロールが殺されたのはこの建物の過去に関係しているにちがいない。

サナトリウムに。

65

熱心にノートを見つめていたエリンはドアが開いたことにも、ウィルが背後に立ったことにも気づかなかった。

肩をつかまれてびくっとする。

「メッセージを見たかい？」

「返信したでしょう？」

「それじゃないよ。天候のことを書いたんだ」

「あら、ぜんぜん気づかなかった。ごめんなさい」椅子に座ったままウィルにキスをする。

「それで、天候がどうしたの?」

「スタッフと地元のニュース番組を見ていたんだ。今後数時間で、雪がさらにひどくなるそうだ。雪崩のリスクが最高レベルまで高まっている」

エリンは窓の外を見た。横殴りの雪。ただの吹雪ではなく猛吹雪だ。バルコニーの吹きだまりも見るたびにうず高くなっていく。

「新たな雪崩で通行止めの箇所が増えないといいけど」

「その可能性も考えておかないといけないな」ウィルが暗い声で言った。「短時間にこれだけの雪が降ったんだ。どこが崩れてもおかしくない」机に手をついて体重をかける。「それで、アイザックとはどうなった?」

「最悪だったわ。わたしがいると余計に刺激しそうだったからいったん部屋に戻ってきたの」ノートに視線を落とす。紙に書かれた文字がぼやけて見えた。目のなかに砂が入ったようにちくちくする。「あなた、あとでアイザックの様子を見てきてもらえない? わたしよりも冷静に話ができそうだから」

ウィルがじっとこちらを見る。「アイザックも心配だが、きみ自身は大丈夫なのか? 今朝から何も食べてないだろう?」

机の下で足を小刻みに動かす。「アイザックと話したあとで食べようと思ったんだけど、これにかかりきりになってしまって……」

ウィルがため息をついて頭をかいた。「エリン、仕事が大事なのはわかるけど、自分の体も大事にしないとだめだ。ここで起きたことは……」

心配そうなウィルの表情を見て、エリンは素早くうなずいた。「わたしの責任じゃない。わかってるわ」

「紅茶でも飲むかい？」

「ありがとう。でも今はいい」

「じゃあコーヒーは？」ウィルが片眉《かたまゆ》をあげる。エリンが何か口にするまであきらめなそうだ。こうと決めたら引かないのはウィルの長所でもある。妥協しないからこそ彼の仕事は賞賛され、多くの賞を受ける。細部まで完璧《かんぺき》になるよう、何時間でも設計図に向かって作業できる人だから。

「わかった。いただきます」エリンは無理にほほえんだ。

ウィルがコーヒーマシンの前に立ち、ノズルの下にカップをセットする。「それで、今度は何をしているんだい？」

「ロールが持っていたUSBメモリの中身を確認していたの」

「何か発見はあった？」ウィルがコーヒーマシンのスイッチを入れ、湯が沸く音に負けないように声を大きくした。

「一九二〇年代にドイツの精神科病院に入院していた患者のカルテを見つけたわ」

「精神科病院？」水が沸騰して、ごぼごぼいう音とともに黒い液体がカップに落ちはじめる。「ドイツのね」コーヒーがカップに落ちるのをぼんやりと眺めながら言う。「カルテの内容は塗りつぶされていてわからないの。氏名も、治療や投薬履歴も」

ウィルが眉をひそめ、コーヒーを運んでくる。「どうしてロールはそんなものを持っていたんだろう？」

「わからない。病院に電話してもう少し詳しく調べようとしたんだけど、電子カルテを確認してもらったら、オリジナルのカルテが紛失していることがわかったの。受付の女性はかなり慌てて電話を切ったわ。心底驚いていたみたいだった」

ウィルがこちらの顔をのぞきこむ。「つまり、カルテは故意に持ちだされたってことか？」

「そうだと思う」コーヒーをひと口飲む。熱くて苦い液体が胃に落ちて、もやもやした頭のなかをクリアにしてくれた。

「ベルンドにファイルのことを話したのかい？」

「USBメモリを見つけたこと自体、まだ伝えていないの。言うつもりだったんだけど……」言葉が尻《しり》すぼみになる。本当は言うつもりなどなかった。ロールの遺言だから自分で調べたかった。誰よりも先に真実にたどりつきたかった。「ドイツの病院に勝手に電話したことがわかったら、また規則がどうのと説教されるから」

「捜査から外されると？」

「その可能性もあるでしょうね。スイスの警察はすごくルールにうるさいの。ロールのパソコンのファイルを見つけたことだって勝手なことをするなと怒られたのよ」エリンはためらった。「いちいちおうかがいを立てていたら何もわからないし、そんなことをしているうちに次の殺人が起きてしまう」

ウィルは無言だった。

「カルテからわかったことがもうひとつあるの」エリンは慌ててパソコン画面上の五桁《けた》の数字を指さした。「患者の識別番号だけは消されていないのよ」

「識別番号？」

「そう。この番号はアデルが殺されていたとき、指と一緒に入っていたブレスレットの番号と一致したわ」

「つまり、それらのファイルが――」ウィルが眉をあげる。「今回の殺人に関係していると？」

「そういうことになるわね」興奮に声が弾む。「おそらくこの番号についてもっと調べれば犯人が遺体に残した印の意味がわかると思う」

「でも、カルテの中身は塗りつぶされているんだろう？」

「カルテの内容よりも、これが患者の識別番号だってことが大事なんじゃないかしら」

ウィルが首をかしげる。「もう少し丁寧に説明してもらえるかな」

「これまでわたしは、ホテルや、ここで働く人たちの人間関係に注目していた。そこに殺人の動機があると思っていたから。でも、実際はホテルじゃなくて、この建物の過去が問題なんだと思う」

「サナトリウムってことかい？」ウィルが椅子を引く。興味がわいたらしい。

「そうよ。犯行現場を思い出してみて。被害者がかぶっていたマスク、ガラスの展示箱、ブレスレット……犯人がわたしたちに教えようとしているみたいじゃない。このホテルの前身――つまりサナトリウムに目を向けさせようとしているのよ。これらのカルテについて調べれば、犯人の動機がわかるんじゃないかしら」

「なるほど」ウィルが顎《あご》をなでる。「でも、どうやって調べるつもりだい？」

「まずはロールが殺害された時刻の全員のアリバイを確かめるわ。監視システムがダウンしているから、ひとりひとり話を聞くしかないけど」

「全員にアリバイが成立したら？　ほかにこれといった手がかりもないんだろう」

エリンはコーヒーを飲んだ。「ひとつ考えがあるの。ロールはどこからこのファイルを手に入れたと思う？」

「どこかって……ホテル内だと言いたいのかい？」

「そう、きっと資料室じゃないかと思う。あそこだけはむかしのままだから。今回の事件がホテルの過去に関係しているなら、もう一度あの部屋を調べる価値があるわ」

66

資料室へ続く廊下を曲がると、ドアの前でセシルがすでに待っていた。張りつめた表情で、目の下のくまは青あざかと思うほど濃くなっている。

セシルはホテルの制服を着ていた。ホテルが通常どおりに営業していることを印象づけたいのだろうが、上品な制服はむしろ現実を皮肉っているようにしか見えない。極めつきは名札がかすかに曲がっていることだ。

「なかを調べさせていただいていいんですね?」

セシルが短くうなずく。「それで犯人がわかるなら」

「ほかに手がかりがないんです。ホテルの過去がわかるのはここだけなので」

実際、資料室が頼みの綱だ。

ウィルと話したあと、前日の夜から今朝にかけての所在をホテルにいる全員に確認した。ひとりで部屋にいた人も複数いて、それが本当かどうかは確かめようがなかった。防犯カメラが動いていないので発言に矛盾がないか調べる手段がない。結局、アリバイから容疑者を絞りこむことはできなかった。

セシルがドアに電子キーをかざすと、ロックが解除される音がした。彼女に続いてなかに入る。

資料室のなかは前と同じで埃《ほこり》っぽかった。古紙がたくさんある場所に特有のかび臭さが鼻をつく。段ボール箱が無造作に積み重ねられ、汚れた瓶やガラス容器が散乱し、年代物の医療機器が詰めこまれている。書類がぎゅうぎゅうに押しこまれたキャビネットもあった。

泥棒が入っても気づかないだろうというほど雑然としているのに、この前とは何かがちがうとエリンは思った。

セシルがこちらを見る。「どうかしましたか？」

「はっきりとはわからないんですが、最近、どなたかここに入りませんでしたか？」

セシルが首をかしげた。「誰も入っていないと思いますけど……この部屋はまったく使われていないので」

「ロールから聞いたんですが、当初はこの部屋をホテルの歴史がわかる展示室のように使うつもりだったんでしょう？」

「そうです。専門家の監督のもと、ロールが収集品の選別を始めたんですが、途中でプロジェクトが頓挫《とんざ》しまして」

「理由は？」

セシルが困ったような顔をした。「ルカが……展示内容がホテルの雰囲気に合わないんじゃないかと言いだしたんです。最終的にやめる判断をしたのもルカです。休暇でホテルを訪れた人たちにむごい過去を見せても仕方ないと言って……」

「むごいというと？」

「肺結核の治療のなかにはかなり原始的なものもあるのです。サナトリウムと聞いて一般的にイメージするのは、患者さんがテラスにずらりと座って新鮮な空気を吸い、日光を浴びるといったのんびりした光景でしょうが、それは治療のほんの一部にすぎません」

「でもロールは、肺結核の治療の基本は環境を整えることだったと言っていました」

「環境だけではだめなんですよ」セシルがこわばった笑みを浮かべる。「たとえば気胸という治療方法があります。肺虚脱です。胸腔《きょうくう》内に人工的に空気を注入する方法と、肋骨《ろっこつ》の一部をとりのぞいて半永久的に虚脱させる方法があったそうです。さらに原始的な方法もあります。たとえば木づちで肺組織をつぶすとか」

エリンは顔を歪《ゆが》めた。「ぜんぜん知りませんでした」

「知らないのがふつうです」セシルが低い声で言う。「成功するとは限らないので。治療の途中で亡くなる患者さんは大勢いました。ルカはきっと、上質な雰囲気のなかでくつろぎにいらしたお客様に、わざわざそういうものを見せる必要はないと考えたのです」

「あなたもそう思われますか?」思わず問い返す。先ほどからセシルが〝ルカが言った〟〝ルカが考えた〟ばかり繰り返しているからだ。

「はい。ルカの言うとおりだと思います。かつてのサナトリウムに宿泊するというのはなかなかできない体験でしょうし、SNSで自慢したくもなるでしょう。でも具体的に何が起きたかを知りたいかと問われれば――」セシルは肩をすくめた。「全員がイエスとは言わないはずです」

「最終的にここを使わないと決めたのはルカなんですね」

「はい」セシルが無表情のまま認める。

「いつも彼の意見が通るのですか」考える前に言葉が出ていた。

愚問だ。ここのオーナーはルカだ。オーナーが最終判断をくだすのは当然ではないか。

セシルが目を細める。「それは……どういう意味ですか?」

心のなかで自分をののしりつつも、疑問をそのままぶつけることにした。腹のさぐり合いをしている余裕はない。

「ペントハウスから帰るとき、おふたりが階段室で話しているのを聞いたんです。あなたは〝誰かに話すべきだ〟とルカを説得しようとしていましたね」そこでためらう。どこまで踏みこんでいいかわからなかったからだ。「ルカは不満そうでした」

セシルは黙っていた。しばらくして口を開く。「山で見つかった遺体のことを話していたんです。ダニエルの遺体のことを」

67

「ルカの友人がローザンヌ大学法医学センターに勤めています。ダニエルの遺体はそこへ運ばれました。その人が言うには……ここで起きた殺人と共通点があるようです」

「共通点？」

セシルがうなずき、何気ない様子でマットをつま先でつついた。マットから舞いあがる細かな埃を見ているうち、エリンはまたしても何かが気になった。視界がぼやけて切れ切れのイメージが浮かびあがる。だが、はっきり見る前に消えてしまった。

「ダニエルの遺体は……切り刻まれていたんです」セシルの頬がぴくぴくとひきつる。「アデルやロールよりもひどかったようです。遺体は雪に埋もれていたため比較的保存状態がよかったのですが、それでも殺されたのは最近ではないとのことでした」

ダニエルは、アデルやロールを殺した犯人に殺されたということだろうか。しかし彼が殺されたのは失踪《しっそう》と同じ時期だと思われる。三つの事件に関連があるなら、どうして最初の事件とあとのふたつにこれほどの時間差があるのだろう。

セシルの目を見る。「ルカはどうしてわたしに隠そうとしたのですか？」

「公になっていない情報だったからというのもあるでしょう。でも、近ごろのルカの判断は筋が通らないんです。問題を内々に収めたいようですが、スタッフが連続してふたりも殺されたとなっては隠せるはずもないのに」

「そうですよね」

「理解していただきたいのは、ルカにとって今回の事件が致命的だということです。このホテルは……職場という枠を超えてあの子の夢でした。子どものころからいつかサナトリウムを別の形でよみがえらせたいと思っていたんです。それが彼の生きる力になっていました」

「心臓病を克服する支えになったということでしょうか」

「はい。前にお話ししたとおり、手術をしてすぐによくなる病気ではありませんでしたし、ふつうの生活を送れるようになるまでにかなりの時間を要しました。学校へ通えるようになってからも、つらい時期が続いたんです」

「……いじめですか？」

「子どもは毛色のちがう子を排除しようとしますから」セシルが苦々しい声を出す。「小さいころのルカは痩《や》せっぽっちで、しょっちゅう体調を崩していました。だからクラスの半分はあの子をからかい、残りはあの子を憐《あわ》れんでいました」

「そのことを今でも引きずっていると?」

「ええ。ルカにとってこのホテルは……はっきり言葉に出してそう言うのを聞いたわけではありませんが、失われた子ども時代を埋め合わせるものなんじゃないかと思います。辺鄙《へんぴ》な場所にある朽ち果てたサナトリウムをホテルにしたって客なんか来ないと誰もが言いました。ルカはサナトリウムに自分を投影しているように思えます。心臓を患った少年がスイスでも指折りの開発業者になるなんて、誰も予想していませんでしたから」

「潜在能力を証明してみせたんですね」エリンはうなずいた。「弟のアイザックにも似たようなところがあります。常に他人の関心や評価を求める。おそらく心のなかが不安定なんでしょう」

「同じです」セシルがほほえんだ。「人は誰でも自分の力を証明したい、周囲に認められたいという欲求があるものです。どこかで読んだんですが、男性の多くはこの世に生きた証《あか》しを残したいと思っているそうです。わたしの元夫もそうでした。再婚してオーストラリアへ移住し、何もないところに家を建てました」周囲を手で示す。「このホテルはルカの生きた証しなんです。自分を馬鹿にした人たちに対する、ガラスでできた特大のファックサインなんですよ」

エリンは何も言えなかった。ルカの新たな一面を——彼の人間臭い部分を見たと思った。

ただ、これはあくまでセシルの目を通したルカだ。わたしの考えるアイザックがアイザックそのものでないように、必ずしも本人と一致しているとは限らない。

「ルカがあなたにダニエルのことを話さなかったのは、本能的にホテルの評判を守ろうとしたからだと思います。このホテルがつぶれるなんて、たぶん想像するのも耐えられないのでしょう」

だがアデルの遺体が発見されたときはすぐに警察に通報し、わたしの協力を求めたではないか。

もっと別の事情があるのではないだろうか。

「前にお話ししたとき、ルカとダニエルは仲がよかったと言っていませんでしたか？」

「ええ、まあ」セシルは咳払《せきばら》いをすると、ポケットから携帯を出してチェックした。

「大事なことなので教えてください。ダニエルとルカはずっと仲がよかったんですよね？」

セシルが携帯をしまい、しぶしぶ顔をあげた。「〝ずっと仲がよかった〟とは言えません。行方不明になる数年前から、友人というより仕事仲間として割り切ってつきあっているという感じでした。ダニエルはほかにもうちのホテルの建設を担当していましたし」

「でも、ふたりは親しかったと最初におっしゃったでしょう？」

「子ども時代はとても親しかったです。ところがルカの病気がわかって……ふたりの関係は変わりました。ひとつはダニエルとわたしたちの父親との距離が縮まったのがきっかけです。ダニエルはスキーが上手で、うちの両親はよく彼の出る大会の応援に出かけていました。病気と闘っていたルカにはそれがきつかったみたいです。ダニエルに対して劣等感を抱いたんです。それで成長するにつれ、ふたりのあいだに溝ができました」

「それでも一緒に仕事をしたいと思う程度のつきあいはあった」

「はい。でも正直なところ、ふたりとも手を組んだことを後悔していたと思います」

「後悔?」

「ダニエルが行方不明になる数カ月前から口論が多くなりました。ホテルの建設反対運動やら地元住民からの苦情やらにさらされていて、ふたりともまいってしまって」セシルが顔をしかめる。「ダニエルが行方不明になる数日前にも喧嘩《けんか》をしていました」

「原因は?」

「わかりません。ルカは詳しく話したがらなかったので」

心臓病には同情するが、ルカとダニエルのあいだに確執があったことは無視できない。人を殺すほど強い恨みかどうかはわからないが、ルカはこれで三人の被害者全員とトラブルを抱えていたことになる。

「ところで、ここに何をさがしにきたんですか?」セシルが話題を変えた。「わたしは――」

誰かがドアをノックした。もう一度。

セシルがドアを開ける。二十代後半くらいに見える女性が立っていた。ホテルの制服を着て、金髪をゆるくまとめている。ずいぶん慌てた様子で、乱れた髪が顔にかかり、呼吸のたびに肩が上下している。

「お話し中のところ、失礼します」強いフランス語なまりで女性が言った。「お邪魔なことは承知していますが……」

「いいのよ、サラ」セシルが女性に近づいて、腕に手をあてる。

女性スタッフのただならぬ様子に、エリンはいやな予感をかきたてられた。何かあったにちがいない。

「あの……あの……」サラの顔は紅潮していた。「マーゴットが……どこにもいないんです」そう言ったあと、彼女は堰《せき》を切ったように泣きだした。胸を波打たせてしゃくりあげる。「行方不明なんです。昨日の夜から姿を見ていません」

68

「行方不明？」セシルがこちらを見る。

サラが泣きながらうなずいた。「どこをさがしても見つからないんです」話しながら手を握ったり開いたりする。「あんなことがあったので、わたし……」

セシルは音をたてて息を吐き、ぎくしゃくした動きで資料室を出た。「サラ、ちょっと落ち着きましょう。知っていることを最初から話してちょうだい」

「すみません」サラが大きく息を吸って嗚咽《おえつ》をとめようとした。「マーゴットとわたしは同じ部屋で寝起きしているんです。今朝、起きたらマーゴットがいませんでした。すぐに何かおかしいと感じましたが、こういう状況だから過敏になっているだけかもしれないとも思いました。早起きして部屋を出ていっただけかもしれませんし」サラがしゃくりあげながら息を吸う。「ただマーゴットのベッドの周辺が……なんだか荒らされているように見えたんです」

「ほかのスタッフにもマーゴットを見なかったか訊《き》いてみた？」

「はい。今朝からずっと。でも誰も彼女を見ていません」

「携帯は？」セシルが口を挟む。

「部屋にはありませんでした。かけてもつながりません」

「廊下には夜じゅう人が立っていたでしょう」セシルが戸惑ったように言う。「ベッドが荒らされているように見えたというけど、第三者が誰にも見られずにあなた方の部屋に出入りするなんて不可能じゃない？」

「そうなんです」サラが暗い目でうなずく。「でもマーゴットはいません」だんだん声がヒステリックになる。「どこにもいないんです」

サラの話を聞いたエリンは、次の被害者はマーゴットだと直感した。

最悪の展開だ。犯行の間隔が短くなっている。

エリンは冷静さを装ってサラに声をかけた。

「部屋を見せてください。今すぐに」


サラの部屋はエリンの部屋と内装は同じだが、ベッドがツインだった。

「こっちがマーゴットのベッドです」サラがドアに近いほうのベッドを指さす。

エリンはセシルと目を合わせた。

サラの言ったとおり、揉《も》み合ったような形跡がある。アイボリー色のシーツはぐしゃぐしゃでマットレスからはがれかけていた。ベッドの脇にガラスのコップが転がっていて、なかに入っていたであろう水が床にこぼれている。コップの脇には本が伏せた状態で落ちていて、背に〝ル・リーヴル・ドゥ・ポッシュ〟と書いてあった。

　まるで寝ているところをベッドから引きずりだされたみたいだ。

「わ、わたしが悪いんです」サラが口に手をあてる。「寝つきが悪いので、寝るときに薬をのむし、アイマスクと耳栓もするんです。ほかの人なら気づいたはずなのに……」

「あなたのせいじゃありませんよ」エリンは部屋を眺めながら言った。シーツから五十センチほど離れたところにしおりが落ちている。バッグも横倒しになっていた。「だいいち、まださらわれたと決まったわけじゃありません」

　サラが泣きはらした目をこすった。「アデルを殺したやつがマーゴットをさらったに決まってます」

　エリンは落ち着いた口調を保った。「それはあなたの推測でしょう。推測で決めつけるのは危険なんです」

　自分で言いながらも気休めだと思った。目の前の状況を見れば何が起きたかは察しがつく。夜のうちに殺人犯がマーゴットをさらったにちがいない。ロールを捕まえる前か、それともあとかはわからない。どちらにしてもマーゴットは危険にさらされている。

　サラが壁のほうを向いてしゃくりあげた。

「サラ、つらいでしょうが昨日のことを教えてください。ベッドに入る前から、今朝、起きるまでの出来事を具体的に知りたいんです」

サラは何度か深呼吸をして涙をぬぐった。「き、昨日の夜は食堂で、ほかのスタッフと食事をとりました。そのあとしばらく食堂に残っておしゃべりをしました。最近はずっとそんなふうなんです。お酒を飲んだり、おしゃべりをしたり。みんなベッドに入る時間を引きのばそうとします。たぶん寝るのが怖いんです」

「そのあとは？」先を促す。

「それぞれの部屋に戻りました。わたしはしばらくネットフリックスを観ていて、マーゴットは本を読んでいました。電気を消したのは十一時半ごろです」

フランス語なまりが強い上にかなりの早口なので、集中していないとよく聞きとれない。

「それで起きたらこうなっていた？」

サラがうなずく。「今の状態は朝見たままです。起きて、びっくりして、すぐに着替えて、下におりてマーゴットをさがしました」

「それは何時ごろ？」

「十時近くでした。寝坊したので」

十時。

ロールの遺体を発見したのが九時。つまりロールを殺害したあとマーゴットを拉致《らち》することも不可能ではない。ただ、その時間には起きて部屋の外をうろついている人が多いので、夜のうちにさらったと考えるほうが妥当だろう。そうなると廊下を見張っていたスタッフが何も気づかないのはおかしい。

犯人はどうやってスタッフの目をくらましたのだろう。

ドアを開け、廊下の端に立っている男性スタッフに近づく。丸みのある頰とにきびあとからして、せいぜい二十代前半だろう。

「何かあったんですか？」スタッフがそう言いながらサラの部屋をちらりと見る。マーゴットが消えたことを知っているにちがいない。そして不安がっている。

「あなたは昨日、ずっとここにいたの？」

「トイレへ行く以外は」スタッフがそう言って唇をなめる。「十一時過ぎにここに来ました。ぼくがいるあいだ、誰も廊下を通りませんでしたよ」

「本当に誰も通らなかった？　聞きなれない音はしなかった？」

「通ったのは自分の部屋に戻る宿泊客とスタッフだけです。怪しい物音もしませんでした」

エリンは両手を握りこぶしにした。やはりこの状況で、誰にも見られずに客室に出入りできるはずはない。

男性スタッフに礼を言ってサラの部屋に戻り、もう一度、室内を見まわした。

わたしは何を見落としているのだろう。

その目が両開きのドアにとまる。

床に落ちたものを踏まないように注意しながらそちらへ向かう。ドアの前で立ちどまり、しゃがんで床を調べた。

鼓動が速くなる。かすかに足跡がついていたからだ。おそらく湿った靴で踏んで、それが乾いたあとだ。立ちあがってドアそのものを調べてみると、表面に少し傷がついていた。てこか何かで無理やりこじあけたにちがいない。

スタッフや宿泊客を守るための手段が裏目に出た。全員を一階に移したことで、テラスから客室に侵入しやすくなったのだ。

「何か見つかったんですか？」セシルが部屋の反対側から尋ねる。

エリンは勢いよくうなずいた。「犯人はここから侵入したようです」

テラスのドアを開けると凍えるような空気が吹きこんできた。音をたてて吹き荒れる風と雪片が顔をたたく。

表は見渡すかぎり真っ白だ。遠くの木々も漂白されたように白い。それでもテラスの雪が踏み荒らされているのはわかった。踏まれたあとの上に新しく雪が積もっているので表面が均一でない。靴ではなく、もっと大きくて幅のあるもの……。

へこんだあとを見ながら本体の形を想像する。するとひとつのイメージが浮かんだ。大きくて重いもの……そう、人の体だ。

これはマーゴットが引きずられたあとにちがいない。部屋から引きずりだされたということは、おそらく鎮静剤を打たれたのだろう。

そこではっと気づく。

マーゴットを助けたいなら急がなくては。これまでの被害者は鎮静剤を打たれたまま殺された。手口が大胆になっていることからして、犯人は今日にもマーゴットを殺すかもしれない。

深く息を吸ってセシルとサラに向き直る。話しはじめる前にサラが両手で顔をおおった。首を絞められたような苦しげな声がもれる。

「やっぱり連れ去られたんですね」顔を両手にうずめる。「殺人犯に……」胸や肩を震わせてすすり泣く。

セシルがサラの肩に腕をまわした。「ラウンジへ行きましょう。あなたはショックを受けているのよ。少しここから離れたほうがいいわ」エリンをちらりと見て声を出さずに尋ねる。〝いいかしら？〟

エリンは適当にうなずいて、雪の上に残ったあとに注意を戻した。ここから外へ出たのだとしたら、テラスの下にもあとが残っているはずだ。

だが雪の上を逃げたら簡単にあとをたどれることくらい、犯人にもわかるだろうに。ほかに方法がなくて、やむをえずそうしたのだろうか。

予期せぬ出来事が起きて、ペントハウスのときと同じように計画を変更したのかもしれない。廊下から運びだすはずが、手ちがいがあったのかもしれない。

それとも犯行を重ねるうちに注意力が散漫になったのか。

どちらにしてもこの手がかりを見過ごすわけにいかなかった。

69

いったん自分の部屋に戻ってダウンジャケットを着る。カードキーを差しこむときも、ファスナーをあげるときも、気ばかり焦って手がうまく動かなかった。頭のなかにいろいろな声が響いている。

自分の推理はまちがっているのではないか。そもそもひとりで雪のなかに出ていくなんて賢明ではない。まずベルンドに相談したほうがいいのでは？

いや、こうしているあいだにも雪が手がかりを消していく。ベルンドに相談したら最悪の場合、マーゴットの捜索をとめられるかもしれない。連絡しなければ、指示に従わなかったと非難されることもない。

腹を決め、手袋と密封袋を持ってテラスへ出る。

荒々しい大自然がエリンの体をわしづかみにした。ブーツが雪に沈み、髪が風で四方にひっぱられる。

顔にかかった髪を耳にかけて目を瞬《しばた》いた。まずは手すりを越えなくてはならない。それほど高くはないが、雪のせいで足場が悪く、簡単ではなさそうだった。

足をあげて手すりをまたいだまではいいが、またいだところで体がつかえて前にもうしろにも動けなくなる。

手すりを握る腕に力をこめて、掛け声とともにテラスに残ったほうの足をあげた。

ひとりでもこれだけたいへんなのに、マーゴットを抱えた犯人はどうやって手すりを越えたのだろう。鎮静剤を打ったなら、弛緩《しかん》した体はなおさら重かったはず。

なんとかテラスの下へおりて大きく息を吐く。犯人はかなり体力があり、力も強い人物だ。

大人の女性を軽々と持ちあげることができる。

その場で呼吸を整える。白い呼気が吐いたそばから風に飛ばされていった。どちらを向いても雪ばかりで息苦しささえ覚える。視界はまさに白一色で、凍りかけた木々と〈ル・ソメ〉の看板の輪郭がかろうじてわかるくらいだった。

天気予報どおりだ。吹雪はますます悪化している。

気合を入れて足を踏みだしたところですぐに立ちどまった。どこかから耳慣れない低い音が聞こえたからだ。雷のような音に続いてぶーんという大きな音が空気を震わせた。

そういえばウィルが、雪崩の危険性が極限まで高まっていると言っていた。雪崩は、目で確認するよりも先に音でわかるとどこかで読んだことがある。雪と氷が崩れて斜面を滑るとき、大量の空気が押されて死の口笛を鳴らすとか。

遠くから、人生で一度も聞いたことのないような音が聞こえてきて体の中心を貫いた。

まずいと思って向きを変え、部屋のほうへ戻りはじめたが、そもそも雪崩がどこで起きたかがわからなかった。部屋に戻ることが雪崩から遠ざかるという保証はない。

しばらくして音がやんだ。雪崩によって巻きあげられた雪のせいであたりはホワイトアウトしていて、自分の手も見えないほどだ。

きらきら光る雪片が顔をたたく。両手で雪を払っても状況は変わらない。ここはむやみに動かないほうがいいと判断してじっと待った。

永遠にも思えたが実際は五分ほどだっただろう。心臓が壊れそうなほどに高鳴っている。いつまたあの不吉な音が聞こえるかとびくびくした。今度は助からないかもしれない。

しばらく待っても何も起きなかった。ゆっくりと息を吸って、吐いた。アドレナリンが全身をめぐっている。

さらに数分すると宙を舞っていた雪片が地面に落ち、視界が開けてきた。テラスに出たときよりもよく見えるほどだ。

深呼吸をして周囲を見まわす。すると立っているところから右に数百メートル先の斜面が道路に向かって崩れていた。

窓の外に広がっていた真っ白でなめらかな雪景色が、そこだけ消滅している。道路に向かって大きな雪の塊が積みあがり、高いところでは三メートルほど盛りあがっていた。岩や木や、太い幹が雪から突きだしている。特大の熊手で山の斜面を削りとったみたいだ。自分もあのなかに埋まっていたかもしれないと思うと、背筋が凍る思いがした。

ホテルのほうをふり返る。マーゴットが引きずられたあとも雪崩が舞いあげた雪で消えてしまったかもしれない。

常識的に考えれば今すぐ部屋に引き返すべきだろう。だがそれでは、やっと見つけた手がかりを失うことになる。雪はまだ降っている。放っておけば雪の上に残ったあとなど、一時間もせずに消えるだろう。

何より、さっきの雪崩で警察がホテルにやってくるのが一段と遅れるはずだ。以前にも増して自分の果たすべき役割は大きくなった。

大きく息を吸って歩きだす。まずはマーゴットの部屋をさがさなくては。

足を踏みだしたと同時に強い風が吹いて、宙を舞っていた雪崩の名残を完全に吹きとばした。スカーフをあげて鼻と口をおおい、サラとマーゴットの部屋の前へ向かう。雪の上に残った証拠を踏みつけないように、テラスからだいぶ距離をとって歩いた。

歩きはじめてすぐに息があがった。膝まで埋まるくらいの雪のなかを歩くのは思った以上に骨が折れる。それでも歯を食いしばって進んでいくと、マーゴットの部屋のテラスの前に出た。

足をとめて白い息を吐く。雪崩のあとに舞いあがった雪片のせいで痕跡《こんせき》が消えてしまったかもしれないと心配していたが、あとをたどれる程度にはへこみが残っていた。

改めて雪のへこみ具合を観察する。重いものを引きずったのはまちがいない。しかも引きずることによって自分の足跡を消している。何枚か写真を撮ってから、あとをたどる。筋はまっすぐホテルの正面へ向かっていた。へこみ具合は均一で、乱れはない。

雪の筋は建物の角を曲がって十メートルか十五メートルほど進み、ホテルの正面で途切れていた。消えた地点を何度も確認し、玄関を通り越して反対側ものぞいたが、そちら側の雪は足跡ひとつなかった。

となると犯人はマーゴットをホテルに連れて入ったとしか考えられない。客室から外へ出て、正面玄関から館内へ？　どうして？

ホテルのエントランスに近づくとドアが自動で開いた。まずエントランス付近の床を調べる。残念ながらコンクリートの床はぴかぴかで、清掃されたばかりのようだ。

こんな状況にあっても清掃係が作業を続けていることに驚きながらも、なんとなく気持ちはわかった。いつもどおりに作業をすることで精神のバランスを保とうとしている。休んでいいとは誰にも言われていない。

とにかくこれ以上は犯人をたどりようがない。

こうして考えているあいだにも時間が過ぎていく。マーゴットの命のカウントダウンが続いている。犯行が加速しているという推測どおりなら今日にも殺されるかもしれないというのに。

どうすればいい？

携帯に目をやってあることに気づいた。

マーゴットも携帯電話を持っているのでは？

サラの話ではマーゴットの携帯電話は部屋から消えていた。つまりマーゴット自身が持っている可能性が高い。携帯の位置情報を確認すれば、マーゴットの居場所もわかるのではないだろうか。

サラがセシルに連れられてラウンジへ行ったことを思い出し、そちらへ向かおうとしたとき、窓の外で何かが動いた。

エリンは目を細めた。

ガラスの向こうに誰かが立っている。うつむいて、窓のほうへ頭を傾けて。

反射がまぶしくてよく見えないので場所を移動する。

今度ははっきり見えた。

黒っぽい服、乱れたサンディーブロンド。

ルカだ。

ルカが雪のなかに立ちつくしてこちらを見ていた。

70

「マーゴットの携帯？」サラがおくれ毛を耳にかける。「何度電話してもつながりませんでしたけど？」

エリンは椅子の背もたれに体重をかけた。「電話に出なくても、本人が持っているなら追跡する方法があるでしょう」

〝アイフォンを探す〟というアプリを使うのだ。電源が入っていなくても、バッテリーが切れていても、最後に特定の携帯が電波を発した場所を教えてくれるアプリだ。

ラウンジを見まわすと、いくつかテーブルを挟んでスタッフがいた。仲間内で話をしながらもちらちらとこちらを気にかけている。

「携帯なんて犯人が捨てたんじゃないかしら」セシルが言う。疲れているのか、顔に表情がない。

「もちろん無駄に終わる可能性はありますけど……」エリンは笑みを繕った。「やってみないとわからないので」テーブルの下で脚を組みかえようとして天板に膝があたり、コーヒーがこぼれた。「ごめんなさい」

セシルがさっと立ちあがってバーへ行った。布巾《ふきん》を手に戻ってきて、こぼれたコーヒーの上に広げる。それからエリンをまっすぐに見た。

「あなたは大丈夫なんですか」

「え？」エリンは両眉《りょうまゆ》をあげた。

「朝からたいへんな目に遭っているでしょう。犯人に襲われたり、雪崩に巻きこまれそうになったり」

「大丈夫です。雪崩は怖かったですけどけっこう離れていたし。道路が埋もれたのはこのあいだの雪崩と同じようなところじゃないかと」

セシルが布巾をぎゅっと握る。「そもそもこんな悪天候のなか、ひとりで外に出るなんて無謀すぎます」

エリンはうなずいた。「そのとおりだと思います。でも雪で証拠が台なしになる前に、この目で確認したかったので」

横でサラが唇を嚙《か》み、目をそらした。

「それでも正しい判断とは思えません」セシルがこぼれたコーヒーを拭《ふ》きながら言う。布巾がコーヒー色に染まっていく。

エリンはセシルを観察した。

またしても何かを見落としている気がした。セシルの言葉の裏に自分の知らないニュアンスが隠れているような印象を受ける。

しかし返事をする前にセシルが立ちあがり、汚れた布巾をバーに持っていった。

ここへ来た目的を思い出してサラに向き直る。「マーゴットのアイクラウドのログインパスワードを知っていますか？」

「知りませんけど、部屋に帰ればわかると思います。マーゴットはパスワードを日記に書いていたので」

「あまり安全とは言えないわね」

「たしかに」サラが弱々しく笑う。「以前、マーゴットのアップルアカウントがハッキングされたことがあって、パスワードを変更しなきゃならなかったんです。マーゴットは新しいパスワードは難しくて覚えられないと言って日記にメモしていました」

「日記のありかはわかる？」

「日記？」セシルが話に割りこんでくる。

サラがエリンを見た。

「マーゴットの日記です」エリンが答えた。

「たしか、いつも持ち歩いているバッグに入れていました」サラが言う。

「じゃあ、今からあなたの部屋へ行きましょう」エリンは席を立った。

「なんだか悪いことをしている気分です」サラがマーゴットのバッグを自分のベッドにのせた。

「本人がいないのに勝手にバッグを見るなんて」

エリンはうなずいた。「でも彼女を見つけるために、やれることはすべてやらないと」

財布、ヘアピン、封を切った水のボトル、ガムが出てくる。最後に現れたのは革張りのノートだ。

「これです。このノートを日記帳がわりにしていたんです」

サラがノートを開いて表紙に近いページを差しだした。「これがパスワードだと思います」

エリンは自分の携帯を出してアプリを起《た》ちあげた。「メールアドレスは？」

「ちょっと待ってください」サラが自分の携帯のアドレス帳を検索する。「MarMassen@hotmail.com です」

「パスワードは……」ノートを見ながらパスワードを打ちこむ。

青のホームスクリーンに透明なコンパスの形が浮きあがり、白いグリッド線になった。やがて地図が現れ、通りの名前や地名が現れる。そして緑のドットが現れた。

探知できたのだ。

心臓がぎゅっと収縮する。緑のドットの上に指を持っていき、タップした。

メッセージが現れる。〝マーゴットのアイフォンは四十分前にこの位置にありました〟

「見つかりましたか？」

「ええ」

サラが画面をのぞきこむ。「これって、このホテルですよね？」

「ホテルのどこかわかる？」エリンはホテルのレイアウトを思い浮かべようとした。

「わたしにも見せてください」セシルがマップをのぞきこんだ。「何階かはわかりませんが、この位置だとスパの近くですね。整備室のあたりかしら」

ひと筋の希望がわく。今度こそ、助けられるかもしれない。

「整備室に入るには特別なキーがいるんでしたっけ？」

「このあいだ差しあげた電子キーがあればどこにでも入れます。ただ――」セシルが言葉を濁す。

「ただ、なんですか？」

ためらったのち、セシルが続けた。「このことをルカに知らせてもいいですか？」

「どうぞ」そう言いつつもエリンはいらだった。悠長に構えている場合ではないのに。スイス警察といいカロン姉弟といい、人の命がかかっているというのにどうしてこうも反応が鈍いのだろう。

セシルが携帯を出し、ルカに電話をして早口のフランス語で状況を伝えた。報告が終わると電話を切り、携帯をポケットに戻す。

「ルカは、あなたひとりで行くべきではないと言っています」

「どういう意味ですか？」

「ひとりでは危険だと言っているのです」理解の遅い人に向かって諭すように繰り返す。「わたしも同じ意見です。あなたがいてくれて本当に助かっています。でもロールが殺されて、あなたも襲われて、今のあなたは冷静な判断ができる状態ではありません。ここから先は警察を待つべきです」

「は?」エリンは耳を疑った。「警察は来ません。少なくとも今日はぜったいに無理です。マーゴットの居場所がわかったかもしれないのに、助けないつもりですか?」テーブルの下で握りこぶしをつくる。てのひらに爪が食いこんだ。癇癪《かんしゃく》を起こすな、後悔するようなことを言ってはだめだと自分に言い聞かせる。

「失礼ですが、あなたはマーゴットがいなくなったことを地元警察に伝えましたか?」

エリンは首をふった。「いいえ、まだです」

セシルが無言でこちらを見つめる。「できればこんなことは言いたくなかったんですが、ルカが調べたのです。その、あなたのお仕事について」

「わたしの?」口のなかがからからになる。

セシルがうなずいた。「警察官とはいえ休職中だそうですね。そういう状況にあるのに、ひとりで捜査を続けるのはどうなのか、とルカが言っています。先に事情を話してくださっていたならまたちがったかもしれませんが……」

「手伝ってくれと言ったのは弟さんのほうだし、休職中であることと、わたしの捜査能力にはなんの関係もありません」頭に血がのぼる。ばれたのだ。欠陥品だということが。

「申し訳ありませんが、これはルカの決定なので」有無を言わさない口調だ。

エリンはうなだれた。怒りと羞恥心《しゅうちしん》がごちゃまぜになる。

椅子を引いて立ちあがる。

「失礼します」

一歩、一歩、歩数を数えながら歩く。リズムを崩したら最後、自分を保っていられなくなる。暗い水のなかに引きずりこまれてしまいそうだった。

72

部屋に入って力いっぱいドアを閉める。だが、期待していたような効果はなかった。ソフトクローズ機能がついたドアは途中で勢いを落とし、吸いこまれるように枠に収まった。

「おいおい、いったいどうしたんだ」ウィルが声をかける。

エリンはつかつかと窓まで歩いてから引き返した。「あの人たち、捜査を続けるべきじゃないって言うの。今のわたしは冷静な判断ができる状態ではないから、マーゴットをさがすのはやめろって」セシルの言葉がよみがえってかっとなる。「調べたのよ。わたしが休職中だってこと」

ウィルの手が腕にふれた。「あの人たちって？」

「カロン姉弟にきまってるでしょう」

ウィルがため息をつく。「彼らもきみのことが心配なんだよ。あとは警察に任せたほうがいい」

「警察？」エリンは鋭く息を吸った。「また雪崩が起きたのよ。警察が来られるわけないでしょう。風がやんでヘリでも飛ばせれば別だけど」

「ベルンドはなんて言っているんだい？」

「……電話してないの」ウィルと視線を合わせずに言う。「話せばまたうるさく言われるから。ルカが連絡したかもしれないけど」少しためらってからつけくわえる。「どっちにしても警察なんて待っていたらマーゴットは助からないわ」

ウィルが眼鏡の位置を直した。「そうかもしれないが、きみひとりでやるべきじゃない。またペントハウスのようなことになったら……」ウィルの声が震える。

「あなたのおかげで無事だったじゃない」エリンはウィルの体に腕をまわした。「それにあなたの言ったとおりだった。最初はルカに頼まれてやっているだけだったけど、今回のことで警察の仕事はわたしの生きがいなんだって確信したの。でも、ここでマーゴットを見捨てたら、またもとのわたしに戻ってしまう。一生自分を許せなくなる」

ウィルがため息をついた。「……わかった」

エリンは驚いて顔をあげた。「マーゴットをさがしていいの？」

「ぼくも一緒ならね」

驚いてウィルを見あげる。しばらく言葉が出なかった。おずおずと尋ねる。「あなたも一緒にさがしてくれるってこと？」

「そうだ。きみをひとりにはしない」

感極まってウィルに抱きつく。ルカとセシルの信頼を失ったあとだけに、ウィルの言葉がうれしかった。最強の味方を得たと思った。

73

「慎重にね」低い声でウィルが言う。

「わかってる」エリンはスパのドアを開けてなかをのぞきこんだ。人の気配はない。誰かが侵入したり、争ったりした形跡もなかった。待合いスペースの雑誌も角をそろえて整然と積まれている。

ゆっくりなかに入り、受付のデスクをのぞきこんだ。パソコンのモニターとキーボード、そしてひょろりとした植物が生けられた白い花瓶があるだけだ。

スパのなかは記憶と同じ独特の香りがした。ミントとユーカリの香りに混じって、漂白剤のようなにおいもかすかに感じる。

香りが記憶を刺激して、ロールがスパを案内してくれたときのことを思い出した。あの笑顔はもう見られないのだと思うと鼻の奥がつんとする。これ以上、犯人の思いどおりにはさせない。マーゴットを助けると同時にロールの無念を晴らすのだ。

「更衣室を調べよう」ウィルが薄気味悪そうに周囲を見まわす。

アイフォンを探すというアプリで緑のドットが現れたのはスパのあたりでまちがいなかった。受付と待合いスペースはとくに異状がなかったので、更衣室へ向かう。

更衣室も静まり返っていた。白いタイルはぴかぴかに磨かれ、着替え用ブースのドアも閉まっている。念のために左側からひとつずつブースを点検していく。人がいた形跡はない。

「次は屋内プールを確認しましょう」努めて明るい声を出したが、マーゴットが見つかるのではないかという期待は早くも薄れつつあった。

おそらく犯人はスパのどこかにマーゴットの携帯電話を捨てたのではないか。たとえ携帯が見つかったとしても、なんの意味もないかもしれない。

ウィルが先頭に立ってプールサイドを歩く。「異状はないな」

プールはしんと静まり返っていて、照明を反射して水面がちらちらと光っている。プールサイドは乾いていて、足跡もなければ水しぶきのあともない。

残るは整備室だ。

いったん更衣室へ戻る。防犯カメラの映像を見たので、更衣室のいちばん奥に整備室へ続くドアがあることは知っていた。ロールが更衣室に出入りするとき使ったドアだ。

ドアは簡単に見つかった。電子キーをパネルに近づけるとかちりと音がして施錠が解除される。更衣室を出てすぐ整備室があった。

整備室のなかに足を踏み入れたとたん、エリンは複雑に絡み合ったワイヤに頭をぶつけた。照明のスイッチを入れる。かなり広い部屋で、用途のわからないいくつもの器材がせわしない作動音をたてていた。器材で仕切られた迷路みたいだ。化学薬品のような、油のようなにおいが鼻をつく。

エリンはウィルを見た。「わたしが先に――」

最後まで言えなかった。とつぜん明かりが消えて、自分の手も見えないような暗闇に包まれたからだ。器材が作動していることを示す信号だけが一定の間隔で点滅している。

「なによ、これ！」手さぐりでドアをさがし、その横にある照明スイッチを押す。ところが何度押しても照明はつかなかった。

いやな予感がした。頭のなかで警報が鳴り響く。

「携帯は？」ウィルが自分の携帯電話を出しながら言った。「懐中電灯のアプリを使おう」

エリンも慌ててポケットをさぐって携帯をとりだした。上にスワイプして懐中電灯モードにする。

明かりはついたが悲しいほど弱々しく、足もとまでは照らしてくれない。

ウィルが腕をつかんだ。「エリン、やっぱり引き返したほうがいい」真剣な声だった。「誰かが意図的に照明を落としたんだ。このまま進むのは危険だ」

エリンは携帯でウィルの顔を照らした。細い光の筋が、目の下のくまや額に浮かんだ汗を浮かびあがらせる。

「誰かが意図的にやったってことは、犯人に近づいているってことでもある。きっとマーゴットはここにいるのよ。あなたは部屋に戻って」

ウィルの首筋がこわばる。「きみを置いて帰るなんてできるはずがないだろう。ぼくも行くよ」

エリンは黙ってうなずいた。ウィルを危険に巻きこむのは申し訳ないが、ここで引き返すという選択肢はない。

壁に手をついて少しずつ前進する。大きな器材がいくつも置かれているのでまっすぐには進めなかった。器材の縁を迂回《うかい》するたびに何度も方向を確かめる。

暗いせいか、さっきまでよりも音が大きく聞こえた。よく聞くと、どの器材もちがう音を発している。攪拌《かくはん》するような音もあれば、ぶーんという音も、虫が羽ばたいているような音もあった。

数歩進むと少し広いスペースに出た。携帯を掲げて周囲を照らす。大型の器材と電源箱のようなものが見える。

さらに奥へ進もうとしたとき、前方で器材音とはちがう音がした。

びくりとしたはずみで携帯が手から落ちる。

がしゃんという音でわれに返り、慌てて携帯を拾った。幸い、壊れてはいないようだ。懐中電灯もついたままだった。

ふり返ってウィルに声をかけようとしたとき、さっきと同じ音が聞こえた。何かがこすれるような音だ。

音のしたほうへ光を向ける。

弱々しい光のなかに、床に横たわるものが浮かびあがった。

それが何かわかって息をのむ。

「マーゴット！」

マーゴットは胎児のように背を丸め、手足を縮めて横たわっていた。顔は反対側を向いているので表情はわからない。

あたりはしんとしている。携帯の光を動かして暗がりに誰かが潜んでいないか確認しながら、マーゴットのほうへ足を踏みだした。

犯人がここにマーゴットを監禁しているのだとしたら、今こそ救出のチャンスだ。マーゴットに光を定めて距離を詰める。マーゴットは手足を縛られ、口に布のようなものを巻かれていた。

「大丈夫なのか？」

ウィルは少し離れたところで周囲を警戒してくれている。

「ええ」懐中電灯の光が上を向くように携帯を床に置き、マーゴットの横にしゃがんだ。「マーゴット、聞こえる？　エリンよ」

マーゴットが上を見たが、その目は何も見ていなかった。空っぽだ。顔は泥で汚れ、額や頬に黒い筋が走っている。

「マーゴット、もう大丈夫よ。ここから出してあげるから」

マーゴットは呼びかけにも反応しない。こちらの声が聞こえている様子もない。さっきと同じ空っぽの目で天井を見あげるばかりだ。

ショック状態にあるか、鎮静剤を打たれているかのどちらかだ。

携帯をとってマーゴットの足を照らし、足首のロープに手をやる。「これをほどいたらここから出られるから。じっとしていてね」

とつぜんマーゴットの両足がエリンの膝《ひざ》を蹴《け》った。手足を縛られているとは思えない動きだった。

不意を衝《つ》かれたエリンが悲鳴をあげて尻餅《しりもち》をつく。

手にしていた携帯が飛び、自分とマーゴットのあいだに落ちた。何かが割れるいやな音がしたが、懐中電灯の光はついたままだ。

下半身がびりびりとしびれ、痛みに視界がかすんだ。今日、転ばされるのはこれで二度目だ。

マーゴットは両足を開いて立ち、こちらを見おろしていた。手足を縛っていたロープがゆるんで垂れている。

どういうこと？

マーゴットはわたしを犯人とまちがえたのだろうか？

次の瞬間、恐ろしい可能性に頭をはたかれた。

74

手足をばたつかせて立ちあがり、本能的にあとずさりする。

ロープを引きずりながら、マーゴットが距離を詰める。最初から、軽くひっぱったらほどける程度にしか結んでいなかったのだろう。

姿を消したのも、ベッドが荒らされていたのも、すべて自作自演だったのだ。

「あ……あなたが犯人だったの」うまく言葉が出てこない。衝撃が強すぎて頭がまわらなかった。

　マーゴットは何も言わなかった。先ほどまでと同じ空っぽの目でこちらを見つめているだけだ。背を丸め、自信がなさそうにしていた女性の面影はどこにもない。目の前のマーゴットは百八十センチ以上の長身を見せつけるように堂々と立っていた。腕力もありそうだ。

　この人ならアデルやロールを捕まえることもできるかもしれない。

　マーゴットが携帯を拾ってエリンのほうへ向けた。まぶしい光に目がくらむ。

「そう」

　ようやくマーゴットが声を発した。

「わたしがやった」感情の抜け落ちたような声だった。後悔などみじんも感じられない。

「誰かに誘拐されたわけじゃなかったのね。部屋が荒らされていたのも、テラスを乗り越えたあとも、ぜんぶ自分でやったのね」マーゴットと交わした会話を思い返す。彼女の話にわずかでも真実は含まれていたのだろうか。

　アイザックとロールの不仲や、ロールとルカの口論は実際にあったことなのだろうか。マーゴットの話を鵜呑《うの》みにしたせいで何度も推理をまちがえたのだ。

　マーゴットが嘲《あざけ》るような笑みを浮かべた。「見抜けなかったからって恥ずかしがることはない。人間はエゴには勝てない。警察官のあなたが、誰よりも先に真実を知りたい、みんなを救うヒーローになりたいと思うのは当然のこと」

ショックや恐怖を押しのけて怒りがわきあがる。

この人にわたしの心のなかがわかってたまるものか！

マーゴットがさらに一歩、踏みだした。

そのとき初めて、彼女の手にナイフが握られていることに気づいた。携帯電話の光を反射して、ナイフの先がぎらりと光る。背中に汗が噴きだして肩甲骨のあいだをすべり落ちた。

心臓が壊れそうに高鳴っている。

「ねえ、教えて」時間を稼ぐために話しかける。「どうしてこんなことをしたの？」

「あなたと同じで真実を暴くため」マーゴットが機械のように淡々と答える。「ここは呪われているの。ホテルなんかにすべきじゃなかった」マーゴットがさらに一歩踏みだし、エリンのすぐ前に立った。「あなたは関係なかったのに。運がなかった」

エリンは身をこわばらせた。マーゴットの淡々とした口調が恐怖を倍増させる。人を傷つけることをなんとも思っていないようだ。

「人を殺してまで暴く価値のある真実なんてない。もっとほかのやり方があるはずよ。事情を話してくれれば相談に乗るから」

エリンの言葉などまったく聞こえていないように、マーゴットがナイフを持つ手をふりあげた。

エリンはあとずさった。頭のなかが真っ白になる。「やめて――」

ナイフがエリンの顔めがけてふりおろされる。

エリンは反射的に身をよじった。刃先が顔のすぐ横を通過する。

マーゴットはバランスを崩したが、すぐに体勢を立て直した。

そのとき暗闇からウィルが飛びだしてきて、マーゴットを横に突きとばした。

マーゴットの手を離れた携帯が床に落ちる。

すべての光が消え、あたりは暗闇に包まれた。

闇のなかから肉体と骨がぶつかる鈍い音がする。何か重いものが床を打った。

ウィルとマーゴットが揉《も》み合っているにちがいない。悪態に続いて布が裂ける音、低いうめき声がした。合間に、何か軽いものが床に落ちる音も聞こえた。

誰かが苦しそうに息を切らして走っていく。

エリンは心臓がとまりそうになった。今の足音はどう考えてもウィルのものではない。

だいいちウィルがひとりで逃げるはずがない。

「ウィル？」経験したことのない感情がわきあがった。足もとの床が崩れて地面にのみこまれるような感じだ。

「ウィル！　どこ？」ヒステリックに叫ぶ。「ねえ、聞こえる？」

返事がない。

おそらく返事ができないのだ。

マーゴットの言うとおり、すべてはわたしのエゴだったのかもしれない。地元警察よりも先に事件を解決したいという気持ちが、ウィルを危険にひっぽりこんだのは否定できない。

四つん這《ば》いになって床を手さぐりする。何も見えないことが今ほどもどかしかったことはない。

ようやく携帯らしきものに手があたった。

まだ明かりはつくだろうか。

携帯を拾い、アプリを起《た》ちあげる。

光がついた！

一メートルほど先にウィルが倒れている。ウィルは横向きになって両手で腹を押さえていた。

周囲を黒っぽいものが囲っている。

血だ！

「ああ、ウィル！」

四つん這いのままウィルのほうへ移動しかけてはっとした。マーゴットがまだ近くに潜んでいるかもしれない。

携帯で周囲を照らしたが人の気配はなかった。

改めてウィルに近づく。

「ウィル？」手をふれるのが怖い。「ねえ、わたしよ、聞こえる？」

携帯をウィルの腹部に向ける。みぞおちの下を刺されている。押さえた手の下から血がしたたっていた。

震える手をウィルの手に重ねて傷を圧迫し、止血を試みる。

「大丈夫よ。もう大丈夫。今、助けが来るから、お願いだからがんばって」

ウィルは何も応《こた》えなかった。

75

ベッドに横たわる青白い顔をした人物が、いつもエネルギッシュでやさしいウィルと同一人物とは思えなかった。息遣いが不安定に聞こえるのは悲観的になっているせいだろうか。

我慢できずにベッドに近づき、ウィルの手に自分の手を重ねる。ウィルはぴくりとも動かなかった。手にふれられたこともわからないのだ。ダークブロンドが額に垂れかかっている。顔には血の気がなく、頰に紫のあざができていて、それ以外にも小さな傷がいくつもある。

マーゴットに襲われたあと、アイザックに電話で助けを求めた。すぐにスタッフが駆けつけて、看護師の資格を持つサラが傷を消毒して包帯を巻き、スキーパトロール隊の事務所にあった鎮痛剤と鎮静剤をのませてくれた。サラの見たところおそらく内臓は傷ついていないだろうということだったが、傷はけっして浅くない。一刻も早く病院で手当てをしてもらわないといけない。陸の孤島のホテルにはレントゲンはもちろん抗生剤すらないからだ。

ふいにウィルの呼吸が苦しげになった。どきりとしたが、すぐにさっきまでのリズムに戻る。弱々しい姿に胸がかきみだされる。

ぜんぶわたしのせいだ。わたしが悪いんだ。

セシルは忠告を無視してマーゴットをさがしにいったエリンを快く思っていなかったが、それでもマーゴットが犯人だとは誰にも予測できなかったと慰めてくれた。

ベッドの上のウィルの姿に、サムの姿が重なる。アイザックに引きあげられて潮だまりの縁に横たわったサム。青白い顔、やせた体、濡《ぬ》れて束になったブロンドの髪。そこにいるのはサムなのに、サムではなかった。悪魔が体に入りこんで、サムの中身を食い尽くしてしまったように見えた。

子どもだったエリンは、こんなのは理不尽だと思った。どうしてそんなに簡単に生きることをやめてしまうのか。ひとりで勝手に逝《い》くなんてひどいと怒った。心のなかでいくらなじっても、サムの表情は変わらなかった。

ウィルにも置いていかれるのだろうか。

「ウィルなら大丈夫だ」アイザックが肩に手を置く。「姉さんがすぐに助けを呼んだから、速やかに止血できたじゃないか」

あのとき、暗がりで血のにおいをかぎながら、助けを呼ぼうと夢中で携帯を操作した。指先がウィルの血でぬるついていた。そこから先の記憶は断片的だ。

「ドクターヘリが来たらちゃんとした病院で手当てが受けられる。心配するな」

アイザックが顔をのぞきこんできても、エリンは目を合わせなかった。

さっきから、ひとつの考えが頭のなかをぐるぐるとまわっている。ウィルがこんなふうになったのは自分のせいだ。自分が無茶をしたからだ。ウィルはひとりにしないと言ってくれた。わたしを守ろうとしてくれた。それなのにわたしは彼を危険にさらした。

「わたしが悪いの。警察を待つべきだってみんなに言われたのに——」

「自分を責めるのはよせ。マーゴットを助けようとしたんだ。騙《だま》されたのは姉さんだけじゃない。ここにいる全員が騙されていた」

「わたしは最低のガールフレンドだわ。今回のことだけじゃない。ここ最近はウィルに迷惑をかけてばかりで……」声が詰まる。「ウィルに万が一のことがあったらどうしよう。天候が回復する前に容態が悪化するかもしれない。このままウィルが——」

最後まで言えずにこめかみを押さえる。頭のなかにいろいろな声が響いている。

アイザックは神妙な顔つきでこちらを見ていた。ロールを失ったばかりの彼には、姉の恐怖が痛いほどよくわかるのだ。

アイザックの唇が動いたが、声は出てこなかった。聞こえなかっただけかもしれない。世界が一点に集約する。濃い闇が迫ってくる。この感じはよく知っている。肺のなかにうまく空気をとりこむことができない。呼吸が乱れる。壁にかかった抽象画に焦点を合わせようとしたが、絵が見えているのか自分の内面が投影されているのかわからなかった。

「エリン！　吸入器は？」

アイザックの声がする。言われるままにポケットに手を入れ、吸入器をとりだした。四角いプラスチックの器具を唇に挟む。

「吸って」

ボタンを押すといっきにガスが入ってくる。冷たく乾いた気体が口内を満たす。

ほんの数秒のことだった。肺がゆるみ、呼吸が楽になった。

ぼうっとしたまま、アイザックに向き直る。「わたし――」

「いいんだ」アイザックがエリンの腕をとってソファーに誘導する。「喘息《ぜんそく》がこんなにひどくなっていたなんて知らなかった」

エリンはソファーに座って背筋をのばした。一瞬、嘘をつこうかと思ったが、できなかった。嘘を重ねてもどこにもたどりつかない。

「……喘息の発作じゃないの。喘息も少しは影響しているけど……つまり喘息は治っていないけど薬でコントロールできているから。今のはパニック発作。前からあったけど、去年から頻繁になって……」手にした吸入器を顎《あご》で示す。「これは医療機器として役立っているというより、わたしにとってライナスの毛布みたいなものなのよ」

アイザックが目を細める。「パニック発作？」

「そう。それもあって仕事に戻る自信がないの。いつ発作が起きるかわからないから。一年前、犯人に殴られて溺《おぼ》れかけたとき、薄れる意識のなかで、サムがどうして死んだのかわからないままあきらめるわけにはいかないって思った。助かったあとも、母の介護をしているときも、ずっと考えていたの。もともと警察官になったのも、真実を追求するためだった。すべてはサムに戻るのよ。あのとき何があったのかがわからないままだから、わたしは過去にとらわれているの」

アイザックがいらだったような声をあげる。こちらを見る目は血走っていた。

「もうやめてくれ」

「何をやめるの？」

「あの日のことを持ちだすな。サムは死んだんだ。おれたちにできることは何もない」

「どうしてそんな薄情なことが言えるの？」

「薄情だって？　おれがあいつのことを忘れたとでも思うのか？　何度も何度もあのときのことを思い返したさ。ガキのころの写真を見るたび、あいつを写真のなかからひっぱりだしたいって思う。力ずくでこっちの世界に戻せたらって。でもそんなことはできない。あいつはもうこの世にいないんだ。姉さんもその事実を受け入れろ。いい加減、前へ進むんだ」

信じられない思いでアイザックを見つめる。サムの死を招いた張本人がそんなことを言うなんて。

「なんだよ？　本当のことだろう。今の姉さんは抜け殻みたいだ。いいか、誰も姉さんを責めちゃいない。いい加減に先へ進め」

エリンは目を見開いた。「わたしを責める？　わたしの何を責めるの？」声が一オクターブ高くなる。「あなたのせいでしょう。あなたがサムにしたことのせいで、わたしは先へ進めないのよ」

「おれ？」今度はアイザックが眉《まゆ》をひそめる。

「事件の少しあとから、頭のなかでフラッシュバックが起こるようになったの。あの日、本当は何があったか切れ切れの場面で見えるのよ。あなたの手は血にまみれていた。あなたがやったんでしょう？　あなたがあの子を殺したんだわ。その前に蟹《かに》のことで喧嘩《けんか》をしていたじゃない。かっとなって取り返しのつかないことをしてしまったんでしょう」ずっと胸に秘めていた言葉がいっきに飛びだした。

「ちがう」アイザックがそう言ったあと、うつむいた。しばらくして顔をあげたとき、激情は消えていた。「もうこの話はやめよう」そう言ってベッドを見る。「今はウィルのことを考えてやれ」

「いやよ。今日こそちゃんと話してもらう。本当のことを教えて。あなたの口から、何が起きたのか聞かせて」

沈黙。

重苦しい時間が流れた。

「さあ」アイザックの腕をつかんで自分の隣に座らせる。「あのときあなたはトイレになんて行っていなかったわよね。あの潮だまりに、サムと一緒にいたでしょう?」

アイザックの目に奇妙な光が浮かんだ。

同情?

ちゃんと話せばアイザックも罪の意識に耐えられなくなって事実を告白し、謝罪すると思っていた。まさか自分が同情されるとは、露ほども思っていなかった。

アイザックが暗い顔でため息をついた。

「わかった。どうしても知りたいなら教えてやる。サムが死んだとき、そばにいたのはおれじゃない。姉さんのほうだ」

76

体に電流が流れたみたいだった。

「いったい何を言っているの？　わたしはあの場にいなかった。崖《がけ》のそばにいたのよ」

アイザックが疲れたように目をこすった。

「ちがう。姉さんが潮だまりに戻ってきたから、おれはサムのことを頼んでトイレへ行った。戻ってきたら、あいつが水に浮いていた。姉さんは潮だまりの縁でぶつぶつひとり言を言ってた。あの子が落ちるのを見たけど、何もできなかったって」そこで言葉を切る。「ショック状態だった。脳が強いストレスを受けて何も考えられなくなったんだって医者が言ってた」

「ちがう、ちがう」自分の体をきつく抱きしめて前後に揺する。「そんなの嘘よ」

アイザックは構わず続けた。「どっちにしても姉さんにできることはなかった。サムは即死だった。落下して頭をぶつけて、脳内に大量出血したって。打ちどころが悪かったんだよ。ついてなかった」

胃がむかむかする。よく知っていた世界が崩れ、新たな世界が構築される。

「ぜ……ぜんぶ話して。あなたが見たことをぜんぶ」ささやくように言う。「ありのままに」

「本当に知りたいのか？」

小さくうなずく。

アイザックがエリンのほうへ体を向けた。「トイレへ行くとき、姉さんがサムの隣に釣り糸を垂らすのを見た。おれが最後に見たあいつの生きている姿だった」

「そのあとは？」自分でも聞きとれないほどの声で促す。

「戻ってきたらサムが潮だまりに浮いていた。おれはすぐに潮だまりに入った。あいつをひっぱりあげようとした。姉さんは……」

アイザックが言いよどむ。理由はわかっていた。〝何もせずにつったっていた〟とは言いにくいだろう。

苦しくなって大きく息を吸う。肺がいっぱいになってもまだ酸素が足りない気がした。

ずっとアイザックを責めていた。アイザックがサムを殺したと思っていた。だからロールも殺したのではと疑った。

「でも血は？　あなたの両手に血がついているのを見たわ」

「あいつを水からひっぱりあげるときについたんだ。頭の横に大きな傷があったから」

手が、意思とは関係なく動く。開いて、閉じて、開いて、閉じてを繰り返す。

「つまり……わたしは……その場にいたのに、サムを助けようとしなかったってこと？」つかえつかえ言う。

「ショック状態だったんだから仕方ないさ」アイザックの手がエリンの手に重なる。「そういうことが起きたとき、人はいろんな反応を示す。警察官なら知ってるだろう。姉さんはまだ十二歳だった。おれもあのときのことを繰り返し考えた。自分にもっとできることはなかったかって。そういう経験をした人の本も読んだ。恐ろしい出来事を目撃して動けなくなるのはふつうのことだ」

「ちがう。そんなはずない。わたしは動けなくなったりしない」甲高い声をあげ、ソファーの肘掛《ひじか》けを拳《こぶし》で打つ。「ちがう、ちがう！　お願いだから、今言ったことは嘘だって言って」

「おれだってできれば言いたくなかった。少なくともこんな状況では伝えたくなかった。でも姉さんは気がすまなかっただろう。頼むから受けとめてくれ。誰も悪くないんだ」

　エリンにはそうは思えなかった。

「やっぱりあのときカウンセラーに相談するべきだったんだ。でも母さんは、姉さんの記憶はあいまいなままにしておいたほうがいいって言い張った。自分を責めるよりも思い出せないほうがいいって。姉さんの脳は、自分を守るために記憶を封じたんだと思う」

　頭がずきずきする。ひどい無力感に襲われた。

「しばらくひとりにして」感情のこもらない声で言う。

　アイザックはためらいがちに口を開いたものの、何も言わずに立ち去った。

　部屋を出ていくアイザックを見送ったあとで、ぎゅっと目をつぶる。今聞いたすべてをなかったことにしたかった。それでも一度明らかになった事実は消えない。胸がひりひりする。

　わたしは何もしなかった。サムを助けなかった。大事なサム。かわいい弟。読み聞かせとフアーブルが好きだったサム。

　わたしの騎士《ナイト》。

　かわいい子羊。

思考の歯車がまわり、かちりと音をたてる。

これで筋が通った。

母はサムの思い出話をしたがらなかった。わたしがあの子の名前を口にすると必ず、ひきつった顔をした。父は家を出て、ろくに連絡をしてこなかった。

みんな無意識にわたしを責めていたんだ。わたしがあの子を助けなかったことを責めていた。

記憶の断片が浮きあがる。サムの一周忌、母はサムのベッドに座って本を抱えていた。『ピーポ！』というタイトルで、よちよち歩きのサムが大好きだった本だ。少し大きくなってからもシンプルな言葉選びや繰り返しが好きだと言って、自分で読んでいた。

母はかすかに体を揺らしながらその本を眺めていた。声は出さずに本を読んでいた。近づいてそっと肩に手を置いたとき、母はびくりとして体を引いた。はずみで本が手から離れ、レゴの宇宙船にぶつかった。

宇宙船が台座から外れて床に落ち、ばらばらになる。母はこちらを見ようともせず、四つん這《ば》いになってレゴを拾いはじめた。

あのときもなんだかおかしいと感じた。肩にふれただけなのに、たたかれたみたいな反応をしなくてもいいではないかと。母がどうしてあんな反応をしたのか、ずっとわからないままだった。

今の今まで。

枕に頭をつける。熱い涙が込みあげてまぶたがちくちくする。

やっとわかった。

母は知っていたんだ。

みんな知っていた。

サムが死んだのはわたしのせいだと。

77

五日目

目が覚めたとき、時間の感覚がまったくなかった。携帯に手をのばしたところで痛みに顔を歪《ゆが》める。背中ががちがちに張っている。マーゴットと揉《も》み合ったせいもあるが、いちばんの原因は簡易ベッドで寝たことだろう。客室のベッドはウィルが使っているから、スタッフに運んでもらったのだ。簡易ベッドは寝返りも打てないほど幅が狭く、薄いマットレス越しにスプリングがごつごつと背中にあたった。

時計は朝の六時一分を示していた。部屋のなかはうすら明るく、ウィルの姿も見える。まだ青い顔をしているが呼吸は昨日よりも安定している。ほっとしてもう一度ベッドに仰向《あおむ》けになる。頭の奥に痛みがあった。体じゅうの細胞が眠りを欲している。腹ばいになってまぶたを閉じる。

すぐに深い眠りが訪れた。あまりに深い眠りで、意識が浮きあがるような感覚があった。このまま寝てしまったら危険な気がした。今度フラッシュバックが戻ってきたら、きっと断片的なイメージではすまない。すべてが再現されるだろう。事実を知ったとはいえ、まだ受けとめる自信がない。

サムが潮だまりに身を乗りだす。暗い水のなかに海藻が生い茂っている。すべてはスローモーションだった。サムが何か言おうとしてこちらをふり返る。〝蟹《かに》がいない〟とか〝首が焼けて熱い〟とか、そんなたわいもないことだ。ふたたび水に向き直ろうとしたとき、あの子がバランスを崩した。

あろうことかわたしは笑い声をあげた。サムの表情がおもしろかったからだ。ところがサムはおどけているのではなく、恐怖を感じていた。あの子は顔をひきつらせたまま、うしろ向きに落下していった。

よく考えてみれば、岩がごつごつと突きでている潮だまりに、うしろ向きに落ちるほど怖いこともないだろう。落下地点をコントロールすることも、弱い部分を守ることもできない。

サムの体が水面を割って水中に消えた。

手足をばたつかせる様子も、悲鳴をあげる様子もない。当然ながら照れ笑いをして岸へあがってくる気配もない。

サムが水面にぶつかったすぐあと、ぞっとするような鈍い音がした。

サムが浮きあがってくる。手足がだらんとのびている。動いているのは水面にできたさざ波だけだ。

岩の一部が赤く染まりはじめる。あざやかな赤い液体が白いフジツボのあいだを流れていく。

サムはもはやサムに見えない。目を大きく見開いて、虚空を見つめている。手足はぐにゃぐにゃで、首のすわらない赤ん坊みたいだ。

頭の横がぱっかりと裂けているのが上からでも見えた。切り傷などという生易しいものではなく、穴だ。

助けにいかなきゃと思った。飛びこんで弟を救うのだ。ところが足が動かない。靴の裏が岩にくっついたみたいに。

動け！　自分の足に命令する。動け！

びくともしない。潮だまりに浮いている弟を見つめていることしかできない。

サムの左足に海藻が絡んでいる。Tシャツが風を受けてはためいている。

水のなかで海藻が揺れる。カサガイやフジツボはサムの死に無関心だ。岩に打ちあげられたエビが水を求めてはねる。

とつぜん大きな音がしてびくりとする。自分の手からバケツが落ちたのだとわかるまでにしばらくかかった。

記憶の片隅で何かがうごめく。

バケツが落ちる音がリピートする。

救いを求めるように胸元に手をやり、サムのペンダントをぎゅっと握る。ひとつの記憶がもうひとつの記憶を揺さぶる。

昨日の夜、整備室でも似たようなことがあった。

何かが床に落ちる音がした。

目を閉じて意識を集中する。暗闇でウィルとマーゴットが争っていたとき、うめき声や荒い呼吸音の合間に、かさっという小さな音が聞こえた。

エリンは目を開けて起きあがった。水をごくごく飲んで、今思い出したのが自分の妄想でないことを確かめる。

現実だ。

整備室の床に落ちたものはなんだったのだろう。

78

「おいおい、本気で言ってるのか?」アイザックが半ばあきれた声を出し、ベッドサイドに置いてあったコーヒーカップを手にとった。

アイザックの顔は土気色で、髪はもつれて頭皮にはりついていた。最後にシャワーを浴びたのはいつだろう。

室内も荒れ放題だ。シーツははがれ、ベッドサイドのテーブルにはカップがいくつも置いてある。婚約者を失ったばかりなのだからそれがふつうなのかもしれない。異常なのは自分のほう。こんな状況になっても真実を追い求めてしまう。ウィルの次はアイザックを巻きこもうとしている。

「どうしても確かめたいの。ウィルとマーゴットが揉み合っているときに何かが落ちる音を聞いたの。マーゴットが拾った可能性はあるけど、それならそれで落ちていないことを確かめたい」

「何か落ちていたらウィルを助けにいったときに誰かが見つけたさ」アイザックがやんわりと言い返す。「スタッフが何人もいたんだぞ。おかしなものを見つけたら申し出るに決まってる」

　エリンは押し黙った。視線を泳がせると、壁にかかった鏡に映る自分が目に入った。顔は汗でてかてかしているし、寝起きの髪をとかしてもいない。

　こんな格好でアイザックを憐《あわ》れんでいた自分が恥ずかしくなる。

「あのときはみんなウィルを助けることに集中していたでしょう。気づかなくても不思議じゃないと思う」今さらながら手で髪を整える。

「どっちにしても行くべきじゃない。マーゴットはまだホテル内のどこかに潜んでいる。どう考えたって危険すぎる」アイザックはそこでためらった。「だいたいウィルはどうするんだ？　そばについていなくていいのか？」

　エリンは唇を噛んだ。またしても罪の意識に襲われる。

　本来ならばウィルのそばにいるべきなのだ。彼が負傷するきっかけをつくったのは自分なのだから、せめてそのくらいはしないといけない。むしろ恋人なら、そばを離れたくないと思うのがふつうだ。

　それでも真実を求める本能には逆らえなかった。

「ウィルは眠っているわ。夜のあいだも大丈夫だったし、サラがあとで様子を見にいってくれることになってる。それに整備室へ行って床にものが落ちていないか見るだけなんだから、そんなに時間はかからないし」

われながら身勝手な言い分だ。

「本気なんだな」アイザックがセーターをつかんで頭からかぶる。

「本気よ。マーゴットがわたしを襲ったのは、まだやり残したことがあるからだと思うの。だから邪魔者のわたしを排除しようとした」

アイザックの視線が窓辺へさまよう。「おれは警察を待つべきだと思うけどね。天気予報では今日遅くに吹雪が一時的におさまるそうだ。そうしたら警察が来る」

エリンも外を見た。昨日と同じ猛吹雪だ。「警察なんて待っていられない。それまでに次の犠牲者が出てしまう。マーゴットの口ぶりだと、これはサナトリウムに起因する復讐《ふくしゅう》なのよ」

アイザックの視線が窓から離れ、暖炉のそばの椅子にとまった。

エリンもそちらを見る。肘《ひじ》掛《か》けにロールのレザージャケットがかかっている。

アイザックの表情が微妙に変化した。

「わかった。やろう」

79

整備室の照明は問題なくついた。蛍光灯の光の下で見る整備室は、昨日とまるでちがう場所に見える。無機質で、点滅する信号も低い作動音も単なる光と音で、悪意など感じない。

器材をよけながら先を歩いていたアイザックがふり返った。「ウィルが襲われたのは部屋の奥だったよな？」

「ええ」

襲われた場所はすぐにわかった。床に血のあとが残っているからだ。ウィルが倒れていたところはとくにひどかった。救助に来たスタッフが血を踏んだので、赤い靴跡もついている。

意識して深く息を吸う。「何か落ちているとしたらこのあたりだと思うんだけど……」そう言って床を見渡す。

「おれもさがす」アイザックが隣にやってくる。

音からして重いものではなかったが、それだけでは何をさがせばいいかわからない。落ちたはずみでどこかへ転がった可能性もある。

四つん這《ば》いになって首を傾けるとサムのペンダントが顎《あご》の前にだらりと垂れた。正面にある大きな器材の下をのぞく。この隙間に入ったとか？

薄いものならひょっとして……反対側に首を傾ける。

あった！

発電機を囲む金属ケージの下に白いものが突きだしている。ケージに近づき、思い切り手をのばして、人さし指と親指で角をつかんで引き寄せた。

封筒だ。それもかなり厚い。

「見つかったのか？」

エリンは立ちあがった。「封筒が落ちていたわ」震える手で封を開け、紙束をとりだす。A4サイズの紙が半分に折られて入っていた。

最初の一枚を開いて鋭く息をのむ。見たことのある書式だったからだ。

ゴッタードルフ・クリニック

「カルテだわ。ロールのUSBメモリに保存されていたカルテと同じ」

ただし、こちらは内容が黒塗りされていない。ざっと目を通す。患者の名前はアナ・マッセン。マッセンはたしかマーゴットの姓ではなかったか？　患者識別番号は八七五三四。息をのむ。これが偶然とは思えない。

さらに下を見たがドイツ語で、しかも医療用語なので何が書いてあるかわからなかった。次のページをめくる。「もっとある」つぶやいたとき、何かが床に落ちた。白黒写真だ。

しゃがんで写真を拾う。

最初の一枚を見たとたん、ぎょっとして写真を落としそうになった。

三人の女性が手術台に寝かされている。手術着がはだけて胸や腹が丸出しだ。

胃の中身が逆流しかけて口に手をあてる。

女性たちは開腹され、皮膚を金属の器具のようなもので左右に広げられていた。臓器がはっきり写っている。

頭部も、頭蓋骨《ずがいこつ》の一部が切り取られて脳が露出していた。

頭のなかに警報音が響く。

見るな！　見るな！

だが見ないわけにはいかなかった。真実だからだ。

女性たちの後方に手術着を着た三人の人物が立っている。マスクが顔をおおっているが、体つきや、足を大きく開いて立っているところから男性と推測できる。

男たちがつけているマスクは、アデルやロールがつけていたのと同じ、グロテスクな黒いマスクだった。

殺人犯と同じマスク。

激しい嫌悪が込みあげる。この男たちがマスクをつけているのは、今回の犯人と同じく顔を隠すためだろう。これが手術ではなく犯罪だと認識しているから身元がわからないようにしているのだ。実際、こんな行為が許されるはずもない。医療行為とはかけ離れている。

犯罪。しかも極めて非人道的な、野蛮な行為だ。

写真を持つ手に力がこもる。目をそむけたい気持ちに逆らってさらに見ていくと、さっきは気づかなかった細部が目に入った。

手前の手術台に寝かされている女性の腕が台から垂れさがり、その指が何本か切断されていた。

手首に何か巻かれている。白黒なのでよくわからないがブレスレットのようだ。展示箱に入っていた銅のブレスレットとよく似ている。

「これよ！　今回の事件はこれに関係しているんだわ」

写真を見たアイザックが嫌悪に顔を歪《ゆが》めた。「なんなんだこれは！　こいつらはいったい何をやっている？」

「わからないけど、違法行為にはちがいないわ」

一枚目の写真をアイザックに渡して、次の写真を見る。雑草の茂った地面が写っている。最近掘りおこされたようなあとがあった。墓だろうか。しかし墓石などはない。

三枚目の写真は一枚目ほどおどろおどろしくはないが、残酷なことには変わりなかった。手術台に女性が寝かされていて、サンドバッグが胸の上にのっていた。サンドバッグの重みで女性の胸は不自然に沈んでいる。目は閉じられていた。

女性が生きているのかどうかわからない。しかしこの状態で呼吸ができるとは思えない。サンドバッグの重みで肺に空気が入らないだろう。さっきと同じように手術台のうしろにマスクをつけた三人の男が写っていた。

自分たちの仕事を誇るように立っている。

震える手で次の写真をめくった。今度はひとりの女性が手術台に寝かされていた。体はシーツにおおわれているが、首に長い切り傷があった。食い入るように写真を見つめるうち、現実と写真の共通点が明らかになった。

サンドバッグ、首の切り傷――アデルとロールが殺害された方法と一致する。

ふたりの殺害方法と現場に残された印はこの写真を示していたのだ。

サナトリウムのおぞましき過去を。

マーゴットは写真の出来事を再現した。殺害方法からマスク、そしてブレスレットといった細部まで忠実に。

アイザックに声をかけようとふり返ったとき、彼がまだ最初の写真を見ていることに気づいた。

「何？」

「写真の裏に何か書いてある」エリンに写真を渡す。

今はほとんど見かけなくなった筆記体で、サナトリウム・ドゥ・プリュマシット、一九二七と書かれている。

「この写真はここで撮られたのね。こんなことが……」口のなかがからからになる。「ここで起こったんだわ」

ふっと思いついて墓らしき地面の写真を見る。目を近づけて背景をよく観察する。地面に雪はないが、モミの木や山々の峰には既視感があった。

「この写真もサナトリウムの近くで撮られたものじゃない？　殺された女性たちはホテルの近くに埋められたんだわ」

「ひどすぎる」

最初の写真に戻ってもう一度よく見る。すると下のほうに数字列があった。

三人の女性、三つの番号。

上の番号を指でたどる。八七五三四。

今はそれが誰の識別番号かわかる。

アナ・マッセン。マーゴットの血縁者だろう。

アイザックと目を合わせる。「これらの番号は患者の識別番号よ。カルテの番号とも一致する」

「つまりブレスレットは患者がつけていたものってことか？」

「そうよ。そしてそのひとりがマーゴットの肉親だったにちがいないわ」

「でも、そのカルテはドイツの精神科病院のものなんだろう？　それがどうしてスイスの山奥にある？」

「まだわからない。誰かにカルテの中身を訳してもらわないといけない。ただ、この女性たちは肺結核の治療が目的でここへ送られてきたわけじゃないと思う」

マスクをした男たちは手術台のうしろに誇らしげに整列している。切り刻まれた女性たちを見おろして、自分たちがこの世の支配者といわんばかりだ。

続いて墓の写真。墓石はなく、きちんと埋葬した様子もない。証拠隠滅のために埋めたにちがいない。

髪をかきあげる。「こういうわけだったのね。これは復讐《ふくしゅう》なんだわ。マーゴットはどういうルートかわからないけれどこのカルテと写真を手に入れた。そして復讐しようとした」

アイザックの表情がこわばる。「その推理が正しいなら――」マスクをした男たちを指さす。「マーゴットがこの写真を再現しようとしているとしたら、被害者は五人だ。ダニエルを数に入れても今回の被害者はまだ三人」

「あとふたり殺される」エリンがあとを継ぐ。

しばらく間があって、アイザックが口を開いた。「そうだとしても、どうしてアデルやロールが狙われる？　この写真は大むかしに撮られたものだろう。ぞっとする出来事にはちがいないけど、マーゴットが今になって復讐する理由がわからない」

「それについてはもっと調べてみないと」

「そうだな。でもどうやって調べる？」アイザックがエリンを見る。

「わからない」しぶしぶ認める。そのとき、封筒の端に何かついているのに気づいた。黒っぽい粉のような……？

マーゴットのマニキュアがはがれたものだ。

記憶の奥に沈んでいた映像がよみがえる。

受付の机に落ちていたマニキュアのかす。マーゴットがそれを払おうとしてバッグを倒し、中身が床に散らばった。

形を成さなかった考えがひとつの像を結ぶ。潜在意識はちゃんと手がかりを拾っていたのだ。

「ルカとセシルをさがしにいくわ。マーゴットの居場所がわかったと思う。あの人、ずっとホテルのなかにいたのよ」

80

「資料室？」ルカがいぶかしげな表情でコーヒーカップを置いた。「あんなところには何もない」

あきれたような口調の裏に怒りが感じられた。肩のラインがこわばっているし、顎《あご》が突きでている。わたしが指示にそむいたことが気に入らないのだろう。警察を待てと言われたにもかかわらず、まだ捜査を続けていることが。

「そうでしょうか。あの部屋には別の出入り口があるのでは？」

「そんなものはない」ルカがきっぱりと言い、ノートパソコンを閉めて挑むようにこちらを見る。「そもそもどうしてマーゴットが資料室にいると思うんだ？」

「勘です」自分で言っておいて情けなかった。

「勘？　なんの根拠もないのか」ルカが唇の端をぴくぴくさせてセシルと目を合わせる。「予報では天気は回復するから今日にも警察が到着する。このホテルの責任者としては、あなたにこれ以上、無謀なことをしてほしくない」

口に出さなくても、休職中の警察官など信用できないと思っているのがよくわかった。

「犠牲者が増えてもいいんですか？」エリンはルカの目を見て言った。「マーゴットの行動はどんどん大胆になっています。わたしを襲ったのは計画の邪魔になるからでしょうし、ウィルまで刺しました。彼女の復讐がまだ終わっていない証拠です。警察が来ることを知ったらいっそう過激な行動に出るかもしれませんよ」

ポケットの携帯が振動した。確認するとアイザックからだ。あとでかけ直そうとポケットに戻す。

「何の復讐です？」セシルが尋ねる。

エリンは震える手で封筒をとりだした。

写真を見てふたりがどういう反応を示すかが知りたかった。このふたりはサナトリウムの闇の過去を知っていたのだろうか。

最初の写真を取りだして机に置く。「これです。マーゴットはこのホテルに強い憎しみを抱いています」

写真を見たセシルが身をこわばらせ、口を手でおおう。ルカは険しい表情のまま固まっていた。

「これはなんだ？」ルカが顎に手をやり、ひげをなでる。

「ここで撮られたものです。女性のひとりはマーゴットの血縁者だと思います」写真を裏返す。「写真に書かれた番号が、同じ封筒に入っていたカルテの患者識別番号と一致しました。アデルとロールの殺害現場で展示箱に入っていたブレスレットの番号とも」

「この人たちは、どうしてこんなことを？　正規の外科手術には見えないが」

「ちがうでしょうね。女性たちはドイツの精神科クリニックから転院させられました。おそらく肺結核ではなかったと思います」封筒からマーゴットの血縁者のカルテをとりだす。「これを読めばより詳しいことがわかるのでしょうが、わたしはドイツ語が得意ではないので」

「わたしが読みます」セシルがカルテを受け取って、ざっと目を通してから口を開いた。「この女性は第四子を出産後に精神疾患の症状を示してクリニックに送られたとあります。夫から相談を受けたホームドクターが入院を勧めたそうです。あとは具体的な治療や投薬についての記録です」セシルの眉間《みけん》にしわが寄る。「おかしいわ。サナトリウムに送られたとはどこにも書いてありません」

「そうでしょうね。おそらく違法に転院させられたのです。記録に残さないで」エリンは写真の裏を指さした。「サナトリウム・ドゥ・プリュマシットとはっきり書いてあります」封筒から墓の写真を取りだしてふたりのほうへ差しだす。「こんな写真もありました。ホテルの近くだと思うんですが」

「……墓？　この女性たちがホテルの敷地に埋められていると？」

エリンはうなずいた。「あなたたちはサナトリウムでこういうことが行われていたのをまったく知らなかったんですか？」

「知りませんでした」セシルが暗い顔で答える。「資料室にそんなことを示すものはなかったし」

「あなたは？」ルカを見る。知らないふりをしていたのではないだろうか。「ここの改装をしたとき、墓に気づきませんでしたか」

写真から目をそらして、ルカが首をふった。

ルカの態度はどこかおかしかった。反応が薄すぎる。ルカの分析に夢中になるあまり、エリンはセシルの発言を聞きそびれた。「え？　今、なんておっしゃいましたか？」

「どう関係するのかと言ったんです」セシルが言う。「こんなむかしのことと、アデルやロール、それにダニエルが殺されたことが、どう関係するのですか」

「そこはまだわかりません」エリンは素直に認めた。「その質問に答えられるのはマーゴットだけです」

セシルは写真から目が離せないようだった。「たしかにこれが復讐の原因だとしたら、マーゴットは手段を選ばないかもしれませんね。放っておくのは危険だわ。彼女をとめないと」

ルカが不安そうな顔をする。「私は……」

エリンはルカをまっすぐに見た。「今ならマーゴットも油断していると思うんです。これまでずっと彼女が一歩リードしていたけれど、今なら優位に立てるかもしれない」

ルカが大きく息を吐いてうなずき、セシルを見た。「ラウンジへ行って朝食の席でスタッフや宿泊客を見ていてくれないか。私は彼女と一緒に資料室へ行く」

「それでは――」エリンは言葉を切った。また携帯が振動している。とりだしてみるとアイザックだ。「すみませんが弟からなので電話をとらせてください」そう言って部屋の隅へ行く。

「もしもし？」

「どこにいるんだ？　電話にも出ずに？」

「ルカとセシルに写真を見せていたの」

「電話には出てくれ。ウィルのことがあるんだから」

「ウィルがどうかしたの？」

「血圧が……」アイザックが言いよどむ。

恐怖に血の気が引く。携帯を握る手がぶるぶると震えた。

「血圧が急にさがったんだ。サラいわく感染症とか内出血でもそうなるらしい。すぐに病院に連れていったほうがいいって」

頭がぎりぎりと締めつけられる。

もう二度と、大切な人を失いたくない。

「病院に連れていくってどうやって？　ここに閉じこめられているのに。ここから出る方法もないのに」アイザックもそんなことは承知していると思っても、とめられなかった。

ルカが眉《まゆ》をあげてこちらを見る。

「わかってるけど、とにかく伝えなきゃと思ったから電話した」アイザックがなるべくおだやかな口調を保っていった。彼自身、ウィルの変化にどう対処していいかわからないのだ。

「すぐ部屋に戻るわ。ウィルに会ってからマーゴットを捜索する」

「わかった」

ルカたちにウィルの容態を説明して部屋へ急ぐ。心臓が壊れそうに高鳴っていた。ウィルが死ぬかもしれないという恐怖に全身が支配されていた。

また愛する人を失うことになったら、きっとわたしは生きていられない。

81

廊下に出たエリンは、目に涙をためてドアを閉めた。ウィルのいるところでは泣かないと決めていたのだが、限界になって部屋を出てきたのだ。

ウィルは朝見たときよりもずっと具合が悪そうだった。肌が透き通るように白く、こめかみに青っぽい血管が浮きあがっている。呼吸は浅く、苦しげで、生きるための最低限の機能を保つのがやっとに見えた。

あれから血圧がもとの値まで戻っていちおう容態は安定したとサラが言ってくれたが、最悪のシナリオが頭から離れない。

また血圧がさがったらどうすればいい？

ウィルはここで死んでしまうかもしれない。

ホテルではこれ以上何もできない。

だが、ウィルの姿を見て、マーゴットをさがそうという決意はますます強まった。今、彼のためにできることはひとつしかない。マーゴットを——第四の殺人をとめることだ。ウィルが必死で闘っているのに、自分だけめそめそしているわけにはいかない。

目にたまった涙をぬぐい、資料室に向かう。

集中するのよ。感情にのまれちゃだめ。

ルカは資料室の外で待っていた。

「ウィルの具合は？」資料室のドアを開けながら尋ねる。今回は純粋に心配している様子だ。

「アイザックが電話をくれたときは血圧が急にさがったということでしたが、いちおう持ち直しました。サラが、ひょっとすると感染症の初期症状かもしれないと言っていました。抗生剤をのませないといけないいんですが……」

また迷いが生まれる。

本当にウィルのそばを離れていいの？

ルカがこちらをのぞきこんだ。「マーゴットは私ひとりでもさがせる。彼のそばにいたいなら、そうするべきだ」

エリンは資料室の奥へ進んだ。「いいえ。ここでやめるわけにはいきません。ウィルのためにも」

もはやこの事件は自分自身の問題だ。大事な幼なじみを殺され、恋人を刺された。なんとしてもマーゴットをとめないといけない。

前回、資料室に来たときに何かを見落とした気がして、それが頭にひっかかっていた。セシルといたときに立っていた場所や、手をふれたものを思い出しながら室内を見まわす。資料室の床には黒いゴムマットが敷かれていた。マットの上に目を走らせていると何かが光った。

「あった！」

マットの上に銀の星がついたピンが転がっていた。

「いったいなんだ？」ルカが隣にしゃがむ。

「ヘアピンです。マーゴットの。セシルとこの部屋に来たとき、何か場ちがいなものを見た気がしたんですが、これだったんです。あのときはまだマーゴットが行方不明とは知らなかったし、とくに気にとめなかったんですが、昨日マーゴットのことを考えていてふと思い出したんです。彼女がつけていたヘアピンをどこかで見たって」

ヘアピンの周辺を調べると、ゴムマットの床に粉のようなものが落ちていた。指先を湿らせて粉をとり、じっと見つめる。

　このグレーはマーゴットのマニキュアだ。

「粉？」

「マニキュアのかすです」これで、マーゴットがここに出入りしていたことに確信が持てた。「マーゴットはマニキュアを爪でこそげる癖がありました。今はグレーのマニキュアを塗っています」説明しながら床のマットに目を近づける。手持ち無沙汰《ぶさた》でマニキュアを削っていたのならもっと広い範囲にかすが落ちるはずだ。

「この床はサナトリウム時代のものですか？」

　ルカが体を起こす。「いや。オリジナルの床は腐っていたので、一時的に床板を張ってゴムマットを敷いた。あとでもっときれいにするつもりだったんだが、資料室を公開するのをやめたので床もこのままになった」

　ふとマットの表面に線がついているのに気づく。線をたどると一辺が一メートル四方の四角になっていた。

　線の上に指を走らせる。切れ込みだ。

　切れ込みの上にピンやマニキュアのかすが落ちていたのが偶然のはずはない。

「なんだ？」ルカが眉をひそめる。

「わかりません。ちょっと調べてみます」ポケットからナイフを出して刃先を切れ込みに入れた。えぐるようにすると四角いマットが浮く。

そのままナイフでマットを持ちあげた。下から現れたのはフロアタイルだ。ここにもマニキュアのかすが落ちている。タイルの上に手を滑らせる。はがれたマットと同じ大きさの切れ込みが見つかった。

心臓が早鐘を打つ。

まちがいない。

切れ込みに沿ってナイフを入れる。ふだんから頻繁に開け閉めしていたようで、たいした力も必要なくタイルが浮いた。その下に現れたものをじっと見つめる。

木製のドア。両側に金属製のハンドルがついていて、ハンドルの周囲にもマニキュアかすが落ちている。

マーゴットが出入りしていた証拠だ。このハンドルを握ったときにマニキュアがはがれたのだ。

ルカをふり返る。「これはなんですか?」

「わ、わからない」ルカが茫然《ぼうぜん》とした表情で答える。「こんなものは見たことがない」

「改築のときも?」

「ああ。現場につきっきりでいるわけではないし、そもそもこの部屋はあまり重要視していなかった」木のドアを見つめながら言う。「ひょっとしてマーゴットがこのなかに……?」

「可能性はあります」不安に声が揺れる。このドアの下に空間があるのなら、誰かを閉じこめるには最適だ。ホテル内なので様子を見にいきやすいし、防音も効いているだろう。しかも資料室には誰も入ってこない。

ハンドルを握って引きあげる。木製のドアが開き、かび臭い空気があがってきた。内部はインクを垂らしたように真っ暗だ。懐中電灯を穴のなかに向けると、階段が浮かびあがった。石を粗く削っただけの階段だ。

「入ります」

「危険だ」ルカが目を見開く。

「わかっています。でもこのままだとまた誰かが殺されるかもしれない。一刻の猶予もないんです」

「では……私も行こう」

エリンはルカの目を正面から見た。「お願いします」

82

右手に懐中電灯を握って慎重に石段をおりる。すぐうしろにルカの気配を感じた。かび臭くて息が詰まりそうだ。長いあいだ停滞していた空気特有の埃《ほこり》っぽさがある。

数段おりたところでふり返り、小さな声で言う。「そういえば、入口のドアは内側からも開けられますよね？」

ルカが数段戻ってドアをさぐる。「開く」

「マーゴットはここから出入りしていたんですね」防犯カメラが作動していない今なら楽勝だ。

「そういうことになるだろうな」ルカがうなずく。

階段を降りきったスペースには、資料室の明かりもほとんど届かなかった。懐中電灯であたりを照らす。一方に暗い空間がのびていた。

トンネルだ。

地下室を想像していたが、トンネルだった。このトンネルがホテルの正面やスパにつながっているのかもしれない。

壁に沿って懐中電灯の光を移動させると、階段と同じように岩壁を削ってできたトンネルであることがわかった。表面に薄く水の膜ができている。

懐中電灯を上に向ける。天井には旧式の蛍光灯がついていた。厚く埃をかぶっていて、表面にひびも入っている。

長く使われていなかったであろう蛍光灯を見あげて考える。かつて電気が通っていたということは、このトンネルは追加されたものではなく、サナトリウムの一部だったと推測できる。

ルカをふり返る。「このトンネルはサナトリウムの設計図に載っていませんでしたか？」

「いや」ルカも自分の懐中電灯であたりを照らしていた。「改築の前に建物の調査をしたときも気づかなかった」平静を保とうとしているが、胸が頻繁に上下している。呼吸が浅くなっている証拠だ。

「トンネルの出口にも気づかなかったんですか？　外壁とか地面に、それらしい構造は見られませんでしたか？」

「そんなものはなかった。おそらく出口はだいぶ前にふさがれたんだろう。ホテルから離れたところにあって気づかなかったという可能性もあるが、トンネルの使用目的を考えると可能性は低いだろうね」

「使用目的がわかるんですか?」

「レザンにはトンネルのあるサナトリウムが複数ある。食料や日用品を運んだり……」ルカが言いよどむ。「ご遺体を運んだりするのに使ったそうだ。トンネルを使えばほかの患者の目につかないので……」

それが本当なら設計図に記してあっただろうし、オーナーであるルカがトンネルの存在をまったく知らなかったなんて不自然だ。何か理由があって存在が伏せられていたのかもしれない。

「もしかすると……あの手術の写真はここで撮られたのかも。だからトンネルのことを記録に残さなかったのかもしれません」

「その可能性は……あるな」ルカが暗い声で認める。

エリンはふたたび歩きだした。奥へ進むほど不安も大きくなる。

数メートル進んだところでトンネルが二手に分かれた。右側は階段に、左側は平らな道になっている。

「どうしてこんなふうになっているのでしょう」

ルカをふり返る。よほど緊張しているのか、首筋の血管が浮きあがっていた。

「レザンのものと同じなら、電動担架が通れるように半分平らにしていたのかもしれない。レザンでは、階段をのぼるとスタッフが使っていた部屋があった」

その部屋が、あの残虐行為があった場所かもしれない。重い足どりで階段をのぼる。闇が濃すぎて懐中電灯の光だけでは心許《こころもと》なかった。今のところトンネル内にマーゴットがいたことを示すものはない。

また勘ちがいをしているのだろうか。このトンネルと今回の殺人とは関係がないのではないか。

そのとき、ルカの懐中電灯が頭上を照らした。

「トンネルが……ここから広がってる」

ルカの立っている位置まで移動して懐中電灯で周囲を照らすと、たしかにそこだけぽっかりと空間が広がっていた。数メートル先でもとのトンネルの広さに戻る。

懐中電灯の光に何かが反射した。光を戻して目を凝らす。頭のなかに警告音が鳴り響いた。異様な光景が浮かびあがる。光を反射したのはストレッチャーの一部だった。上に敷かれた薄いゴムマットが途中からめくれあがっている。四隅にロープがついていた。

ストレッチャーの脇にはキャンバス地のバッグやタオルが落ちていて、水のボトルもいくつかあった。左側には小さなテーブルがあり、はさみやナイフなどの器具が散らばっている。

器具にはべっとりと血がついていた。

ここが犯行現場にちがいない。ロールはここで指を切られた。アデルも。

脳内に残酷なイメージが炸裂《さくれつ》する。懐中電灯を握る手にじっとりと汗がにじんだ。

「ここが……」ルカは目を見開いて絶句した。

「そうですね」震える声で言う。「人を殺すにはもってこいの場所です。広いし、誰にも気づかれない。アクセスも悪くない」異臭に気づいて言葉を切る。

トンネル内に充満していたかび臭さとはまたちがう、むっとするにおいだった。血と肉のにおい。

浅く呼吸しながら前に出る。

換気ができないせいで、器具に付着した血のにおいが残っているのだと思いたい。

しかし懐中電灯で壁を照らしたとき、においの元が見えた。

頭が真っ白になる。胃がもんどりを打った。

こんなことって……。

83

木製の棚にとりつけられた奇妙な装置にぶらさがっているのは、絶命したマーゴットだった。

顔には例のゴムマスクがついているが、ストラップがゆるんで横顔がのぞいている。皮膚に血の気はなかった。

マスクの下からのぞく目は開いているものの、ぽっかり空いた暗い穴のようで、生命の輝きはかけらもない。

体ががたがた震えだす。

マーゴットは自殺したのだろうか。追いつめられてみずから命を絶ったということか？　だがさらによく見ると、手首と足首にロープが結ばれ、上下にぴんと張っていることがわかった。足首のロープは歯車のようなものにつながっていて、歯車をまわすと胴体が下に引きのばされる仕組みのようだ。自分自身に対してそんなことができるはずがない。

頭部に視線を戻す。額のあたりに金属の締め具がとりつけられていて、圧迫されたところからかなり出血していた。締め具の表面にはフックがついていて、のびたロープが天井についた別の歯車につながれている。

マーゴットの体は上下の歯車でひっぱられ、限界まで引きのばされているのだった。首や四肢のあちこちに内出血による変色が見られる。筋肉や血管がちぎれた箇所だ。

額の締め具で死ねればまだよかったろうが、この中世の拷問具のようなもので脊髄《せきずい》を裂かれたのだとしたらすさまじい痛みだったにちがいない。

数日前に言葉を交わした相手がこんな野蛮な方法で命を奪われるなんて、とても現実とは思えなかった。

この光景は死ぬまで忘れられない。忘れようとしても脳裏に焼きついて離れないだろう。いつもならここでパニック発作が起きるところだが、今日はなぜか平気だった。目の前の光景に衝撃を受けながらも、頭は冴《さ》えわたっていた。

「マーゴットは誰かと共謀していたんですね」ルカをふり返る。「犯人はもうひとりいます」

84

ルカはいなかった。

狼狽《ろうばい》してあたりを見まわす。

「ルカ?」暗いトンネルに自分の声が反響する。

返事はない。

恐怖に鳥肌が立った。

懐中電灯で全周を照らす。

ストレッチャー、テーブルの上の器具、壁。

ルカの姿はない。

さっきまですぐうしろにいたのに。何かに気づいてトンネルの先へ行ったのだろうか。

数メートル進んで前方を照らす。気配がないので引き返しかけたとき、遠くで音がした。

ドアが閉まるような音?

このトンネルの入口を閉める音だ!

ルカはひとりで資料室に戻ったにちがいない。

このタイミングで逃げるとしたら答えはひとつ——マーゴットと共謀していたのはルカだったのだ。あの男が真犯人としか考えられない。

ただ、ルカが犯人なら、どうしてここに入った時点でわたしを殺さなかったのだろう。チャンスはいくらでもあった。

トンネルの入口を目指して走りだす。高地で酸素濃度が低い上にゆるやかなのぼり坂なので、すぐに息があがった。走っても走っても少しも前に進んでいない気がする。額に浮いた汗を乱暴にぬぐって走りつづける。

マーゴットの最期の姿が脳裏をよぎった。どうしてルカは彼女を殺したんだろう？　どこかで意見が食いちがったのか。それとも最初から殺すつもりだったのか。マーゴットをスケープゴートにして、自分の望みを果たそうとした可能性もある。

セシルから聞いた話がよみがえった。ルカとロールの関係、ホテルに対する執着。そしてわたしについた嘘の数々。

ルカが黒幕ならばすべて辻褄《つじつま》が合う。

だが動機は？

ホテルを守るため？　ここはルカにとって生きた証しのようなものだとセシルも言っていたではないか。ホテルを守ろうとするあまり常軌を逸した行動に出た可能性はある。サナトリウムの暗黒の歴史を封じるためにロールやマーゴットを殺したのかもしれない。

その推理が正しいとすれば、アデルもサナトリウムについて何か知っていたのだろうか。ダニエルも？

ようやく入口の階段にたどりついた。数段あがって上を照らす。完全な闇。資料室の明かりはちらりとももれてこない。予想どおり、ルカが閉めていったのだ。懐中電灯を口にくわえて手をのばし、力いっぱい押してみた。ドアはびくともしない。

表面をなでまわして薄くなったりひびが入ったりしているところをさがしたが、無駄だった。数段おりて姿勢を低くし、勢いをつけてドアに体あたりする。板が数ミリ浮いてかすかに光が差しこんだものの、すぐに闇が戻ってきた。

がっかりして階段にへたりこむ。じわじわとパニックが襲ってきた。

自分がここにいることを知っているのはルカとセシルだけだ。姿が見えないと気づけばセシルはさがしてくれるだろうが、少なくともあと数時間は疑問に思わないだろう。そのあいだにルカが誰かを傷つけるかもしれない。

トンネルの奥へ進んで出口をさがそうかとも思ったが、出口はふさがれているとルカが言っていた。

考えろ、考えろ！　必ず方法はあるはず。

しばらく考えて、ごく初歩的な方法があったことに気づいた。

携帯電話だ。

ポケットから携帯を出す。しかし画面にタッチした瞬間、現実を思い知らされた。電波強度を示すバーがひとつしかなく、それも点滅を繰り返している。携帯をいろいろな場所に動かしてみると〝電波を受信できません〟というメッセージが出た。

高い場所ならどうだろう。階段のいちばん上にしゃがんで携帯画面を見つめる。さっきまで点滅していたバーが点灯した。

バーは一本だが問題ないだろう。急いでアイザックにインスタントメッセージを送る。

〝資料室に閉じこめられた。床の中央に入口がある。ゴムマットが四角く切れているから持ちあげて、タイルをどかして。木のドアがあるから〟

すぐに返信があった。

〝今、行く〟

五分もしないうちに頭上から音が聞こえた。何かがぶつかる音、こすれる音。大きなきしみとともにどっと光が降ってきた。

まぶしさに目を細めてしきりに瞬《まばた》きする。

真上にアイザックの顔があった。開口部のふちに膝《ひざ》をついてこちらを見おろしている。顔は赤く、汗ばんでいた。

アイザックが手をのばしてエリンをひっぱりあげる。

「大丈夫か?」取り乱した声だ。

「大丈夫、ありがとう」エリンは立ちあがって胸いっぱいに息を吸った。「マーゴットが殺されたわ」

「殺された?」アイザックがかすれた声をあげる。「でもあの女が犯人じゃ――」

深く息を吐く。「そう思っていたんだけど、この先のトンネルに遺体があったの」無残な姿を思い出して口をつぐむ。

「つまり犯人は別にいるってことか?」

エリンは返事をためらった。筋道立てて考えようとする。「どうだろう。マーゴットが犯行に関与していたのはまちがいないけど、共犯者がいるんだと思う。マーゴットはわたしをここに閉じこめた人物に殺されたんだわ」

アイザックが眉《まゆ》をひそめる。「それは誰だ？」

「ルカよ。わたしと一緒にマーゴットをさがしにきたの。ずっとうしろをついてきていたのに、わたしがマーゴットの遺体を調べているあいだに消えた」

アイザックが眉間《みけん》にしわを寄せる。「それだけで共犯だと言えるのか？」

「そうでなければこんなところにわたしを閉じこめないでしょう」

「でも、犯人ならどうしてその場で姉さんを殺さなかった？　邪魔だったんだろう」

「そこはわからない。マーゴットのことに気をとられていて考えがまとまらなくて……もう、殺す必要がなくなったのかもしれない」

アイザックが不安そうに資料室のドアをふり返る。「それで、これからどうする？」

「ルカを見つけないと。新たな犠牲者が出る前に」

85

ラウンジの窓の外は相も変わらず銀色がかった白に塗りこめられていた。

バーのそばに二組のグループがいて、それぞれに電話をしたり、飲みものを飲んだりしている。そのうち一方のテーブルにセシルがいて、コーヒーカップを両手で抱え、もの思いに沈んでいるようだった。

重い足を引きずってセシルのほうへ近づく。弟が犯人だと告げたら、彼女はどんな反応を示すだろう。

セシルが顔をあげた。やつれて険しい表情だ。「ウィルはどうですか？」

「今は安定しています」

「それはよかったわ」

エリンは声を落とした。「ふたりで話せますか？」

「わかりました」

セシルが立ちあがって、ラウンジの反対側のテーブルへ移動した。そこなら周囲に誰もいないので話を聞かれる心配がない。

席に着いたエリンは着ているシャツの裾《すそ》をひっぱった。テーブルは暖炉から一メートルほどの位置にあってあたたかかった。

資料室で隠しトンネルを発見したところから順番に説明する。途中、セシルの表情に気づいて話すのをやめた。そこには混乱と不信感と、そしてもうひとつ……あきらめのような感情が浮かんでいた。

張りつめていた糸が切れたような顔だ。

ひょっとして、セシルは最初からルカを疑っていたのかもしれない。

「ルカがかかわっていると本気で思うのですね？」話を聞きおわって、セシルが言った。虚《うつ》ろな目は空洞を連想させる。

エリンは大きく息を吸った。「トンネルから黙って逃げたうえに、わたしを閉じこめたんです。彼が犯人でないならほかにどんな理由があってそんなことをするでしょうか」

セシルはしばらく沈黙していた。その視線が一メートルほど先に吊《つ》られているガラスの展示箱へ移動する。なかには旧式の圧力計が入っていた。説明書きに、人工的に気胸にしたとき肺の圧力を計測するために使われたと書いてある。

あのむごたらしい写真を見たあとだけにすさまじい嫌悪感を覚えた。ルカはすべてを知ったうえでこんなものを展示したのか。恥ずべき歴史を見世物にしたのか。

「それで、これからどうすれば……」セシルが言う。

「やるべきことはふたつあります。ひとつ目は全員をここに集めて誰も外へ出さないようにすること。それからルカをさがします」

「どこにいるかわかりませんよ。敷地は広いですし、資料室のトンネルのように、どこかに秘密の空間があるかもしれません」

「もちろんそうですが、ルカはすぐに次の犯行にとりかかると思うんです。それなら本館のどこかにいる可能性が高いんじゃないかと」

セシルが覚悟を決めたように短くうなずいた。「では、ルカのオフィスからさがしましょう」

オフィスのなかはこの前と様変わりしていた。執務机は斜めになって書類が散らばっている。

床にノートが落ちていた。引き出しは開けられ、椅子は机から離れたところに押しやられている。

まるで強盗が入ったみたいだ。

背筋が寒くなる。ルカはここに戻ってきたにちがいない。そして何かをさがした。

気をとりなおして書類から調べはじめる。ざっと目を通したかぎり、仕事関係の文書やプレゼンの資料ばかりだ。

ファイルの山のなかに見たことのあるものが交じっていた。ルカに宛てた脅迫状だ。今はロールが送ったことがわかっている。手紙は十通以上あってどれもちがう内容だった。まとめて一カ所に積み重ねる。

ルカは三通しかないと言ったのに、あれも嘘だったのだ。実際はかなり前から脅迫されていたのかもしれない。この脅迫状によって追いつめられて殺人に走った可能性も否めない。

「それはなんですか？」セシルが手紙の山を見る。

「手紙です。ロールが送った脅迫状」

セシルが眉をひそめた。「どうして今ごろそんなものをひっぱりだしてきたのかしら」

「わかりません」もう一度部屋を見まわす。何かが不自然だった。それが何かわかるまでにしばらくかかった。

棚だ。

棚だけはまったく荒らされておらず、それが却《かえ》って不自然に思える。棚のドアにはそれぞれ小さな錠がついていた。

エリンは棚に近づいて錠を調べた。「この棚の鍵はありますか？」

「いいえ。たぶんルカが持っているんだと思います」

立ちあがって部屋を見まわし、錠を壊せるようなものをさがす。執務机の上に大きなガラスのペーパーウエイトが置いてあった。それをつかんで棚の前に膝をつく。そしていちばん大きな棚の錠に狙いを定めて、思い切りふりおろした。

うまくいかなかった。汗で滑ったペーパーウエイトが大きな音をたてて床に落ちる。服でてのひらの汗を拭《ふ》き、ふたたびペーパーウエイトをとって錠に打ちつけた。今度は命中した。大きな音とともに錠が外れる。

ためらわずにドアを開けた。

棚のなかにはたったひとつしかものが入っていなかった。例のマスクだ。

ここ数日、エリンの人生に黒い影を落としていた黒いゴム製のマスク。中身がないのでぺちゃんこにつぶれている。

時間が歪《ゆが》む。頭の奥で歯車がかちりと音をたてた。

決定的だ。アデルやロールがつけていたマスク。マーゴットの顔からずり落ちそうになっていたマスクが、目の前にある。

やはりルカが犯人だった。

セシルが隣に立つ。「これは……犯行に使われたマスクですね」

「そうです」マスクを手にとってよく見る。ゴムの表面に入った細かなひび。鼻と口をつなぐチューブ。ひっくり返したところで何かひらめきかけたが、それが何かわかる前にひらめきは消えてしまった。

セシルが隣にやってくる。「こんなものが見つかった以上、ますますルカが疑わしく思えますよね。でも、わたしにはどうしても納得できなくて……。あの子がこのホテルの害になるようなことをするでしょうか。ホテルのためにすべてを注ぎこんできたのに。人を殺したら終わりだということくらいわかっているはずです」セシルが手をのばしてマスクにふれた。「きっと何かのまちがいです。犯人はあの子じゃない」

この期に及んで弟をかばうセシルに呆れる一方で、アイザックが自分をかばったのと同じだという気もした。アイザックも真実を隠すことで姉を守ろうとした。

「セシル、わたしは――」

「ほかの棚も開けてみませんか」セシルがペーパーウエイトを手にとる。「きっと、サナトリウムの歴史に関するものを集めていたんですよ。それだけです」

「セシル、信じたくないでしょうが――」

最後まで言えなかった。セシルの手から力が抜け、ペーパーウエイトが鈍い音をたてて床に落ちる。

「ぜんぶ……」しわがれた声で言う。「わたしが悪いんです」

セシルの目から涙があふれる。

やはり知っていたのだ。弟の犯行だと気づいていたにちがいない。

「あなたのせいじゃありませんよ」セシルの腕に手を置く。「あなたのせいなんかじゃありません」

「いいえ」セシルがこちらを向く。目が血走っていた。「ずっと隠してきたことがあるんです。あなたに伝えなければならないことが」

86

セシルが立ちあがって窓辺へ行った。「ダニエルのことです。彼の身に起こったことは、わたしに責任があります」視線を床に落とす。

エリンは背筋をのばした。

「失踪《しっそう》した日、ダニエルはルカと契約相手と、ここで会うことになっていました。その時点では誰も、彼がいなくなるとは思っていませんでした。奥さんのもとに、夕食は町でとるというメールと、酒を飲みすぎたのでクランズの両親の家に泊まるというメールが届きました」

エリンは静かにうなずいた。

「翌日、管理人がここへ来ました。まだ二十歳そこそこの青年で、ルカが週に一度、敷地の見まわりを頼んでいました。ここは長いこと放置されて荒れ放題だったので、不法侵入者も多かったのです」セシルが言葉を切り、視線を窓の外へやった。「午後になって、ルカのところに電話がありました。管理人が施設を見まわったところ、旧病棟で死体を発見したと言うのです」セシルが深く息を吸う。「体を切り刻まれ、顔にマスクをかぶせられていたと」

「このマスクと同じものですか」手にしたマスクに視線を落とす。

「そうだと思います。ルカはそのときローザンヌの事務所にいました。管理人に、誰にも言うなと指示をして、すぐにサナトリウムへ行きました。心のどこかで、きっとホテルの建設に反対する人たちのいたずらで、死体に見せかけた人形か何かだろうと願っていたそうです。でも……ちがいました。旧病棟に、管理人の言ったとおりの死体がありました。ダニエルの死体が」

「ルカは警察に通報しなかったんですね」唇を嚙《か》む。

「はい。ルカはパニック状態でわたしに電話をしてきて、どうすればいいかと尋ねました。わたしは町にある親の家にいましたから、すぐにサナトリウムへ向かいました」セシルが口に手をあてる。喉《のど》から奇妙な音がもれた。「ダニエルは車椅子に乗せられていて、その不気味なマスクが顔をおおっていました」両目からあふれた涙を、手でぬぐう。

「あなたも警察に通報しなかった」責めるような口調になるのはどうしようもなかった。カロン姉弟は幼なじみの死を隠蔽《いんぺい》したのだ。

「しませんでした。ルカが通報しないでくれと何度も言うので。あの子はこんなことが明るみに出たらプロジェクトはおしまいだと言いました。実際、そのとおりでした。反対運動が勢いを増しているときに、ダニエルが現場で殺されたとなったら壊滅的です」セシルが言いよどむ。「あの子にとってこのホテルがどれほど大事なものかはよくわかっていました。すべてを注ぎこんでいましたから。お金だけじゃなく、人生そのものを賭《か》けていたんです。家庭生活も犠牲にして、このホテルに賭けていた」

「それで、どうしたんですか？」

「ルカがダニエルの遺体を現場から運びだしました」

「遺体をどうするつもりか尋ねましたか？」

「いいえ」セシルが眉間《みけん》にしわを寄せる。「知りたくありませんでした。わたしにできるのは秘密を守ることです」

「殺害現場はどうしたんですか？　ダニエルが行方不明になって、警察が捜査をしたはずです。あなたの話だと現場には血痕《けっこん》などが残っていたんじゃないですか？」

「ルカが掃除をして、何も起こらなかったかのように偽装しました。家具を動かしたり、ごみを移動させたりすればそう難しいことではありませんでした。もともと荒れ放題でしたから」

セシルが自分の手を見る。「警察もたいして調べませんでした。当時は、ダニエルが自分の意思で姿を消したのだろうと思われていたので」

「管理人は？　管理人は警察に通報しようとしなかったのですか？」

「ルカが金をやって黙らせました」セシルが弱々しい声で言う。「大金を払って今日のことは忘れろと言うと、管理人は黙って消えました」

頭のなかで疑問点を整理する。「二日前、アデルの遺体が見つかったとき、ルカと話しましたか？　手口が似ていることについて」

「はい。でもダニエルのことを話したら、わたしたちも逮捕されるとルカに言われました。遺体を隠し、通報しなかったのは犯罪です。殺害現場の証拠も隠しましたし……」セシルは肩を丸め、消え入るような声で言った。「アデルの殺害とダニエルの失踪を関連づけられないように、一刻も早く犯人を見つけたいとルカは言いました。まさかあの子がやったなんて……」声が割れる。

エリンは無力感に襲われた。わたしはいったいいくつの嘘を聞かされてきたのだろう。みな、真実を半分しか語らない。これではずっと片方の目をふさがれて捜査していたようなものだ。

セシルはしばらく沈黙したあと、口を開いた。「ルカが最後の入院を終えて帰ってきたときのことを今でも思い出すんです。あの子は、人に指図されて生きるのはもうたくさんだと言いました」そこで言葉に詰まる。「これからは自分のやりたいようにやる。邪魔するやつは容赦しないって」

窓の外で雪が躍っている。

ルカは誓いを果たした。自分の世界をつくり、人を動かす側に立った。

ため息をひとつついてセシルに向き直る。「これからホテル内をくまなく捜索します。あなたはラウンジに戻って、全員がそろっていることを確かめてください」

「一緒にさがさなくていいんですか」

「ひとりで行きます。大勢だと怯《おび》えさせるかもしれませんし。これ以上、彼を刺激したくないので」

「わかりました」セシルがドアへ近づく。「助けがいるときは電話をください」

「よろしくお願いします」マスクを棚に戻してバッグを手にとる。セシルの言葉がまだ頭のなかをめぐっていた。

〝これからは自分のやりたいようにやる。邪魔するやつは容赦しない〟

どこかで聞いたようなフレーズだ。ふたたび頭のなかで歯車がまわる。ひとつの考えがゆっくりと像を結ぶ。足をとめ、床を見つめた。

この推理は正しいのだろうか。それとも疲れきった脳が生んだ幻想だろうか。傷ついたレコードのように、針が同じ場所で飛んでいるだけではないか。

携帯を出して検索画面に言葉を打ちこむ。さがしていたウェブサイトはすぐに見つかった。記憶を頼りに画面を下へスクロールする。手が汗ばんでいるせいで、画面にべたべたと指紋がついた。

どんどんスクロールしていくと文章が終わってしまった。

落ち着け、と自分に言い聞かせて、今度は上にスクロールする。

すると求めていた一文が画面から浮きあがって見えた。

やっぱり！

そのとき、別の記憶が刺激された。このウェブサイトを見なかったら、気づかないままだったであろうかすかな記憶が。

棚の前に戻ってドアを開ける。膝《ひざ》をついてマスクをとりだし、自分の顔に近づけた。大きく息を吸う。マスクが膝に落ちた。

まちがいない！

ようやくすべてがつながった。小さな出来事、会話の断片、何気ない身振りが集まってひとつの絵を描く。

疑念は消えた。

あとはただ、手遅れでないことを祈るばかりだ。

全身にアドレナリンが噴きだす。興奮しすぎて気持ちが悪いくらいだ。

あそこまで走ったらどのくらいかかるだろう。三分？　四分？

エリンは猛然と走りだした。

87

スライドドアを開け、雪が乱舞するデッキに飛びだす。エリンは肩で息をしながら、目を細めてメインプールを見渡した。

カバーが外されたプールの水は、水中ライトに照らされてぼんやりと光っている。うねりながら揺れる蒸気の向こうに人が見えた。

ルカだ！

屋内プールにいなかったらここにちがいないと思っていた。

しかもルカはひとりではなかった。

今度こそ正しい推理ができたのだ。

デッキに積もった雪を蹴《け》ってルカに近づく。雪片が容赦なく顔にぶつかってきて、まるで羽毛の銃弾を浴びているようだった。緊張に手足がこわばり、やわらかな雪で足が滑る。できるだけ体重をうしろにかけて、転ばないように注意しながら進む。

メインプールの右奥に置かれたデッキチェアに、ルカが横たわっていた。こちらに顔を向けようとする動作が操り人形のようにぎこちない。目は開いているものの、焦点は合っていない。手遅れだったか？

エリンは歩みを速めた。

「大丈夫。目を覚ましかけています」セシルがルカの隣に身をかがめ、腕をひっぱって上体を起こそうとしていた。まるで患者の世話を焼く看護師だ。

だがエリンは騙《だま》されなかった。

「もう演技はいりません」ゆっくりと自信に満ちた声で言う。「あなたがやったことはわかっています。マーゴットと共謀したのはルカじゃなく、あなたね」

セシルがこちらを見て眉間にしわを寄せた。

「何を言っているの？」エリンと同等の落ち着いた声でセシルが言った。「わたしが見つけたとき、ルカはこの状態だったんです。わたしは弟を助けようとしているだけ」

やってもいない殺人で責められたら、こんなふうに落ち着いてはいられない。驚いたあと、猛然と自分を弁護するのがふつうだ。

ルカが不明瞭《ふめいりょう》なかすれ声をあげた。のろのろと体の向きを変え、顔の左側をこちらに向ける。

眉《まゆ》の上あたりに血がついていた。肌は青白く、汗なのか雪なのかわからないが、じっとりと濡《ぬ》れている。

エリンは咳払《せきばら》いをした。「あなたが犯人だってことはわかっているんです。最後の最後で油断しましたね」

セシルが小さく首をかしげる。「油断？」

「ええ。ルカのオフィスで言ったでしょう。〝これからは自分のやりたいようにやる。邪魔するやつは容赦しない〟と。あの発言は前にもどこかで聞いたように思いました。ホテル建設に反対するブロガーが書いた一文とまるで同じだったんです。ブログには、ルカがそういう発言をしたと書いてありました。ツイッターにも同じコメントがあがっていました。あなたは偽アカウントをつくって自分の弟を批判していた。あなたが本当に恨んでいたのはルカだった。ちがいますか？」

セシルはどこか遠くの世界をさまよっているような表情をしていた。エリンの話などまるで他人事《ひとごと》のようだ。

「ブログ？」信じられないというように繰り返す。「ブログに書いてあった文がわたしの発言と同じだったからというだけで犯人扱いするんですか？」

「ほかにもあります」エリンは背筋をのばした。「ルカのオフィスにあったゴムマスクから塩素のにおいがしたんです。これまでも何度か、意外な場所で同じにおいをかぎました。ペントハウスでマスクをした犯人に襲われたときも、あなたとルカがフランス語で口論していた階段室でも、そのときはわからなかったけれど、今日、すべてがつながりました。あなたは毎日泳ぐでしょう？」

　セシルは静かにこちらを見ていた。風になびいた髪が顔にかかる。何を考えているのかわからない。

「だからあなたがルカをここ――プールへ連れてくるだろうと思ったんです。屋内プールか屋外プールのどちらかだと見当をつけました。あなたがよく知っている場所だから。プールが唯一、ほっとできる場所なんですよね？」

「適当なことを言わないでもらえる？」セシルが抑揚のない口調で言い返す。「ぜんぶあなたの憶測でしょう」

「わたしの憶測はけっこう当たるんです。アデルが殺されたときは個人的な恨みが動機だと思っていました。あれも結局は当たっていたんじゃないですか。すべてはあなたとルカの問題なんですよね。ルカが何か許せないことをしたのでしょう。復讐《ふくしゅう》せずにいられないことを」

「ちがう。わたしは――」

　セシルがひるんだのを見て、エリンはさらに攻撃した。「ここで起きたこと――あなたが殺した人たちは、捜査の目をサナトリウムに向けさせるための手段だった。過去は過去でも、自分の過去を清算するためにあなたはこの計画を練った」そこでルカを見る。「復讐したかったのはルカ。彼が事の発端なんですよね」

　セシルが一歩さがった。おだやかな仮面がはがれ、激しい動揺が浮かぶ。「ちがう。わたしは――」

一歩足を踏みだすと、エリンのブーツは雪に深く埋もれた。「ルカはあなたに何をしたんですか？　教えてください」

セシルが顔をくしゃくしゃにする。誰かに踏みつけられたような、打ちひしがれた様子だった。喉《のど》の奥から獣のような声がもれる。

「ルカが何かしたわけじゃない。むしろ問題は、何もしなかったことだった。それにルカが発端じゃない」顔がひきつる。「原因をつくったのはダニエルよ。ダニエル・ルメートル。あの男はわたしをレイプした」手を突きだしてルカを示す。「ルカはそれを知っていたのに何もしなかった」

88

あたりを静寂が包む。風がなくなり、ここへ来て初めて、雪がまっすぐ地面に落ちるのを見た。

「今のを聞いて、何か言うことはないの？」セシルがルカに言う。

ルカは半分閉じかかったまぶたの下から姉を見あげるだけだった。言葉は出てこない。

「あの夜、あなたもいたでしょう。シオンで、ダニエルの十八歳の誕生パーティーがあった夜のことよ。あなたがわたしたちをダニエルの家まで車で送ってくれた。その夜はみんなダニエルの家に泊まった」

セシルが話しはじめる。レイプされた日のことを話しているとは思えないほどおだやかな口調だ。感情の起伏が感じられない。

　危険な兆候だとエリンは思った。燃え盛る怒りより、冷たく凝固した怒りのほうが始末が悪い。燃え尽きるタイミングを失って石のように硬くなり、どうやってもほぐすことができないからだ。

「ダニエルは友だちだった。あなたの親友でもあった。家族の延長みたいなものだった。わたしはまだ十六で、子どもだった」

「やめ――てくれ」ルカが不明瞭な声を発する。

「何をやめるの？　言葉にしなければ、なかったことにできるとでも？」セシルの顔つきが険しくなる。「わたしは以前からダニエルに憧《あこが》れていた。彼にキスされて有頂天だった。くすくす笑いながら、静かにしないと誰かが起きちゃうなんて言い合った。ところがあの男は、いきなりわたしのドレスを引きあげて、太ももを押し広げてきた。いやだって言おうとしたけど、あの男に口をふさがれて声も出なかった」セシルが自分にうんざりしたように首をふる。「レイプ被害者の話を聞いて、自分だったら殴ったり蹴ったり全力で抵抗すると思っていたのに、実際はたいした抵抗もせず、あいつのいいなりだった」

　ルカは無言で姉を見つめていた。髪に雪片が舞い降りる。

「あの男がわたしの上からおりたとき、わたしはあなたを見た。あなたは急いで寝ているふりをしたけど、起きているのはわかっていた。あの男がすることをぜんぶ見ていたことも」

　ルカがつばをのんだ。「ちが――起きてなんて、いなかった。本当だ」

「嘘ばっかり」セシルが鼻で笑う。「弟なのに何もしないなんて。どうして助けてくれなかったの？　次の日もずっと考えていた。なぜあなたは寝ているふりをしたんだろうって。結局、いいほうに考えることにした。きっとあなたは子どもすぎて、あの男のしていることがわからなかったんだろう。そうでなければ、わたしに恥をかかせたくなかったのかもしれないって」

セシルがルカに近づいた。

エリンは両手を握りこぶしにした。凍えるほど寒いのに額に汗が噴きだす。

「わかっていて何もしないはずがないものね。だからあなたから言いだすのを待ってた。あのときはどうなっていたのか、体は大丈夫なのかって。そうしたら、あなたに事情を話して、それから親に相談して、警察に通報しようと思ってた」

ルカがわずかに体を起こして逃げようとしたが、鎮静剤のせいでうまくいかなかった。

「でも、あなたは何も言わなかった」

「まだ……子どもだった。あれが、なんだったのか、どうすればよかったのか、わからなかった」

「嘘」セシルの目つきがきつくなる。「あなたは子どもなんかじゃなかった。子どもは嘘をつくけど、嘘の上塗りはしない」セシルはこちらをちらりと見たあと、ルカに視線を戻した。「数週間後、ようやく親に相談した。そのときあなた、両親に尋ねられたでしょう？　あの夜、何があったんだって」

ルカが首をふる。

「あなたは何も見なかったと答えた」

セシルの頬を涙が伝う。いつの間にか右手にナイフを握っていた。

「どうしてなの？　いろいろしてあげたじゃない。入院中はさんざん付き添ったし、学校ではいじめから守ってあげた。それなのにたった一度、わたしが心底助けを必要としたときに、あなたは知らないふりをした。面倒を避けた」

ルカが目をぎゅっとつぶる。ふたたび目を開けて姉の顔を見つめたあと、がっくりと首を垂れた。「ごめん」

「もう遅いわ」セシルがナイフを握りしめる。関節が白くなっている。

「今さら謝ったってだめ。あなただけが頼りだったのに。両親はレイプの事実をもみ消そうとした。かわいがっているダニエルのことだから、きっと何か事情があったとでも思ったんでしょうよ」あきれ顔で目玉をまわす。「わたしがひそかにダニエルを好きだったことを知っていたから、合意の上だと思ったのかもしれないし、ダニエルの親と揉《も》めたくなかったのかもしれない。なんといってもパパはダニエルを気に入っていたから」セシルはエリンを見た。「パパはこう言った。〝終わったことは忘れなさい。人生には悪いことも起きるものだ。くよくよしたって仕方ない〟って」セシルが嘲《あざけ》るように鼻を鳴らした。「すばらしい親でしょう？　娘が妊娠しているとわかったときも、騒ぎたてるなって言ったのよ。堕胎して、それでぜんぶなかったことにされた」

ルカが目を閉じ、デッキチェアに背中を預ける。罪の意識に耐えきれなくなったのだろうか。

現実を締めだそうとしているように見えた。

「でも、わたしはなかったことになんてできなかった」セシルが息を吸った。「あれ以来、何をしてもあいつの顔が浮かんできた。毛穴とか、そばかすまでくっきりと」セシルは言葉を切った。「自分を……無力だと感じた。プールのなかでは無敵のつもりだったけど、そんなのは幻想だった。所詮《しょせん》、男の力にはかなわない」セシルが手にしたナイフを弄びながら、一歩、前に出る。

その動きを察知して、ルカが目を開けた。

「あの男のせいで、わたしは自分に価値を見いだせなくなった。あんなに好きだった水泳も、大会で成績が残せなくなった。わたしの選手生命は終わった」

「そ、そんなこと、一度も、言わなかったじゃないか」ルカがとぎれとぎれに言葉を発する。

「そんなダメージを、受けてたなんて……」

「知らなかったとは言わせない。あなたは気づいていないふりをしただけ。そのほうが楽だからよ。ダニエルは友だちでしょう。姉よりも友だちのほうが大事だったんだわ」

「そんなことは――」

「わたしだって努力した。水泳をやめて、ローザンヌの専門学校でホテル経営の勉強をした。競泳ができなくなってもほかに打ちこめることを見つければいいと思った。ダニエルなんかに人生を台なしにされてたまるものかって」デッキに積もった雪を蹴《け》る。「そのころミシェルに会った。一年くらいつきあって結婚して、子どもがほしいと思ったけど、どうしてもできなかった。検査を受けたら医者に言われたわ。堕胎手術のあと感染症にかかって……その影響で子どもを持つことができなくなったって」

　エリンは身をこわばらせた。

「ミシェルは理解したふりをしていたけど、そこから気持ちがすれちがいはじめて、八カ月後に結婚そのものが破綻《はたん》した。彼はわたしが変わったせいだと言ったけれど、本当は傷ものの妻をつかまされたことが我慢ならなかったのよ。女としてちゃんと機能する妻がほしかったの」

「話してくれれば……」ルカが言う。「ぜんぶ話してくれていれば――」

　セシルはルカの声を無視して一本調子で話しつづけた。「ちょうどそのころよ。あなたが電話してきたのは。サナトリウムをホテルにしたいから協力してくれと言ったわね。ダニエルもプロジェクトにかかわっていると知って、あの男に自分のしたことを認めさせる絶好のチャンスだと思った」

「ダニエルと直接、話したのか？」ルカがデッキチェアの上で姿勢を変える。額の傷から流れた血が眉《まゆ》から頬へ垂れたが、ぬぐうこともしなかった。

　セシルがルカの真横に立つ。「話したわよ。こっちへ戻って数週間後に。わたしもプロジェクトに加わるけれど異論はないかって」

「ダニエルはなんて？」

「異論なんてあるわけないって。顔色ひとつ変えず、瞬《まばた》きすらしないでそう言った」セシルの顔つきが暗くなる。「ずっと疑問だったのよ。あの男も十八歳の誕生日の夜のことを思い出すのだろうかって。自分の行為を悔いて、わたしに申し訳ないと思っているだろうかって。罪悪感で眠れない夜を過ごすことはあるだろうかって。でもあの瞬間、そうじゃないとわかった。あいつはこれっぽっちも悪かったなんて思ってない。わたしもああしてほしかったんだくらいに思っていたのかもしれない。単純にあの夜のことを覚えていなかったのかもしれない。どっちにしても、あの男にとってわたしはその程度の存在だった。人ではなく暇つぶしのおもちゃだった。ここの医者たちが歪《ゆが》んだ欲望を満たすために患者を切り刻んだようにね」

セシルがこちらを向いた。「あなたの推理でまちがっているのはそこよ。かつてここで起きたことが関係ないはずがない。引き金を引いたのは、この場所の過去、この建物が抱える秘密だった」

セシルがルカに目を戻し、喉《のど》にナイフを突きつけた。「さあ、この人に話して。この場所の真の闇を」

89

「建設が始まる前——」ルカが不明瞭《ふめいりょう》な声で話しだす。「マーゴットが連絡してきた。サナトリウムに収容されていた肉親について調べてほしいと言われた。ドイツの病院からこちらに転院したところまではつきとめたからと。手もとの資料ではわからなかったから、残っている資料を調べて折り返し連絡すると約束した」

「あなたに直接、連絡があったんですか?」エリンは両手を握ったり開いたりした。寒さで指先の感覚がなくなりかけている。

「ああ。ちょうど建物の調査をしていて、旧病棟の棚から箱を見つけた。何年も開封されていなかったようで埃《ほこり》がひどくて、そのなかに例のカルテや写真、日記が入っていた。読みはじめてすぐ……彼女たちが肺結核ではないことがわかった。彼女たちがサナトリウムに転院させられたのには裏の理由があった」

耳をふさぎたいのをこらえて続きを待つ。

「患者たちはドイツの精神科病院から、被験者として連れてこられた。最初は肺結核の新しい治療法を研究していたのが……医師たちの行為はどんどんエスカレートして、調べれば調べるほどおぞましい事実が明らかになった。写真や記録や……あれはもはや治療なんてものではなく……」

「虐待だった」セシルが聞きとれないほど小さな声で言う。「強い者が弱い者を踏みにじる、虐待の典型だった。狙われたのは無防備な女性たち」そこでエリンを見る。「犠牲になった女性たちはみな健康だった。そもそも精神疾患ですらなかった。父親や夫や医者たちが、自分たちの思いどおりにならないからといって精神科病院に閉じこめただけ。彼女たちは進歩的な考えを持ち、誰に対してもはっきり意見を言った。そのために虐待され、この世から抹消されたの。当時はそういうことがめずらしくなかった」セシルが嫌悪に顔を歪めた。「ここへ連れてこられたのは、なかでもとりわけ運のなかった女性たち」

エリンは落ち着いた声で尋ねた。「どうしてそうした情報をすぐに公表しなかったんですか？」

「ルカが、ホテルにとって大打撃だと言ったから。この人はプロジェクトを推し進めることしか考えていなかった。ダニエルも同じだった。〝過ぎたことだ、忘れよう〟と言った」

「仕方ないじゃないか」ルカが体を起こそうともがく。「サナトリウムの闇が明るみに出たら警察の捜査が入る。ホテルの建設に影響が出るのは必至だった」

「まだそんなことを言っているの？　ホテルのためなら何をしてもいいと思っているの？」セシルがエリンを見た。「ルカとダニエルは写真の墓のことも、同じような墓がほかにもあることも知っていた。工事前の調査でわかったのに無視したの。何もなかったふりをして建設を続けようとした。関係者に賄賂《わいろ》を配って」

ルカが姿勢を変え、痛みに顔をしかめた。「そんなむかしに起きたことで、どうしてこの場所が持っている可能性をつぶさなきゃならない」

「むかしのことじゃない。今も同じことは世界中で起きてる。権力者が弱い者を踏みつけ、力ずくでレイプしたり、暴力をふるったり。当時から何も変わっていないのよ」セシルがルカの隣にしゃがみ、吐息がかかるほど顔を近づけた。「あなたは見なかったふり、何もなかったふりをするのが得意だものね。だからダニエルが殺されたときも隠蔽《いんぺい》した。金をやって管理人を黙らせた。管理人の女も」

「女？」エリンは尋ねながらじりじりと前進した。

「そう、アデルよ。ダニエルの遺体が発見されたとき、管理人と一緒にいたの。そして管理人と同様に買収された。ここで破格の給料で雇うという条件で口をつぐんだ」

それでアデルとルカが親密そうに話していたのか。インスタグラムの写真はそういうことだったのだ。

「ホテルで、アデルとルカが顔を寄せて話している写真を見つけました。パーティーで」

「アデルがさらに金を要求してきたときのことだと思う」ルカがもごもごと答える。

エリンはうなずき、続いてセシルに向き直った。「ダニエルを殺したのはあなたですよね？だったらルカが関係者を黙らせてくれたほうが、都合がよかったんじゃないですか？」

セシルの目がぎらりと光った。初めて彼女のむきだしの感情にふれた気がした。

「ダニエルを殺したときは、捕まる覚悟はできていたし、それでいいと思った。自分の過去や、ここでなぶりものにされた女性たちのことを世間に知らしめたかった。でも、そんな機会はやってこなかった。この人たちが寄ってたかってなかったことにしたから」

「あなたが話せばよかったじゃないですか。警察に自首するとか、報道機関にネタを持ちかけるとかすればよかったのに」

「そんなことをしたって無駄よ。ルカがもみ消すに決まっている。レイプされたとき、わたしの声は親にも届かなかった。今回だって同じ。なかったことにされたくないならこの手で復讐《ふくしゅう》するしかなかった」

エリンはセシルを見つめた。彼女のやったことは許せないが、なかったことにされたくないという気持ちはわかる気がした。自分がサムの死にこだわっていたのと同じだ。誰の得にもならないからという理由で事実をうやむやにされたくない。

「ダニエルを殺したあと、アデルを殺すまでに何年もブランクがあったのはどうしてですか？」

「アデルがルカにまた金の無心をしたと聞いて、他人の苦しみを金儲《かねもう》けのネタにするなんて、あの人に生きる価値はないと思った」

「そのときはマーゴットとも共謀していましたね。マーゴットの心が弱っているところを利用したんでしょう」

「利用なんてしていない。向こうが協力したがっただけ。彼女は母親を亡くしたばかりで、ここで殺された曾祖母《そうそぼ》の過去に執着していた」

「でも――」

セシルがいらいらしたように手をふる。「マーゴットの母親は亡くなるとき、曾祖母がどうなったのか調べてほしいと娘に頼んだ。曾祖母がとつぜん姿を消したことが一族に影を落としていた。祖母も、母親も、そのことで心を痛めてきた。マーゴットは真実にたどりついたけれど、真実はマーゴットの心にやすらぎをもたらしてはくれなかった。むしろ彼女の内なる闇を解き放った。マーゴットは例の写真の入った封筒を肌身離さず持ち歩いていたわ。過去にとりつかれたみたいに」

「あなたは彼女の苦しみを利用したんです。弱った心に入りこんで操り人形にした。彼女に手伝わせたんですよね？　アデルやロールの拉致《らち》殺害を」

「資料室のトンネルで――」ルカが口を開いた。「マーゴットの遺体を見たとき、姉が犯人だとわかった。あのトンネルの存在を知るのも、マーゴットの曾祖母の運命を知っているのも自分とセシルだけだから。セシルがすべてを計画し、マーゴットに手伝わせたんだと思った」

「それならどうして、わたしをトンネルに閉じこめたんですか?」エリンは責めた。

「まずセシルと話したかった。姉に釈明の余地を与えたかった。でもその機会はなかった。セシルは話などしたがらなかった」

エリンはセシルを見た。「マーゴットに何をやらせたんですか」

「アデルを捕まえてもらっただけよ。あの子にはそれ以上のことをする度胸がなかったから」

セシルの唇に薄い笑みが浮かぶ。狂気の笑みだ。「マーゴットを利用したというなら、最初に利用したのはルカのほうでしょう。マーゴットの望みはサナトリウムで起きたことを世間に公表することだった。曾祖母の無念を世界に認めさせることだった。ところがルカは事実をもみ消そうとした」

「ぼくは資料を公開しようと……」

「途中でやめたでしょう。そもそも公開する気なんてなかったくせに。準備をすると見せかけてマーゴットを黙らせたかっただけ」セシルが辛辣《しんらつ》に切り捨てる。涙と雪で頬が濡《ぬ》れている。

「それだけでは飽き足らず、ガラスの展示箱やおぞましい絵画をホテルのあちこちに飾った。サナトリウムの過去を葬るどころか、ホテルの演出に使ったのよ。女性たちがどんな目に遭ったかを知りながら」

エリンは鋭く息を吸った。「だからルカにわからせようとした?」

「そうよ。他人の痛みがわからないなら、身をもって教えてやろうと思った」

「でも、どうしてロールまで……」ロールの名前を発音するのに勇気が必要だった。「なぜ彼女を殺す必要があったの？」

「所詮《しょせん》はロールもルカと同類だったから」セシルが濡れた頰を手でぬぐう。「ロールがホテルの過去を知ったのはルカとつきあったことがきっかけだった。何度か寝たあとルカに冷たくあしらわれて、彼女は怒っていた。それでホテルの過去をさぐりはじめた。賄賂とか腐敗の噂についていて腹いせにブログで公表しはじめた。ところがあなたの弟さんとよりを戻したとたん、ぜんぶなかったことにしようとした」

「それであなたがロールのあとを継いでブログを更新したの？」そう言いながらも、ルカの顔とナイフの距離を測る。

セシルがうなずいた。「ええ。それからマーゴットに指示をして、ロールにカルテのデータを渡した。自分が調べはじめたことがどこにたどりつくかを知ったら、なかったことにはできないだろうと思ってね。ところがロールはかかわりたがらなかった。マーゴットが塗りつぶしなしのカルテを見せても、あのおぞましい写真を見せても、自分には関係ないの一点張りだった」

「でも、それはふつうの反応だわ。ロールは怖かったのよ」

「ちがう！」セシルが顔を歪《ゆが》める。「あの子もルカやアデルと同じ。自分の利益を優先したの。マーゴットでさえ、最後はやめたいと言いだした」

「でも、どうしてロールを殺す必要があったの？　それがわからない」事実をなかったことにさせないという強い意志は理解できても、それを実現するための方法にはまったく共感できない。

「ルカと出張から戻ったとき、ロールがわたしに電話をしてきて、もうマーゴットに構うなと言った。アデルを拉致しようとしていることはわかってるって。マーゴットが話したのね。わたしがとぼけたら、あなたが黒幕だという証拠があると言う」

「あのUSBメモリ？」

「そうよ。あれはわたしが自分のパソコンを使って作成したものだから。警察がUSBメモリを調べれば出どころがわかってしまう。ロールはあれを使って世間にわたしの正体を知らせようとした。失踪《しっそう》したふりをして、わたしの行動を監視していた」

「だからロールはUSBメモリを持ち歩いていた。あなたに対する切り札だから。でも使う前にあなたに捕まった」

「ええ。ロールは、あなたをペントハウスへ呼び出したのと同じタイミングでマーゴットにもメールしていた。だからマーゴットに、あなたよりも先に、資料室で会う約束をさせた」

「ロールを拉致するために」

「ところが資料室に現れたのは、マーゴットではなくわたしだったというわけ」

「あなたがロールを殺した。あのトンネルで」

「簡単だったわ。彼女、まったく警戒していなかったから。これで安心と思ったけれど、ひとつミスをした」

「USBメモリを回収し忘れた」

セシルがうなずいた。

「それでロールをエレベーターに乗せたあと、階段を使ってペントハウスに戻るのが遅れたのね」

「今となってはどうでもいいことだけれど……」セシルが背筋をのばし、ルカの腕をつかんで無理やり立たせた。「邪魔しないでいてくれればあなたを傷つけずにすむ。あなたはわたしと似ているわ。何があっても事実を追求する。常に答えを、正義を求めている」ルカの腰にまわした手が震えていた。「身勝手な弟にふりまわされてるしね。あなたなら、わたしの望みがわかるでしょう。最後までやらせてちょうだい」

雪で湿ったサンディーブロンドが額にはりついている。

エリンは動けなかった。セシルが手にしたナイフの先が、ルカの首に押しあてられる。

エリンはわずかに前に出た。焦りは禁物だ。

「こんなのまちがってる」じりじりと距離を縮めながら言う。「あなたにとっては正義でも、世間には通用しない」

「どうでもいい。世間は都合の悪いことをもみ消そうとする。正義は自分でつかまないといけない」セシルがさっきよりも大きな声で、自分に言い聞かせるように言う。涙が幾筋も頬を伝っていた。

「セシル、もっと話して。どうすればいいのか考えましょう。あなたの気持ちはわかるから——」

「わかる？」セシルの口調が変わった。「わたしがどんな思いで生きてきたかなんて誰にもわからない。誰にもね」

「理解する努力をするから。ちゃんと話せばきっと――」

「今まで誰ひとりとしてわたしの話を聞いてくれなかった。あとは行動あるのみよ」ナイフをルカの喉《のど》に押しあてる。刃先があたった部分が白くなっていた。「これですべてが終わる」

「セシル」

「うるさい！」セシルが叫び、ルカをにらみつける。「どうしてみんなわたしをとめるの？余計なことは言うな、復讐《ふくしゅう》なんてよせって……」

ルカが半狂乱の表情を浮かべる。鎮静剤の影響下から抜けだして、自分の置かれた状況をはっきりと理解したのだ。自分の命が風前の灯《ともしび》だということを。

今しかない！

エリンは両腕を広げてセシルに飛びかかった。

90

セシルが大きくバランスを崩した。体をつかまれているルカも一緒に倒れこむ。

エリンはセシルとルカを引き離そうと手をのばした。

だが、あと少しのところで届かなかった。

すべてがスローモーションになる。

セシルが体をひねるようにしてプールに落下し、その上に重なるようにルカも水に落ちた。水しぶきが大きな弧を描く。

セシルはいったん水に沈んだものの、すぐに浮きあがってきた。顔を大量の水が流れ落ちる。片方の手で水をかきながら、もう一方の腕をルカの首にまわす。

セシルは優秀な水泳選手で、今でも毎日泳いでいる。ルカを水に引きずりこむことくらい朝飯前だろう。

ルカの目がパニックに見開かれる。

エリンも同じだった。まさに最悪の状況だ。

水に飛びこんで助けるべきだとわかっていても体が動かなかった。恐怖で頭が真っ白になる。プールの境界がぐにゃりと歪む。目の前の光景がコマ送りのように見えた。

ルカが両腕を広げて水面をたたく。セシルが死に物狂いで弟の頭を水に沈めようとする。水面が激しく波立つ。

エリンはまだ硬直したままだった。脳の指令が筋肉に届かない。雪が顔にはりつき、涙が頬を伝うのがわかっても、手でぬぐうことさえできなかった。

ついにルカが声をあげて姉を押しのける。日に焼けた腕がプールサイド目指して水を切る。

しかしツーストロークもいかないうちにセシルに追いつかれた。セシルが弟の喉めがけて肘《ひじ》打《う》ちを繰りだす。

一回、二回と鋭いジャブが入る。

ルカが悲鳴をあげ、恐怖に目をむいて水に沈んだ。

その光景がエリンの記憶を解放した。サムのこと。一年前の事件のこと。恐怖で動けなくなった自分。

同じ失敗を繰り返してはいけない。

手が首もとのペンダントをぎゅっとつかんだ。

そのままペンダントヘッドを強くひっぱる。チェーンが切れてやわらかな雪の上に落ちた。

深く息を吸い、ペンダントヘッドを握ったまま水に飛びこんだ。水面が割れて全身が水に包まれる。すぐに顔を水面に出し、夢中で水をかいてセシルの背後へまわった。

セシルはこちらをふり返りもしなかった。全力でルカの息の根をとめようとしている。自分の身を守ることさえ二の次なのだ。

セシルの正面にまわり、ペンダントヘッドをつかんだ手を顔めがけてふりおろした。蟹座の爪がセシルの頬に――やわらかな皮膚に食いこむ。

そこで思い切り手を引いた。

絹を裂くような悲鳴があがり、ルカの首にまわったセシルの手がゆるんだ。

ナイフが水中に落ちる。

エリンはすかさずルカの胸に腕をまわしてセシルから引き離そうとした。せめてルカに呼吸する間を与えたかった。

ナイフが光を反射しながら沈んでいくのが波越しに見える。

エリンは反射的にナイフに手をのばした。

セシルも同じことをした。ふたりの手がぶつかったが、エリンのほうが一瞬だけ速かった。ナイフの柄を握ってセシルから遠ざける。

セシルが頬から血を流し、奇声を発しながらルカに襲いかかる。

ルカはプールサイドをつかんで抵抗しようとしたが、雪におおわれたタイルはつるつると滑った。

たちまちセシルがのしかかってきて、ルカを水に引きこむ。

「やめて！　ルカを解放して！」

「いやよ！」セシルが絶叫する。「嘘の代償を払わせるの」

「もう大丈夫。ルカは法の裁きを受けることになる。あなたの望みはかなうの。サナトリウムの過去が暴かれ、みんなが事実を知ることになる。もうなかったことになんてさせない」エリンは息を吸った。「あなたが経験したことも、犠牲になった女性たちのことも公表される。今さらルカを殺したって何も得られないでしょう」

「ルカはわたしを裏切ったのよ」セシルが言い返したが、さっきまでの勢いはなかった。肩を震わせてすすり泣く。

「そうね。そのときあなたがどれほど悔しく、悲しかったか、ちゃんと伝えたじゃない。ルカはこの先ずっと後悔とともに生きなきゃいけない。でもあなたはちがう。あなたはもう苦しまなくていい」

息を詰めてセシルの反応をうかがう。

セシルがルカを離してプールの中央へ水をかいた。

エリンはすかさずルカを抱えてラダーまで連れていった。先に水からあがって、ルカをひっぱりあげる。凍えるような空気に包まれて、ルカががたがた震えだした。

冷気はエリンの肌にも歯をたてた。はっとしてふり返る。

セシルはプールのまんなかに、仰向《あおむ》けに浮かんでいた。

両手両足をのばして力を抜き、落ちてくる雪を目で追っていた。

91

五週間後

「間に合った」ウィルが腕時計に視線を落とす。「ケーブルカーが出発するまであと数分ある」

エリンはうなずいた。さっきから顔が火照っている。行きのケーブルカーはあんなに気が重かったのに、ここを去るのだと思うと胸にぽっかり穴が空いたようだった。

歩道の境界ブロックに足をのせてアイザックの背中を眺める。青いダウンジャケットの縫い目から小さな羽毛が飛びだしていた。羽毛は風に吹かれて左右に揺れ、飛んでいく。

バスがのろのろと坂をのぼってきて、タイヤが融雪剤と泥をはねあげる。後方の荷物台にはスキー板やスノーボードが満載だ。

バスが通りすぎるのを待って、アイザックに続いて道路を渡った。

ケーブルカーの駅はコンクリート製のそっけない建物だ。実用一点張りで、フラットルーフが雪をかぶった美しい山々の眺めを容赦なく分断している。

その上の空は抜けるように青い。イギリスのぼんやりした空の色とちがって、深みのあるあざやかな青が山頂の雪を際立たせ、たなびく雲にもくっきりとした質感を与えている。最近はずっと晴天続きで、吹雪に押しこめられていた日々が嘘のようだ。風と雪が支配していた世界はどこへ行ったのだろう。

「混んでるな」

駅に入ったところで、アイザックが言った。

あちこちで人々が群れを成している。高齢の夫婦、リュックを背負った十代の女の子たち、にぎやかな小学校の子どもたち。

左側に小さな売店があった。濃いコーヒーの香りとバターの香りに、胃が空腹を訴える。

「ここにいてくれ。切符を買ってくるから」ウィルがそう言って、スーツケースを引きながら券売機へ向かった。切符が必要なのはまちがいないが、気を利かせてアイザックとふたりにしてくれたこともわかっていた。別れを告げる時間をくれたのだ。

アイザックがつま先でアスファルトを蹴《け》り、顔をしかめた。「改まって別れを言うなんて妙な気分だ。ようやくそばにいるのに慣れてきたところなのに」そこで言葉を切り、水のボトルをぎゅっと握る。

エリンはアイザックをじっと見つめた。

くしゃくしゃの髪、眉間《みけん》のしわ、寂しげな目。ロールを亡くしてひとりになった弟を外国に残していくなんて、まちがっている気がした。

「わたしたちと一緒に来ればいいのに」唐突に提案する。「飛行機のチケットくらいなんとかなるわ。しばらくイギリスで一緒に暮らしてみない？」

「うれしいけど、まずはひとりで試したいんだ。ふつうの生活をとりもどしたい」アイザックが唇をぎゅっと結んで目をそらす。「一瞬でもロールを疑った自分がまだ許せない。姉さんがあいつの死を伝えにきたとき、おれはいつも財布に入れていたあいつの写真を暖炉の火にくべていた。裏切られたと思ったから。ずっとそばにいたのに。おれがあきらめないでさがしていたら……」アイザックの声が割れる。

「自分を責めないで。異常な状況だったのよ。わたしなんて、弟であるあなたのことも疑ったもの。同僚と問題を起こして解雇されたと知って、また騙《だま》されてたと思ったわ。ちゃんと話をすればよかったのに」こっそり大学に電話したことを思い出すと、恥ずかしさに頬が熱くなる。

「何年も会っていなかったんだから仕方ないさ。それにおれたちはうまくいってなかった。でもロールはおれの婚約者だ。おれだけはあいつを信じてやらなきゃいけなかった。わかってやらなきゃいけなかった」

「ロールはみずから姿を隠した。マーゴットを助けたかったのよ。あの精神病性うつ病の資料はマーゴットのために調べたものだと思う。いずれにしても彼女はあのホテルを知り尽くしている。あなたがさがしたって見つかる可能性は低かったでしょう」

「わかってるけど、同じ考えが頭のなかをぐるぐるまわるんだ。あいつがずっと近くにいたっていうことが。最初から最後まで同じ建物にいたってことが」

「やっぱりイギリスに戻りましょうよ。ひとりでいないほうがいい。環境を変えたほうがいいと思う」そこで自嘲《じちょう》ぎみにほほえむ。「わたしの料理を食べたら深刻な顔なんてしていられないわよ。飢え死にしないためには自炊しようって気になるわ」

アイザックが小さく笑う。

エリンは一歩前に出て、手をのばしかけたところで躊躇《ちゅうちょ》した。調子に乗ってはいけない。もう何年も、気安くスキンシップをするような間柄ではなかったのだから。

居心地の悪い沈黙が落ちる。

アイザックがリュックサックを背負い直した。「近いうちにイギリスへ帰るよ」エリンと目を合わせて言う。「そしたら家に寄らせてもらう」

「そうね。待ってる」エリンは唇を噛《か》んだ。

「社交辞令じゃないぜ」エリンの腕にふれる。「むかしのようにはなれないけど、それでいいと思うんだ。どっちも変わったんだから。姉さんも、おれも。子どものころとはちがう」

「ええ」たしかに変わった。

「じゃあ、そろそろ行くよ」アイザックが売店のほうへ手をふる。「おーい、ウィル、おれはもう行くから」

ウィルが切符を手に急ぎ足で戻ってきた。アイザックと軽くハグをしてから拳《こぶし》をぶつけ、握手する。

アイザックが一歩さがった。それからエリンをふり返り、自分のほうへ引き寄せる。

エリンの目の奥に熱いものが込みあげた。どうしてこんなに切ない気持ちになるんだろう。

抱擁を解いたところで大きな音が聞こえてきた。ケーブルをウィンチが巻きあげる音だ。

「そうだ、姉さんにあげたいものがあったんだ」ケーブルカーの音に負けないようにアイザックが声を張りあげた。「これ、焼き増ししたんだ。フラットにサムの写真は飾っていないってウィルに聞いたから。三人で写った写真だ」

怖いような気持ちで写真に目をやる。

海辺で、脚を砂だらけにして笑っている姉弟が写っていた。後方には傾いた砂の城があって、紙の国旗がたくさん刺さっている。

三人のうちのひとりに目を奪われる。

サム。今は亡き弟。

久しぶりに本物のサムを見たと思った。記憶のなかの抜け殻とちがう、生き生きとした表情の弟を。

92

ケーブルカーが動きだし、視界を占めていた空と雪が後方へ流れていく。木立のあいだに雪をのせたシャレーがぽつぽつと見える。四輪駆動車がカーブの多い狭い山道をのぼっていく。

窓そのものが絵葉書のような美しさだ。

ガラスに指をあてる。横顔にウィルの視線を感じた。

「ペンダントは修理に出すの？」

無意識に喉《のど》もとへ手をやる。もちろんそこにサムのペンダントはない。

「まだ決めてないの」そう言って肩をすくめる。鎖骨のくぼみに何もないのも悪くないと思った。体が軽い。自由だ。

ウィルが咳払《せきばら》いをした。「アイザックをひとりにしてよかったのかな」あたたかな手がエリンの手に重なる。

エリンは目をつぶったあと、ふたたび開けた。「アイザックならきっと大丈夫。セシルが逮捕されて……少しだけ心が慰められたと言っていたし」

「ルカはどうなるんだろう」

「今朝、ベルンドに訊《き》いたら、ダニエル殺害に関して死体遺棄と証拠隠滅の罪、加えてサナトリウムの過去を隠蔽《いんぺい》しようとした罪で起訴されるそうよ」そこで言葉を切る。「ルカは殺された女性たちのカルテのことも、墓標のない墓のことも知っていたんですって。工事関係者に賄《わい》賂《ろ》をやって口をつぐませたことも認めたそうよ」

沈黙が落ちた。

「きみは？　ここを離れて大丈夫かい？」

「大丈夫だと思う」

心残りはある。山をおりるということは、アイザックや、ロールや、古いサムの記憶を置き去りにすることでもあった。これまで自分をつくってきた核の部分を手放すようなものだ。ここから先は新しい自分を生きなければならない。

「わたしはむしろ、あなたのことが心配だわ。けがが治りきってないのに歩きまわったりして」

「ぼくは頑丈だから大丈夫」ウィルが力こぶをつくる。

気を遣わせまいというしぐさがウィルらしくて、思わず彼の首に腕をまわして自分のほうへ引き寄せた。かぎ慣れたにおいに包まれる。

「本当にごめんなさい」涙が込みあげてくる。「こんな目に遭わせるつもりじゃなかった。あなたは……わたしのすべてなのに」

「わかってる」ウィルがエリンの髪に唇をつける。「終わったことはもういいよ。ふたりで先へ進もう」

「進むと言えば――」ウィルから離れてバッグを開ける。雑誌をとりだして丸まった表紙を指でならした。

ウィルが表紙を見る。「『リビングエトセトラ』なんてどこで手に入れたんだい？」

「スイスのスーパーマーケットでも売ってたのよ。クランズの。二十ポンドくらいしたけど……」そう言いながらページをめくる。「あった。ねえ、このソファー、どう思う？」

「ソファーなんてどうするんだい？」

「わたしたちの新しい家に置くの」

　ウィルはしばらく沈黙したあと、とびきりやさしい笑みを浮かべた。「いいね」

　続く言葉を言おうとしたとき、ポケットの携帯電話が振動した。

「誰から?」肩越しにウィルが画面をのぞきこむ。

「職場から」メールの文面を読む。「スイスの警察から協力に感謝する電話があったんですって。いろいろ大変だろうから休職期間を延長するのは構わないけど、復帰する気があるかどうかは来週中に聞かせてくれって」

　ウィルがうなずき、窓の外に目をやる。エリンもその視線を追った。

　ケーブルカーが谷底めがけておりていく。いつの間にかシャレーはふつうの民家に変わり、雪をかぶった葡萄《ぶどう》畑が広がっていた。白い雪の上から黒っぽい葡萄のつるがひょろりとのぞいている。

　ウィルがこちらを見た。「それで、心は決まったのかい?」

「ええ、決まったわ」

　隣に座っていた客が窓を開ける。上を向くと冷たい風が頬をなでた。まだ三月にもなっていないのに、空気にかすかな春の兆しがあるような気がした。

エピローグ

彼は、すぐうしろの車両にいた。

ほかの乗客は車窓の景色に夢中だが、彼だけは景色に無関心で、窓に寄りかかっていた。

隣には中東系のグループがいて、水のボトルをまわし飲みしながら早口のアラビア語でおしゃべりをしている。汚れた窓の外に見えるシャレーや教会や古ぼけた納屋を数分おきに指さしている。誰も彼に注意を払っていない。視線を合わせる人もいない。

反対側にはスイス人の家族がいた。母親と父親。ふたりの娘はせいぜい十歳くらいだ。少女たちはあざやかなスキーウェアを着ていた。体を動かすたびに虹色《にじいろ》の生地にしわが寄る。赤毛でそばかすのある妹は、具がたくさん詰まったサンドイッチを食べていた。姉の胸に頰をつけてもぐもぐと口を動かしている。

娘たちの写真を撮る母親を見て、父親がいらだったようにため息をつく。スキーポールとリュックサックと分厚いダウンコートを抱えて、父親は疲れた表情だった。スイス人一家も、首をのばして前の車両をのぞく彼にはなんの注意も払っていなかった。

彼はエリンに視線を戻した。笑顔で、ジェスチャーをまじえながらボーイフレンドと話している。あんなに楽しそうな顔は長いこと見ていなかった。

自分のことはもう頭にないのだ。ホテルでもそうだった。飛びこみプールで本当は誰が自分の背中を押したのか、最後まで気づかなかった。

誰が自分を凍った水に突き落としたのか。

気づかれなくても構わない。忘れられることには慣れている。だいいち急ぐ必要などない。

獲物が緊張を解き、油断するのを待つ。

辛抱強く待っていれば最高のタイミングが訪れる。

恐怖は幸せな日常のすぐ裏に身を潜めていて、そのわずかな隙間にすべての楽しみが詰まっているのだ。

『ローカル・チャンネル』の記事（二〇二〇年三月）

クラン＝モンタナの高級リゾート〈ル・ソメ〉付近で、三十二体の遺体が地中に埋められているのが発見された。遺体はすべて女性で、一九二〇年代から一九三〇年代、ホテルの前身であるサナトリウムに違法に収容され、精神的、肉体的虐待を受けていたとみられる。

ホテルはかつてサナトリウム・ドゥ・プリュマシットとして知られた肺結核の療養所だった。『ル・マタン』紙によれば、ヴァレー州警察はホテルで一月に起きた連続殺人事件の捜査中に女性たちの遺体を発見した。容疑者のひとりが、過去にサナトリウムで起きたことが今回の犯行動機になったと明かしたためである。

女性たちが埋められていたのはホテルの北東側の草地だ。肺結核の治療に抗生剤が用いられるようになってサナトリウムが閉鎖される以前に遺棄されたとみられる。ヴァレー州警察科学捜査班とローザンヌ大学の法医学者は、地中探査機と土壌サンプルを用いて調査した。

サナトリウムに残っていた資料に女性たちを埋葬した記録はない。また被害者を別の場所に埋葬したとする捏造《ねつぞう》書類も見つかった。多くの女性たちの死因は不明だが、医療行為を装った虐待による外傷が原因だと思われる。

女性たちは全員、ドイツの〈ゴッタードルフ・クリニック〉から転院してきた。彼女たちが実際に肺結核を患っていたのか、転院させるために肺結核という診断をつけられたのかは捜査中である。

一九二〇年代は、女性が本人の意思に反して、しかも正当な理由なく医療施設に収容されることがめずらしくなかった。そうした女性たちは、独立心が強いとか、遺産相続の邪魔になるといった理由で、男性の後見人または家族によってヨーロッパ各地の病院に送られた。ヴァレー州警察のユーゴ・タパレル検事は〝現在、押収した証拠や書類を調査中です。早急に犠牲者のご遺族に連絡をとり、今後の手続きを検討します〟と述べた。

犠牲者の遺族のひとりは次のように語った。「犠牲になった女性たちは、肺結核治療の第一人者であり、実験的治療で有名だったドクター・ピエール・イェリーの治療を受けていました。徹底的に捜査して、虐待に加担した全員の氏名を明らかにしてもらいたいです。また、捜査が終わったら現地に犠牲者を悼む記念碑を建て、彼女たちの無念を後世に伝えます。二度と悲劇が繰り返されないように」

謝辞

この小説に命を吹きこみ、本という形に仕上げてくださったすべての方々に感謝します。一冊の本が世に出るまでにどれだけたくさんの手を介するのか、未《いま》だにつかみきれていないのですが、多くの専門家の知識や知恵をお借りできたことをたいへん光栄に思います。

トランスワールド社の優秀な編集者、タッシュ・バーズビーには感謝してもしきれません。この物語の可能性を見いだし、貴重なスキルと膨大な時間を惜しみなく注ぎこんでくださいました。彼の機知に富んだ鋭い指摘のおかげで、この物語は輝きを増し、わたしの視野もぐんと広がりました。トランスワールド社の全員に感謝しておりますが、とくにコピー・エディターのサラ・デイにたいへんお世話になったことを記しておきます。

パメラ・ドルマン社の売れっ子編集者、ジェレミー・オートンにも頭があがりません。北米の読者に本を届けるうえで、彼以上の編集者はいないでしょう。

エージェントのシャーロット・シーモアは最初にわたしの才能を見いだしてくれた人です（わたしのスクラップブックもおもしろがってくれました！）。ぴったりの出版社を紹介してくれたこと、そしてどんなときもわたしの才能を信じてくれたことに特大の感謝を送ります。

アンドリュー・ニュルンベルク・アソシエイツのみなさま、なかでもロンドンの翻訳権担当チームとその関連部署およびエージェントのみなさま、本当にお世話になりました。これほど多くの国で自分の本が読まれることになるなんて夢のようです。いつも元気なハリーナ・コシアからうれしいメールが届くたび、日々の疲れが吹き飛びました。わたしの物語をおもしろいと思ってくださった海外の出版社のみなさまにも、心よりお礼を申しあげます。

本書のリサーチに知恵を貸してくださった方々、とくにシオンのヴァレー州警察に心より感謝します。貴重なお時間を割いて忍耐強く話を聞いてくださったご親切は忘れません。みなさまがわたしのとっぴな質問に対しててていねいに回答してくださったおかげで、小説の世界がいっきに現実味を帯びました。物語の進行上、エリンはひとりで奮闘することになりましたが、スイス警察はいつでもいかなる場所でも駆けつけるというみなさまのプライドに感銘を受けました。スイス警察のプロトコルについて不正確な記述があったなら、それはわたしのまちがいか、小説を成り立たせるためのアレンジですのでご容赦ください。

スイス・スノースポーツ協会のメンバーから助言をいただけたこともありがたかったです。とくにBASSモルジンのジャズ・ラムはいくつもの疑問に答えてくれただけでなく、レ・ポルト・デュ・ソレイユの山岳救助隊を紹介してくれました。救助隊のリーダー、ジェレミー・ヘルヴィックに〝メルシー！〟　クラン＝モンタナでは、シュテファン・ロマングがサナトリウムの歴史についてたいへん興味深い情報をくれました。山で出会った人々にインスパイアされて書いたシーンも少なくありません。

ここから先は個人的な知り合いになりますが、アクセル・シュミッドとその家族は、わたしをスイスアルプスとクラン＝モンタナへいざなってくれました。世界でもあそこにしかない雰囲気や息をのむ景観がこの小説の出発点になりました。わたしと家族にとってあそこは〝幸せの土地〟です。また〈バー・アマデウス〉で会いましょう。

両親と姉妹は、わたしという人間の核です。読書の楽しさを教えてくれたこと、執筆活動を応援してくれたことに、心からありがとうを言います。わたしの子ども時代は本に囲まれていました。両親は夜、ベッドのなかで満足するまで読み聞かせをしてくれましたし、オーディオブックを買ってくれたり、毎週のように図書館へ連れていってくれたりしました。いつもわたしの話に耳を傾けてくれ、たっぷりの時間と愛情とインスピレーション（そしておいしい食べもの！）をくれました。家族がいなかったら本を書くことなどできなかったでしょう。本書の刊行を家族と喜べることを幸せに思います。オフラインとオンラインのすばらしい友人たちにもお礼を言わなくてはなりません。小説を書きたいというわたしの夢を応援してくれてありがとう。みんなのやさしさや助言は（コーヒーをおごってくれたことも）ぜったいに忘れません。

かつては一日一冊を読破していた祖母にはお薦めの小説をいくつも教えてもらいましたし、どちらかというと体育会系の祖父はわたしの短編小説を（信じられないほど長い時間をかけて）読んでくれました。ふたりがそばにいたら、きっと出版までの道のりを楽しんでくれたと思います。これからも遠くで見守っていてください。

最後になりましたが、娘のロージーとモリー、そして夫のジェイムズへ、ありがとう。この物語が初声をあげた瞬間から熱心に応援してくれましたね。朝六時スタートの山登りを一緒に楽しんでくれたことにも感謝します。難しいシーンでアイデアをくれたり、お母さんならもっとやれると励ましてくれたりしました。みんなが応援してくれて、わたしの力を信じてくれたおかげで、毎日、毎日、机に向かうことができたのよ。あなたたちが家族で本当によかった。あなたたちなしの人生なんて考えられません……心より愛を込めて。

訳者あとがき

二〇二一年にサラ・ピアースが世に送りだした長編ミステリは、スイスの山奥にたつ、歴史あるサナトリウムを改装したリゾートホテルが舞台です。毎年二十万人もの日本人観光客が訪れるスイスのイメージは、雪を冠した雄大な山々、美しい湖や川、まばゆい緑の牧草地に点在する赤い屋根の家々など、まさに童話の世界ですが、本書に描かれているのは別の一面——雪の重みで押しつぶされそうになっている、陰気で寒々しい冬のスイスです。

実際、観光ではなくスイスに住むとなると、どちらが本来の姿なのかがわかるでしょう。小説のなかでもシングルマザーのアデルや、その上司のフェリーサが、女性や外国人が直面する厳しい現実をほのめかしているではないですか。治安がよく、精密機械や製薬の分野で高い競争力を持つ先進国だけに国民の就労率や所得水準は高いのですが、ドイツなどと同様に職業訓練教育が重視され、さらに政府が自国民の就労を優先する政策を打ち出しているため、たとえ就労許可があっても（そもそも就労許可がなかなかおりない）外国人が仕事を得るのは簡単ではありません。

一般的にヨーロッパは日本よりもジェンダーフリーの精神が浸透していて、男女の雇用格差がないように思えます。しかしスイスでは子育ては女性がするものという古い価値観が残っており、女性はパートタイムで働く人が多いとのこと（日本のパートタイムとはちがって、正社員でも就労時間が標準の八割以下をパートタイムと呼ぶ）。出産後に仕事をやめなかったとしても、女性がキャリアを積んで管理職になるには、日本と同様、相当の覚悟と努力が必要です。こうした背景を頭に入れておくと、〈ル・ソメ〉の支配人セシルの生い立ちがより深く理解できるように思いますし、イギリス警察を休職中のエリンが、スイス警察のベテラン刑事たちと対等に渡り合うのがどれほど難しいかも想像できるのではないでしょうか。

以前、ヨーロッパにおける優生保護法について書かれた本を読んだのですが、スイスでも一九七〇年までは精神疾患や障害のある女性に堕胎や不妊手術を強制していましたし、一九八一年まで貧しい家の子ども（ひとり親を含む）を親から引き離して施設に入れたり里子に出したりする政策をとっていました。信じられますか？　一九八一年といえばつい四十年前のことです。一見すると平和でのどかな社会の裏に〝弱者切り捨て〟の風潮があったことが、本作における被害者たちの絶望とやり場のない怒りの爆発につながっているように思います。

ところでエンタメ小説のヒロインといえば容姿端麗でずば抜けた頭脳の持ち主だったり、はたまた超人的な力を秘めていたりと、こんな女がいるわけないよと思いつつも憧《あこが》れるタイプを想像するのですが、本作のヒロインであるエリンはかなり泥くさい女性です。過去にとらわれ、自分に対して答えのない問いを発しつづけ、いつもうつうつとしています。周囲に愛想がいいわけではなく、天才的な推理力があるとか驚異的な運動神経を持つこともなく、かといって謙虚で控えめというわけでもなく……最初はえらく冴《さ》えない主人公だと思いました。それでも読みこんでいくうちに、生身の人間というのはこういうものかもしれないと、妙なリアリティと親近感を覚えるようにもなりました。他人にとってはささいなことがいつまでも許せなかったり、埒《らち》が明かないとわかっていても同じことをぐるぐると考えつづけたり、自分の力不足を人のせいにしたり、エリンを通じて、ふだんは目をそむけている自分の内面を見せつけられているような気がします。しかも彼女の場合は問題の根本にあるのが愛する弟の不審死ですから、簡単に乗り越えられるわけがないのです。

では、そんな人間くさい主人公を世に送りだした著者のサラ・ピアースはどんな人だろうとインターネットで検索してみると、本作のヒロインとは対照的に、笑顔のまぶしい、生き生きした印象の女性でした。SNSでは人生を謳歌《おうか》しているように見える著者のなかにもエリンと同じ闇がある、ということかもしれません。

サラ・ピアースは現在、イギリスの海辺の町に、やさしそうな旦那《だんな》様とふたりの娘さん、そして猫と暮らしています。彼女のインスタグラム（@sarahpearseauthor）には、海岸や雪山で遊ぶ仲よし姉妹や、パソコンの前に陣取ってかまってちょうだいとレンズをのぞく愛らしい猫の写真がアップされていて、見ているだけであたたかな気持ちになります。ウォーリック大学で英国文学およびクリエイティブ・ライティングを専攻し、大学院では放送ジャーナリズムを学びました。卒業後はさまざまなブランドの広報の仕事をし、二十代の数年間をスイスで過ごしています。そこで山歩きの楽しさに目覚め、帰国後もスイスアルプスの町、クラン＝モンタナに家を所有しているとか。なんてうらやましい！　十歳のころから小説家志望で、気味の悪い場所や人里離れた廃墟《はいきょ》に魅力を感じていたそうで、かの名作家アガサ・クリスティと同郷というところも、多感な少女の進路に影響を与えたにちがいありません。インタビューで、スイス滞在時にサナトリウムについて書かれた記事を読んで本書の着想を得たと語っています。長編を発表するのは今回が初めてですが、短編はさまざまな雑誌に掲載され、複数の賞にノミネートされています。華々しい長編デビューを飾ったサラ・ピアースがこれからどんな作品を生みだしていくのか、訳者としても読者としても楽しみに見守りたいと思います。

解説

吉《よし》野《の》仁《じん》

サナトリウムとは、結核患者など長期的な療養を必要とする人のための施設のことだ。

結核は、太古から存在した感染症だが、とくに十九世紀の英国で大流行し、やがてヨーロッパの先進諸国へと広がっていった。産業革命以降、ますます人口が増えた都市において、空気汚染や劣悪な衛生環境、長時間労働による過労、栄養不足などがその感染拡大をうながしたとされている。当時は有効な治療法もなく、死にいたる病だった。日本でも明治期から一九五〇年代まで死亡率一位の国民病とされるほど結核は蔓延《まんえん》していた。

そこで、都会から離れた空気のいい高原や陽当たりのいい海浜などに療養のためのサナトリウムが建てられたのだ。感染症なので患者は隔離される必要もあったのだろう。

本作『サナトリウム』の舞台となっているのは、スイス有数の山岳リゾートとして知られるヴァレー州の町クラン＝モンタナに出来た高級ホテルである。ここはもともと十九世紀後半に建てられたサナトリウムで、ガラスを用いた革新的なデザインをもつ建造物で知られていた。

しかし医学の発達でこうした療養所の需要もなくなったことから閉鎖されたのち、リゾートホテルとして再開発され、複合施設をそなえた五つ星ホテル〈ル・ソメ〉として生まれ変わったのである。

エリン・ワーナーは、長らく疎遠だった弟アイザックから婚約パーティーに招待されたことから、恋人のウィルとともに〈ル・ソメ〉へやってきた。アイザックの婚約者ロールは、このホテルで働いていたのだ。だが、エリンはさまざまな不安を感じていた。半年以上前に母を亡くした悲しみも癒《い》えないばかりか、休職中の警察官である自身のことや幼い頃に起こった悲劇による心の傷など、いくつもの問題を抱えていた。そして翌朝、ロールが忽然《こつぜん》と姿を消したことを知り、エリンの不安はますますふくらんでいく。

高級ホテル〈ル・ソメ〉は、もともといわくつきのサナトリウムを改装したもので、建設まえから地元住民による工事反対などのトラブルを抱えていたうえに、主任設計士の失踪《しっそう》、立ち入り禁止とされる荒れ果てた診察室の存在など、怪しい出来事に事欠かなかった。それゆえか、エリンは建物から不吉な匂いが漂っていることを感じていた。そして、ついに恐ろしい事件が発生、大雪のため外部と遮断されてしまったなか、あまりにも異常な状態の死体が発見された。顔に黒いゴムマスクがつけられ、指が切断されていたのだ。

かつては、ドイツの文豪トーマス・マンによる『魔の山』をはじめ、日本でも堀辰雄《ほりたつお》『風立ちぬ』、福永武彦《ふくながたけひこ》『草の花』など、多くのサナトリウムを舞台にした小説が書かれていたものだ。だが、本作はそうしたサナトリウム文学とは異なり、恐怖に満ちた怪奇ミステリーとでもいうべき小説である。不気味な屋敷や高くそびえる建物を舞台にした恐怖小説といえば、エドガー・アラン・ポー「アッシャー家の崩壊」を筆頭に、古今東西多くの物語が書かれてきた。山の中のホテルであれば、まずスティーヴン・キング『シャイニング』が挙げられるだろう。また、大雪で外部との連絡ができない陸の孤島のなか、警察官が事件を捜査し犯人を探すといえば、古典的な探偵小説によく見られる形式でもある。さらに第二、第三の事件が起こることで、サスペンスが絶えることはない。

また、エリンの目を通して語られる世界は、もともと不安やトラウマを多く抱えている人物だけあって、疑惑でいっぱいだ。仕事でつまずき、恋人ウィルとの関係もどこか不安定で、あらゆることに自信が持てなくなった女性なのかもしれない。しかもエリンと弟のアイザックは、ずっとぎくしゃくした関係だった。子供時代に起きた末弟サムの事故死、母の病気や葬儀にアイザックが無関心だったことなど、姉弟《きょうだい》といえども、ふたりの間には溝が横たわっていた。そこへきて、怪しい事件が連続し、ヒロインは、周囲の誰をも信用できない心理状態に追い込まれてしまう。

このようにジャンルの定型ともいえる多くの要素をもとに、ヒロインが抱えるあらゆるマイナスが詰めこまれたうえで物語は展開する。そのほか、ヒロインであるエリンとは別に、前半、ホテルで働く女性アデルの視点による物語も挿入されているが、短い章立てが交互につづくので混乱することはないだろう。また、ガラスを用いた革新的なデザインであるサナトリウムの建物、その内装、もしくはプールといった施設などの描写も細やかで、全体に映像表現に似た効果をあげている。視覚的にもイメージしやすく、筋もきわめて分かりやすいのだ。さらに本作はそれだけで終わっていない。謎めいたエピローグが、この怪奇ミステリーを最後まで不気味なものにしている。

加えてコロナ禍の現代において、黒いゴムマスクや荒廃した結核診察室などの描写は、それだけで不安をかきたてられるものだ。本作が、サンデー・タイムズ紙のベストセラーになったというのは、こうした誰でも読み取れる要素が過剰とも思えるほど作中に積み重なった結果なのかもしれない。

作者のサラ・ピアースにとって本作がはじめての長編である。ネットにあがったインタビューによると、愛読する作家としてアガサ・クリスティのほか、『半身』、『荊の城』などで知られるサラ・ウォーターズと『探偵ブロディの事件ファイル』、『ライフ・アフター・ライフ』などの邦訳があるケイト・アトキンソンを挙げていた。どちらも実力派の女性サスペンス作家だ。それならば、いずれジャンルの定型の積み重ねにとどまらないミステリーやサスペンスを目指していくだろう。これからどのような作品を世に送り出すのか、ぜひとも注目していきたい。

本書は訳し下ろしです。

サナトリウム

サラ・ピアース　岡本由香子《おかもとゆかこ》＝訳

令和３年 11月25日　初版発行
令和６年 ９月20日　再版発行

発行者●山下直久

発行●株式会社KADOKAWA
〒102-8177　東京都千代田区富士見2-13-3
電話　0570-002-301（ナビダイヤル）

角川文庫 22923

印刷所●株式会社KADOKAWA
製本所●株式会社KADOKAWA

表紙画●和田三造

ISBN 978-4-04-109654-3　C0197

◆◇◇

角川文庫発刊に際して

角　川　源　義

第二次世界大戦の敗北は、軍事力の敗北であった以上に、私たちの若い文化力の敗退であった。私たちの文化が戦争に対して如何に無力であり、単なるあだ花に過ぎなかったかを、私たちは身を以て体験し痛感した。西洋近代文化の摂取にとって、明治以後八十年の歳月は決して短かすぎたとは言えない。にもかかわらず、近代文化の伝統を確立し、自由な批判と柔軟な良識に富む文化層として自らを形成することに私たちは失敗して来た。そしてこれは、各層への文化の普及滲透を任務とする出版人の責任でもあった。

一九四五年以来、私たちは再び振出しに戻り、第一歩から踏み出すことを余儀なくされた。これは大きな不幸ではあるが、反面、これまでの混沌・未熟・歪曲の中にあった我が国の文化に秩序と確たる基礎を齎らすためには絶好の機会でもある。角川書店は、このような祖国の文化的危機にあたり、微力をも顧みず再建の礎石たるべき抱負と決意とをもって出発したが、ここに創立以来の念願を果すべく角川文庫を発刊する。これまで刊行されたあらゆる全集叢書文庫類の長所と短所とを検討し、古今東西の不朽の典籍を、良心的編集のもとに、廉価に、そして書架にふさわしい美本として、多くのひとびとに提供しようとする。しかし私たちは徒らに百科全書的な知識のジレッタントを作ることを目的とせず、あくまで祖国の文化に秩序と再建への道を示し、この文庫を角川書店の栄ある事業として、今後永久に継続発展せしめ、学芸と教養との殿堂として大成せんことを期したい。多くの読書子の愛情ある忠言と支持とによって、この希望と抱負とを完遂せしめられんことを願う。

一九四九年五月三日